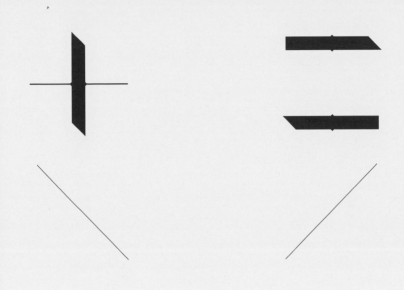

$$\frac{9}{2}$$

옮긴이 **추지나**

—

대학에서 일본지역학을 전공했다. 출판 편집자로 일하다 지금은 일본 문학 전문 번역가로 활동하고 있다. 옮긴 작품으로는 오노 후유미의 십이국기 시리즈를 비롯해, 『잔예』, 『귀담백경』, 『시귀』, 『흑사의 섬』, 미야베 미유키의 『지하도의 비』, 오카모토 기도의 『한시치 체포록』, 나쓰키 시즈코의 『W의 비극』 등이 있다.

옮긴이 **이진**

—

성신여자대학교에서 일어일문학을 전공하였다. 일본계 기업에서 십여 년간 근무하며 일본어 통역 및 번역 업무를 맡아왔으며, 공연 예술 쪽에서도 각본 번역 및 통역 활동을 해왔다. 평범한 일상 속에 숨겨져 있는 보석 같은 이야기를 찾는 것을 좋아한다.

SHIROGANE NO OKA KURO NO TSUKI by FUYUMI ONO

Copyright ⓒ2019 FUYUMI ONO

Korean translation copyright ⓒ2023 Elixir, an imprint of MUNHAKDONGNE Publishing Group.
All rights reserved.

Original Japanease language edition published by SHINCHOSHA Publishing Co., Ltd.

Korean translation rights arranged with SHINCHOSHA Publishing Co., Ltd. through Danny Hong Agency.

—

이 책의 한국어판 저작권은 대니홍 에이전시를 통한 저작권사와의 독점 계약으로
출판그룹 문학동네의 브랜드 엘릭시르에 있습니다.
저작권법에 의해 한국 내에서 보호를 받는 저작물이므로 무단 전재와 복제를 금합니다.

십이국기

9
2

백은의 언덕 검은 달

小野不由美

오노 후유미 지음, 추지나 · 이진 옮김

엘릭시르

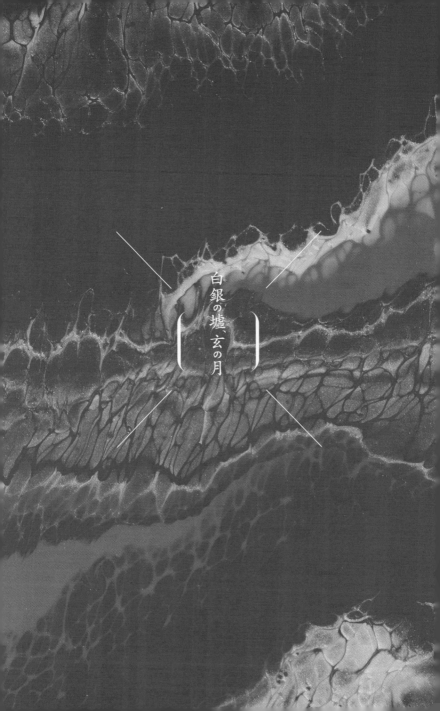

白銀の墟、玄の月

차
례

十二國記 9

십이국 전도

十二國全圖

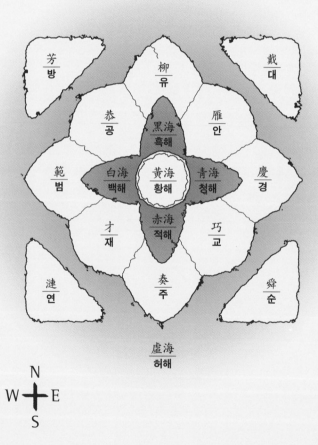

芳
방

戴
대

柳
유

恭
공

黑海
흑해

雁
안

範
범

白海
백해

黃海
황해

青海
청해

慶
경

才
재

赤海
적해

巧
교

漣
연

奏
주

舜
순

虛海
허해

N
W E
S

대국 문주도

戴國文州圖

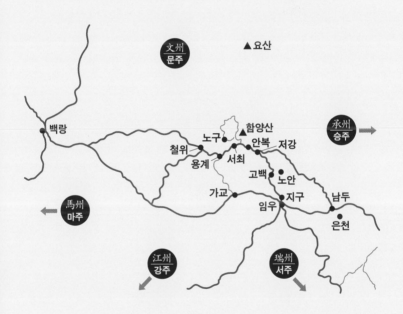

▲ 요산

文州
문주

承州
승주

백랑

노구 함양산 ▲
철위 서최 안복 저강
용계
고백 노안
가교 지구 남두
임우
은천

馬州
마주

江州
강주

瑞州
서주

군사 조직

왕사 王師 · 왕의 군대

◎ **금군** 禁軍 · 왕의 직속 군대
- 상비 常備 삼군 三軍

   좌군 左軍 – 흑비 黑備 12,500명
   중군 中軍 – 흑비 黑備 12,500명
   우군 右軍 – 흑비 黑備 12,500명

◎ **수도** 首都 **주사** 州師 · 수도 주의 군대
- 상비 常備 삼군 三軍

   좌군 左軍 – 흑비 黑備 12,500명
   중군 中軍 – 흑비 黑備 12,500명
   우군 右軍 – 흑비 黑備 12,500명

그 밖의 주사
- 상비 常備 이군 二軍 ~ 사군 四軍

   좌군 左軍 – 황비 黃備 7,500명
   중군 中軍 – 황비 黃備 7,500명
   우군 右軍 – 황비 黃備 7,500명
   좌군 佐軍 – 청비 靑備 2,500명

군사 단위

軍師 單位

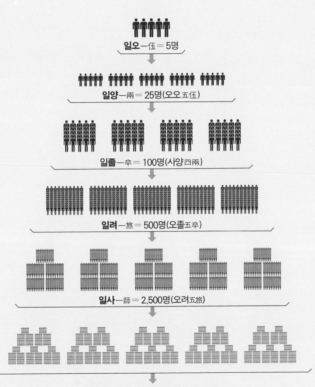

일오一伍 = 5명

일양一兩 = 25명(오오五伍)

일졸一卒 = 100명(사양四兩)

일려一旅 = 500명(오졸五卒)

일사一師 = 2,500명(오려五旅)

● **일군**一軍 = 12,500명(오사四師) ●

十二國記、白銀の墟 玄の月、小野不由美

7
장

001

나날이 한기를 더한 바람이 백규궁에 불어 내렸다. 운해와 가까운 왕궁 위쪽에서도 일상처럼 아침이면 서리가 앉았다. 북방의 고지대에는 벌써 첫눈이 내렸다.

고료는 다이키와 함께 구속된 채 하는 일 없이 하루하루를 보냈다. 그간 신문은 전혀 없었다. 신문은 고사하고 다이키를 찾아오는 이조차 없다. 아센은 물론이고 조운을 비롯한 고관들도 압력을 가하지 않았다.

이것이 어찌된 일인가. 고료는 난감했고, 태연하던 다이키의 표정도 어두워졌다. 명백한 점은 사태가 암초에 걸렸다는 사실뿐이었다. 백규궁 내부는 고료의 상상과는 전혀 다른 양상이었다.

당연하게도 여태까지 고료는 옥좌에 군림하는 아센의 모습을 그려왔다. 지위를 훔치고 권력을 제멋대로 휘두르고 제 세상인 양 정사를 좌지우지한다. 육관은 아센의 안색을 살피고 보신에만 급급하여 나라도 백성도 돌보지 않는다. 분별 있는 자가 사태를 바로잡으려 하면 하계에서 그러하듯이 가혹한 보복이 있다. 그 때문에 침묵해야 했고, 그리하여 대국이 이 지경에 이른 것이 아닐까.

그러나 아센의 왕조는 고료의 상상과는 완전히 딴판이었다.

무엇보다 아센이 보이지 않는다. 헤이추나 쇼와의 이야기만 들어봐도 아센의 존재감은 지독히 희미했다. 옥좌에 오르기는 했지만 왕궁 깊은 곳에 있는 육침에서 좀처럼 나오지 않았다. 조의에 모습을 드러내거나 조정에 명령을 내리는 일도 없는 듯했다.

고료는 혹시 모를 가능성을 생각했다.

"누군가 아센을 암살했을 가능성은 없겠습니까."

고료가 묻자 쇼와는 놀라서 다이키의 머리카락을 빗질하던 손을 멈추었다.

"설마요."

눈을 똥그랗게 뜨더니 말했다. "아무리 그래도 그건 아니죠."

쇼와가 오고부터 감옥 안의 삶은 훨씬 나아졌다. 옥사의 방 하나를 거처로 삼고 이른 아침에 일어나서 불을 피우고 거실을 덥

히고 물을 끓이고, 청소부터 다이키의 환복 같은 자잘한 부분까지 신경 쓰며 쉴 새 없이 바지런히 일했다. 오늘 아침에도 다이키의 몸단장을 돕다가—다이키는 필요 없다고 하는데 쇼와가 말을 듣지 않는다—머리카락을 가지런히 자르기 시작했다.

"자, 이제 됐어요."

쇼와는 다이키에게 말하고 나서 고료에게 얘기했다.

"드물게 모습을 드러내실 때도 있다니까 무탈하신 것은 틀림이 없어요."

하지만 나라를 꾸려가려면 누군가 움직여야 한다. 총재인 조운과 육관장이 그 일을 하고 있다. 육관장도 태반이 조운의 측근으로 사실상 조운이 대국을 다스린다 해도 틀린 말이 아니다. 조운은 악랄하고 무도한 평판의 관리는 아니었다.

원래 교왕 시대 춘관장 차관인 소종백小宗伯이었다.

"춘관장 대종백이 강력하게 추천하여 소종백이 되었다고 기억하는데."

"저도 그리 들었어요. 교왕에게 아첨해서 얻은 관직이 아니고, 착실하게 공적을 쌓아 평가를 얻은 분이었다고요."

고료는 고개를 끄덕였다. 의례에 관해서는 견줄 자가 없을 정도로 해박하다고들 했다. 교왕 치세 말기쯤에 활개 치던 엉터리치들 같은 무리는 아니었다. 고료 역시 조운이 빈틈없고 유능한 관리라던 풍문을 기억했다. 그러니 교소도 춘관장으로 발탁했을 것이다.

"지금도 딱히 포악한 짓을 한다거나 냉혹하다는 소리는 없어요. 저 같은 것에게는 구름 위의 분이시니 인품이 어떤지는 말씀드릴 수 없지만 적어도 나라를 망칠 무자비한 관리라는 얘기는 듣지 못했어요."

"그럼 어째서 대국은 이 모양이지?"

고료의 물음에 쇼와는 대답하지 못했다. 쇼와와 헤이추의 이야기를 종합하면, 누군가 무슨 짓을 해서 나라가 엉망이 된 것이 아니라 다들 아무것도 하지 않은 탓에 엉망이 되었다는 것이 실정에 가장 가깝지 않을까. 헤이추가 "흩어져 있다"고 한 것처럼 조정 자체가 토막 나서 나라로서 체재가 잡히지 않았다.

"그렇더라도 이상하군요."

다이키가 이야기에 끼었다.

"어째서 아셴은 표면에 나오지 않죠?"

다이키의 의문은 타당하다. 고료가 고개를 끄덕였을 때 문 너머에서 헤이추의 목소리가 들렸다. 아침 식사를 가져왔겠거니 하고 맞이하러 나가니 평소처럼 식사를 든 하관과 함께 헤이추가 들어왔다.

"오래 기다리셨지요……."

사죄하듯이 인사하는 헤이추를 앞질러 하관이 식사를 거실로 나른다. 그 모습을 지켜보던 고료는 눈살을 찌푸렸다. 그들 중에 꼼짝도 하지 않고 표정도 없이 그저 우두커니 서 있는 관리가 한 명 있었다. 관복과 허리에 찬 수를 보니 다른 이들과 마찬가지로 천관이었다. 하지만 조식을 차리는 관리들을 도울 생각이 일절 없어 보였다. 일하는 동료의 모습을 아예 쳐다보지도 않았다. 초점 없는 눈으로 허공을 멍하니 응시할 뿐이었다. 그 모습을 수상쩍게 여기는 이는 고료만이 아닌지 헤이추와 헤이추가 데려온 하관도 께름칙한 듯이 흘끔흘끔 이상한 시선을 던졌다.

─누구지?

어째서 이 자리에 있는 것인가. 헤이추에게 시선을 맞추고 눈짓으로 물었으나 그 역시 고개를 살짝 가로저었다. 모른다는 뜻일까. 헤이추의 모습으로 보아 동행은 했지만 다른 계통의 지시로 온 듯하다.

소임을 다한 하관들이 거실에서 나간다.

"늦어졌습니다. 어서 드시지요."

헤이추가 애매하게 미소를 짓고 다이키에게 말하는데 조각상처럼 서 있던 관리가 갑자기 움직였다. 다이키 앞으로 나아가 기계 같은 동작으로 무릎을 꿇고 절한다.

"주상께서 부르십니다."

고료는 놀랐지만 곧바로 입을 꾹 다물었다. 주상이란 아센을 이른다. 드디어 올 것이 왔다.

"내전까지 왕림하여주시옵소서."

"아센이 직접 내린 요청인가."

고료가 물었지만 천관은 표정도 없이 대답하지 않는다. 시선조차 움직이지 않았다.

"어떠한 용건인지 먼저 듣고 싶군."

거듭 물어도 대답은 없다. 일각쯤 뒤에 마중하러 올 테니 준비하라는 말만 남기고는 훌쩍 일어나 표정도 없이 방에서 물러갔다.

"일각."

쇼와가 작게 외치더니 허둥대며 주위를 둘러보았다. 아센과 대면하게 된다면 그에 걸맞은 단장을 해야 하니 그 생각을 하고 있으리라. 헤이추 역시 낭패한 눈치였다. 그도 천관의 용건을 알지 못했던 모양이었다. 그러나 고료는 그보다도 다른 일이 마음에 걸려서 헤이추에게 물었다.

"방금 전에 든 관리는 누구인가?"

헤이추는 "글쎄요"라며 고개를 갸웃한다.

"육침에 있는 천관이라 합니다만, 이름까지는……."

고료는 이름을 물은 것이 아니었다. 그렇다고 구체적으로 무엇을 어찌 질문해야 좋을지 모르겠다. 그 사람의 됨됨이에 위화감을 느꼈다. 가장 두드러진 점은 혼탁한 눈이다. 만취한 것처럼 초점이 엉뚱한 곳에 있었다. 속내를 헤아릴 수 없다. 속을 내비치지 않는 것이 아니라 내비칠 속내가 없는 것처럼 보였다. 표정이 없고 동작은 기계적이며 목소리에도 억양이 없고, 자신의 의지로 말하는 것 같지가 않았다.

"어쩐지…… 인형 같았어."

"육침의 시중을 드는 천관은 대개 저렇습니다."

"대개?"

예, 하고 헤이추는 대답하고서 쇼와를 보았다. 쇼와 역시 고개를 끄덕인다. 두 사람 다 표정이 불안해 보였다. 꺼림칙했을 것이다.

"아셴은 저런 자만을 모으고 있다는 소리인가? 아니, 그전에 저게 뭐지?"

헤이추는 고개를 가로저었다.

"저로서는 알 수 없습니다. 언제부터인지 저런 모습의 관리가 여기저기서 보입니다. 주변을 휘청휘청 돌아다니죠. 꺼름하게 여겨 지켜보다 보면 어느새 모습이 사라집니다."

"처음부터 저랬나?"

아뇨, 하고 헤이추는 목소리를 낮추었다.

"같이 일하던 사람들 이야기로는 갑자기 저런 상태가 되어버

17

7장

린 모양이에요. 병이라도 든 것처럼 패기를 잃다가 이내 저렇게
되지요."

고료는 "병이라도 든 것처럼"이라는 말에 가슴이 철렁했다.

"얼마 전까지 평범하던 사람이 말수가 줄고 기운이 없어져요.
마음이 들떠 있다고 할까요. 딴 데 정신이 팔린 것처럼 반응이
둔해져서 어디 안 좋으냐고 물으면 아니라고 대답해요. 그러는
사이에 증상이 심해져서 이내 말을 걸어도 반응이 없고, 무표정
하게 휘청휘청 돌아다니기만 하죠. 그러다가 자취를 감춰요."

"그런 자가 육침에?"

"그런 모양입니다. 안 보인다 싶으면 그때까지 있던 부서에
서 이름이 사라져 있어요. 어디로 갔는지 물어도 아무도 대답하
지 못하지요. 그런데 그렇게 사라진 사람을 육침에서 보았다는
이야기를 들었습니다. 아무래도 소속이 바뀌어 육침에서 일하는
천관이 되었다는 모양이에요."

"부서와 상관없이?"

"네. 이 이야기를 해준 지인은 추관입니다. 같은 부서 사람이
저렇게 되어 사라졌다더군요."

그러고는 헤이추가 덧붙였다.

"가끔은 더 극적으로 변모하는 일도 있답니다. 그런 자는 아센
님의 조정에 불만이 있는 사람일 때가 많다더군요. 어제까지 비

백은의 언덕 검은 달

판하다가 이튿날에는 저런 상태가 되어 있죠. 사라지지 않고 그 자리에 계속 있기도 합니다."

"기분 나쁜 이야기로군……."

헤이추는 "그렇지요" 하고 대답하더니 슬쩍 몸을 가까이 붙였다. "……혼백이 빠졌다."

고료는 눈살을 찡그리고 헤이추를 돌아보았다.

"저희끼리는 그렇게 말합니다."

고료는 탄식했다. '혼백이 빠졌다'는 말은 절묘한 표현이다. 마치 빈껍데기인 것처럼, 인간의 그릇만이 남은 것 같았다.

—그런 자들이 아센 주변에 모여 있다?

생각에 잠긴 고료와 헤이추의 모습을 알아챘는지 못 알아챘는지, 쇼와가 "의복을"이라고 혼자 중얼거리면서 옥사를 뛰쳐나갔다.

예고대로 일각 뒤에 다시 하관이 찾아왔다. 고료는 자연스럽게 다이키를 수행했는데 특별히 제지당하지는 않았다. 불안해 보이는 헤이추와 쇼와를 그 자리에 남기고 표정 없는 하관의 안내로 고료와 다이키는 오랜만에 옥사를 나왔다. 포장된 길에 냉랭한 바람이 불었지만 그만큼 호흡이 가벼워진 기분이었다. 이도 저도 아닌 감옥에서의 삶이 의식하던 것보다 훨씬 숨이 막혔던 모양이다.

고료와 다이키는 길을 따라 노문으로 나갔다. 하얀 바위 표면을 관통해 나 있는 거대한 궐문. 문부터 거대한 흰 계단이 뻗어 있다. 주문이 걸린 이 계단으로 운해까지 단숨에 오른다.

실제 거리와는 상응하지 않지만, 그래도 긴 하얀 층계를 오르면 운해 위다. 바다 내음이 차가운 바람에 실려 살며시 풍겨 왔다. 거대한 하얀 공간에 희미한 파도 소리가 들린다.

활짝 열린 문을 나왔다. 경치를 둘러보고 고료는 경악했다. 정면의 광장에는 외전으로 가는 궐문이 우뚝 서 있고, 좌우에도 동서로 뻗은 건물이 있다. 광장 사방에는 위풍당당하게 성루가 서 있었을 터였다. 그러나 건물 곳곳이 무참하게 무너져 있었다. 돌을 쌓은 벽에는 금이 가고 건물의 회반죽은 여기저기 벗겨졌다. 큰 지붕의 처마는 비틀리고 귀퉁이가 떨어졌다.

"이건 대체……."

무심결에 튀어나온 고료의 말에 앞장서서 안내하는 천관은 대답이 없었다.

고료는 전쟁이라도 난 것 같다고 생각하다 퍼뜩 깨달았다. 궐에서도 변사가 있었다. 운해 위에서는 일어날 리 없는 식이 일어났다.

고료는 다이키를 슬쩍 돌아보았다. 다이키 역시 놀란 듯이 주위를 둘러봤다.

담 너머로 보이는 크고 작은 건물에도 곳곳에 손상이 보였다.

수리하고 있는지 비계로 둘러싸인 건물도 있었지만, 대부분은 파손된 채 방치되어 있다.

어안이 벙벙해서 좌우를 둘러보는 사이에 외전을 지났다. 주변 건물에는 피해가 보이지 않았으나 오가는 관리 숫자가 극히 적다. 가끔 지나치는 사람들은 무언가를 꺼리듯이 고개를 숙이거나 표정조차 없이 공허한 눈빛으로 떠돌듯이 걸었다.

—이게 뭐지.

무언가 이상하다. 이 비정상적인 상태는 어찌된 일일까.

홍기와의 낙차 때문인지도 모른다. 기억 속 모습과 조금도 달라지지 않은 홍기. 정당한 왕을 잃고 위왕이 옥좌를 차지했다는 생각이 들지 않을 정도로 변화가 없었다. 그와 대조되는 연조의 변모는 어떠한가. 명식이 있었다. 그 일로 막대한 피해가 있었다고도 들었다. 그러나 육 년의 세월이 지나도록 여태 피해를 방치한 듯한 황폐한 모습이었다.

물론 고작 육 년이라는 시간만으로는 할 수 있는 일에 한계가 있었을 것이다. 다만 이상한 점은 왕궁의 피해가 복구되지 않은 것이 아니라, 복구하려는 의지가 전혀 보이지 않는 것이었다. 어떻게든 치우기는 한 모양이지만 기와가 떨어진 지붕은 그대로고, 금이 간 벽과 비뚤어진 기단도 그대로였다.

그래도 건물 잔해는 없다. 하지만 미미한 흠조차 수복되지 않은 채 방치되어 있다. 왕궁 전체가 어딘지 이상했다. 이렇게 다이키가 고료만을 데리고 천관 한 사람의 안내로 궁중을 돌아다니는 것 자체부터 기이하다. 오가는 관리 숫자도 적거니와 누구 한 사람 다이키를 알아보지 못하고 고두는커녕 발걸음조차 멈추지 않는다.

─유령 궁이다.

질서는 있다. 하지만 도무지 생기가 느껴지지 않는다. 한산하고 모든 것이 음울하게 가라앉아 있다.

생각에 빠졌는데 느닷없이 목소리가 들렸다.

"무얼 하는 짓인가!"

정체한 풍경 속에서 흠칫 놀랄 만큼 생기가 넘치는 목소리였다. 분노와 경악이 전해지는 인간다운 생생한 목소리. 그 생기에 놀라면서도 동시에 안도하며 돌아보자 분개하여 얼굴이 벌게진 관리가 씩씩대고 있었다. 고료는 그 얼굴을 안다. 조운이다. 현재의 총재.

"설마 태보인가."

그리 말한 조운도, 조운 주위를 둘러싼 몇 사람도 '인간'의 색채가 짙었다. 저마다 살피는 눈길로 다이키를 본다. 조운과 신료들은 다이키의 얼굴을 분간하지 못하리라 고료는 생각했다.

"누구의 허가를 받아 태보를 면회했지."

조운은 하관에게 거칠게 말했다.

"무슨 권한이 있어 태보를 함부로 데리고 나왔는가. 즉 각······."

조운의 말을 하관이 억양 없는 목소리로 가로막았다.

"주상께서 부르셨사옵니다."

순간 조운은 쓰디쓴 것을 입에 머금은 듯이 얼굴을 찡그렸다. 고료는 내심 의아했다. 아무래도 아센의 왕조는 모두 한뜻인 것은 아닌 듯하다.

"어찌하여······."

조운은 말을 끊고 입술을 꾹 다물었다.

"함께 가지."

"총재를 대동하라는 말은 듣지 못하였습니다."

감정도 없이 말하는 관리를 조운이 쏘아보았다.

"마음대로 행동해서는 곤란해. 부르셨다고 하니 어쩔 수 없으나 동행은 해야겠다."

002

앞장선 하관을 쫓아 왕궁 안쪽으로 나아갔다. 대놓고 불만스러운 듯한 조운과 신료 몇 명이 뒤를 따랐다.

그런 그들을 내전에서 기다린 이는 아센이었다. 아마도 그럴 것이다. 옥좌에 주렴을 쳐놓아 그 안에 사람이 있는 건 짐작이 가도 용모까지는 확인할 수 없었는데, 고료는 그것이 아쉬웠다. 배신자가 어떤 얼굴로 다이키를 대하는지 보고 싶었다.

천관은 형식적인 동작으로 옥좌를 향해 고두하고 "모셔 왔습니다"라고 말하더니 유령처럼 물러났다. 다이키는 옥대 앞에 서서 주렴을 사이에 두고 안에 있는 사람과 대치했다. 조운과 신료들은 바닥에 무릎을 꿇고 옆에서 기다렸으나, 다이키는 그에 따를 마음이 없어 보였고 따라서 고료 또한 굳이 무릎을 꿇지 않았다.

다이키는 아무 말도 하지 않았다. 그저 옥좌를 응시했다. 주렴 안에서도 아무런 지시가 없었다. 보통 이런 자리에서는 지휘하는 관리가 따로 있지만 아무래도 아센은 그러한 자를 사이에 두지 않는 모양이었다. 경내에는 냉담한 침묵만이 흘렀다.

움직임이 없어도 너무 없어 고료가 의아해할 때 드디어 주렴 안에서 목소리가 들렸다.

"어찌하여 돌아왔는가."

감정이 드러나지 않은 냉정한 목소리였다.

"왕기가 있는 곳으로 찾아왔을 따름입니다."

그렇게 응답한 다이키의 모습도 역시나 냉정하기 이를 데 없었다.

"그것이 무슨 말이냐?"

"말 그대로의 뜻입니다. 궁중에 왕이 계셨습니다. 그래서 왔고, 그뿐이에요."

"그게 나라고? 어째서 그렇게 생각하지?"

"그리 느꼈다고 대답할 수밖에 없겠군요."

다이키는 담담하게 대답했다. 다이키의 말씨는 지나치게 냉정하고 열의가 없었다. 이래서야 아센이 속아줄까.

고료는 내심 당황했다. 고료에게는 다이키가 냉정한 것이 아니라 어딘가 변모한 것처럼 보였다. 감정이 느껴지지 않는다. 아센에게 정면으로 대치하면서 주눅이 들거나 도발하려는 낌새가 없었다. 담담하게 그저 그곳에 존재한다는 인상뿐이었다.

"그런 설명으로 어찌 알겠습니까."

조운이 거친 말투로 끼어들었다.

"아센 님께서 이해하시도록 제대로 설명해주시지요."

다이키는 감정이 담기지 않은 시선을 조운에게 던지고 숨을 한번 내뱉었다.

"저도 알지 못합니다. 저는 봉래에서 이쪽으로 돌아왔습니다. 그때는 왕기의 소재를 알 수 없었어요. 그만큼 희박했습니다. 제가 없는 동안에 교소 님께서 승하하신 걸까 생각한 적도 있지만,

25
—
7장

그 또한 확신은 없었습니다."

다이키는 그리 말하고 고개를 살짝 갸웃했다.

"만약 왕이 승하하시면 제가 그것을 알 수 있는지, 알 수 있다면 어떤 형태로 알게 되는지는 저도 알지 못합니다. 왕을 잃은 적이 없는 탓입니다."

경험도 없고 그것을 누군가에게 들은 적도 없다고 한다.

"다만 왕기가 어떤 것인지는 잘 압니다. 교소 님의 기척은 압니다. 틀릴 리가 없습니다. 그런데 왕기를 느낄 수가 없었습니다."

있는지 없는지도 분명치 않다. 하물며 어디에 있는지도 알 수 없다. 그런데, 하고 다이키는 담담히 이야기했다.

"요전 날 돌연 뚜렷한 왕기를 느꼈습니다. 이쪽에 있다고 확신할 수 있었어요. 한순간 교소 님의 소재를 파악한 줄 알았지만 위화감이 있었죠. 무언가 달랐던 겁니다. 구태여 말하면 왕기의 색채가 달랐어요. 교소 님이 아닌 누군가의 것이었고 흥기 방향에 있었습니다. 그래서 위험한 줄 알면서 가까이 왔어요. 그리고 흥기가 보이면서 확신했습니다. 왕기는 왕궁 안에 있다고. 동시에 저는 그 기척을 알고 있었습니다."

다이키는 그렇게 말하고 옥좌 방향으로 담담한 시선을 향했다.

"당신 것입니다."

그렇게 말하더니 고료의 간담이 서늘해질 만한 말을 억양도 없이 덧붙였다.

"저는 그것을 인정하고 싶지 않았습니다."

주렴 너머의 대답은 없다.

"육 년 전 당신은 저를 베었습니다. 게다가 교소 님을 배신하고 대역죄를 저질렀어요. 저에게는 이중의 원수입니다."

태보, 고료가 반사적으로 속삭였지만 다이키는 시선조차 움직이지 않았다.

"당신에게 왕기가 있다니 어떻게 인정할 수 있을까요. 하지만 저는 결국 천의의 그릇에 지나지 않습니다. 제가 고르는 것이 아닙니다. 하늘이 고르는 겁니다."

남의 일처럼 말하고는 나직하게 중얼거렸다.

"당신이 왕입니다, 유감스럽게도."

주렴 너머에서 숨죽여 키득키득 웃는 소리가 들렸다.

"솔직하구나."

"저는 예전에 교소 님이 무서웠어요. 봉산에 있을 때 무언가 무서운 것이 다가온다고 생각했고, 만나고 나서도 무섭다는 인상이 옅어지는 일은 없었습니다. 그래도 교소 님이 왕이었습니다. 아무리 무섭더라도 이분이 왕이라는 확신에서 벗어날 수 없었죠……."

다이키의 음성에는 순간 그리운 듯, 애통한 듯한 울림이 스몄다.

"그와 마찬가지로 저는 당신을 원망합니다. 그래도 당신이 왕입니다. 용납하기 어려운 일이지만 인정하지 않을 수는 없습니다."

고료는 다이키의 옆얼굴을 빤히 바라보았다. 이것이 다이키가 말하던 '구상'에 포함된 것일까? 만에 하나 그렇지 않다면.

고료는 말도 안 된다며 속으로 고개를 저었다. 이 또한 다이키의 계략에 있는 일, 입에 담은 말은 아센을 속이기 위한 허언이다. 말투도 태도도 냉정하기 그지없다. 그러한데 어째서 이토록 생생한 진심처럼 느껴질까. 똑같이 생각했는지 조운과 신료들 쪽에서 몇 사람의 탄성이 들렸다. "그랬군"이라는 목소리, "얄궂은 일이로군"이라는 속삭임. 그것을 가로막듯이 조운이 언성을 높였다.

"그런 말씀은 아무리 태보라도 무례하십니다."

다이키는 조운을 흘끔 보았으나 대답하지는 않았다. 조운은 불끈한 듯이 신음했다.

"외람되오나 말씀만으로는 납득하기 어렵습니다. 이런 전례는 과거에 들은 바가 없소이다. 따라서 충분히 조사하고 나서 아센 님께 보고드리려 했거늘 이것이 어찌된 일인가, 로산!"

고료는 놀라서 주위를 보았다.

─로산?

이전 동관장 대사공大司空. 교소에게는 피붙이라고도 할 수 있는 인물이다. 그렇기에 아센에게 붙잡혔다고 생각했다.

"어차피 네놈의 사주겠지. 이 자리에 있다면 나오시게."

술렁이는 신료들 뒤쪽 기둥 뒤에서 체구가 작은 젊은 여자가 모습을 드러냈다. 틀림없는 로산이었다.

고료와 똑같이 놀라서 돌아보는 다이키의 시선을 로산은 담담히 받아들였다. 옥좌로 걸어나가면서 슬쩍 웃는다.

"역시 너인가. 어찌하여 제멋대로 행동하는가."

조운의 얼굴이 벌게졌다. 그에 반해 로산은 냉담했다.

"필요하다고 생각했기 때문이지."

로산은 옥대 아래에서 걸음을 멈추고 일동을 돌아보았다. 옥좌에는 아센, 그 밑에 로산, 명명백백 옥좌의 권위를 등에 업었다. 마주하는 다이키는 그에 대치하는 형상, 거기에 이론을 제기하는 조운은 옆에서 양쪽을 번갈아 보는 형태다. 엉망으로 일그러진 장면이었다.

"나를 나무라는 것은 사리에 어긋나는 일이로군. 애초에 제멋대로 행동한 사람은 그쪽이잖아? 마음대로 태보의 존재를 숨겼지."

고료는 깜짝 놀랐다. 여태껏 다이키가 방치된 까닭은 역시 그것인가.

아픈 곳을 찔린 듯이 조운이 외쳤다.

"주상의 안전을 고려했을 따름이다!"

"주제넘은 짓이야."

로산은 딱 잘라 말했다.

주렴 너머에서 숨죽여 웃는 소리가 새어 나왔다. 그러더니 부르는 소리가 들렸다.

"로산, 어떻게 생각하지?"

그리 묻자 로산이 대답했다.

"먼저 분명하게 해두지. 혹시 몰라 이성씨에게도 확인했지만 아직 백치는 죽지 않았어. 다시 말해 교소 님은 돌아가시지 않았다. 그렇다면 대국의 왕은 여전히 교소 님, 그분을 옥좌에서 쫓아낸 당신은 옥좌를 훔친 죄인이야."

고료는 저도 모르게 숨을 삼켰다. 더없이 불손하지만 진실을 담은 정직한 말을 아센은 나무라지 않았다.

"음…… 그렇겠지."

로산은 태연하게 고개를 끄덕였다.

"왕이 죽지 않았는데도 하늘이 뜻을 바꾸어 다른 자를 왕으로 고른다. 그런 선례는 들은 적이 없어. 하물며 왕에게서 옥좌를 찬탈한 도둑놈을? 일반적으로는 있을 수 없지."

"그 말인즉 이는 다이키의 허풍인가."

고료는 식은땀이 등골에 줄줄 흐르는 것을 느꼈지만 정작 로산은 가볍게 고개를 갸웃했다. 팔짱을 끼고 한 손을 턱에 댄다.

"그렇게 말할 수도 없지. 처음부터 대국에서 일어난 일은 전례가 없어. 그러니 전례가 없는 일이라 하여 있을 수 없다고 단언하지는 못하지."

그렇게 말하고 실눈을 지으며 잠시 생각에 잠긴 듯 갸웃거렸다.

"……오히려 반대이려나."

"반대라?"

"전례가 없는 상황이니 어떤 일이든 일어날 수 있다고 생각해야 할 수도 있지."

"있는 건가 없는 건가, 어느 쪽이란 말인가!"

초조한 기색이 역력한 조운의 목소리가 끼어들었다.

"아셴 님이 왕인가? 어떻게 확인하면 되지?"

"확인이고 자시고."

로산은 한심하다는 듯이 조운을 보았다.

"애초에 누가 왕인지는 기린밖에 모르는 일이다."

"그래서는 곤란하다!"

"곤란해서 어찌하라는 건지."

로산은 비아냥대듯 중얼거리고서 다시 생각에 잠겨 입을 다물더니 잠시 뒤 말했다.

"확인할 방법이 없지는 않은가……."

"어떻게 하면 되지? 당장 확인하게."

조운이 들이댔다.

"난폭하지만 간단한 방법이 있기는 있지. 주상께서 다이키를 베면 돼."

이 발언에 그 자리에 있는 모두가 경악했다. 고료는 곧바로 다이키 앞으로 뛰어나가 등 뒤로 감쌌다.

"뭐라 지껄이는 겐가!"

조운은 호통쳤다.

"만약 정말로 아센 님이 왕이라면 어찌할 텐가. 태보를 죽게 하였다가는."

"죽이라고는 하지 않았어."

로산은 아무렇지 않게 대꾸했다.

"베어보라고 했을 뿐이지. 조금 다친다고 하여 기린이 죽을 리 있나. 그러나 태보의 사령에게는 부상만으로도 중대사야. 왕이 상대라면 묵인할 터이나 그렇지 않다면 가만둘 리가 없지. 반드시 공격으로부터 지키려 할 것이네."

로산은 가볍게 웃었다.

"물론 그러는 김에 아센의 목을 따려 할지도 모르지만."

"당치도 않은 소리."

호통치는 조운의 목소리를 가로막는 자가 있었다.

"재미있군."

힘 있는 목소리가 들리더니 주렴이 움직였다. 거침없이 걷어
올린 주렴 아래에서 성장裳裳을 몸에 두른 인물이 나타났다.

―아센.

고료는 그 얼굴을 보았다. 마지막으로 보았을 때와 다르지 않
은 얼굴. 역적은 태연한 얼굴로 가짜 대구大裘를 몸에 두르고 한
손에는 검 자루를 잡고 검을 들고 있었다.

고료는 다이키를 감싸려 했다. 그것을 다이키가 직접 제지했다.

"고료, 물러나세요."

다이키는 아센을 응시한 채 조금도 당황한 기색이 없었다.

"하오나 태보."

다이키는 고료를 보았다. 침착한 눈이 무슨 말을 하는 듯이 보
였다. 그리고 고료는 깨달았다. 이것은 좋은 기회다.

'신왕 아센'을 진실로 만들 다시 없을 기회다. 아센이 검을 쳐
들어도 다이키를 지킬 자는 없다. 다이키에게는 지금 사령이 없
다. 아센은 검을 뽑아 다이키에게 들이댔다.

"내가 왕이라?"

"유감스럽게도."

고료가 무언가를 할 틈도 없었다. 일말의 머뭇거림도 없이 아

센은 검을 휘둘렀다. 세로로 내려친 예리한 칼날은 자비 없이 다이키의 팔을 갈랐다.

지켜보던 자들의 외침과 비명, 이어서 찾아온 정적. 경내는 완전히 얼어붙었다.

"틀림없나 보군."

흉적은 싸늘한 미소를 지었다. 어깨를 끌어안으며 쓰러진 다이키는 소리도 없이 팔을 붙잡고 고통스러운 표정을 지으며 그 자리에 웅크렸다. 꽉 누른 손가락 사이로 순식간에 새빨간 피가 넘쳐흘렀다.

"그렇다면 역시……."

조운의 놀란 목소리가 들린다. 아센은 그들을 무감각하게 흘끔 보더니 다이키를 내려다보았다.

"귀환을 허한다. 여봐라, 치료를 해주어라."

아센은 그 말만 하고 발길을 돌렸다. 밉살스러울 정도로 냉정하게 검을 검집에 넣고 옥좌로 돌아간다. 고료는 웅크린 다이키를 끌어안으며 주위를 둘러보았다. 흥미롭다는 표정을 짓는 로산과 얼이 빠진 조운, 핏기 가신 얼굴로 우두커니 선 그 측근들.

누군가 의원을 부르라고 소리쳤다. 모든 사람이 부산스럽게 움직였다.

"태보……."

말을 건 고료를 향해 다이키는 핏기가 가신 얼굴로 고개를 끄덕였다. 사그라들 듯한 목소리가 말했다.

"……잘 참으셨습니다."

003

다이키는 곧바로 넓은 방 한쪽에 있는 협실로 실려 갔다. 고료가 상처를 살폈는데 뼈에 이르지는 않았지만 상처 자체는 상당히 깊었다. 아센은 적당히 할 생각이 없었던 듯하다. 주위에 있던 천으로 상처를 누르는데 의원이 달려왔다. 어쩔 줄 몰라 하던 의원은 양의瘍醫(외과의)를 부르도록 진언하고 우선 가진 것으로 지혈했다. 양의가 불려와 상처를 치료하고 나서야 겨우 황의黃醫(기린의 주치의)가 불려왔다. 이리 우왕좌왕하는 꼴이 고료에게는 왕궁의 혼란을 나타내는 것처럼 보였다.

—그래도 어떻든 고비는 넘겼다.

고료는 놀랐고 혼란스러웠다. 하지만 당장은 아센이 납득한 것처럼 보여 안도했다. 몇 번인가 등골이 오싹해지는 국면이 있었지만 '신왕 아센'이라는 다이키의 무모하게도 보이는 책략은 당장은 통했다. 아센의 승인을 얻어 다이키는 정식으로 백규궁에 돌아왔고, 이것으로 재보, 주후로서 권한을 되찾았다.

그러나.

앞으로 어찌할 심산일까. 아센은 등극하려 할 것이다. 실제로
이런 경우 무엇이 어떤 순서로 진행되는지 고료는 몰랐지만, 새
로운 왕이 등극하는 절차가 있을 것이다. 그러나 다이키는 이 절
차를 밟을 수 없다. 아센은 왕이 아닌 탓이다. 신왕 즉위를 공포
하고 즉위식은 가능하다. 나라의 일이니 아센이 하겠노라 마음
먹고 행하면 문제가 없고, 실제로 과거에 위왕이 한 예가 있다.
그러나 왕이 진짜 즉위하려면 하늘의 승인이 필요하다. 어떤 의
식인지 고료는 모른다. 그래도 그것이 온갖 상서로운 징조와 기
적으로 꾸며져 있다는 것 정도는 안다. 그러나 이는 일절 일어나
지 않는다. 하늘의 승인은 얻을 수 없다. 어느 시점에서 '신왕 아
센'은 암초에 걸릴 것이다.

—어쩌실 작정입니까.

다이키에게 묻고 싶었지만 보는 눈이 많다. 탑상에 누워 핏기
를 잃고 눈을 감은 다이키의 얼굴을 보고 말을 걸기 꺼려져 머뭇
거리는 사이에 황의가 왔다. 하관를 데리고 달려온 늙은 의원은
다이키 곁으로 달려가더니 맨 먼저 머리를 땅에 조아려 인사를
올렸다.

"기체 강녕하셨사옵니까."

울음을 참는 목소리로 말한 노인은 교왕 시대부터 기린의 주치의인 황의다. 다이키에게도 친숙한 인물이다.

"분엔文遠, 무사했습니까."

맞이하는 다이키의 표정에도 따스함이 드러났다.

"예, 덕분이지요. 이 늙은이를 기억하십니까."

"당연하지요."

다이키는 말하고서 황의를 따르는 하관들을 둘러보았다.

"여러분도. 다들 무탈한 것 같아 안심했어요."

그런 다이키에게 분엔은 말했다.

"많이 자라셨습니다."

"오래 자리를 비워 미안합니다."

"태보께서 사과하실 일이 아닙니다. 잠시 무례를 범하겠습니다."

황의는 말하고서 다이키의 팔을 들었다. 팔의 상처는 이미 응급처치를 했지만 다시 한번 상태를 살폈다. 상처는 어깻죽지부터 위팔에 걸쳐 일직선으로 벌어져 있었다.

"가엾게도……. 어찌 이리도 참담한 짓을 한단 말입니까. 아프십니까?"

"지금은 저릿해요."

"상처가 깊기는 하나 팔에 장애가 남을 만한 곳은 피한 듯하군요. 그놈은 적당히 했어도 될 일을."

괘씸하다는 듯한 말투로 보아 일의 전말을 들은 듯했다. 분엔은 꼼꼼하게 새로 처치를 하고 하관에게 명령해 약을 준비한 뒤 다시 다이키의 맥을 짚고 얼굴을 들여다보았다.

"정말로 훌륭하게 자라셨습니다. 다시 뵙게 되었으니 이토록 기쁜 일이 또 어디 있겠습니까."

그리 말하면서 상태를 자세히 확인하고 하관에게 세밀하게 지시를 내렸다.

"원래 몸이 안 좋으셨습니까. 많이 약해지셨군요."

"이것도 좋아진 거예요."

"그렇다 해도 심각한데요. 혹시 예쵀이옵니까. 아센이 무슨 짓을……."

다이키는 고개를 저었다.

"아니에요. 아센과는 관계없는 일이에요."

그렇게 대답하더니 고개를 살짝 갸우뚱했다.

"그래요. 직접 관계는 없어요. 명식으로 고국에 갔다가 그곳에서 병들었습니다."

"아센 놈이 태보를 공격했다지요."

"뿔을 잘렸어요. 그래서 돌아오지 못했던 거예요."

분엔은 "오오" 하고 양손으로 입을 가렸다.

"어찌 그런 짓을. 뿔은 기린에게 생명의 원천이옵니다. 그것을 베다니. 게다가 고국에서 병이 드신 것이옵니까. 예췌만 없었더라면 상처도 나으셨을 터인데."

"그런데……."

고료가 이야기에 끼어들었다.

"예췌라 하면 기린이 부정不淨 탓에 걸리는 병이라고 들었습니다만."

분엔은 고료의 신원을 묻듯이 다이키를 바라보았다.

"에이쇼군에 있던 고료입니다. 우연히 만나 줄곧 저를 호위해 주었어요."

"그러합니까."

분엔은 감사의 뜻을 전하듯이 고료를 향해 고개를 깊이 끄덕였다.

"그러합니다. 예췌란 부정에 의한 병입니다. 봉래는 기린에게 좋은 곳이 아니라고 들었습니다. 봉래에 흘러간 기린이 오래 살지 못하는 것도 그 탓이라 들었습니다."

"예췌 자체는 나았을 거예요."

다이키는 말했다.

"실제로 많이 좋아졌어요."

"그러합니까? 왕궁 안의 공기가 나쁜 영향을 주지 않아야 할 텐데요."

"그렇게 안 좋은가요? 제가 없는 동안 험한 일을 당하지는 않았나요?"

"그놈은 저 따위 잊고 있었겠지요."

비꼬듯이 말하고 나서 분엔은 황급히 입을 다물었다.

"말이 지나쳤습니다. ……새로운 왕이셨지요."

분엔은 다이키가 입은 옷의 매무새를 조심스레 가다듬었다.

"어차피 저와는 관계없는 일입니다. 태보만 무사하시다면 그것으로 충분합니다."

그렇게 말하고서 주위를 둘러보았다.

"수종은 이 무인뿐입니까."

"제 시중까지 들고 있어요."

"혼자서요?"

분엔은 어리둥절하며 묻고는 한숨을 쉬었다.

"그래도 수종이 믿음직스러워 보여 안심했습니다. 서주 주관은 전원 경질당한 것이나 마찬가지니, 누가 태보를 뫼실지 걱정하였습니다."

"모두요?"

"주육관에 속한 주요 관리는 모두라 생각하셔도 됩니다. 아아, 그런 얼굴 하지 마십시오. 처벌받은 것이 아니옵니다. 주요 관리는 주상이 임명한 분들이라 직책에서 해임되어 한직으로 좌천되었습니다. 지금 서주후는 아센이 겸무하는 상태니 실질적으로 국관이 주의 정무를 대행하고 있어 별도의 주관을 둘 필요가 없었지요."

"분엔은 세이라이나 단스이潭翠가 어떻게 되었는지 모르시나요."

세이라이는 서주 영윤이자 주재이기도 했다. 단스이는 다이키를 경호하던 대복大僕이었다. 이 두 사람이 다이키에게 가장 가까운 하관이었다.

늙은 의원은 하얀 눈썹을 모았다.

"단스이 님은 하보쿠 님이 모반 혐의를 받고 궁성을 빠져나가셨을 때 동행하여 행방을 알 수 없습니다. 세이라이 님은 체포되셨습니다. 어디에서 어떻게 지내는지는 저도 듣지 못하였습니다. 아마도 소재를 아는 이는 아센 측근 몇뿐이겠지요."

"참담한 짓을 당했다 들었습니다."

"소문은 그러합니다. 하오나 숨을 잃지는 않았사옵니다. 아센 휘하의 군의軍醫 한 사람이 곁에 붙어 있는 모양이니 큰일이 나지는 않았겠지요. 어쩌면 그편이 참담한 일일지도 모르겠습니다."

고료는 홀로 탄식했다. 세이라이는 국고에 둔 자산, 국탕을 은닉했다고 한다. 아마도 소재를 캐내기 위해 고신에 가까운 일이

자행되고 있을 것이다. 그러면서 알고 싶은 정보를 알아내기 전까지 상대가 죽지 않도록 군의를 붙이는 것은 상투적인 수단이다. 최악의 사태는 면하지만 고통은 길어진다.

"걱정이 크시겠지요. 넌지시 소재를 알 수 없는지 찾아보겠습니다."

"무리는 하지 마십시오."

"잘 압니다. 태보께는 의관을 붙여드리겠습니다. 시중을 들 종자가 한 사람이면 불편한 점도 있겠지요. 무엇보다 태보께서는 한동안 치료를 받으셔야 합니다."

분엔은 하관을 돌아보았다.

"도쿠유德裕, 자네, 일을 맡아주겠는가."

"물론입니다."

성실해 보이는 의관이 대답했다.

"태보는 한동안 휴양과 눈을 떼지 않는 관찰이 필요하다고 총재께 아뢰어두겠습니다. 몸이 아프실 때뿐만 아니라 마음이 괴로우신 일이 있다면 언제 어느 때라도 저를 부르십시오."

"고맙습니다."

그리 답하는 다이키의 손을 분엔이 늙은 손으로 감쌌다.

"고맙다는 말씀은 제가 드려야지요. 정말로 잘 돌아오셨습니다."

004

황의가 물러나고 얼마 지나지 않아 무관 한 사람이 찾아왔다. 고료는 그 얼굴이 낯이 익었다. 아센 휘하의 게이토우惠棟다. 아센이 데리고 있던 막료幕僚 중 한 사람이었을 것이다.

게이토우는 협실에 들어오자마자 다이키에게 공손하게 고두했다.

"잘 돌아오셨습니다……."

게이토우는 감개무량해서 말했으나 고료의 신경을 긁어댔다. 대체 누구 탓에 다이키가 백규궁을 떠났다 생각하는가.

"몸은 어떠십니까."

탑상에 누운 다이키에게 다가오려 해서 고료가 사이에 섰다. 게이토우는 가로막은 고료를 보았다.

"귀하는 에이쇼 님의……."

말하다 말고 고료의 냉랭한 시선을 알아챘는지 부끄러운 듯 고개를 숙였다. 주저하듯 침묵이 있고 나서 다이키를 향해 다시 입을 열었다.

"게이토우라 하옵니다. 아센 님께서 급거 태보의 시중을 들라 말씀하셨습니다."

말이야 그렇지만 실상은 시중이 아니라 감시임이 명백했다.

다이키도 그것을 알아챈 듯했다.

"필요하지 않습니다. 고료가 있고, 분엔도 사람을 붙여주었으니까요."

다이키의 말에 게이토우는 그 자리에 남은 도쿠유를 바라보며 의아해했다. 도쿠유가 다이키에게 한동안 곁을 따를 의원이 필요하다고 설명하자 납득했는지 고개를 끄덕인다.

"태보 곁에 사람이 있는 것은 알고 있사옵니다. 결단코 고료 님을 가벼이 여기는 것이 아니옵고, 다치셨으니 황의의 손길은 필요하겠지요. 하오나……."

게이토우가 말한다. 다이키를 섬기는 이의 숫자가 절대적으로 부족하다.

"천관에서는 사인과 여어가 파견되었으나, 천관만으로는 신변을 정리하는 것밖에 할 수 없지요. 게다가 각각 한 명뿐이어서 교대조차 제대로 하지 못하니 이래서야 신변의 일마저 충분히 섬기지 못할 것입니다."

다이키에게는 재보와 주후로서의 책무도 있다. 원칙상 국관과 주관, 두 조직이 다이키를 보좌함이 당연했다. 천관인 헤이추와 쇼와로는 권한이 한정된다. 육관을 다각적으로 관리할 인물은 분명히 필요하고, 아센이 그 책무를 게이토우에게 맡겼다는 뜻이리라.

.

"태보께서는 상처를 치료할 시간이 필요하다 사료되옵니다. 그동안에 갖가지 체제를 갖추어두겠습니다."

"서주의 주관은 없나요."

다이키의 물음에 게이토우는 말문이 막혔다. 본디 다이키는 서주의 주후이기도 하다. 나라와는 별개로 독자적인 행정부가 있다. 그 안에는 경호를 맡는 하관은 물론이고 시중을 드는 천관도 있다. 서주의 체제가 남아 있다면 조정과 아센의 도움이 없어도 당면의 생활에는 곤란이 없어야 한다.

"세이라이는요?"

"세이라이 님은……."

게이토우는 고개를 숙이고 우물대다가 어떻게 말해야 할지 몰라 머뭇거렸다.

"중대한 배임죄로 체포되셨습니다."

"죽지는 않은 거지요?" 다이키는 그렇게 말하더니 덧붙였다. "만나게 해주세요."

"외람되지만 제 생각만으로는……."

"저는 아센 님을 이 나라의 정당한 왕으로 삼고 백성을 구하기 위해 돌아왔어요. 주후로서 권한이 필요하고, 그를 행사하기 위해서는 세이라이가 꼭 있어야 합니다."

"잘 압니다. 앞으로 아센 님의 즉위를 준비하며 나라와 함께

백은의 언덕 검은 달

서주의 체제도 재정비할 수 있겠지요. 그때까지 조금만 기다려주십시오."

"아센 님께 서둘러달라고 전해주세요."

"예."

게이토우는 계속해서 머리를 조아렸다.

"저는 언제까지 이곳에 있으면 되나요? 가능하다면 돌아가서 쉬고 싶습니다. 바라건대 옥사가 아니라 제 궁으로요."

"서둘러 준비하겠습니다."

대답한 게이토우는 부끄러운 듯이 고개를 숙인 채 황급히 협실을 나갔다. 고료가 그 모습을 지켜보았다. 다이키의 놀랄 만큼 냉담한 말투가 통쾌하기도 했지만, 그와 동시에 그런 말을 듣고 당황하는 게이토우가 가엾기도 했다.

게이토우가 서두르겠다 했지만 당장은 그 감옥으로 돌아가지 않을까. 고료의 생각과 달리 한 식경도 지나지 않아 게이토우가 돌아왔다.

"거처가 준비되었습니다. 인중전 일곽이오나 안타깝게도 인중전의 주요 궁궐은 훼손이 심하여 쓸 수 없습니다. 간신히 남은 작은 전당이온데 괜찮으시겠습니까."

"상관없습니다."

게이토우는 공손히 고개를 끄덕이고 협실 바깥으로 안내했다.

건물 앞에 준비된 가마를 다이키는 거부했다.

"필요하지 않습니다. 걷겠습니다."

"하오나……."

"제가 걷는 것이 걱정된다면 저와 고료의 기수를 데려오세요."

게이토우는 당황하며 알아보겠다고만 대답했다.

도쿠유가 다이키를 부축하고, 일행은 앞장선 게이토우를 따라 왕궁 서쪽으로 향했다.

내전 주위는 이전과 똑같은 풍경이었지만 서쪽으로 나아갈수록 훼손된 모습이 눈에 띄었다. 이곳 또한 건물 대부분은 수리하지 않고 방치되어 있다. 더욱 걸어나가자 보기 좋게 붕괴한 건물도 있었다. 잔해를 치워 텅 빈 지면이 드러난 곳도 있었지만, 무너진 건물을 손도 대지 않고 방치한 곳도 있다. 남은 건물도 황량하기 그지없는 것이 도저히 제대로 관리하는 것처럼 보이지 않았다.

―폐허 같다.

운해 아래, 치조의 경치가 예전과 다르지 않았기에 궁성의 가장 깊숙한 곳인 연조의 황폐는 눈 뜨고 보기 어려울 지경이었다.

명식이 일어난 지 육 년. 어찌하여 왕궁의 황폐를 여태껏 방치하였을까. 어쩌면 세이라이가 나라의 재산을 빼돌린 일과 관계가 있을지도 모른다. 그렇다 하더라도 이 경치는 이상하다. 아무리 자금이 부족하다손 치더라도 가능한 범위 내에서 왕궁을 정비하려 한 자는 없는 것인가.

어두운 통로를 지나는 길에 비둘기가 울었다. 한산한 왕궁의 황폐화를 알아채고 비둘기가 둥지를 틀었을까. 공허한 소리가 더없이 상징적이었다.

여전히 스쳐지나는 사람 숫자도 적었다. 몇 명이 다이키의 존재를 알아챘는지 걸음을 멈추고, 저마다 갖가지 표정을 짓고는 그 자리에 무릎을 꿇었다. 희색을 띠고 고두하는 자도 있는가 하면 비탄하듯이 땅바닥에 엎드리는 자도 있다. 한편으로 아무런 흥미도 없다는 듯 지나치는 자도 있었다. 다이키를 알아보지 못한 것인가, 아니면 또 다른 연유라도 있는 것인가.

내궁을 서쪽으로 나갔을 때 고료는 아연실색하여 발을 멈추었다. 다이키도 마찬가지로 놀란 듯 숨을 삼켰다.

재보의 거처인 인중전, 서주의 정청인 광덕전廣德殿은 이미 존재하지 않았다. 쌓아놓은 채 방치된 잔해가 산더미를 이루었다. 혼란스러운 기복 너머로 후미진 물가와 거의 붕괴되다시피 한 정원이 내다보였다. 예전에는 웅장한 건물들에 가로막혀 보이는 일이 없던 경치다.

"이렇게 심각한 상황이었나요."

다이키가 걸음을 멈추고 떨리는 목소리로 말했다.

"예."

게이토우는 작게 대답했다.

"피해가 얼마나 나왔을까요."

"실제 숫자는 알지 못합니다."

게이토우는 그리 대답하고 나서 덧붙였다.

"하오나 이 상태로 상상되는 숫자는 아닙니다."

게이토우는 위로하듯이 말했다.

"식 때문에 전부 무너져서 보시는 바와 같은 상태가 된 것이
아닙니다. 식 뒤에도 대부분은 건물 형태를 유지했고 덕분에 안
에 있던 자들도 목숨까지는 잃지 않고 끝났습니다. 다만 기울거
나 비틀려서 그대로 내버려두는 것은 위험하여 철거하였습니다."

그리고 보니 반쯤 허물어진 건물은 없어 보였다. 드문드문 남
은 건물은 기와가 떨어졌거나 벽이 허물어져 무참한 상태인 것
이 많았으나 골조 자체는 무사히 남아 있었다.

건물 잔해 더미를 곁눈으로 보면서 북쪽으로 나아가자 훼손되
긴 하였으나 형상을 유지한 건물이 늘어났다. 무사히 남은 궐문
으로 궁 안에 들어가 손상이 적은 회랑을 따라갔다. 이내 거의
흠집이 없는 소규모의 건물들이 보이기 시작했다.

게이토우는 그런 건물 중 하나로 일행을 안내했다. 보아하니
인중전 북쪽에 있던 작은 숲 서쪽에 이웃한 곳 같다. 대문을 지

나 앞뜰을 지나 간소한 입구로 들어가, 멋없는 전원前院을 지나면 대청이 나온다. 대청 앞에 있는 정원正院은 아담한 뜰이었다. 별당을 끼고 있는 회랑을 건너 몸채로 나왔다. 몸채에는 '황포관黃袍館'이란 편액이 걸려 있다. 황포(휘파람새)라는 이름처럼 뜰의 모습을 갖춘 정원에는 양쪽에 오래된 매화와 복숭아나무가 늘어섰다. 일반적으로 재보가 거주하는 전당이라 하면 뜰 세 개가 늘어선 세 채 건물이 당연하나 이곳은 전원과 정원 두 개뿐이다.

"비좁아서 송구하오나 한동안 이곳을 쓰십시오. 최소한의 준비는 하였으나 부족한 점이 있을 것이옵니다. 추후 정비하겠사오니 당분간은 양해하여주십시오."

게이토우의 말대로 급히 청소는 한 모양이지만, 가구와 세간살이는 최소한만 갖추었고 오래 사용하지 않은 것이 역력했다.

"사인과 여어가 곧 이리로 올 것입니다. 수발들 하관을 조금 더 부를까요."

"당장은 늘릴 필요 없어요. 그보다 서주 육관을 불러주십시오."

"그에 관해서는 잠시 기다려주시지요. 당분간은 부상을 치료하는 일만 생각하십시오. 한시라도 빨리 주후의 자리를 회복하고자 하는 태보의 바람은 반드시 전하겠습니다."

다이키는 정중하게 고개를 숙이는 게이토우에게 말했다.

"간초와 로산을 만나고 싶습니다."

게이토우는 눈에 띄게 당황하는 눈치였다.

"그것은……."

"로산은 아까 얼굴을 보았지만 이야기를 나눌 기회가 없었어요. 다시 만나고 싶고 간초의 얼굴도 보고 싶어요. 무사한지 확인하게 해주세요."

"그같이 전하겠나이다."

게이토우는 은연중에 확약은 할 수 없다는 뜻을 내비쳤다. 다이키는 말없이 고개를 끄덕였다.

"필요한 것이 있다면 분부하십시오. 저는 일단 총재께 보고하고 오겠사오나, 그 이후에는 되도록 방해가 되지 않도록 대청 옆에 있는 방에 있겠사옵니다. 일이 있을 때 불러주십시오."

게이토우는 내부 설비를 한차례 설명하고 나서 풀이 죽어 물러갔다.

그 모습을 지켜보다가 도쿠유가 고료에게 물었다.

"군복을 입은 것 같은데 누굽니까?"

"아센의 부하. 내가 알기로는 막료였는데 현재 신분은 모르겠어. 태보의 시중을 맡게 되었다고 한다만."

"급한 대로 임시로 맡은 걸까요."

그리 말하면서 중앙의 정실 좌우에 붙은 침실을 살폈다.

"아, 이쪽이 좋겠군요. 태보께서는 우선 쉬십시오."

정실 오른편의 침실이었다. 전후 두 방으로 나뉘어, 정원에 면한 전실은 널찍하게 창을 내 조망이 좋은 서재 형식이었으며, 그 안쪽에는 접이문으로 나뉜 후실이 있었다. 건물 규모치고 넓은 후원에 면한 후실은 고급스러운 세간살이와 침소가 놓인 아늑한 침실이었다.

"많이 피곤하시지요. 왕궁의 상태를 보고 싶으셨을 테니 만류하지 않았으나, 한동안은 이렇게 오래 걸으시면 안 됩니다. 정말로 오늘만 특별히 눈감아드린 겁니다."

도쿠유는 말하면서 재빨리 다이키를 침소로 밀어 넣었다. 준비된 잠옷으로 갈아입히고 이부자리와 베개를 정리해 다이키를 누였다.

다이키는 얌전히 누우면서 미소 지었다.

"……사실은 몇 번이나 주저앉을 뻔했어요."

"압니다."

도쿠유가 웃으며 말했다.

"지금은 약이 듣지만 곧 효과가 떨어집니다. 만약 통증으로 깨시면 전실에 있을 테니 방울을 울려 부르십시오. 무리하셔서 좋을 일은 하나도 없으니까요."

"네."

얌전히 대답한 다이키는 안도한 듯이 눈을 감았다.

저녁에는 게이토우가 돌아왔으나 잠들었다는 도쿠유의 한마디에 침실에 들어가지도 못한 채 대청으로 물러났다. 다이기 체제를 회복하는 데 당장 진전은 없을 듯했다. 다소 시간이 걸리는 것은 어찌할 도리가 없다. 그와 거의 동시에 헤이추와 쇼와가 옮겨 왔다. 사인과 여어는 사가에서 오가는 것이 보편적이나 두 사람은 당분간 정원 바로 앞에 있는 전원에서 지내기로 했다 한다.

그날 밤에는 또다시 황의 분엔이 상태를 보러 왔다. 다이키를 진찰하고 도쿠유에게 용태와 식사 상황 등을 듣고는, 내일은 교대할 수 있도록 의관을 더 보낼 테니 애쓰라며 격려했다.

"맡겨주세요."

도쿠유가 대답했다.

"지금 차를 내올 터이니 한잔하시지요."

도쿠유는 분엔을 정실의 의자에 앉히고서 능숙하게 차를 끓이고 자신은 다이키 곁으로 돌아갔다.

거실이 되는 정실은 넓고 천장도 높았으며 아늑했다. 안길이가 깊은 큰 방으로 북쪽은 후원의 뜰과 접해 있었다. 남쪽 벽에는 유리를 끼운 큰 창문이 있고, 마찬가지로 유리를 끼운 커다란 문이 설치되어 있다. 유리 너머로 회랑과 정원을 한눈에 내다볼 수 있고, 맞은편으로는 게이토우가 있는 대청이 훤히 보인다. 처음에 출입구 안쪽에 있던 병풍은 지금은 시야를 가로막지 않는 위치로 옮겼다. 덕분에 누군가 다가오면 반드시 알 수 있다.

"걸음해주셔서 감사합니다."

고료가 고마움을 표했다.

"감사받을 일이 아닙니다. 저희는 태보를 섬기는 사람인 것을요."

고료는 살짝 웃었다. 같은 의원이어도 의사나 질의疾醫, 양의 등은 왕과 귀인의 몸 상태를 관리하는 것 말고도 의료 행정을 담당한다. 그와는 달리 황의만은 순전히 기린의 시의侍醫였다.

"그래서 아센에게는 점수가 짜군요."

고료의 말에 분엔은 얼굴을 찌푸렸다.

"짜고 자시고. 그놈은 저희에게 원수 같은 존재예요. 태보를 공격하지 않았습니까."

"아센이 태보를 공격한 것을 이전부터 알고 계셨습니까?"

"달리 생각할 수 없지요. 명식이 일어난 이상 태보의 존체에 중대한 해가 미친 겁니다. 그 뒤에 일어난 일을 생각하면 아센의 소행이라 생각할 수밖에 없어요. 저희만 그리 여기는 것이 아니라 몇 년이나 전부터 궐 안에서는 상식이 되었습니다. 아센이 문주의 화적을 선동해서 난을 일으켜 주상을 사로잡고 태보를 공격했다고요."

고료가 몸을 내밀었다.

"주상을 사로잡았다? 교소 님께서 잡혀 계십니까."

그렇게 묻자 분엔은 고개를 갸웃했다.

"그렇다고들 합니다. 공식적으로는 붕어하셨다 하지만 아무래도 백치가 죽지 않은 모양입니다. 그 말인즉 살아 계시겠죠. 그렇다면 아센이 사로잡은 것 아니겠습니까."

"궁성 안에요?"

"계신다는 소문은 들은 적이 없습니다. 추포했다면 홍기가 아니라 다른 궁이나 아센이 장악한 주성이 아니겠습니까."

분엔은 작은 목소리로 물었다.

"정말로 아센 놈이 새로운 왕일까요."

고료는 잠시 침묵했다.

"태보 말씀으로는……."

그렇게만 대답했다. 그 이상은 고료 뜻대로 발설해서는 안 되었다.

"그런 일이 일어날 수 있을까요."

로산은 "어떤 일이든 일어날 수 있다"고 했다.

"로산 님은 아센 편에 붙은 걸까요."

분엔은 불쾌한 표정을 지었다.

"그런 것 같습니다. 저도 자세히는 모릅니다. 대사공에서 물러나 태사太師가 되셨지만 실제로는 여전히 동관을 지휘하고 계십니다. 그만한 자유가 주어진 이상, 아센에게 가담했다 생각해야겠지요. 하오나 아센과의 사이는 좋지 않은 듯합니다. 아센 쪽으로 돌아섰다기보다 아센에게 신변의 자유를 샀다고 생각해야 할지도 모르겠군요."

"조운은요?"

분엔은 경멸하는 듯한 미소를 지었다.

"그놈도 아센에게 굴복한 게 아니라 보신을 위해 아센에게 빌붙은 겁니다. 아센이 궁성의 지휘권을 잡자 재빠르게 아센을 위해 움직이더니, 찬탈이 아니냐고 규탄하는 목소리가 나오면 선두에 서서 부정하며 다녔습니다. 그뿐인가요. 자신에게 눈엣가시인 관리를 가왕에 반역한다며 제거했어요. 그 덕분에 아센에게 중용되었지만 아센에 충성 따위는 털끝만큼도 없을 테지요."

"그리고 이제는 총재가 되었군요."

"주상 휘하에는 유능한 문관도 많았지요. 필두가 세이라이 님일 테고요. 그런 분들이 요직에 올라 주상의 조정은 단숨에 정비되었습니다. 그분들이 하루아침에 쫓겨나고 몇몇 고관만 남았어요. 그중 한 사람인 거지요. 조운에게는 교소 님을 향한 충성심 따위 없었지요. 그런 연유로 아센에게는 몇 없는 아군이었던 거

57
—
7장

지요. 괄목할 기세로 중용되어 눈 깜짝할 사이에 총재가 되었습니다. 아센이 정사에 흥미가 없는 것을 구실 삼아 제멋대로 조정을 뒤흔들고 있어요."

"그거 말인데요."

고료는 또다시 몸을 내밀었다.

"아센은 정사에 흥미가 없습니까?"

그처럼 보인다. 백규궁의 내실을 알지 못할 때도 고료는 줄곧 그렇게 느꼈다. 아센은 나라를 방치했다.

옥좌를 빼앗은 초반에는 칙령으로 무언가를 하려 했다. 아센 나름대로 정치를 하려 했다고 생각한다. 하지만 아센의 찬탈이 의심되면서 반기를 드는 자가 늘고, 이에 가혹한 벌이 내려지자 아센은 나라와 백성에 관여하는 일이 줄었다. 나라는 나라로서 형태를 유지하고 있으나 예전부터 있던 기구가 자동으로 돌아가고 있을 뿐, 아센의 의지로 일을 하고 있다는 느낌은 전혀 들지 않았다. 백규궁의 내정을 알수록 그것은 결코 고료의 착각이 아니었다.

"아무것도 하지 않는 것인가 했는데 정말로 아센은 아무것도 하지 않는 것입니까? 그렇다면 연유가 무엇입니까? 애초에 옥좌가 탐나서 봉기한 것이 아닙니까."

분엔은 고개를 갸웃했다.

"글쎄요, 저도 그게 석연치가 않습니다. 모든 것을 조운에게 맡겼다고 하면 듣기는 좋지만 조운은 자신의 권세를 넓히는 일 밖에 흥미가 없어요. 아센이 나랏일에 손대지 않는 것을 핑계 삼아 아무 정책도 하는 일도 없이 내버려두고 있지요. 어쩌면 아무 것도 하지 말라는 것이 아센의 의지인지도 모릅니다. 그래서 뜻을 받들어 아무것도 하지 않는 것일까요."

이상한 이야기다. 고료는 생각에 잠겼다. 나라를 원한 것이 아닌가. 어찌하여 방치하는가?

"들리는 소문으로 아센 주위는 이상한 놈들로 둘러싸여 있다던데요."

분엔은 눈살을 찌푸렸다.

"꼭두각시 말이군요? 그런 듯합니다."

"어떤 자들입니까?"

"저도 모르겠습니다. 병든 것 같다는 표현밖에 할 수 없군요. 저주 같다고 하는 자도 있습니다. 아센에게 반발하는 사람이 많이 걸리다 보니 아센이 주술을 부리는 게 아니냐는 거지요."

"주술……."

동관의 기술에는 주술도 포함되어 있다. 로산이 협력한 것인가.

"아센 주위에는 그런 놈들밖에 없습니까?"

"아센이 가왕을 사칭하며 나선 당초에 배속되어 곁에서 섬기는 천관도 있습니다. 아니, 있을 겁니다. 좀처럼 얼굴 보기가 힘들다고 하더군요. 그리고 종들이 있을 테지만 저희로서는 알 수 없습니다."

아센이 틀어박힌 육침은 정상적인 상태가 아니라고 분엔은 말했다. 아무도 다가가지 못하고 아센도 육침에서 나오지 않는다.

"조운도요?"

"그런 것 같더군요. 결국 아센에게는 조운과 나라를 운영할 마음 따위 없다는 뜻이 아니겠습니까. 알아서 하라는 거지요."

"그러니까 방치하고 있단 말입니까?"

분엔은 그렇다며 고개를 끄덕였다.

"아센이 신왕이라면 시정되겠지요. 대국에 반길 일인지는 차치하고서라도."

"분엔 님은 안 좋아질 가능성을 염두에 두고 계십니까."

"제가 감히 어찌 알겠습니까. 하늘의 의향을 알 도리가 없지요. 하오나 아센은 명명백백 찬탈자입니다. 그런 큰 죄를 저지른 자에게 천의가 내리다니 납득할 수 없습니다. 이건 정말 이상해요. 이 왕조와 왕궁의 상태가 근본적으로 이상하다는 생각을 떨칠 수가 없습니다. 고료 님은 그리 생각지 않으십니까."

실제로 고료는 혼란스러웠다. 로산이 아센에게 붙은 것도 충격이었지만, 그런 로산이 교소에게는 '교소 님'이라고 경칭을 붙이면서 아센에게는 막말을 하는 것도 마음에 걸렸다. 게다가 아센은 그것을 질책하지 않았다. 아센과 로산의 관계도 이상하지만 이 두 사람과 조운의 관계도 이상했다. 조운과 로산은 사이가 나쁜 듯하다. 그렇다고 아센, 로산 두 사람과 조운이 대립하는 모양새는 아니다. 애초에 아센은 옥좌에 있으니 조운 따위가 대립하기란 불가능할 것이다. 그런데도 조운은 아센을 공경하는 모습이 없고 아센도 조운을 존중하는 낌새가 없다.

고료는 그 물음에 대답할 수 없었다.

한산한 왕궁, 유령 같은 관리, 관계를 알기 어려운 아센 일파, 상정하지 못한 이상한 일들 천지라 어떻게 생각하고 대응해야 할지 갈피를 잡지 못했다.

—확실히 근본부터 잘못되었다.

아센에게 귀환을 허락받았지만 사태는 만만치 않을 것 같았다.

8
장

■

001

문주에 북동풍이 분다. 바람이 대국 북부 허해 너머에서 불어온다. 얼어붙을 듯이 차가운 바람은 허해 해상에서 습기를 머금었다가 이내 대국 북부에 줄지은 산맥에 막혀 엄청난 양의 눈이 되어 내릴 것이다. 습기를 잃은 건조한 바람은 임우 북방에 치솟은 요산에서 더 많은 냉기를 품은 채 남쪽 구릉지에 휘몰아친다.

임우에 마련한 거처의 정원, 리사이는 머리 위 하늘을 올려다보았다. 낮은 건물 기와지붕 너머 북쪽을 가로막은 산들이 보였다. 산 정상에는 하얀 능선이 보인다. 높은 곳에서는 눈이 내리기 시작했다. 오늘은 정원에 햇빛이 쏟아지고 바람도 없어 실외에서 지내기도 나쁘지 않다. 오히려 햇볕이 따뜻해서 쾌적할 정

■

도이나, 이렇게 집 밖에 앉아 있을 날도 이제 얼마 남지 않았다. 얼마 지나지 않아 뼈가 시릴 만큼 추운 겨울이 다가온다.

리사이 일행은 기이쓰의 도움을 받아 함양산과 그곳을 점거한 화적의 정보를 가능한 대로 모으려 했지만 하나같이 막연한 이야기뿐이었다. 전해 들었다는 소문이 대부분이라 이야기의 진위를 가리기 어려웠다.

"역시 가보지 않고는 도리가 없나⋯⋯."

리사이가 혼잣말처럼 하는 말에 교시와 호토도 고개를 끄덕였다.

이튿날 그들은 임우를 나서서 북쪽으로 뻗은 큰길을 따라 걸었다.

임우는 요산 산계 남쪽에 있다. 임우 북서 방면으로 커다란 물길이 펼쳐지고 그곳에 함양산으로 이어지는 큰길이 지난다. 일찍이 그 길 군데군데 함양산에서 일하는 사람들이 사는 마을이 있었지만 지금은 대부분 아무도 살지 않았다. 그만큼 많은 목숨이 사라졌고 겨우 살아남은 이들도 집을 잃고 떠돌이 백성이 되었다.

길을 따라 처음 도착한 곳은 지구라는 마을이다. 임우에서는 걸어서도 반각이면 갈 수 있다. 예전에 지구에 살던 여자가 교소와 아셴 휘하의 병졸이 밀담을 나누는 모습을 목격했다. 마을에 인접한 사당 근처 소나무숲이었다는데 이제 사당은 보이지 않았다. 불에 탔는지 시커멓게 탄 바위산이 이어진다.

"참담하군."

리사이는 중얼거리면서 불에 탄 소나무 껍질을 쓰다듬었다. 바위 밭에 뿌리 내린 소나무 거목의 반쪽은 시커멓게 불타서 잎을 잃었다. 다른 반쪽에 튼튼한 가지가 남았지만 쇠약한 상태였다. 리사이의 눈에는 그 모습이 더없이 상징적으로 보였다.

기이쓰 역시 애도하듯이 소나무를 올려다봤다.

"지구가 주벌을 받았을 때 많은 백성이 이 사당으로 도망쳤다는데 백성과 함께 태워버렸습니다."

"그러한가⋯⋯."

"그래도 살아 있어요."

호토가 말했다.

"생명이란 약한 것 같으면서 강하지요."

백성도 그리 버텨준다면 좋으련만. 교시도 마찬가지로 거친 소나무 줄기를 쓰다듬었다.

기이쓰의 얘기로는 함양산으로 향하는 길은 막혔다지만, 지구를 넘어 이어지는 큰길은 사람의 발길이 아예 끊기지는 않았다고 한다. 이따금 함양산으로 향하는 여행자가 썰렁한 큰길을 지나갔다.

"통행하지 못하는 건 아니군요……."

교시가 말하자 기이쓰가 대답했다.

"요 앞 나흘 거리에 있는 저강岨康이라는 고을 바로 앞마을까지는 정상적으로 오갈 수 있어요. 저강 북쪽은 화적이 점거해서 관계없는 외지인은 발을 들일 수 없죠."

원래는 함양산 방면으로 뻗어 더 나아가면 산을 넘어 철위로 빠지는 길이지만 현재는 어디로도 지나갈 수 없다. 그 때문에 사람의 왕래가 아예 줄었다고 한다.

"저강에서 동쪽으로 빠지는 큰길도 있지만 바로 그 저강을 화적이 장악하여 역시나 쓸 수 없어요. 그 탓에 이 앞 고을에 볼일이 있는 사람이 아니면 지나지 않는 길이 되어버렸습니다."

그렇게 이야기하는 일행의 눈앞에 나이 든 부부가 지구에 들르지 않고 큰길을 지나갔다. 서로를 감싸듯이 몸을 기대고 완만한 언덕을 천천히 오른다.

"마을로 돌아가는 건가. 사람이 산다는 건 그렇게 위험하지 않다는 얘기겠지만 마음이 적적하겠군."

"아무래도 사람이 꽤 줄어든 모양입니다만. 저들은 백치白幟일 겝니다."

"백치?"

"예. 임우에 본산을 둔 천삼도天三道의 순례자예요."

천삼도는 대국 북부에서 번성한 도교의 일파로 소속한 도사는 수행의 일환으로 서주, 마주, 문주에 있는 도관과 본산의 석림관 石林觀을 순례한다.

"원래 출가한 도사만이 하는 순례이나 근자에는 출가하지 않은 신도 중에 도사를 따라 순례하는 자들이 있다더군요. 지팡이에 하얀 천을 달았지요?"

언덕을 오르는 노부부는 둘 다 지팡이를 짚었다. 지팡이에는 하얀 띠 모양 천이 달려 있었다.

"저게 그 증표죠. 원래는 천삼도 신도가 석림관 면허와 묵서한 깃발을 걸고 하던 순례예요. 순례하는 신도는 석림관에 출원하여 허가를 받습니다. 그러면 순례길에 있는 사당에서 최소한의 보호를 받을 수가 있어요. 묵을 수도 있고 식사도 나오지요. 석림관에 순례를 허락받았다는 증표가 하얀 깃발입니다."

"그렇군……."

"그런데 어느새 그것이 이 일대 서민들 사이에서도 유행을 했어요. 그들은 천삼도의 신도이기는 하지만 민간신앙이 복잡하게 섞여서 종지宗旨가 다릅니다. 그래서 천삼도의 순례와는 구별해 백치라 불립니다."

백치는 따로 석림관에 출원하여 순례의 허가를 받은 것은 아니라 석림관 면허 깃발이 없다. 그 대신에 그것을 본뜬 하얀 천을 몸에 지니고 길을 떠난다. 석림관은 이를 재가 신도의 일파로 받아들여 특별히 백치도 사당에서 보호하고 있다고 한다.

"천삼도 도사의 순례는 석림관에서 시작되어 서주, 마주를 거쳐 문주를 돌고 석림관으로 돌아가는 장대한 여정이지요. 각지에 있는 사당이나 돌비를 찾아다니며 도관을 순례하는 겁니다. 각각을 잇는 길이 있기는 하나 수행이 목적이니 일부러 험준한 산속, 험한 장소를 고릅니다. 그렇기에 순례를 완수하는 것만으로 높은 지위에 이른 도사로 존경을 모을 수 있지요."

후세에 열혈 신도들은 도사와 똑같은 순례를 하고 싶어 했지만 그렇다 한들 수행자도 아닌 일반 신도에게는 어려운 일이었다. 여정이 가혹하여 어지간한 수행을 쌓지 않으면 답파하는 것 자체가 어렵다. 그래도 하고 싶다고 청하는 신도를 위해 석림관은 허가를 내렸다. 신도는 수행도를 이용하지 않고 되도록 큰길을 이용한다. 찾아다니는 순례지의 숫자도 줄여서 지나치게 위험한 곳은 지나지 않는다.

"간소화된 거군요."

교시의 말에 기이쓰는 고개를 끄덕였다.

"하오나 일부는 도사가 가는 수행도를 공유하니 쉽지는 않지요. 그래서 석림관도 간단히 순례를 허가하지 않습니다. 순례에 걸맞은 자, 그것도 단체에만 허가를 해줍니다."

천삼도는 수행을 근본으로 삼는 종파라 신도도 나름대로 수행을 한다. 일정한 수행을 쌓는 것이 허가의 전제다.

"그렇지만 백치는 그와는 다릅니다. 백치의 순례는 도사와 일반 신도의 순례 경로를 함양산 주변만 한정한 것으로, 석림관을 참배한 뒤 함양산의 동쪽 봉우리에 있는 사당을 참배하고, 거기서부터 돌비를 돌며 함양산을 일주해 석림관으로 돌아옵니다. 그래도 한 달 가까이 걸리는 여정이지요."

기이쓰는 멀어지는 노부부의 뒷모습을 보았다.

"천삼도 도사의 순례와 신도 순례는 흔하지 않지만 백치의 순례는 많습니다. 특히 최근에 늘어난 것 같더군요. 화적의 이해와는 관계가 없으므로 백치만은 화적 세력권의 통행을 묵인받았지요. 그래도 상대가 화적이니 희생은 제법 따르는 것 같지만요."

위험을 알고 가는 것인가. 설사 화적이 묵인해주더라도 요즘 시기에 산속은 추울 것이다. 사당에 의지하며 갈 수 있다지만 여행 자체가 위험을 동반한다는 것에는 변함이 없으리라. 교시가 그런 생각을 하는데 리사이가 불쑥 물었다.

"순례는 언제부터 유행하기 시작했지?"

"재가 신도의 순례는 제가 어릴 적에도 이미 있었을 거예요."

"그럼 그들이 뭔가 보고 듣지 않았을까."

기이쓰는 "아아" 하고 소리치고서 생각에 잠긴 듯이 고개를 갸웃했다.

"정식 순례는 그리 흔하지 않습니다. 자주 보는 것은 백치의 순례인데 문주의 난이 있고 주벌이 내린 이후부터 시작됐을 겁니다. 순례의 장소가 함양산 주변으로 한정되어 있으니 무언가를 보고 들었을 가능성은 있겠군요."

리사이는 고개를 끄덕이고 곧바로 노부부의 뒤를 쫓았다.

"실례하오."

말을 걸자 부부는 작게 비명을 지르며 돌아보았다. 나이 든 여자가 제 기세에 넘어졌다.

"미안하군, 괜찮은가."

넘어진 여자도, 일으켜 세우려고 무릎을 꿇은 남자도 겁먹은 듯이 리사이를 올려다보았다.

"놀라게 한 모양이군요."

기이쓰가 재빨리 곁으로 달려와 무릎을 꿇고 손을 내밀었다.

"다치지 않으셨나요?"

두 사람은 놀란 듯이 기이쓰를 보고 도복에 안도했는지 고개를 끄덕였다.

"십중팔구 화적인 줄만 알고……."

"미안합니다. 그저 여쭈고 싶은 것이 있어서요."

기이쓰가 나이 든 여자를 부축해 일으키고서 부부의 먼지를

70

백은의 언덕 검은 달

턴다.

"이 지역에 사시나요? 이 주변에도 화적이 있습니까."

겨우 일어난 두 사람은 "이 주변은 아직 괜찮다고 들었어요" 하고 대답했다.

"요새는 위험하다 보니 꽤 남쪽까지 출몰한다는 이야기도 들어서……."

"그걸 알면서 순례에 나선 것인가?"

리사이가 묻자 부부는 당혹스러운 듯이 리사이를 쳐다보았다.

"그 연세에 위험하지는 않은가."

두 사람은 고개를 숙였다. 기이쓰가 그들을 달래며 말했다.

"간절한 소원이 있나 보군요. 잠깐 시간을 내어주시겠습니까?"

"아…… 그럼요. 무슨 일이시죠……?"

"두 분은 순례가 처음인가요?"

두 사람은 그렇다고 대답했다. 지켜보던 교시는 마음속으로 한숨을 쉬었다. 그렇다면 부부가 교소의 행방에 대해 무언가를 보고 들었을 가능성은 없을 것이다.

"두 분과 똑같이 순례하는 분들께 다친 무장을 보았다는 이야기를 들은 적은 없으십니까."

"아뇨."

노인은 대답하고서 눈을 가늘게 뜨며 기이쓰의 얼굴을 보았다.

"무슨 수사를 하시는 거요?"

"아닙니다. 그저 지인의 소식을 찾는 중입니다. 최근 일이 아니어도 괜찮습니다. 화적의 난이 있고 난 이후에요."

"저희는 아무것도 모릅니다요."

노인의 대답은 철벽같았다.

"이보게. 얼른 가자고."

노인이 나이 든 아내에게 말한다.

"소문도요?"

"아무 얘기도 못 들었어요. 그럼 이만."

서둘러 가려는 부부에게 말했다.

"곧 눈이 내릴 겁니다. 가는 길 괜찮으시겠습니까."

"불당이 있는걸요."

"함양산의 천제 사당이라면 여러 번 참배했는데 길이 험했어요. 뜻이 있어 가시는 길이니 말리지는 않겠지만 모쪼록 무리는 하지 마십시오. 충분히 조심하세요."

두 사람은 복잡한 표정으로 기이쓰를 돌아보고 가볍게 인사했다. 마음 써주는 것은 고맙지만 더는 일절 관여하고 싶지 않다고 얼굴에 적혀 있는 듯했다.

"기이쓰, 말리지 않나."

도망치듯 떠나는 두 사람을 지켜보면서 리사이가 물었다.

"두 사람이 가기로 마음먹었으니까요."

"그러나 너무 위험하지 않나."

소리가 들렸는지 겁먹은 것처럼 부부가 돌아보았다.

"화적만이 아니야. 길도 날씨도."

"위험은 알고 있겠죠."

기이쓰는 부드럽게 미소 지었다.

"그만한 각오를 하고 하는 일입니다. 신앙이란 그런 것이니까요."

리사이는 입을 다물었지만 납득한 것 같지 않았다. 하지만 교시는 막연하게나마 이해가 갔다. 위험한 줄 알지만 그래도 가고 싶다, 가야만 하는 것이다. 멀어지는 노부부를 지켜보면서 교시는 위험을 알면서 길을 나설 만큼 두 사람의 소원은 간절하리라 생각했다. 무엇이 저 두 사람을 위험한 첫 여정으로 떠밀었을까.

"무탈하게 돌아와야 할 텐데……."

교시는 작게 말하며 노부부를 전송했다.

그때 리사이가 어떤 생각이 떠오른 듯 기이쓰를 돌아보았다.

"기이쓰, 백치인 척하는 것이 가능할까."

교시는 그 말에 깨달았다. 당연히 기수는 두고 가야 한다. 말도 데려가지 못할 것이다. 갑주나 검도 두고 가야 할지 모른다.

하지만 적당한 차림에 하얀 천만 있으면 된다.

교시는 납득했다. 단검 정도라면 품에 숨기고 다닐 수 있겠지. 지팡이 대신 곤봉도 문제는 없을 것이다. 이럴 때 고료가 있었다면 든든했을 것이다. 그러고 보니 지금쯤 어찌고 있을지 마음에 걸린다. 그 생각을 고개를 한번 내저어 떨쳐냈다. 지금은 생각해봤자 소용없는 일이다.

"서둘러 준비하겠습니다."

그들은 서둘러 임우로 돌아갔다. 대강 준비를 마친 그날 밤 기이쓰가 한 사람을 더 데려갔으면 한다고 말했다.

"임우에 사는 인물로 매우 믿음직한 자입니다. 의협심이 있고 실력도 있어 부구원에 있는 이들도 많이 의지하고 있지요. 함양산 주변에도 밝으니 동행하면 도움이 될 겁니다."

기이쓰가 말했다.

"저는 짐이 될 테니 화적과 말썽이 일었을 때를 생각하면 동행하지 않는 편이 나을 겁니다. 리사이 님의 걸림돌이 되어서는 안 되니까요."

솔직히 말해서 고마웠다. 돌아다니는 일이 전문인 호토는 최소한 자신의 몸을 지키는 정도는 할 수 있을 것이다. 교시도 자기 한 몸쯤 어떻게든 할 수 있으리라. 하지만 기이쓰는 그조차

할 수 없다. 무슨 일이 벌어졌을 때 기이쓰를 감싸며 행동하기는 불안했다. 똑같은 생각이었는지 리사이는 그 말을 기꺼이 받아들였다. 이튿날 아침 세 사람이 임우의 문이 열리기를 기다리며 서 있는데 기이쓰가 낯익은 얼굴의 남자를 데려왔다.

"겐추?"

리사이의 목소리에 기이쓰가 놀라며 두 사람을 번갈아 보았다. 겐추 역시 놀랐겠지만 표정에는 별로 티가 나지 않았다. 곤혹스러운 듯이 고개를 끄덕인다.

"아는 사이십니까."

호토가 활짝 웃었다.

"지금 머무는 집을 구할 때 신농에게 소개받았어요. 아무래도 겐추는 신농과 부구원, 모두가 신용하는 인물인 모양이군요."

"그랬군요."

기이쓰가 미소를 지었다. 교시는 인연이라고 생각하며 물었다.

"겐추는 함양산과도 관계가 있었어요?"

겐추는 "아니"라고만 짧게 대답한다. 대신에 기이쓰가 말했다.

"원래 겐추는 근처 광산에 광부를 알선하는 거간꾼이에요."

"신농에게도 그리 들었습니다."

기이쓰는 고개를 끄덕였다.

"그런 관계로 이 일대 광산에 대체로 밝습니다. 함양산 주변도 잘 알죠. 함양산 주위에 있는 마을은 원래 함양산의 광부촌이거든요. 다만 겐추는 함양산으로 광부를 파견한 적은 없을 겁니다."

그리 말하자 겐추가 고개를 끄덕였다.

"거기는 광부의 산이 아니야."

함양산은 옥광이 아니라 옥천의 산이다. 옥천은 말 그대로 옥을 만드는 샘으로 함양산에 솟아오르는 물이 옥을 키운다. 천연으로 샘솟은 물은 땅에 옥을 품어 기른다. 이렇게 기른 옥을 광부가 채굴한다. 함양산은 대국에서 가장 역사가 긴 옥천으로 오랜 세월 채굴로 인해 막대한 매장량을 자랑하던 옥마저 바닥이 났다고 했다. 이미 교왕 시대에는 함양산 곳곳에 솟아난 샘만 남아 있었다. 샘마다 갱씨坑氏가 붙어 옥을 키운다. 갱씨는 나라나 주에 샘을 독점하는 허가를 받아 옥을 키우는데 샘물과 키운 옥을 빼앗기지 않기 위해 갱도에 몇 겹의 관문을 만들어 샘의 위치를 숨기고, 동시에 관문에는 일반적으로 방비를 두어 경호한다. 그 경호를 맡던 이들이 화적이다.

"갱씨가 옥 키우는 데 광부의 힘은 필요하지 않다."

새로운 샘을 찾으려면 광부의 일손이 필요하지만, 함양산에는 이제 새로운 샘이 없다는 이야기가 돈 지 오래다. 그런 까닭에 겐추도 함양산에 광부를 파견한 적이 없다고 한다. 그러나 함양산 주변, 요산 남부 일대에는 작은 옥천이 여럿 있었다. 그뿐 아니라 임우 주변에는 금과 은 등의 희소한 금속을 산출하는 광천이 많고 광산 자체도 많다. 여기서 일하는 광부를 알선해왔다.

"문주에서 난이 일어난 당시에 가동하던 옥천은 함양산 주변에 얼마나 있었을까."

리사이가 묻자 겐추는 열이 채 되지 않았을 거라 대답했다.

교왕의 실도失道로 나라가 기울자 함양산은 물론이고 그 일대 옥천, 결국에는 임우 주변 광천에 이르기까지 마르기 시작했다. 새로운 옥천을 찾아 무사히 궤도에 오른 산도 있지만 그렇지 않은 산도 많다. 광부는 만성적으로 공치는 날이 많았다고 한다. 다만 한때 샘이나 샘물이 지나던 수맥에는 자갈과 뒤섞인 옥층이 생성되었다. 옥으로서 가치는 거의 없지만 돋보이는 돌로서는 수요가 있었다. 그런 돌을 캐는 이도 있었지만, 이 역시 화적이 차례로 점거해버렸다.

"문주는 화적을 방치하니까요. 문주후는 시정을 베풀 마음이 없어요⋯⋯."

기이쓰는 낙담한 듯이 그리 말했다. 왕사가 화적을 한번 물리쳤지만, 아센의 반역으로 문주에 있던 왕사가 뿔뿔이 흩어지자 도주한 화적이 다시금 모이고, 곤경에 빠진 백성을 흡수하며 이

전 세력을 회복했다. 문주는 이를 방치했다. 화적을 배제하고 백성을 구하려는 움직임은 어디에도 없다.

"규산朽棧이라는 화적이 함양산을 점거하고 있을 겝니다. 유력한 주요 화적이 왕사에 토벌당하고, 정벌할 것도 없어서 남겨진 졸개며 잔챙이가 새로운 세력이 되었습니다. 규산은 그중 한 사람이에요."

예전처럼 잘 조직된 것도 아니고 버거운 상대도 아니다. 단순히 건달패이지만 그렇게만 규정짓기는 어렵다.

"아주 위험한 것은 아니지만 충분히 조심하세요."

기이쓰에게 그런 말을 듣고서, 이튿날 일행은 문이 열리자마자 길을 나섰다. 그들은 다시 임우에서 북쪽으로 향했다. 무기를 들면 화적을 자극할 뿐이라 지팡이 대신 하얀 천을 건 곤봉만 챙겼다. 반각쯤 뒤에 지구를 지나쳤다.

002

네 사람은 사흘이 걸려 중규모 마을에 도착했다. 이곳이 안전하게 오갈 수 있는 마지막 마을이었다. 여기서부터 북쪽은 화적의 세력권하에 있어 여행할 때는 주의가 필요하다.

이튿날 이른 아침, 겐추의 안내로 들어선 큰길은 한산했다. 주변에 마을은 남아 있으나 인기척이 없다. 방치된 지 오래된 탓인지 어디나 폐허나 다름없는 모습이었다.

"그래도 지붕이 있고 벽이 있는데……."

교시가 불쑥 중얼거렸다.

화적이 점거하지 않았다면 여기에 이만한 건물과 땅이 있다. 화적의 위협만 없다면 부구원을 비롯해 각지에 모인 황민들이 여기서 살 수 있으련만.

임우 주변에서는 가는 곳마다 보이던 홍자 덤불도 보이지 않는다. 꽤 오래전부터 방치되었다는 증거다.

저녁에는 저강이라는 고을이 보였지만 들를 수는 없었다. 활기는 없었지만 사람이 없는 것은 아니라는 증거로 곳곳에 등불이 켜져 있다. 큰길은 저강 서쪽을 지나 다시 북쪽으로 향한다. 한편 고을 정면에서 동쪽으로도 길이 뻗어 있다. 동쪽에 보이는 산으로 올라가는 길로 보인다.

"이 길은 어디로 통하지?"

"동쪽으로 빠지는 길입니다. 두 봉우리 사이를 지나 임우 동쪽에서 승주로 향하는 두제도斗梯道로 합류할 겁니다."

호토가 대답하자 겐추도 말없이 고개를 끄덕였다. 이 억센 남자는 군말은 전혀 하지 않았다. 무언가를 물으면 대답은 하지만 대개 최소한의 답변만 돌아오니 친해지기가 여간 어려운 게 아니었다. 그래도 많은 황민이 의지한다니 꽤나 인망이 있는 자일 것이다.

─인망이 아니라면 결과인가.

리사이는 그런 생각을 하며 살짝 미소 지었다. 그것을 보고 이상히 여겼는지 호토가 물었다.

"왜 그러십니까."

"괜히 주공이 생각났어. 자신은 인망이 없다고 말씀하셨지."

"예?"

호토가 눈을 동그랗게 떴다.

"인망이 없다고요?"

참으로 뜻밖이라는 눈치였다. 리사이는 웃었다. 자신도 아마 이런 표정을 지었을 것이다.

─그럴 리가요.

리사이는 그 이상 말을 잇지 못했다. 인망으로 말할 것 같으면 교소만큼 인망을 모은 자도 없다. 그 결과가 옥좌 아닌가.

─재미도 없고 귀여운 구석도 없다더군.

교소는 그렇게 말하고 쓴웃음을 지었다. 옥좌에 오른 겨울, 새로운 왕은 지나치게 성급하다는 말을 들을 무렵이었다. 리사이는 그렇게 서두를 필요가 있느냐고 교소에게 물은 적이 있다. 그 대답이 "인망이 없다"였다.

—왜 서두르느냐고 묻는다면 백성이 필요로 하기 때문이다.

교소는 말했다.

—백성은 교왕의 착취에 피폐해 있어. 한시라도 빨리 희망을 보여주고 싶다.

—지당한 말씀입니다만.

그러나 급격한 변화에 따라오지 못하는 자도 있다. 그들은 변화 자체를 두려워했다. 급류에 휩쓸린 심정이겠지. 앞날이 불안하다며 겁내는 마음은 리사이도 모르는 바가 아니었다.

—그러나 실제로는 내 천성인 것도 같군. 항상 전속력으로 나아가지 않으면 안심이 되지 않아. 나에게는 인망이 없으니까.

리사이는 호토와 똑같이 눈을 동그랗게 떴다.

—예? 그럴 리가요.

사실이지 않나, 하고 교소는 웃었다.

—간초와 소겐, 가신 같은 자를 인망이 있다고 하는 거지. 간초의 호탕함, 소겐의 성실함과 고상함, 가신의 대범함을 경모하는 자는 많다.

—예…… 그건 압니다만…….

—에이쇼는 보통내기가 아니지만.

교소는 씁쓸한 듯 말했다.

─그래도 개성이 있으니 마음이 맞으면 매력으로 느끼겠지. 세이라이처럼 말은 짓궂게 하면서도 전폭적으로 신뢰를 두는 친한 자도 많아.

─그렇죠.

리사이는 수긍했다. 싫어하는 이도 많지만 따르는 이도 많다. 특히 휘하 중에는 추종하는 자가 많았다.

─그런 부분이 나에게는 없다. 한결같이 엄격하기만 해서 재미도 없고 귀여운 구석도 없다더군. 다시 말해 인망이 없다.

─인망이란 그런 뜻만은 아닐 텐데요…….

인품으로 친애의 정이나 신뢰를 얻는 것만이 '인망'은 아닐 것이다.

─많은 이가 주상께 경애와 신뢰를 보냅니다. 지금 말씀하신 자들이 교소 님을 존경합니다. 그 또한 인망이 아닙니까?

─다들 내가 낸 결과를 신뢰하는 것이다.

교소는 비굴한 내색 없이 웃었다.

─결과를 내지 않으면 아무도 따르지 않지.

─그런 말씀 마십시오.

─딱히 그것을 부끄럽게 여기지는 않는다. 세상에는 나같이 재미 없는 자도 있는 법이야. 하지만 그런 자라도 결과를 꾸준히 쌓으면 사람이 따른다. 만약 나에게 인망이 있다면 그것은 결과

가 만들어준 것이다. 그래서 항상 결과를 향해 서두르려 하지.

—예에.

리사이는 고개를 끄덕였다. 확실히 교소의 인망은 그의 실적으로 만들어졌다.

—……서두르지 않을 수 없지.

교소는 말하고서 운해로 눈길을 돌렸다.

—그리고 지금 다들 나에게 바라는 결과는 백성에게 안녕을 가져오는 것이다.

교소는 그리 말했다.

리사이가 풀어놓은 이야기에 호토는 흥미를 보이며 "호오" 하고 맞장구쳤다.

"실제로 재미없는 분이셨습니까?"

"우직하고 올곧은 분이기는 하지. 재미가 있고 없고를 생각한 적은 없군."

"생각하지 않았다는 말은 역시 그 말이 맞는다는 건가요."

"글쎄."

리사이가 입을 열었을 때 교시가 불쑥 말했다.

"그런 분이라면 지금 참으로 괴로우시겠지요."

리사이에게는 충격이었다.

교소는 죽지 않았다. 그 말인즉 지금 어딘가에 살아 있다는 뜻이다. 자신이 현재 대국 백성을 위해서 아무것도 이루지 못한 것은 충분히 알 것이다. 그 탓에 대국이 엉망이 된 것도, 아센이 나랏일을 방치하고 백성이 절벽에 내몰린 사실도 알고 있으리라. 그렇다면 얼마나 애가 타고 분통할까. 그런 교소의 신정을 곰곰이 생각해본 적이 없었다.

"그렇겠군."

리사이가 작게 대답했을 때였다.

어떤 여자가 어린아이를 데리고 리사이의 눈앞을 지나갔다. 나이는 서른이 넘었을까. 여위었지만 등을 꼿꼿이 펴고 여자아이의 손을 잡고 잰걸음으로 걸어갔다. 머리에는 하얀 천을 둘렀다.

"혹시 저들도?"

리사이는 작게 외쳤다. 교시도 시선을 좇았다. 놀라서 바라보던 호토가 허둥지둥 모녀에게 다가갔다.

"잠시만요. 혹시 지금 함양산으로 가십니까?"

갑자기 말을 걸자 여자는 미심쩍은 표정으로 호토를 돌아보았다. 호토가 손에 든 흰 천을 단 지팡이를 보고 안도한 듯이 표정이 누그러졌다.

"예에, 맞아요. 그리 가시나요?"

호토는 "네" 하고 고개를 끄덕이고 엄마의 손을 잡은 딸을 보았다. 예닐곱쯤 되었을까. 엄마의 손을 꼭 쥔 채 천진한 얼굴이 긴장해서 얼어붙었다.

"따님인가요? 안녕."

호토가 말을 걸자 여자아이는 겁을 먹은 듯 엄마의 등 뒤로 숨었다.

"죄송해요. 낯을 많이 가려서요."

"아닙니다. 놀라게 한 모양이군요."

호토는 미안하다며 딸에게 웃어 보였다.

"따님도 함께 가십니까?"

"네, 그래요."

"주제넘은 참견일 수도 있지만."

호토가 걱정스레 말했다.

"위험하지는 않나요? 요새 이 일대 화적이 난폭하게 날뛴다는 소문을 들었는데요."

"소문은 들었어요. 사실일까요?"

"그런 모양이던데요. 게다가 입동도 지나지 않았습니까. 고지대에는 눈도 내리기 시작했어요. 아이를 데리고 산에 들어가기에는 무리가 아닐까요."

호토의 말에 여자는 순간 꺼림칙한 얘기를 들은 것처럼 시선을 피했다.

"하지만…… 어디까지나 소문일 뿐이잖아요. 백치는 원래 상관없고요."

애기를 마치려는 듯이 여자는 딸을 재촉했다.

"가자. 당신들도 조심하세요."

매몰차게 말하고 걸음을 떼는 모녀 앞길을 리사이가 가로막고
섰다.

"듣지 못했나? 더 가면 위험하다."

"그런 소문이 있다는 애기일 뿐이죠. 충분히 조심할 거예요."

"애초부터 위험한 길이 아닌가? 묵인해준다고 해도 상대는 화
적이야. 언제 마음을 바꿀지 모를 일이고, 바꾸었다고 해서 미리
알리지도 않겠지."

"맞는 말이에요."

여자는 짜증을 내며 리사이의 뒤편, 나아가려던 길 너머를 보
았다.

"당신을 위해 하는 말이야. 돌아가시오. 하다못해 날씨가 좋아
질 때까지만이라도."

"어째서 백치인 당신이 나를 말리죠?"

여자는 매섭게 리사이를 노려보았다.

"나는 갈 거예요. 주의는 충분히 할 거고요. 그러니 참견하지
마요."

"하지만……."

"위험한 건 알아요."

여자가 외쳤다.

"남편도 요 앞에서 죽었으니까."

"그러면 어째서……."

"남편이 못다 이룬 채 숨을 거두었으니 가는 거라고요. 친절 감사하네요."

여자는 꾸벅 인사했지만 태도는 어디까지나 쌀쌀맞았다.

"아이만이라도 어디에 맡기면 어떻겠나."

"어디에요?"

여자의 눈은 냉담했다.

"요즘 세상에 어디서 맡아줄까요? 안심하고 맡길 장소가 있다면 처음부터 이런 곳까지 데려오지 않았겠죠."

"그러나……."

"제발 내버려둬요. 나는 가야 하니까."

"어찌 그렇게까지 하시오."

여자는 그 말에 대답 없이 서슬이 올라 리사이의 얼굴을 쏘아보았다.

"댁은 누군데 그래요?"

리사이는 뭐라 대답해야 할지 말문이 막혔다.

"이 근방 사람이 아니겠죠. 문주 사람도 아니고, 살림도 그다지 어렵지 않겠죠. 가난한 척 옷만 바꿔 입어봤자 대번에 알 수 있어요. 왜 여유 있는 타지 사람이 백치 흉내를 내는 거예요?"

"나는 임우에 사네."

리사이가 대답했다.

"문주 출신은 아니지만 신앙에 출신은 관계없지 않나."

"정말 그럴까요?"

여자는 쌀쌀맞게 말하고 딸의 손을 잡아끌었다.

"저 산에는 훌륭한 도사님이 계세요."

여자는 북쪽에 우뚝 솟은 산을 올려다보았다.

"옛날에 산에 들어가 승선한 귀한 도사님이에요. 그분을 뵈면 추위나 굶주림에서 구제받을 수 있어요. 그러면 이제 아이를 잃을 걱정도 안 해도 되겠죠."

리사이는 어리석은 이야기라고 생각했다. 그런 기적을 내리는 신선 따위 있을 리가 없다. 누가 지어낸 것인지 완전히 몽상이었다.

그러나 꿈에 매달리는 수밖에 없을 정도로 문주의 백성은 궁지에 내몰렸다.

"이 아이를 위해 나는 가야만 해요."

매몰차게 말하자마자 여자는 아이의 손을 끌고 쫓기듯이 저강을 향해 걸어갔다. 그런 모녀를 지켜보다가 리사이는 교시에게 말했다.

"쫓아가자."

"말릴 수 있을까요? 어지간히 황소고집이네요."

호토의 말에,

"그렇다고 내버려둘 수도 없어. 하다못해 거리를 두고 따라가면 위험할 때 도와줄 수 있고, 우리가 동행처럼 보일지도 몰라. 동료가 있다는 오해만으로도 위험은 사라진다."

교시는 "예" 하는 목소리를 남기고 한발 먼저 모녀의 뒤를 따랐다. 리사이 일행이 빠른 걸음으로 뒤따랐다.

"저강은 어느 정도 안전하지? 완전히 화적의 지배하에 있는 건가."

리사이가 겐추에게 물었다.

"화적의 지배하에 있는 것은 분명하지만 그곳에는 외지인도 많아. 화적이 어지간히 있으니까 그곳에서 장사하는 이들도 있고, 장사꾼이 모이면 짐도 움직이지. 다시 말해 사람이 드나들어. 인근 산에서 일하는 광부도 많다. 화적만 있는 것은 아니나 그들을 어떻게 평가할지는 사람에 따라 다르겠지."

리사이는 고개를 끄덕였다. 앞서가던 모녀가 뒤돌아본다. 매서운 시선을 던지고 잰걸음으로 앞으로 나아가려다가 몇 차례 다시 돌아보고는, 리사이 일행이 그저 뒤따를 뿐이라는 것을 깨닫자 걸음을 늦추었다. 저강 앞에서는 오히려 자주 걸음을 멈추고 리사이 일행이 거리를 좁히기를 기다리는 것 같았다. 뭉쳐서 가는 편이 안전하다는 것에 생각이 미친 모양이었다.

문으로 들어서서 모친은 좌우를 둘러보았다. 거리에는 황폐한 기색이 짙고, 반쯤 붕괴한 건물도 그대로 방치되어 있다. 훼손 없는 건물에만 불빛이 있었지만 거리 태반은 사람이 살지 않는 듯했다. 오른쪽 모퉁이에 있는 건물 옆에 세워놓은 작은 깃발이 나부꼈다.

"석림관 사당으로 가는 거겠지."

하얀 깃발은 사당까지의 경로를 나타내는 표식이라고 겐추가 말했다. 그 말대로 모친은 깃발이 있는 쪽 길로 나아갔다. 거리 는 한산했다. 오가는 사람의 숫자는 끊이지 않는 정도는 되었지 만 인근 건물에 불빛을 밝힌 창문은 절반 정도, 고을 규모에 비 해 주민은 적은 것을 한눈에 알 수 있다. 원래는 교통의 요충이 었다. 함양산과 임우를 연결하는 큰길과 승주로 빠지는 큰길의 분기점. 부근에는 광산도 많고, 수많은 광부로 붐볐다 한다.

모녀는 어둑한 길을 열심히 걸어간다. 군데군데 먼지로 얼룩 진 하얀 깃발이 꽂혀 있었다. 깃발을 따라 길을 나아가 모퉁이 하나를 돌아 샛길로 들어간다. 길을 꺾을 때 모친은 리사이 일행 이 따라오는지를 확인하듯이 시선을 흘끔 던졌다. 뒤따라서 샛 길로 들어갔다. 똑바로 나 있는 길 정면에 멀리 사당인 듯한 문과 지붕이 보였다.

"사당에는 도사가 있을까."

"있을 거야."

겐추는 사족 없이 대답했다.

석림관은 수행을 위한 장소로 천삼도의 도사는 기본적으로 바깥세상 일에 간섭하지 않는다. 그래서 화적과도 불가침이라는 이름의 강화가 성립했다.

"그러한가."

리사이가 중얼거렸을 때 전방에 그림자가 슥 나타났다. 길과 교차하는 골목에서 남자 여럿이 튀어나왔다.

남자들은 영락없는 화적이었다. 갑옷도 없고 저마다 무기를 손에 든 것 같지도 않았지만 불량배인 듯한 분위기가 감돌았다. 남자들은 모녀의 앞길을 가로막듯이 길 앞에 흩어졌다.

"무슨 일이죠."

모친의 불안한 듯한 목소리가 들렸다. 리사이 일행은 걸음을 서둘러 모녀와의 거리를 좁혔다.

"못 보던 얼굴이로군."

취한 듯한 남자의 목소리가 들렸다.

"백치입니다. 신경 쓰지 마세요."

"이 시기에 산길은 힘들어. 아이까지 있으면 보통 일이 아니지."

"지나가게 해주세요."

나아가려는 모친 앞을 남자가 가로막았다. 얼굴에는 야비한 미소가 새겨 있었다.

"아이를 위해서라도 그만두는 편이 좋아."

"맞아, 맞아."

다른 남자가 장단을 맞췄다.

"여행은 중지다. 노잣돈은 여기에서 기부하고 가시지."

강도인가. 리사이가 지팡이를 쥐었을 때 겐추가 외쳤다.

"백치는 건드리지 않겠다고 약속했을 텐데."

남자들은 겐추와 리사이 일행을 보았다.

"네놈들도 여행은 관둬. 그러면 노잣돈은 필요 없겠지."

"그만둔다면 이제 백치가 아니지."

"그만두지 않을 거예요."

말을 마친 여자는 남자들 사이를 돌파하려 했다. 남자 하나가 그녀를 끌어안았다.

"그만둔대."

"현명하군. 이 일대에도 눈이 내릴 것 같고 말이지."

"포기할 테니 노잣돈으로 술을 마시래. 술 시중도 든다는군."

교시는 리사이를 흘끔 보았다. 리사이가 고개를 작게 끄덕였다. 교시는 지팡이를 들고 여자 곁으로 달려갔다. 여자를 붙잡은 남자의 어깨를 찌르고 몸이 떨어진 틈에 손을 때린다.

남자가 무슨 짓이냐고 외쳤다.

"두 사람을 사당으로."

리사이가 겐추에게 말하면서 교시 쪽으로 손을 뻗는 남자들의 팔을 쳐냈다. 겐추는 고개를 끄덕이고 몸을 비스듬히 숙여 남자와 모친 사이로 뛰어들더니 남자의 팔꿈치를 가격하고 곧바로 아이를 끌어안았다. 쫓으려는 남자의 손을 교시가 쳐낸다. 남자의 일행이 지팡이를 잡고 끌었지만 끄덕 않고 그대로 파고들어 남자의 가슴을 어깨로 쳤다. 동시에 공중에 뜬 다리를 지팡이로 쳤다. 남자가 나가떨어져 그 자리에 쓰러졌다.

그 틈을 타 겐추는 모녀를 데리고 사당으로 달려갔다. 뒤쫓으려는 다른 남자 앞에 호토가 뛰어들어 가로막았다. 그러고는 남자의 다리를 교시가 지팡이로 쳤다. 쓰러진 남자의 무릎을 밟고 곧바로 옆에서 덤비는 남자의 명치를 지팡이로 찌른다.

—좋아.

교시는 스스로에게 고개를 끄덕였다. 리사이와 고료 덕분이다. 이전보다 훨씬 싸움이 늘었다.

"늘었군."

웃음 섞인 작은 목소리가 들렸다. 리사이가 살짝 미소 짓고, 동시에 군더더기 없는 손놀림으로 남자 한 명을 땅바닥에 때려눕혔다. 그때였다.

교시는 뒤쪽에서 발소리를 들었다. 돌아보니 지나온 모퉁이에서 남자 여러 명이 달려왔다.

"가자."

리사이는 말하고서 사당 쪽으로 눈짓했다. 마침 산문 안으로 사라지는 모녀와 겐추의 뒷모습이 보인 참이었다. 여자는 문 안으로 들어가면서 뒤돌아보았다. 멀어서 어떤 표정인지는 알 수 없었다.

처음에 뛰어나온 취객 중에 두 사람은 전의를 잃은 듯이 바닥에 나뒹굴었다. 남은 세 명이 미련하게 일행을 잡으려고 발버둥쳤다. 그중 한 사람을 호토가 쓰러뜨리고, 덤비는 또 한 사람을 리사이가 지팡이로 때려눕혔다. 일행은 남자들 사이를 헤치고 사당으로 달리기 시작했지만, 그전에 남자 여러 명이 여기저기서 튀어나왔다.

─앞과 뒤.

반사적으로 일행은 서로 등을 맞대고 모였다. 시선으로 훑어본 바로 앞에 여섯 명, 뒤에 일곱 명. 거기에 큰길 쪽에서 세 명이 더 달려왔다. 대부분 무기가 없는 것이 그나마 다행인가.

"전방이다. 돌파한다."

리사이가 나직하게 말했다. 교시와 호토는 고개를 끄덕이고 곧바로 덤벼드는 여섯 명에게 돌진했다. 교시는 정면에 보인 남자의 가슴을 지팡이로 찔렀다. 비틀거린 남자에게 몸통 박치기를 하려 했으나 옆에서 나타난 남자에게 저지당했다. 그 손을 피해 자세를 다시 잡고 뻗어 오는 손을 떨치려고 후려쳤다. 움찔하는 틈에 뛰어들려 했지만 몸통으로 밀치려다 만 남자가 파고 들어왔다. 몸을 피하는 것이 고작이고, 그렇게 발을 멈춘 사이에도 등 뒤 발소리는 가까워진다.

어떻게든 도망칠 틈을 만들려고 앞에 보이는 남자를 향해 지팡이를 찔렀다. 상대방이 쳐낸 지팡이를 크게 휘두르려 했을 때 뒤에서 지팡이를 붙잡았다. 몸을 비틀어 그 손을 뿌리치고 옆으로 몸을 날려 거리를 둔다. 바닥에 엎드린 남자가 교시의 다리를 붙잡았다. 발로 차서 피했지만 거리를 두고 지팡이를 바로잡았을 때는 이미 열 명이 그 뒤에 쇄도해 있었다.

―무리야.

교시는 등줄기에 식은땀이 흐르는 것을 느꼈다. 적은 수로 많은 적을 대적하지 못한다는 말은 이런 것인가. 고료의 말이 되살아났다. 숫자의 우위로 상대를 능가한다, 그것이 가장 기본이라고 했다.

혼자서는 여럿을 모두 상대할 수 없다. 적어도 교시의 기량으로는 무리다. 마구잡이로 숫자를 줄이려 해도 옆에서 끊임없이 방해해 들어왔다. 지금까지는 간신히 피했지만 여기서 숫자가 더 늘어나면 피하기도 불가능하다.

겁먹은 교시와 달리 리사이는 담담히 앞쪽에 나타난 남자들을 해치웠다. 도움이 되고 싶지만 리사이 곁으로 달려가려 하면 다른 손에 저지당해 발이 묶였다. 리사이조차 포위망이 서서히 좁혀졌다. 무기가 지팡이여서야 상대가 되지 않는다.

마구잡이로 지팡이를 휘둘러 리사이와의 사이를 가로막은 사람들에게 돌진했다. 어떻게든 파고들어 상대방이 주춤할 때 돌파해 도망쳐야 한다.

달리다 옆구리를 힘껏 찔렸다. 순간 숨이 막힌다. 비틀거리는데 옆에서 얼굴을 향해 주먹이 날아왔다. 겨우 피한 순간 팔이 붙들렸다. 쓰러뜨리려는 힘에 저항하자 관자놀이에 충격이 전해졌다. 눈앞이 암전한다. 어둠과 작렬하는 빛, 온몸의 감각이 사라진다. 곧이어 배를 올려 치는 통증으로 정신을 차렸지만 교시는 어느새 땅바닥에 무릎을 꿇었다. 일어나려 했지만 누군가 위에서 몸을 내리눌렀다. 도망치려고 몸을 비트는 사이에도 제압하는 손이 늘어나서 그 자리에 쓰러지고 말았다.

—상대방의 공격을 받지 않을 것.

고료의 목소리가 되살아난다.

—맞으면 진다.

"백치는 건드리지 않는 것 아니었습니까!"

호토가 큰 목소리로 소리쳤다. 호토 역시 땅바닥에 깔려 거친 숨을 내쉬었다.

"이 무슨 당치 않은 짓입니까!"

"우리야말로 똑같이 묻고 싶군."

어울리지 않게 태평한 말투가 끼어들었다. 사람들을 헤치고 나타난 것은 덩치가 한층 크고 억세게 생긴 사내였다. 얼굴에는 어이없다는 듯한 미소를 짓고 있었다.

"어쩌자고 백치가 난투를 벌이는 거지, 응?"

"그 남자들이 동료를…… 동료인 여자를 위협해서."

호토의 외침에 남자는 눈썹을 치떴다.

"여자?"

"먼저 사당에……. 간신히 도망쳤어요."

교시가 바라본 사당에는 아무런 움직임도 없었다. 여자와 겐추가 바깥을 살피는 기미조차 없었다. 길에는 모여든 남자들이 왁자지껄 떠들었다. 아무래도 인원이 더 늘어난 것 같았다. 리사 이만은 아직 서 있지만 주위를 겹겹이 둘러싸여 저항을 포기한 듯이 우두커니 있었다.

덩치 큰 사내도 사당을 흘끔 보더니 고개를 저었다.

"아무도 없는 것 같은데?"

"아이도 있었어요. 그런데 돈을 빼앗으려고 했다고요."

덩치 큰 사내는 입도 벙긋하지 않고 "흥" 하더니 길바닥에 쓰러진 남자 쪽으로 몸을 구부렸다.

"무슨 일이 있었지."

"저 자식들이 갑자기 덤볐어."

"거짓말일세!"

호토의 목소리에 덩치 큰 남자가 성가시다는 듯이 손사래를 쳤다.

"자세한 이야기를 들어볼까. 끌고 가."

주위 남자들이 반박하는 목소리가 들렸다. 울분을 풀 길 없어 보이는 남자도 있고, 무슨 재미난 구경거리라도 보는 듯한 남자도 있다.

"이놈들이 먼저."

다른 누군가가 말하며 호토를 치려 했지만 그 손은 덩치 큰 남자가 막았다.

"규산."

"아무튼 이야기를 들어봐야겠군."

교시는 뻔뻔한 표정의 남자를 올려다보았다. 규산이라면 함양산에 자리 잡은 화적 두목이 아닌가.

"잠깐 나 좀 보지."

규산은 위협적인 미소를 지었다.

"나는 거리가 시끄러운 게 싫거든."

003

일행은 포승줄에 묶여 마을 입구 근처 여관으로 끌려갔다. 이 여관이 본거지인지 많은 창문이 불빛을 밝혔고 떠들썩한 목소리가 들렸다. 리사이 일행은 대문을 넘어 바로 앞 문간방에 떠밀려 들어갔다.

"자, 그럼."

덩치 큰 남자가 말하며 낡은 의자를 끌어당겨 등받이를 껴안듯이 의자에 앉았다. 흙바닥에 앉힌 리사이를 비웃으며 둘러본다.

"다시 물을까. 네놈들은 누구고 뭐 하려고 여기에 왔지?"

리사이는 남자를 쏘아보았다.

"우리는 백치다. 함양산에 참배하러 온 게 아니면 뭐겠나."

리사이의 말에 규산은 비웃었다.

"참배라? 네놈들의 목적이 사당이 아니라는 것쯤은 알아. 산이겠지?"

"산?"

"시치미 떼도 소용없어."

규산은 손사래를 쳤다.

"길도 없는 산속을 어슬렁거리는 네놈들을 몇 번이나 봤다. 어차피 돌이 목적이지? 갱도는 우리가 틀어쥐고 있으니 들어걸 수없지. 그러니까 산속에 남은 구멍을 찾아 숨어든 거야."

리사이는 조롱하는 말투에 부아가 치밀었다. 여자는 산에 들어가 승선한 도사를 찾는다고 했다. 도사를 만나면 이 고난에서 구제받는다. 헛된 꿈 같은 이야기지만, 벼랑으로 내몰린 그녀에게는 유일한 희망일 것이다. 그러니까 이 계절에 아이를 데리고 위험하다는 것을 알면서 찾아왔다. 화적이 고난의 원인을 만들었다. 문주의 화적이 아센을 도왔고, 교소는 옥좌에서 쫓겨났다. 백성의 궁핍함도 화적 탓이다. 이제 신선에 매달리는 것밖에 하지 못하는 백성을 그들이 다시 괴롭히는 것은 용납할 수 없다.

"백치의 목적은 순례다. 기도하는 것밖에 할 수 없으니 크나큰 희생을 치르며 오는 거야."

"헛소리로군."

"실제로 돌을 신고 가는 모습을 본 적이 있는가."

"없는데. 아직 구멍을 찾지 못했겠지."

규산은 과장스럽게 곤란한 표정을 짓고 주위를 둘러보았다.

"내가 워낙 마음이 넓어서 말이지. 가끔 한두 사람이 와서 돌을 줍는 정도는 묵인해도 될까 싶어 눈감아준 거야."

둘러싼 남자들의 반응은 제각각이었다. 웃는 자도 있고 어이 없다는 듯이 고개를 내젓는 자도 있다.

"그런데 아무래도 배후가 있는 것 같단 말이지."

규산은 의자 등받이를 안은 팔에 턱을 얹었다.

"백치가 조직이란 느낌이 들거든? 제각각 산을 참배하는 척하지만 사실은 모두가 목적이 있어 산에 들어가지."

"무슨 이야기지."

"처음에는 폐광을 찾는구나 했지. 아주 오래전에 폐광이 된 구 멍에 숨어 들어가 돌멩이를 주울 만한 장소를 찾는 건가. 그것도 좀 아닌 것 같단 말이지."

규산의 눈에 서슬이 시퍼렇다.

"그러면서 우리의 동정을 살피는 것 아닌가. 언젠가 우리를 습격해 함양산을 훔치기 위해서."

"웃기는 소리로군."

"그래? 나도 반신반의했지만 조금 전 확신해버렸네? 네놈들이 단순한 선남선녀일 리가 없어. 네놈들은 실력이 너무 출중해. 특히."

규산은 곧바로 리사이를 손가락질했다.

"너. 네 녀석 병졸 나부랭이 출신이군."

"그건 인정한다."

교시는 저도 모르게 작은 목소리로 "리사이 님" 하고 불렀다. 리사이는 교시를 보고 고개를 한번 끄덕였다.

"거짓말을 해도 소용없겠군. ……짐작대로 나는 원래 병사였다. 보다시피 한쪽 팔을 잃고 그만두었다만. 그런 내가 신불에 매달리면 이상한가?"

"흐응? 저놈들은 부하인가."

"종자다. 꼭 순례를 하고 싶다고 했더니 따라와주었다."

"믿기 어렵군……. 과연 그럴까?"

"함양산은 백치를 묵인해준다고 들었다. 그러니 검 한 자루도 들고 오지 않았지. 오로지 기원하기 위해 왔기 때문이다. 그런데 사당 근처에서 남자들이 시비를 걸었어. 일행인 여자가 붙잡혀서 노잣돈을 두고 가라는 둥 술 시중을 들라는 둥 협박당했다. 여자가 도망치도록 도우려 했을 뿐이야. 아이를 데리고 있었으니까."

"웃기지도 않은 말을 되는대로 지껄이지 마."

고함친 남자가 있었다. 남자는 리사이를 위협했다.

"네놈들이 시비를 걸었잖아."

리사이가 반론하려 했으나 그보다 먼저 규산이 말했다.

"너는 입 다물고 있어."

"하지만……."

"네놈들이 술 냄새를 풀풀 풍기는 건 아까 확인했어. 네 녀석이 취하면 분별이 없어지는 건 잘 안다."

일축하는 말에 남자가 입을 다물었다. 리사이에게는 그런 규산의 행동이 뜻밖이었다.

"네 목적이 뭐든 거리에서 우리와 다투고 싶은 마음은 없겠지. 그러니 네놈들한테 먼저 시비를 걸었다는 말은 믿도록 하지."

리사이는 고개를 끄덕였다.

"그러나 네놈들이 백치라는 얘기는 믿지 않아. 너는 기원하기 위해 왔다고 했지. 신선의 가호를 청하러 왔나? 아니면 팔을 자른 놈이라도 저주하러 왔나."

규산은 큰소리치듯 말하면서 히죽 웃었다.

"백치는 그런 멀쩡한 소원을 빌기 위해 오는 게 아냐."

리사이가 의아해하며 입을 다물었다.

"놈들이 순례하는 건 기원을 이루기 위함이다. 저렇게 순례를 계속하면 옛날 함양산에 있던 신선이 되살아난다지."

―도사님을 뵈면.

여자가 한 말은 그런 의미였는가.

"백치인 네가 그걸 모른다니 어찌된 걸까?"

서슴없는 질문에 리사이는 시선을 피했다.

"길 없는 산속에 들어가는 이유는 신선이 되살아났는지 확인하기 위해서라더군. 물론 이 몸은 그런 멍청한 소리를 믿지 않아. 하지만 백치의 주장은 일관돼. 아무도 제 소원을 위해 오지 않는데 말이지?"

—그러니까 천삼도는 '다른 종파'인 것이다.

리사이는 후회했다. 신도가 석림관의 사당과 돌비를 찾는 것뿐이라면 '다른 종파'라 하지 않는다. 종교적인 이념이 다르기에 구별되는 것이다.

—확인했어야 했다.

순례라 하여 단순히 기도하기 위해 일정한 장소를 도는 거라 생각했다.

변명의 여지도 없이 리사이와 교시가 침묵만 지키는 사이에 출입구 쪽에서 목소리가 들렸다. 주위에서 감시하던 남자 중 한 사람이 확인하러 나갔다. 출입구에서 대화를 주고받더니 규산을 불렀다.

"수령."

되돌아온 남자가 규산에게 귓속말을 했다. 귀를 기울이던 규산이 물었다.

"틀림이 없어?"

"예."

대답하는 남자를 보며 잠시 고민하더니 허락했다. 남자는 다시 출입구로 가더니 남자 한 명을 데리고 돌아왔다.

"겐추."

호토가 외쳤다. 겐추는 교시 일행을 보고 고개를 한번 끄덕였다. 규산은 겐추를 빤히 바라보았다.

"댁이 겐추인가."

겐추는 들리지 않는 것처럼 질문을 무시했다.

"내 일행을 돌려주었으면 한다."

규산은 쓴웃음을 지었다.

"꽤나 단도직입이로군. 일행이 신세를 졌다거나 폐를 끼쳐 미안하다는 인사는 없는 건가."

겐추는 대답하지 않았다. 그저 규산을 똑바로 바라볼 따름이었다. 규산은 고개를 가로저었다.

"없다는 거군. 임우의 유명한 거간꾼이잖아. 그런 댁이 왜 이런 곳에 있지?"

"안내를 부탁받았다."

"백치가 안내받는다는 얘기는 들은 적이 없군."

"이자들은 백치가 아니다."

겐추의 말에 교시는 놀라고 호토는 당황해서 소리를 질렀다. 그 모습들을 보고는 겐추가 말을 이었다.

"이렇게 된 이상 상대를 속여서 좋을 건 하나도 없어. 억지 주장에 속을 만큼 만만한 상대가 아닐 텐데."

"속을 만큼 멍청하지 않다고 높이 사주는 건 기쁘지만 백치가 아니라면 뭐 하러 이런 곳에 왔지?"

"이들은 사람을 찾고 있다 들었다. 단서가 있는 함양산에 가고 싶다고 하더군. 하지만 이 일대에는 여행자가 들어올 수 없지. 그래서 백치인 척하면 통행할 수 있으리라 생각했다."

"백치라고 우기는 것보다 수상하게 들리는 건 나뿐인가?"

"하지만 그게 사실이다. 실제로 이 일대에 들어오려면 백치인 척하는 수밖에 없지. 그러나 도중에 취객과 시비가 붙었다. 정말로 우연히 지나가던 백치 여자를 도우려다 이 사태가 벌어졌지."

"우연히 지나가던 백치라."

"아이가 함께라 걱정이 된 거지. 이 부근 함양산의 화적은 난폭하다고 들었다."

겐추의 말에 규산은 한숨을 쉬었다.

"부정하고 싶지만 인정할 수밖에 없겠군. 미안하게 됐어. 요새 벌이가 시원치 않아서 그래. 인간이란 배가 고프면 행실이 안 좋아지는 법이지."

"그걸로 뭐라 할 생각은 없다. 함양산은 댁들의 산이니까. 하지만 이들은 자네들을 해칠 의사가 없어. 가능하다면 풀어줘. 더 가능하다면 사람을 수색하는 것을 허가해주기 바란다."

규산은 팔짱을 끼었다.

"이놈들은 여자가 일행이라고 했어. 나는 그 여자도 끌고 와서 이야기를 듣고 싶은걸. 우리가 요새 백치의 목적이 따로 있지 않나 의심하는 중이라서 말이야. 그 건을 따져 묻고 싶군. 살짝 난폭한 질문이 될지도 모르지만."

겐추는 말이 없었다.

"여자를 끌고 와. 여자가 데리고 있다던 꼬마도. 아이가 있으면 신문도 손쉬워지지."

"아이를 인질로 협박할 심산인가."

리사이가 매서운 눈으로 규산을 보았다.

"그러는 편이 여자도 서둘러 진실을 이야기하고 싶어질 거야. 나도 빨리 이야기를 들으면 수고를 덜지. 여자도 그게 편할걸. 도리에 어긋난 일인 건 나도 알아. 그래서 여자와 아이, 여기에 있는 세 사람 몫이 될 만한 것과 맞바꾸어 풀어줄 수도 있어."

규산은 몸값을 요구했다. 리사이가 거칠게 말했다.

"비열한 놈."

규산은 웃었다.

"얼마든지 그렇게 불러. 원래 화적도 멸시하기 위한 말이니까."

"멸시받을 만한 삶을 살지 않는가."

"호오?"

규산이 웃자 주위 남자들도 웃었다.

"대단하시군. 몸놀림으로 봐서 왕사나 주사의 잔당인가."

규산의 말에 조금 전 귓속말을 한 남자가 이야기에 끼어들었다.

"조금 전에 리사이 님이라고 불렀어요. 분명히 수배령이 떨어진 장군 중에 그런 이름이 있었을걸요."

리사이는 숨을 삼켰다. 등골이 싸늘했다.

"떨리는 모양이지." 규산이 웃었다. "우리도 살아남아야 해서 말이지. 살아남으려면 귀가 밝아야 해."

"그게 아니지." 리사이가 응수했다. "너희가 함양산을 지배한다 하지만, 배후에 누가 있지?"

규산은 부러 눈을 동그랗게 떴다.

"배후? 우리의 배후에 누가 있다는 거야?"

"아센…… 아닌가."

리사이는 그렇게 이해했다. 일개 화적이 함양산을 점거할 수 있는 것은 대단한 뒷배가 있는 덕분이고, 뒷배가 있다면 그자야말로 화적의 난을 지휘한 아센일 것이다. 아센을 위해 일한 공적으로 함양산을 받았다. 그렇게 생각하면 주에서 점거를 묵인하는 이유도 설명이 되고, 규산 일당의 의심 많은 행동도 납득이

간다.

"아센?"

"왕에게서 옥좌를 훔친 역적이다."

규산은 입을 살짝 벌리더니 천장을 올려다보고 웃었다.

"그래, 우리가 아센인가 하는 놈의 허락하에 함양산을 지배한다고 생각하는 거군. 장군님은 그것을 확인하러 오셨나?"

리사이는 침묵했다.

"그렇다는 것은 왕의 신하인가. 사람을 찾는다고 했지? 왕사의 잔당을 찾고 있나?"

규산은 말하고서 가볍게 손을 저으며 의자 방향을 바꾸어 고쳐 앉았다. 그것을 보고 주위에 있던 남자들 대부분이 방을 나갔다.

"그래서? 찾아서 어쩌려고. 설마 세력을 모아 아센인가 하는 놈을 쓰러뜨리려는 어리석은 꿈이라도 꾸는 건가."

"어리석은가."

"어리석음의 극치지."

규산은 웃었다.

"아센의 목을 노릴 만한 규모가 되기 전에 아센에게 발각되어 짓밟히겠지."

그 말이 진실이었기 때문에 리사이는 더욱 부아가 치밀었다.

"이제 와 아센을 친다고 한들 나라는 더욱 엉망이 될 뿐이 아닌가.”

“화적 따위가 어찌 알겠느냐.”

“화적 따위라.”

규산은 더욱 크게 웃었다.

“음, 틀린 말은 아니군. 우리는 틀림없이 화적이다. 구름 위에
사는 분의 심정 따윈 몰라. 기껏해야 잃어버린 지위가 그리운가
보다고 천박한 의심을 하는 정도지.”

“역시나 쓰레기군.”

흥, 하고 규산은 콧방귀를 뀌었다. 몸을 숙여 무릎 위에 팔꿈
치를 괴었다.

“화적이라고 간단히 말하지만 원래는 우리도 이곳의 백성이
야. 먹고살 길이 막혀 화적이 된 거지. 기후는 혹독하고, 수확
은 적지. 광산에만 매달려 살지만 여기에서 발생한 부는 위의 놈
들이 사욕을 위해 독점해. 아침부터 밤까지 캄캄한 갱도에서 목
숨 걸고 일해서 받는 품삯은 병아리 눈물이야. 가장은 물론이고
마누라에 자식까지 총동원해 갱도에 들어가서 겨우 입에 풀칠
을 해. 사고가 나서 한 명이라도 일하지 못하면 곧바로 배를 곯
지. 죽어준다면 차라리 낫지, 자칫 몸져눕기라도 해서 간호할 일
손까지 들면 두 사람 몫의 벌이가 줄어들어. 결국은 일가 전원이
굶어 죽는 거야. 죽고 싶지 않다면 불법에 손을 대는 수밖에 없

어. 아니면 뭐야? 훌륭한 장군님께서는 범죄에 발을 담글 바에야 굶어 죽으라고 말하려는 건가?"

리사이는 입술을 깨물었다. 그랬다. 분명 교왕의 착취가 화적을 만들었다.

"의지해야 할 이가는 밥줄이 끊어진 백성으로 어디든 만원이야. 믿고 찾아가도 쫓겨나지. 놈들이 갱도에서 무릎이 망가진 내 어미에게 말하더군. 걸을 수 없어도 일어날 수 있다면 삯바느질이든 뭐든 할 수 있지 않느냐고."

규산은 토해내듯이 웃었다.

"바늘에 실을 꿸 수나 있겠어? 어두운 갱도에서 쉬지 않고 일한 어머니는 오래전에 시력을 잃었어. 그랬더니 아직 입이 있지 않느냔 거야. 입이 있으면 길거리에서 구걸 정도는 할 수 있지 않느냐더군."

규산은 큰 소리로 웃었다.

"그렇지. 그러니까 그렇게 한 거야. 어머니는 몰라도 나에게는 건강하고 센 주먹이 있었어. 그래서 가까운 놈들을 때려눕혀서 적선 좀 받았지. 그걸로 가족을 부양했다. 내 얘기 어디에 불만이 있지?"

쏘아붙이는 소리에 대꾸할 말이 없었다.

"……도둑맞은 자에게도 부모 형제가 있어."

리사이는 간신히 항변했다.

"그따위 것 나도 알아. 남에게 폐를 끼칠 바에야 굶어 죽으라는 이야기라면 안 듣겠어. 내가 굶든 딴 놈이 굶든 둘 중 하나야. 나는 후자를 고르겠어. 불만이 있다면 나를 때려눕히고 있는 돈을 빼앗으면 되는 거야."

리사이는 입을 다물었다. 죄인 줄 알면서 행하는 자에게 호소할 말 따위 없다. 분명히 문주의 겨울은 혹독하다. 비축한 것이 떨어진다는 것은 곧 죽음을 의미한다.

"뭐야. 설교는 끝났나."

리사이는 입술을 깨물었다. 이 남자는 세상의 선악을 알고 있다. 악인 줄 알면서도 살기 위해 악을 선택했다. 하지만 죄를 저지를 바에 굶어 죽으라는 말은 도저히 할 수 없었다. 그러는 리사이도 아센에게 쫓겨 도망다니는 동안 수없이 많은 거짓말을 하고 사람을 속이고, 법령에 저촉되는 행동을 해왔다.

"죽느냐 사느냐의 냉혹한 환경에서는 강한 자가 이긴다. 그것이 이치지."

리사이는 한숨을 쉬었다.

"전쟁터에서도 그렇다. 약하다는 것은 죽음을 뜻해. 하지만 너도 무궁히 강하지는 않겠지? 너보다 강한 자가 나타나 너를 쓰러뜨리기도 할 거야. 너는 자신이 약했다고 인정하면 그만이겠지만 너에게 기대 살던 가족은 어찌할 텐가?"

규산은 킥킥 웃었다.

"포기하라고 해야지 더 있나. 그게 한계였으니 어쩔 수 없지. 약한 주먹에 의지해 살아남았으니 주먹이 무너졌을 때 생계를 잃는 것쯤은 각오해야지."

규산은 그리 말하고 등받이에 몸을 맡기고 다리를 꼬았다.

"하기야 높으신 분께서는 상상도 가지 않겠지만, 도적에게는 도적의 세계가 있는 거야. 우리는 상부상조 정도는 알거든. 오히려 네놈들 세계에서나 도울 줄 모르지."

베풀 줄은 알아도 도울 줄은 모를 거라고 규산은 말했다.

"내가 죽으면 우리 가족은 굶어 죽을지도 몰라. 하지만 그렇게 되지 않을지도 모르지. 의리 있는 사람이 보살펴줄지도 모르니까. 나도 여유가 있을 때는 그렇게 해왔다. 은혜를 입었다고 생각하고 도와줄 기특한 놈도 있겠지. 있다고 믿는 수밖에 없어."

"도적끼리의 상부상조인가."

"웃기지만 그런 거야. 똑같이 일탈한 동지끼리 손잡는 법 정도는 아는 거지. 그렇기에 화적에게는 화적의 사정도 있다. 의리도 있고 상하 관계도 있지. 실제로 나는 예전에 인근 마을을 공격했어. 의리 있는 분이 하라고 명령했으니까. 거절할 이유가 없었지. 어차피 누군가를 때려눕히며 사는걸. 명령받은 마을이면 안

될 이유가 전혀 없지."

"그곳에 사는 백성은……."

입을 연 리사이를 규산이 제지했다.

"죄가 없기는 길에서 짐을 빼앗긴 놈들도 마찬가지 아닌가. 나에게는 어느 쪽이건 똑같아. 하지만 단 한 가지 다른 점은 마을을 공격하면 왕의 지배에 대항할 수 있다고 들었다. 새로운 왕이 오르고 우리는 왕사의 처벌을 받지 않을까 전전긍긍했어. 애써쌓은 것이 전부 날아가게 생겼지. 실제로 주후의 목도 갈아치웠지. 여태처럼 살 수 없을까 봐 다들 불안했어. 그래서 협력했지."

규산은 발치를 응시했다.

"하지만 그렇게 해서 나아진 것도 없었어. 이 일대는 교왕 시대보다 더 궁핍해졌지. 협력한 화적 중에 재미를 본 놈은 한 명도 없어. 재미는커녕 높으신 분과 결탁해 우리를 선동한 놈들은 잇따라 자취를 감추었어."

"어리석군."

규산은 자조하듯이 웃었다.

"그래, 맞아. 어차피 배움도 없고 눈앞의 일밖에 생각하지 못하는 우민愚民이다. 왕사의 잔당이라면 마침 잘됐군. 이 어리석은 백성에게 가르쳐주지 않겠나? 대체 육 년 전에 문주에서 무슨 일이 일어난 거지?"

004

규산은 문주 남부의 작은 마을에서 태어났다. 황량한 산간에 홀로 남겨진 것처럼 존재하는 마을. 이렇다 할 토산물도 없고 춥고 건조한 겨울 기후 탓에 가난했다. 아무리 결실을 거둔들 눈과 얼음에 갇힌 겨울 동안에 바닥이 난다. 그에 더해 교왕의 사치를 메울 무거운 세금이 부과되었다. 규산이 열셋이 되던 해, 부친은 다 포기하고 호적을 버리고 마을에서 도망쳤다.

다시 말해 규산은 열세 살에 지역에 뿌리내리지 못한 부민이 되었다. 당시 일가는 이미 나라에서 급부를 받은 토지와 집을 팔아넘긴 상태였다. 규산의 모친은 병약하고 막냇동생도 마찬가지로 몸이 약했다. 돈으로 바꿀 수 있는 것은 모조리 두 사람의 약값이 되었다. 부친은 자신의 땅을 후려쳐 사들인 남자에게 고용되어 땅을 경작했지만, 그런 삶에 종지부를 찍은 것이다.

마을을 떠나 일가가 처음 향한 곳은 임우 동쪽에 있는 광산이었다. 부모는 그곳에서 은을 캤고, 규산도 마찬가지로 광부가 되었으나 세 사람이 일해도 가세는 나아지지 않았다. 품삯은 병아리 눈물만큼 적고, 한번 모친이 몸져누우면 당장 먹고살기 막막했다. 두 여동생은 광산에서 일하기에는 어리고, 큰여동생은 막내를 돌보는 것만으로도 벅찼다. 모친이 앓아누우면 간병도 도맡았다. 겨우 열 살 난 어린애가 기특하게 두 사람을 돌보다 끝내 감기로 허망하게 가버렸다. 몸을 비틀며 울던 부친은 그로부터 얼마 지나지 않아 낙반으로 숨을 거두었다. 모친은 눈병을 앓고 무릎이 망가져 결국 일을 하지 못하게 되었다. 규산의 품삯만으로는 입에 풀칠도 할 수 없었다. 모친은 하는 수 없이 예전에 살던 마을로 돌아가 이가에 들어가려 했으나 냉담하게 거절당했다. 몸이 약한 모친과 여동생을 데리고 규산은 광산으로 돌아가 화적이 되었다. 동료가 되지 않겠느냐고 권유한 화적의 수령이 두 사람을 보살펴주겠다고 했기 때문이다.

규산은 열여섯 살이었지만 그때 이미 웬만한 어른보다 키가 컸다. 배불리 먹을 수 있게 된 뒤로는 비쩍 마른 몸도 커졌다. 주먹 쓰는 법을 배우고 무기 사용법을 익혔다. 규산은 금방 두각을 드러내었고 수령도 예뻐했다. 이십 대 중반이 되자 규산은 쇠한 수령 대신에 도당을 관리하게 되었다.

하지만 화적이라 해도 실체는 제각각이었다. 산을 관리하는 것은 기본적으로 화적이지만, 산의 규모가 커지면 관리하는 화적도 세분화된다. 규산이 있던 산으로 말하면 산 전체를 도맡은 수령은 렌소쿠斂足라는 자였다. 렌소쿠 밑에 화적 패거리가 셋 있어 산의 실무를 분담했다. 규산이 소속한 도당은 그들 밑이었다. 수령이 은퇴하고 규산이 도당을 통솔하게 되었지만 실제로 맡은 것은 산에서 지극히 한정된 범위였다. 구체적으로 말하면 지상에서 일어나는 문제, 특히 광부 사이의 다툼을 중재하고 질서를 유지했다. 지상을 담당한다고 해도 출입하는 상인과 업자 등에 관한 쏠쏠한 역할은 더 힘 있는 도당의 몫이었고, 불만분자를 감시하는 것처럼 렌소쿠에게 점수를 따기 쉬운 역할 또한 그럭저럭 힘 있는 다른 도당의 차지였다. 규산이 한 일은, 싸움이 나면 달려가 양자를 떼어내고, 도가 지나친 인간들이 있으면 달려가 얌전히 해산시키고, 범죄나 다름없는 행위가 일어나면 그 일을 저지른 자를 패서 그만두게 하는 등의, 위험한데다 까닥하면 광부들의 원한을 사는 밑지는 역할이었다.

그러나 규산을 주워준 수령은 이것을 손해나는 역할이라고 생각하지 않았던 모양이다. 머리를 쓰고 몸을 쓰고, 수고를 아끼지 말라고 여러 차례 말했다. 똑같이 싸움을 말리는 일만 해도 수고를 아끼면 양쪽의 원망만 사게 된다. 그러나 양쪽 다 고마워하는 중재법도 있다. 그걸 해내면 광부의 신망이라는 큰 재산을 얻을 수 있다. 실제로 규산은 그 가르침에 따랐고, 그때 쟁취한 재산으로 훗날 독립할 수 있었다. 몰락할 대로 몰락했다지만 이제는 함양산마저 지배하고 있다. 함양산은 이제 광산으로서는 거의 가치가 없는 산이지만 규산은 누구에게 고용된 것이 아니라 실질적으로 산을 소유했다. 본디 화적은 산의 경영자에게 직무를 하청받는다. 그런 의미에서 규산은 파격적인 존재였다.

규산이 독립한 지 삼 년째 되는 해에 문주에 동란이 일어났다. 규산은 동란의 시초가 된 형문산에서 그다지 멀지 않고 규모는 더욱 작은 감척ㅐ拓이라는 옥천의 관리를 맡았다. 감척은 형문과 마찬가지로 근자에 들어 개발된 산으로 채굴할 만한 품질의 옥은 거의 없고 그 혜택은 갱도 몇 곳에 솟은 샘에만 한정되었다.

교왕 치세 말기 이후로 문주의 광산은 어디나 자원이 눈에 띄게 고갈되어 함양산조차 폐산하는 지경이었지만, 그 때문에 새로운 광산의 개발을 서둘렀다. 산 대부분이 조업을 시작했으나 어디든 규모는 매우 작았다. 그래도 산이니 화적의 통솔이 절대적으로 필요했다. 그 덕분에 규산 같은 작은 화적 일당이 손쉽게 독립할 수 있었다. 요컨대 규산은 근자의 개발 속에서 생겨난 신흥 화적 중 한 사람이었다.

난의 발단이 된 형문은 주의 관리에게 면허를 받아 민간이 소유한 산이었지만 감척은 현성인 고백이 직접 소유한 산이었다. 현정은 욕심 많은 잔챙이였지만 산 자체의 특성만 보면 더없이 좋았다. 산 자체도 옥천이 중심이라 혼란이 적은 산이었다. 규산이 작지만 양호한 물건을 얻을 수 있었던 요인은 전적으로 그때까지 구축해온 인맥 덕분이었다. 인맥이라는 재산을 쌓았다. 그 인맥은 일찍이 규산을 지배하던 렌소쿠에게도 인정받을 규모가 되었다. 렌소쿠의 주선과 현장에서 일하는 자들의 추천으로 규산은 감척을 관리하게 되었다.

감척은 규산이 관리하게 된 뒤로도 새로운 광상과 옥천을 찾아 개발이 진행되었다. 조금씩 조금씩 규모를 확대하는 신에 맞추어 규산도 세력을 시나브로 키워갔다. 감척은 좋은 산이라고 평판도 괜찮았다. 거간꾼의 손을 거치지 않고도 입소문만으로 괜찮은 광부가 모였다. 육 년 전에 그런 생활에 먹구름이 끼었다.

독립해서 그럭저럭 지반을 다진 규산에게 직접적인 수령은 없었다. 위에 있는 자라고 하면 욕심 많은 현정이나 그 관아 정도고, 대개는 누구에게 무언가를 명령받을 만한 일과는 인연이 없었다. 다만 감척에 자리 잡도록 애써준 렌소쿠만은 별개였다. 오랜 세월 신세 진 의리도 있고 감척을 맡겨준 은혜도 있다. 이제 와서 렌소쿠에게 명령받을 일은 없지만 그래도 부탁은 거절하지 못한다.

육 년 전, 렌소쿠가 직접 불러 규조翕如를 도와달라 부탁했다. 규조는 렌소쿠의 부하로 최종적으로 규산과 다른 두 명과 함께 렌소쿠의 산을 관리해온 동지였다. 렌소쿠 바로 밑 서열이었지만, 규산은 이인자 중에서 가장 후발 주자라 산의 서열로는 규조가 형님이다. 규조의 지시라면 거절하기 어렵다. 하물며 렌소쿠까지 말을 보태니 거절하기는 불가능했다. 규조에게 처음 의뢰받은 일은 함양산 부근의 경비였다. "큰 분쟁이 있을지도 몰라. 귀찮은 인간들이 끼어들지 못하게 해." 규조의 그 말은 화적의 은어로 소동이 일어날 테니 지원하라는 뜻이다. 군사가 움직일지도 모른다. 그럴 때는 화적을 지원하라. 실제로 그로부터 얼마 지나지 않아 형문의 화적이 난을 일으켰다. 관아와 싸워 고백을 점거했는데, 하필이면 왕사가 출정하는 파멸적인 전개에 빠졌다.

대국에서는 이제 막 새로운 왕이 즉위했다. 그러면서 안 좋은 소문이 끊이지 않던 악랄한 주후가 경질되었다. 새로이 임명된 주후의 됨됨이는 아직 파악하지 못했고, 새로운 왕의 인품 역시 알지 못한다. 결코 화적의 편이 아니라는 점만은 분명했다. 문주에서 태어난 사람이라면 철위의 고사故事는 잘 안다. 왕은 철위의 고사 당사자다. 그는 철위 편이었다. 화적과 백성이 적대한다면 새로운 왕은 백성의 편이다. 절대로 화적의 편에 설 일은 없다.

그렇다 해도 화적 소동에 왕사를 파견하는 것은 이상했다. 화적이 방자하게 구는 것은 용납하지 않겠다는 새로운 왕의 단호한 의지가 보였다.

국가가 관과 법이라는 두 기둥으로 성립한다고 본다면 법을 등지고 관아에 대립하는 화적을 적으로 간주하는 것은 당연한 일이다. 하지만 화적에게는 화적의 명분이 있다. 관아는 정말로 백성의 아군인가. 백성을 적대하고 해를 끼치는 일이 진정 없는

가. 그리고 화적이 반드시 악이라 단정해서는 안 된다. 산은 말만으로는 돌아가지 않는다. 광부 대부분은 관아의 보호와 법의 질서에서 떠밀려 난 황민과 부민이다. 그들은 관도 법도 등지고 자신들의 규율을 따른다. 그들을 통솔하는 화적 또한 광부의 규율로 움직인다. 돈과 주먹이 두 기둥이다. 하지만 국가의 질서에 합치하지 않는 이상 화적은 신분이 보장되지 않는다. 국가라는 체제 속에 화적이 있을 곳은 없다. 새로운 왕이 오르고 나라의 질서가 정돈되면 화적은 맨 먼저 구축된다. 그래도 화적은 살아가야 한다. 지금까지 얻은 것, 쌓아온 생활, 그 모든 것을 지키지 말라고 해도 그럴 수는 없다.

새로운 왕의 기치는 알고 있다. 문주의 화적은 새로운 왕의 즉위로 쌓아온 것을 잃지 않을까 전전긍긍했고, 형문의 사례를 보면 정말로 잃을 것 같았다. 그렇다고 하여 새로운 왕을 없앨 생각을 할 만큼 어리석은 놈은 없을 것이다. 새로운 왕을 없애기는 불가능하고, 그러지 못하는 이상 새로운 왕의 치세를 막을 방법 따위 없다. 그렇다고 모든 것을 잃을 수야 없다. 화적 대부분은 어떻게 해서든 새 시대에 자신의 거처를 확보해야 한다고 생각했다. 산에서의 실적을 방패로 비합법적 존재에서 합법적 존재가 된다. 되도록 관아의 구속으로부터는 자유로워야 한다. 렌소쿠도 노상 그렇게 말했고 규산 또한 이견은 없었다. 그 때문에 규조를 돕는 것도 그런 종류의 일이라고 믿었다. 형문의 화적이 반기를 들고 고백을 점거한 것은 화적의 입장을 지키기 위해서이니 형문을 지원할 필요가 있다.

하지만 형문 패거리의 방식은 바람직하지 않았다. 고백을 점거한 방법, 그 뒤 고백에서 한 짓들도 규산은 좋게 보지 않았다. 솔직히 형문 패거리는 포악하고 방자하게 행동했다. 이래서야 화적은 악이라고 떠들어대는 것이나 마찬가지다. 게다가 이에 대항해 새로운 왕은 금군을 파견했다. 화적의 악행을 새로운 왕이 막는 도식이다. 규산은 규조의 의뢰로 백성이 금군의 움직임에 편승하여 화적에 반항하는 일이 없도록 감시는 했지만 솔직히 별로 내키지 않았다.

─이런 짓을 한다고 뭐가 되겠어.

자신들의 목을 조르는 거나 마찬가지라고 생각했다. 힘으로는 문주의 화적을 제압하지 못한다는 사실을 알려주겠다고 기세등등한 놈들도 있었지만 어리석은 짓이라고 여겼다.

게다가 그때부터 규조의 의뢰가 이상한 방향으로 흘렀다. 어느 날은 함양산 주변에 사람 출입을 막으라고 했다. 백성과 병사는 물론이고 다른 파벌의 화적도 들이지 말라고 했다. 병사를 잡아내라고 한 적도 있고, 반대로 마을을 공격해라, 백성을 쫓아내라 하기도 했다. 어디 어디로 가서 화적을 치라고 한 적도 있었다. 규산은 규조의 목적을 짐작할 수 없었다. 설명을 요구해봤자 규조도 누군가에게 명령받았을 뿐인지 제대로 알지 못했다. 그저 거절하지 못하는 의리에 우왕좌왕하면서, 누군가 진심으로 새로운 왕을 없애고, 화적을 제압하려는 세력을 문주에서 쫓아내려 하는 것이 아닌가 규산은 생각했다. 그런 일이 가능하다고 여기지도 않았지만 혼란 속에서 새로운 왕이 실종되었다고 듣고, 누군가 진심으로 있을 수 없는 계략을 실행하고 있음을 감지했다.

—제정신인가.

새로운 왕의 존재는 화적에게는 거북할 뿐이지만 나라와 민중들에게 나쁜 일은 아닐 것이다. 규산은 황민 출신 광부였으니 황민이 구제받고 근본적으로 황민이 생길 일을 만들지 않는다는 것은 찬성이었다. 새로운 왕이 죽고 옥좌가 다시 빈다면 화적 천하는 계속되겠지만 나라 자체가 몰락하기 십상이다. 그것이 자신들에게 좋은 결과를 가져올 것 같지는 않았다.

조금씩 규조와 거리를 두었다. 그러는 한편으로 만에 하나를 대비해 규산의 도당이 살아남을 길을 모색했다. 신왕의 붕어와 가왕의 즉위 소식이 전해졌다. 신왕의 휘하는 가왕에게 반역할 의지가 있다 하여 반민이 되었다. 믿기지 않을 만큼 혹독한 주벌이 내렸다. 문주는 혼란에 빠졌다. 혼란 가운데 규산은 함양산 점거에 성공했다. 그러나 규조는 범죄자로 체포되어 처형당했다. 렌소쿠 또한 자리에서 쫓겨나 훗날 폭한에 살해당했다. 암살당했다는 소문도 있다. 렌소쿠의 도당은 흩어져 도망쳤지만, 대부분 어느새 반민으로, 그렇지 않으면 범죄자로 처형당했다. 그무렵 산을 떠나 목적 없이 움직이던 화적은 렌소쿠의 도당이 아니라도 많았지만 정신을 차리고 보니 그들 대부분이 사라졌다.

"그대는 그 움직임을 어떻게 생각했나?"

리사이가 그렇게 물었다. 이 거한은 멍청이도 단순한 무뢰배도 아니라고 직감했다.

"누군가에게 이용당한 것 같더군. 어느 윗선이 짠 판에서 놀아났고, 화적을 움직인 윗선은 화적에게 일말의 호의도 없었다. 그저 이용만 하고 볼일이 끝나니까 처리했지."

리사이 일행은 풀려나서 저강을 돌아다녔다. 밥이라도 먹자고 한 사람은 규산이다.

"……그렇겠지. 핵심에 아센이 있었을 테고. 아센은 주상을 왕궁에서 끌어내고 싶었어. 무슨 일을 꾸미려 해도 왕궁에서는 경호가 삼엄하니까. 가능하다면 휘하와 떼어낼 기회를 만들고 싶었을 테지. 그러기 위해 문주를 이용했어."

"화적이 제멋대로 굴었기 때문인가?"

"그렇지는 않을 거야. 철위가 있기 때문이겠지. 주상은 철위에 깊은 애착이 있어. 철위에 무슨 일이 생기면 절대로 무시하지 못하지. 철위에 위험이 미쳤기 때문에 주상이 직접 달려온다. 그렇게 되도록 누군가 철위를 공격하게 하고 싶었다."

"문주라면 철위를 공격하는 악역은 화적이어야 마땅하다 이건가."

"그렇겠지. 게다가 화적은 악역이어야만 해."

"철위의 일례가 있으니까 말이지. 습격한 화적에게 일부러도 합당한 이유가 있다면 새로운 왕은 거기에 귀를 기울여 섣불리 움직이지 않을 수도 있어."

리사이는 고개를 끄덕이면서 동시에 감탄했다. 규산은 영민하다.

"그래서 일부러 악랄한 놈들을 움직였던 거군. 그렇다고 너무 날뛰어도 곤란하지. 문주의 불이 크게 번지면 왕은 나서지 않아. 아무리 철위에 애착이 있다 한들 주위에서도 막을 테니까. 직접 뛰어들 마음을 먹을 만한 불, 그래서 화적을 공격하게 한 거군. 규모를 조정하기 위해서."

"그런 거겠지. 아센은 그런 부분이 치밀해. 늘 그랬지."

새삼 돌이켜보면 더없이 아센답다.

"형문 패거리가 고백을 점거했을 때 수법이 너무 말도 안 돼서 왕이 획책한 일인가 의심한 적이 있지."

백은의 언덕 검은 달

교시는 무슨 뜻인지 이해를 못 하고 어리둥절했지만, 리사이는 고개를 끄덕였다.

"형문의 화적과 주상이 뒷거래로 악역을 세워서 이를 정벌하고 문주의 인심을 장악한다?"

"그렇지. 실제로 그렇게 의심하게 할 이야기를 풍문으로 듣기도 했고. 지나치게 악랄한 바보짓이라고 했을 때, 렌소쿠는 그래야 한다고 했어. 그러는 편이 높으신 양반이 흡족해한다, 간계란 그런 거라더군."

"그래서 고백의 백성을 희생양으로 삼은 겁니까."

호토가 발끈하며 이야기에 끼어들었다.

"간계 운운할 얘기가 아니에요."

규산은 쓴웃음을 지었다.

"렌소쿠도 왕이라고 하지 않았고 그렇게 생각하지는 않는 것 같았어. 나중에야 그게 다음 왕, 가왕을 말한 게 아닐까 싶었지."

"다시 말해 아센."

규산은 고개를 끄덕였다.

"새로운 왕을 없앤다. 없앤 뒤에는 가왕, 아니 위왕인가. 위왕이 오르게 되는데 위왕 역시 문주는 장악해야 해. 그때 알기 쉬운 악역이 있다면 이야기는 쉬워지지."

"그렇군……."

"실제로 렌소쿠는 그 얘기를 믿지 않았을까. 철위의 고사로도 알다시피 새로운 왕은 정의로운 자다. 신왕의 시대에는 우리 같은 더러운 존재가 갈 곳이 없지. 그러나 신왕을 쓰러뜨리고 옥좌를 훔치려 하는 놈이 있지. 찬탈을 획책할 만한 놈이 청렴결백하거나 정의의 사도일 리가 없잖아. 그놈을 위해 일하면 새 시대에 화적의 존재를 용인받을 수 있다."

규산은 그리 말하고 더욱 씁쓸한 표정으로 웃었다.

"그렇게 생각하지 않으면 납득이 안 돼. 우리는 영리하지 않지만 자신에게 손해인지 이득인지조차 모를 만큼 어리석지는 않아. 적어도 그렇게까지 멍청해서야 렌소쿠 같은 대수령은 못 해먹지."

리사이는 규산의 말에 크게 고개를 끄덕였다. 동시에 다소의 연민을 느꼈다. 규산의 말이 옳다. 화적은 그때까지의 황폐한 치세가 만든 것이다. 살기 위해서라면 강도질도 어쩔 수 없다는 논법에 편들 마음은 없으나, 거기까지 내몰린 비극은 이해한다. 내몰리고 있다고 느낄 수밖에 없는 시대였던 것도 인정한다. 비합법 수단이라 할지라도 불우한 시대에 그를 이용해 필사로 살아남으려 했다. 그 점을 이용당하고 버려졌다. 상대는 화적이니 동정하는 자도 없다. 참으로 서글픈 일이었다.

저강에 제대로 돌아가는 부분은 얼마 없지만 그런 부분만 놓고 보면 어수선하면서도 활기가 있었다. 먹거리를 팔거나 잡화며 헌 옷을 파는 작은 가게가 있기도 했다. 그 주위에 적지 않은 사람들이 돌아다녔다.

"사람이 제법 있네요. 이들이 전부 화적인가요?"

교시가 물었다.

"꼭 화적인 건 아냐. 광부도 있지. 여기서는 감척도 가까우니까."

전란 이전에 규산이 맡은 옥천은 살아남았다. 화적이 소탕당하고 한때는 산에서 화적을 배제했지만, 결국 화적 없이 산은 돌아가지 않는다. 화적은 산으로 돌아갔다. 감척도 한때는 규산 일당을 쫓아냈지만, 규산 일당의 도움 없이는 운영하지 못한다는 사실을 깨달은 듯했다. 게다가 감척을 소유한 고백은 화적의 점거로 엉망이 되었다. 현정이 살해당하고 새로 부임한 현정은 광산을 경영해본 경험이 없었다. 그러나 크게 기운 고백을 운영하기 위해 감척의 수입은 반드시 필요했다.

"그래서 결국에 우리가 감척으로 돌아왔어. 하지만 형문 놈들이 옥천의 돌을 남김없이 긁어 갔어."

다시 옥천에서 돌을 키워도 그것이 실제로 팔 만한 물건이 되기까지는 오랜 세월이 걸린다. 가장 수요가 많은 것은 엽전 크기에서 주먹만 한 크기의 돌이지만, 엽전 크기도 일 년 이상, 주먹만 해지려면 몇 년이 걸린다. 그때까지는 근근이 감척에서 잔돌을 파내어 버려야 한다.

"광부를 늘리고 새로운 갱도를 파고는 있지만 솔직히 수입은 좋지 않아. 광부도 공치기 일쑤야. 그런 놈들이 저강에 꽤 있지. 일거리를 찾을 때까지 대기중이야. 화적의 가족도 있고. 작은 가게를 하는 놈들은 대부분 화적의 가족이다. 우리는 화적이라 불리는 놈들보다 그런 사람들이 더 많아. 육 년 전 동란이 있고서 남자가 많이 줄었으니까."

정확한 인원은 파악하지 못했지만 저강에만 이천 명은 있다고 한다. 하지만 화적은 그중에 이백 명 정도다. 나머지 사람은 화적의 가족이거나 인연이 있어 규산에게 보호받는 사람들이라 한다. 죽은 동료의 가족, 또는 규산에게 협력하는 대신에 비호받는 사람들.

"있는 그대로 말하면 황민이야. 아니면 부민이라 해야 하나. 대부분은 이제 호적 따위 남아 있지 않지."

황민은 전란이나 재해로 일시적으로 호적이 있는 땅을 떠난 이들을 이른다. 그와 달리 부민은 호적이 없다. 호적을 버리고 살던 땅을 떠나 더는 나라의 보호를 받지 못하는 자들이다. 직업이나 그 밖의 이유 때문에 개인 의지로 호적을 버리기도 하지만, 황민이 되어 마을을 떠난 사이에 마을이 불타 사라지는 바람에 호적이 소멸하는 일도 있다.

"그대의 부친은 마을에서 도망친 건가. 정권은?"

정권은 개인의 소속을 밝히는 패이다. 고향을 떠날 때는 가지고 다닌다.

리사이가 물었다.

"마을에서 도망쳤을 때 버렸지. 가지고 있어도 산에 광부로 들어갈 때 쪼갰겠지. 그 산의 규칙이 그랬어. 정권이 있는 자는 힘들면 도망치니까."

"다른 가족은?"

"다 똑같지. 하지만 아버지는 낙반으로 죽었고 병약하던 동생과 어머니도 죽었다. 영양가 있는 것도 먹이지 못했고 약도 충분하지 않았으니 어쩔 수 없지. 그래도 할 수 있는 건 다 해주었으니 후회는 없어."

"지금은 혼자 사나?"

"마누라랑 친척, 자식 넷을 건사하고 있지."

리사이는 눈을 깜빡였다.

"부민 아닌가?"

정식으로 마을에 소속되지 않으면 아이를 얻을 수 없다.

"내 자식은 없어. 마누라가 데려온 딸이 둘, 마누라는 과부야. 이 근처 산속 마을에서 가정을 꾸렸지만 남편을 잃었지. 그 뒤에 화적과 부부가 되었으나 그 남자도 동란이 일어났을 때 싸우다 죽었고. 내가 자식까지 떠맡은 거야. 죽은 동료 둘의 아들이 각각 하나, 마누라의 어머니와 죽은 동료의 부모 형제가 세 사람, 전투에서 다리 한쪽을 잃은 고령의 동료까지 전부 열한 명이나 되는 대가족이다."

규산은 그리 말하고 웃었다.

"그렇게나 많이 책임지고 있는 건가?"

"나 혼자 먹여 살리는 게 아냐. 아들 한 놈은 이미 화적이고 또 다른 아들과 동료의 형제 두 사람은 산에서 돌멩이를 캐지. 마누라는 아까 그 여관에서 밥을 팔아 벌고 있어."

규산은 쓴웃음을 지었다.

"그렇지만 돌은 이제 가족을 부양할 만큼 나오지 않아. 화적은 원래 산을 지키는 존재야. 실제로 돈을 버는 것은 광부지. 그 광부의 수입이 줄어들었으니 우리의 수입도 거의 끊겼지. 마누라의 벌이로 먹고사는 거나 마찬가지야."

화적 전체는 과거에 번 금전으로 연명하고 있다. 하지만 수입이 좋던 시절에 쟁여둔 물자와 돈은 모두 줄어들고 있다. 곧 완전히 밥줄이 끊어진다.

"그러니 여행자한테 돈을 빼앗는 일도 있다 이거지. 우리도 먹고살아야 하니까."

"열한 명이면 큰일이겠군. 강도질에는 찬성할 수 없지만 사정은 이해가 가."

"암, 큰일이지. 하지만 자식은 좋아. 나는 성인이 되기 전에 부민이 되었으니 평생 자식은 얻지 못해. 하지만 자식들이 있으면 의욕이 나지."

리사이는 그렇냐며 미소 지었다.

"길을 따라 이 앞, 함양산에 도착하기 전에 안복安福이라는 고을이 하나 더 나오지. 거기에 백 명쯤 있나."

그리고 함양산에 삼백 명 정도. 함양산에서 서쪽으로 더 가서 서최西崔라는 고을에 이백 명 정도. 도합 팔백 명의 큰살림이라 한다.

"화적은 잘 모르지만…… 많은 편인가?"

"옛날과 비교하면 대단치 않지. 동란이 있던 시절에는 수령 한 명이 삼천 명 넘게 거느리기도 했어. 렌소쿠도 가장 많던 시절에 그 정도였지."

"현이랑 같은 규모로군."

화적의 세력이 강할 만도 했다.

화적 자체 규모는 몇백 명일지라도 그들의 가족과 관계자가 더해진다. 이들은 엄밀히 말하면 화적이 아니지만 화적의 동료인 셈이다.

"그런 수령이 사라지고 이제는 천 명 이상 거느린 놈은 거의 없어. 뭐, 그 안에서는 많은 편이지. 우리에게는 땅과 산이 있으니까."

"하지만 주요 마을만 해도 저강, 안복, 서최 세 곳. 거기에 함양산이 있지. 그만한 마을을 유지하기에는 적지 않은가."

"적지. 그래도 나라나 주가 토벌을 나서지 않을 거란 믿음이 있으니까 어떻게든 돼."

함양산을 공격하려면 임우에서 북상하든 철위에서 동진하든 하는 수밖에 없다. 저강과 서최가 감시하는 역할을 맡는다.

"솔직히 안복까지 후퇴해버리는 편이 유지하기에 편하지만, 여차할 때 여자와 아이가 도망칠 길이 필요하니까. 여기라면 승주로 도망가게 할 수 있어."

"이만한 토지와 마을이 있으니 황민을 수용하면 어떠한가? 황민은 살 곳을 찾고 있어. 집과 땅을 주면 열심히 일할 테지."

"그 대신에 관아가 두꺼운 낯짝으로 세금을 내놓으라고 나서겠지. 그리되면 우리는 역적이야. 그뿐인가, 반민으로 내몰리겠지. 이만한 집과 토지, 아깝기는 하지만 어쩔 도리가 없어."

"그래, 그것도 그런가……."

리사이가 중얼거리자 규산은 큰 소리로 웃었다.

"왜 그러지?"

"댁은 나라의 높으신 양반이잖아. 그런데 납득을 한다고?"

"화적의 생활 방식을 받아들인 건 아니라고 말해두지. 그러나 손을 더럽혀야 하는 일도 있다. 인정할 수밖에 없어."

규산은 그러냐고만 대답했다. 잠시 뜸을 들이더니,

"우리한테는 너무 복잡해서 왕이 필요한지 아닌지 모르겠어."

그렇게 말하고 정색하며 리사이를 바라보았다.

"하지만 아센이 필요한지 아닌지는 알지. 불요不要다."

리사이는,

"그러니 아센을 옥좌에서 쫓아내야 해."

"하지만 그러고서 어쩔 거지? 왕은 죽었어." 규산은 말했다. "공위의 시대는 아센의 시대보다 더 나쁠지도 몰라."

"왕은 승하하지 않으셨다."

규산은 그 말이 리사이의 희망에 지나지 않는다고 생각하는 듯했다. 가볍게 한숨을 내쉬었다.

"당시 함양산 부근에 사람을 들이지 말라는 강력한 포고가 있었어. 화적을 이용한 자가 가왕, 아센인가 하는 놈이라면 함양산 근교에서 사람을 내쫓은 자도 아센이겠지. 어딘가에서 왕을 시해하려고 준비를 했던 것 아닐까. 실제로 행군 도중에 왕으로 보이는 인물이 수하를 거느리고 함양산을 오르는 모습을 목격했다는 이야기가 있어. 그 수하라는 놈들이 질 나쁜 패였지."

"그 이야기는 다른 사람에게도 들었어."

리사이가 이야기에 끼어들었다.

"왕을 데리고 갔다는 놈들을 실제로 보았나?"

"나중에 소탕전에서 봤지. 젠체하며 검붉은 갑옷을 입은 놈들이야. 개개인 이름은 모르지만 놈들을 자갑赭甲이라 불렀을 거야."

"자갑……."

리사이의 기억에는 없는 통칭이다. 여러 번 이야기에 나오는 검붉은 갑옷을 입은 자들 또한 본 적이 없다. 하지만 임무에 따라 통일된 장비를 갖추는 일은 자주 있고, 자신의 부하에게 갑옷과 무기를 주는 일도 흔했다. 장비를 하사할 때는 같은 양식의 갑옷으로 통일하는 일도 많다.

"등에 눈이 달렸나 싶을 정도로 기척에 민감하고, 우리조차 공포에 떨 만큼 잔인하고 실력이 뛰어났어."

"실력이…… 뛰어나?"

"절대로 적으로 삼고 싶지 않다고 생각할 정도로 말이지."

리사이는 어리둥절했다. 그런 말을 들을 만한 집단은 기억에 없었다.

"그놈들이 왕을 공격한 것 아닌가. 산에서 죽였지."

"그러나 시신은 찾지 못했습니다."

호토가 힘주어 말했다.

"그야 시체는 숨겼겠지. 왕이랑 함께 나갔는데 시신이 발견되면 자신들이 한 짓이라고 고백하는 거나 다름없으니까."

리사이 일행은 일제히 침묵했다.

"혹시 찾고 있다는 게 왕인가? 함양산에 왕이 있지 않을까 기대한다면, 아쉽지만 그 바람은 버려. 도저히 납득을 못 하겠거든 함양산 안을 뒤져봐."

리사이는 놀랐다. 그 모습을 보고 규산은 쓴웃음을 지었다.

"어차피 우리는 언젠가 이곳을 떠날 거야. 그리 먼 얘기가 아니야. 돌도 더는 나오지 않아. 낙반도 많지. 몇 번이나 대규모 낙반이 일어났어. 게다가 땅속에는 요마가 들끓어. 지금은 잔챙이지만 언제 거물이 나올지 모르지."

규산은 그리 말하고서 쓸쓸하게 웃었다.

"그러니까 저 산은 어차피 포기하는 수밖에 없어."

005

리사이는 이튿날, 규산과 동행해 저강을 나섰다. 겐추와는 저강에서 헤어졌다. 다른 사람도 아니고 규산이 있다면 함양산으로 가는 길 안내는 필요하지 않다.

"돌아와주어 고맙네."

리사이가 감사 인사를 하자 겐추는 말없이 고개를 끄덕였다. 교시도 고맙다는 말과 함께 작별을 고하고 떠나는 겐추를 배웅했다.

저강 북쪽으로 난 큰길은 더욱 북쪽으로 향한다. 골짜기 안쪽에 함양산이 위용을 뽐내며 가로막고 섰다. 뒤쪽에는 거무스름하고 희미하게 요산의 하늘을 찌르는 산들이 보인다. 골짜기 바닥을 북상하는 큰길은 저강을 나오면 오르막만 이어진다. 빌린 말을 타고 나란히 큰길을 한참 나아가다가 교시가 뒤를 보고 작게 외쳤다. 시선을 좇자 큰길 뒤쪽 조금 전에 지나온 농갓집 같은 폐가에서 크고 작은 사람 그림자가 나오고 있었다. 작은 아이와 그 손을 잡은 모친.

"저 사람들……."

리사이가 말하고 복잡한 심경을 드러내듯 표정이 어두워졌다. 교시도 마찬가지로 착잡했다. 어제 그런 일을 당했는데, 무척이나 두려웠을 텐데도 아이를 데리고 저강을 떠나왔다. 폐가에서 나온 것은 잠시 휴식을 마쳤기 때문인가. 말을 탄 교시 일행이 이곳에서 따라잡았으니 개문과 동시에 저강을 나섰을 것이다. 어린아이의 손을 잡고 여기까지 걸어왔다. 즉 무슨 일이 있든 여행을 계속할 작정인 것이다.

교시는 하늘을 올려다보았다. 옅은 구름으로 뒤덮였다. 북쪽 산의 구름은 두껍고 어둡게 그늘졌다. 언제 눈이 내려도 이상하지 않다.

"대단한 결의인 거겠지요."

호토가 작은 목소리로 말했다. 리사이는 안타까운 듯이 고개를 끄덕였다.

그들은 서둘러 말을 몰았다. 도중에 안복이라는 고을에 들렀다. 걸어서 가면 저강에서 꼬박 하루 거리에 있는 소규모 고을이다. 현성이지만 곽벽과 성벽, 이중의 벽이 있다. 규산이 지배하는 도당의 숫자를 생각하면 지키기에 적당한 크기다. 고을 북쪽에는 산이 인접했고, 동쪽도 약간의 농지를 끼고 높직한 언덕이 있으며, 큰길은 여기서 서쪽으로 꺾이고, 골짜기는 오르면서 좁아진다. 큰길을 따라 시내가 땅을 헤치고 흐르고, 그 물이 안복 남쪽에서 가도를 가로질렀다. 남쪽에서 북상하여 안복에 이르려면 다리를 건너 계곡을 넘어야 한다. 지리 조건은 좋다. 안복보다 큰 고을이 여기에 이르는 길 중간에 있었지만, 그곳이 아니라 굳이 안복을 본거지로 삼은 부분에서 규산의 총명함을 알 수 있었다.

"함양산을 도는 백치는 함양산 서쪽에서 산에 들어가 저 동쪽

언덕으로 나오지."

안복과 함양산 전체가 화적의 본거지였다.

"산에서 일하는 놈들은 함양산에 있고, 집을 지키는 가족은 여기에 있어. 여기 말고 두 마을을 유지하는 까닭은 여차할 때 도망칠 길이 필요하니까."

규산은 그리 말했다. 저강은 동쪽으로 빠지는 길의 분기점에 있고, 서최는 철위 방면에서 오는 길의 요충지다. 임우에서 적이 오면 저강에서 대비하고, 그동안에 서최에서 여자와 아이를 대피시킨다. 반대로 철위 방면에서 적이 오면 서최에서 대비하고 그동안에 저강에서 여자와 아이를 대피시킨다고 했다.

"물론 철위에서 오는 길은 군대가 대규모로 올라올 수 있는 길이 아니지만. 그래도 경계는 필요하겠지. 아무리 생각해도 우리에게는 주사나 왕사와 한판 할 만한 힘은 없으니까. 마을에 농성하며 저항하는 동안에 배후에서 동료를 도망치게 하는 게 고작이야."

"임우와 철위, 양쪽에서 적이 온다면?"

교시가 시험 삼아 물어보았다.

"그럴 때는 두 손을 들고 목숨을 구걸하는 수밖에 더 있겠어? 우리 정도 놈들에게 그렇게까지 하는 일이 있다면 말이지."

규산은 호쾌하게 웃었다.

"서최와 저강, 두 곳에 농성한다 해도 더는 도망칠 곳이 없어. 끽해야 산속으로 도망쳐서 관심이 멀어지기를 기다리는 게 다야."

"정말로 도망칠 길은 없는 건가?"

규산은 없다고 대답했다.

"군을 상대하게 된다면 상대는 덩치가 크니까 큰길을 따라오겠지. 놈들이 큰길로 오는 동안에 우리는 좁은 산길이나 샛길로 도망치는 방법도 있고 산으로 들어가 어떻게든 적을 우회하는 일도 불가능하지는 않을 거야. 하지만 군이 작정하면 뿔뿔이 흩어져 도망치는 우리를 놓치지 않겠지."

리사이는 "그렇지" 하고 대답했다.

"너희를 섬멸하려면 임우와 철위, 양쪽에서 공격할 거다. 물론 샛길도 전부 막을 수 있어."

규산은 그럴 거라며 웃었다.

"그런데 우리를 섬멸해서 어쩔 건데? 우리가 공격당할 일이 있다면 누군가 함양산을 되찾고 싶을 때뿐이야. 목적은 우리의 섬멸이 아니라 함양산이니까 최종적으로 함양산을 비워주면 그걸로 끝나지. 그렇게 되기 전에 시간을 벌어서 되도록 많은 동료가 도망가게 하고 싶을 뿐이야. 붙잡히면 화적 일당으로 처벌받을 게 뻔하니까."

"그렇겠군."

리사이는 중얼거리면서 인적 끊긴 큰길에 들어섰다. 완만한 언덕을 오르고 또 올라서 폐허로 변한 커다란 고을을 지나 저녁이 다 되어 도착한 곳이 함양산이었다.

다시 서쪽으로 올라가는 큰길을 북쪽으로 빠져나와 시내에 놓인 다리를 건넜다. 산의 표면을 깎아내 만든 듯한 길 양쪽에 크고 작은 촌락이 있었다. 몇 채가 모여 높은 담을 둘렀다. 양쪽으로 담이 늘어선 길 사이를 빠져나간 곳이 함양산 입구다.

함양산 앞에는 활등처럼 휜 높고 견고한 벽을 세우고 드나들기 위한 문루를 구축했다. 문루에서 안으로 통하는 문길의 길이는 통상의 두 배가 넘고, 문을 지나 안쪽으로 들어가면 커다란 광장 끝, 절벽 아래에 갱도가 시커멓게 뻐끔 입을 벌렸다. 산 표면을 깎아 커다란 처마를 만들었다. 편액에 적힌 '함양산'이라는 글자가 비바람에 긁혀 있었다.

광장에는 다양한 종류의 건물이 늘어서 있다. 압권은 격벽이었다. 문길의 길이로 보아 벽의 두께가 예사롭지 않았던 것도 당연했다. 벽 안쪽은 주거지였다. 활처럼 굽은 바깥으로 내단 벽 안쪽에 사 층에서 오 층에 이르는 주거지가 마련되어 있다. 벽에 구멍을 뚫어 문과 창문을 내고, 그 바깥에는 목조 회랑이 뻗어 있다. 계단으로 회랑에 올라가 각각의 주거지로 들어가는 구조인 모양이었다. 훼손된 곳도 있지만 지금도 사용하는지 곳곳의 창문이 열려 있고, 회랑 난간에는 빨래가 널려 있었다. 있는 재료로 거칠게 수선한 이들은 규산의 무리일까. 비바람은 피할 수 있겠지만 살기 편한 곳처럼 보이지는 않았다.

창고와 설비가 늘어선 넓은 길을 지나 처마 아래로 들어가니 안은 암반을 파낸 거대한 굴이었다. 바닥에는 돌을 깔았는데, 오랜 세월 수많은 광부와 수레가 지나다닌 탓에 마모되어 미끈미끈한 광택이 났다. 한참 걸어 굴을 빠져나가자 하늘이 보였다. 그곳은 뻐끔하니 넓은 공간이었다. 둥근 광장 주위를 높은 절벽이 둘러쌌다. 리사이가 하늘을 올려다보았다.

"옛날에는 천장이 있었겠지."

규산 역시 머리 위를 올려다보며 말했다.

"천장이 낙반으로 무너지고 수혈竪穴이 된 거야."

"그렇게나 무른 산인가?"

"무르냐고? 이 산 전체가 무르지. 다른 산에 비해 특별히 무른 땅은 아니지만 광산 자체가 오래되어 그물코처럼 갱도가 뚫려 있으니까. 갱도가 있으면 환기하기 위해 수혈도 늘어나지. 산 전체가 구멍투성이야. 어쩔 수 없이 무너지기 쉬워지는데 실제로 온통 오래된 낙반과 새로운 낙반 흔적뿐이야. 특별히 무른 곳은 없지만 산이란 언제 무슨 계기로 무너질지 모를 놈이니까."

규산은 그리 말하고는 웃었다.

"손뼉 치지 마. 휘파람도 안 된다. 광부에게 금기야."

"설마 박수나 휘파람으로 무너지지는 않겠죠."

"그렇겠지. 하지만 재수가 없다고 생각해."

리사이는 쓴웃음을 지으며 고개를 끄덕였다. 주변 절벽 위쪽에는 천장의 흔적이 처마처럼 남아 있다. 그러니까 예전에는 굴을 지난 곳에 넓은 지하 동굴이 있었지만, 천장 대부분이 무너져 이제는 절벽으로 둘러싸인 광장이 되어버린 것이다. 천장이 무너진 것은 몇 세대나 이전 일일 것이다. 절벽 곳곳에는 소나무며 관목이 뿌리를 내렸고, 이미 아름드리 나무로 자랐다. 절벽 도처에 뻗어내린 노출된 나무뿌리를 타고 물이 떨어졌다.

광장을 향해 여러 갱도가 입을 벌리고 있다. 그중 몇 개는 수평으로 더욱 안쪽으로 뻗었지만, 나머지는 땅 밑으로 경사졌다. 경사각은 제각각이고 상당히 오래되었는지 바닥이 마모되어 반질반질해진 곳도 있지만 정성스레 낮은 계단을 설치한 곳도 있다. 굴러떨어질 것처럼 가파르게 내려가는 곳도 있었다.

"지금 유일하게 움직이는 갱도는 저거야."

안쪽 긁어낸 듯이 움푹한 곳에 갱도 세 개가 뚫려 있었고 규산이 그중 오른쪽 끝 한 곳을 가리켰다. 발을 디뎌보니 오래된 갱도인 듯 바닥도 벽도 매끄럽게 윤이 났다. 중앙에는 목재와 통나무를 사다리처럼 끼운 길이 깔렸다. 비쳐드는 불빛은 없지만 벽에는 제등이 줄지어 있었다.

"꽤 오래되어 보이는데요."

호토가 갱도를 들여다보았다.

"여기를 아직 이용합니까?"

규산은 고개를 끄덕였다. 사다리를 놓은 듯한 궤도를 가리켰다.

"이리로 돌함을 미끄러뜨려서 짐을 운반하지. 불빛이 있고 궤도가 있다는 건 짐이 움직인다는 소리야."

"다른 갱도는요?"

"지금 살아 있는 건 여기뿐이야. 막장 현장까지는 상당히 멀지만 부스러기 정도라면 나오지. 그것도 해마다 줄고 있어. 돌 한 상자를 날라도 값이 붙을 만한 돌은 삼 할도 되지 않지. 수지가 안 맞는다고 때려치고 싶다만 산을 나가도 거리에 나앉을 뿐이니까. 그래서 여태껏 버텨왔지만……."

"요마도 나온다던가."

"여태까지 세 번 나왔지. 두 번이 요마고, 한 번은 요수였다. 어느 놈이고 닥치는 대로 사람을 덮치는 물건은 아니었지만 사냥하면서 막대한 피해가 났어. 한 마리는 어딘지 모를 갱도에 나타났고 두 마리는 땅을 파다 찾았지. 막장을 파며 앞으로 나아가니 공간이 나왔는데 거기에 잠들어 있더라니까. 그 탓에 광부들이 막장에서 나아가기를 꺼려서 말이지."

나라가 황폐해지면 요마가 생겨난다. 들끓던 요마는 나라가 평안해지면 지하로 돌아가 잠든다고 한다. 그 이야기가 틀리지만은 않았던 것이다.

"원래 동굴을 발견하면 광부는 기뻐하지. 한때 물이 흐른 흔적이니까. 옥천이라면 동굴 바위 표면에 좋은 돌이 있을 테고, 단순히 지하수가 흐르는 길일지라도 바닥에 옥 파편이 가라앉아 있을 때가 있어. 하지만 요마가 있어서야."

"그렇겠군."

리사이는 고개를 끄덕이고 나서 물었다.

"포기한다고 했는데 그러면 먹고살 길은 있나."

"글쎄." 규산은 쓴웃음을 지었다. "당장은 감척이 있지만 거기는 몇 년만 지나도 수입을 기대할 수 없어. 차라리 다른 산으로 이동하고 싶지만, 어느 산에나 화적은 있지. 우리는 여기에서 마음껏 활개쳤는데 이제 와 다른 산의 화적에게 고개를 숙이고 부하로 들어가는 것도 내키지 않아. 본격적으로 강도가 되는 수밖에 없을 것 같은데 문주에서는 변변한 수입도 없겠군."

"제대로 된 일을 하면 어때?"

"먹고살 수 있다면야. 화적은 그 자체가 가족이나 다름없어.

노인도 많고 몸이 불편한 사람도 많지. 그렇게 끌어안은 사람들까지 먹여 살릴 만한 직업이 있다면 흔쾌히 전업하지. 어디에 그런 일자리가 있으면 알려줘."

리사이는 침묵하는 수밖에 없었다.

"규산은 갱도를 전부 아십니까?"

호토가 물었다.

"아니. 전부 다는 도저히 파악 못 하지. 아무튼 간에 이 산은 거대하니까."

"일찍이 여기서 왕이 습격받았을 터입니다. 그게 어디인지 모르십니까."

규산은 눈살을 찌푸렸다. 생각에 잠긴 듯이 팔짱을 끼었다.

"네놈들은 여기가 암살의 무대였다고 생각하나? 분명히 그 시절 누군가 함양산 주위에서 사람을 쫓아내기는 했지만 굳이 함양산을 암살 무대로 고를까. 근처 야산이면 충분할 일인데 말이야."

"근거도 없이 그리 생각하는 것은 아닙니다."

호토가 말하면서 뜻을 묻듯이 리사이를 보기에 리사이가 말을 이었다.

"이곳에서 나온 짐 속에서 주상의 물건이 발견되었다."

"그래?"

"범국으로 보낸 짐이다. 당시 범국에 짐을 보낼 만한 산은 함양산뿐이었다고 기억하는데."

"그랬지."

조업하던 산은 함양산만은 아니었으니 어느 산이나 규모는 뻔하다. 나라를 넘어 팔 만한 양이 나오는 곳은 함양산뿐일 것이라고 규산은 말했다.

"질은 논외로 하고 설비를 갖춘 만큼 많이 캘 수 있으니까. 하지만 왕이 사라진 당시에는 작업하지 않았을 거야."

"확실한가."

규산이 고개를 끄덕였다.

"나도 단언할 정도로는 잘 몰라. 어디에 잘 아는 놈이 있을 터인데. 그놈에게 물어보면 되겠군."

규산은 발길을 돌리며 웃었다.

"저 움막도 괜찮다면 좋을 대로 머물다 가지. 납득할 때까지 뒤져봐. 다른 사람들에게는 마음대로 하게 내버려두라고 얘기해두지."

"이 산에서 사람을 찾는다고?"

규산이 말한 '잘 아는 놈'은 식당에서 일하는 영감이었다. 이 노인은 젊은 시절부터 줄곧 이곳 함양산에서 일했다 한다.

"그거 수고하는구먼."

"노인장은 산 어딘가에서 습격이 있던 자취를 보지 못했나."

리사이가 물었다.

"못 봤어. 뭐, 어지간한 소요 사태면 흔적이 남을 리도 없다
만."

"적어도 여러 명이 죽었어. 혈흔은 물론이고 시체도 있었을 거
야."

"글쎄. 그런 흔적이 있었다는 이야기는 들은 일이 없는데."

노인은 죽이 든 사발을 늘어놓으면서 대답했다.

"나는 한번 산을 나갔으니까. 동란이 일어나기 직전, 연말이었
나. 그즈음에 함양산은 한번 폐산이 됐었지."

노인은 기억을 더듬듯이 허공을 응시했다.

"그전부터 조업은 툭하면 멈췄어. 더는 좋은 돌이 나오지 않았
지. 옥천은 훨씬 전에 말랐고."

교왕 치세 말기에 대국에서 가장 오래되고 크다던 함양산의
옥천이 마르기 시작했다. 수량이 줄고 질도 안 좋아졌다. 돌을
키우려면 수고가 든다. 노력에 걸맞은 돌을 채취하지 못하게 되
면 갱씨는 산을 버린다.

"마지막 갱씨가 함양산을 철수한 게 공위 시대야. 그리고 나서
도 광부는 남아서 등급이 떨어지는 돌을 캤지만, 이것도 채산이

맞지 않게 됐지. 그래서 조업은 멈췄어. 완전히 폐산이 된 건 아니었지만 말이지."

함양산에서 일하는 이는 없지만 산은 여전히 주가 지배한다. 함양산 입구에는 보초가 서서 산을 지켰다.

"허가를 얻어 파는 놈은 있었지. 등급이 떨어지는 돌이라도 괜찮으니 캐고 싶다거나 시굴하겠다고 청한 업자들이지. 아니면 옛 시대 돌을 찾는 패거리."

"옛 시대의 돌?"

리사이가 물었다.

"갱도에서 옛 시대에 캐낸 돌이 발견되는 일이 있어. 옛날에 한 아름이나 되는 하얀 낭간을 발견한 적이 있었지. 막장에서 찾아내 자르기는 했는데 낙반인지 뭔 일인지가 있어 갱도 안에 묻혀버렸겠지."

당시에 새로운 광맥을 찾아 시굴하던 자들이 발견했다고 한다.

"한밑천이 되었다지. 그것 말고도 갱씨가 키우고 방치한 돌을 찾는 일도 있지. 낙반으로 오가지 못하게 되었거나 소유주인 갱씨가 급사라도 했겠지. 갱씨는 옥천 장소를 감추니까 당사자와 관계자가 사고나 항쟁으로 죽어서 옥천 위치를 알 수 없게 되는 일도 있다고 하네."

노인은 그리 말하고 히죽 웃었다.

"듣기로는 요석楔石이란 걸 두어서 그걸 뽑으면 갱도가 무너지도록 설계해놓았다지. 사실인지 아닌지는 모르지만."

노인은 큰 소리로 웃었다.

"꿈같은 전설이 여럿 있어서 옥을 찾는 치는 있었지. 산이 조업을 그만두고서도 그런 놈들은 주에 허가를 받아 갱도에 들어갔어. 뭔가 찾았다는 소문은 듣지 못했지."

갱씨가 남긴 기록을 단서로 옥천을 찾으려 한 자도 있었다. 옥천 근처에는 키운 돌을 저장해두는 장소가 있기도 하니까 잃어버린 옥천을 발견하면 한몫 잡게 된다. 그런 사람들이 산발적으로 산으로 들어갔다.

"새로운 임금님께서 즉위하신 덕에 형세가 바뀌었지. 새로운 문주후가 오시고 등급이 떨어지는 부스러기라도 괜찮으니 캐서 생활의 보탬으로 삼으라고 하니 대규모 채굴이 재개되었어. 그때까지는 수입 일부를 관아가 몰래 가로챘지만, 캐면 캐는 대로 모두 가질 수 있게 되었어. 고마운 시대였지."

노인은 웃었다.

"좋은 돌이 아니더라도 캐면 그만큼 수입이 됐지. 우리도 일할 의욕이 났어. 그런데 그런 좋은 시절은 반년도 안 갔어. 화적의 난 직전에 갑자기 폐산이 되어버렸다니까. 이유 따위 얘기해주지 않았어. 무조건 끝났으니 나가라며 우리를 쫓아내더라고. 주사도 철수하고 산은 완전히 텅텅 비었지."

화적의 난, 고백이 점거당한 직후였다고 한다.

"마침 임금님이 사라졌을 무렵이야. 그 시절 함양산은 사람이 없었고 산 근처에도 가지 못했어."

"사람이 전혀 없었나?"

"그렇지. 함양산만이 아니라 이 부근 일대, 화적 말고는 발을 디딜 수도 없는 상태였어."

노인은 그리 말하고 정색하며 눈살을 찌푸렸다.

"나는 그때 함양산에서 좋지 않은 일을 꾸미고 있다고 생각했다니까. 아주 신경질적으로 사람을 쫓아냈거든. 행동은 화적이 했지만 그 화적조차도 함양산에는 접근하지 못하게 했던가 봐."

"좋지 않은 일?"

노인은 고개를 크게 끄덕였다.

"그 무렵 임금님이 사라졌잖아. 누가 습격했다지? 죽이려고 한 건지 납치하려 한 건지는 모르겠다만. 그 누군가가 화적을 이용해 사람들을 쫓아낸 거야. 그놈은 자신이 함양산에 들어가는 모습을 절대로 보이고 싶지 않았겠지. 화적에게조차 목격당하고 싶지 않았으니 철저하게 사람을 쫓아냈지."

"함양산에서 왕을 시해했다."

"그런 거겠지. 그렇다면 위왕이 했겠지. 열 받는 얘기야."

리사이는 고개를 끄덕이고 동의를 표했다.

"그 뒤로 자네들이 들어올 때까지 쭉 사람이 없었나?"

노인은 아니라고 부정했다.

"난이 진압되고 조업을 재개했지. 폐산 전에 땅을 파던 업자가 그대로 조업을 이어갔어. 주에서 하라고 했는지 업자가 하게 해달라고 부탁했는지는 몰라. 소동으로 쫓겨난 백성과 광부도 돌아오고, 폐산 이전 상태까지 돌아왔는데 그다음에는 주벌이 내렸어. 이 마을 저 마을이 반역자를 숨겨주었다느니 역도의 거점이라느니 트집을 잡혀 씨가 말랐지. 게다가 바다에는 요마가 나온다며. 그래서 대규모 조업은 하지 못하게 되었어."

당시 채굴한 돌은 거의 수출용이었다. 좋은 돌이 아니니까 대량으로 캐서 대량으로 팔지 않으면 돈벌이가 되지 않는 탓이었다. 그런데 부근에서는 백성이 자취를 감추고 짐을 운송하는 자가 사라졌다. 타지에서 고용해 데려오면 비용은 막대해진다. 게다가 그렇게 허해의 항구까지 운반한 짐이 움직이지 못한다. 항로에 요마가 나오는 탓에 배편이 크게 줄었다가 마침내 끊겼다.

"결국 조업하던 업자가 손을 떼고 철수해서 사람이 없어진 틈에 우리가 들어온 게야."

노인은 태연하게 웃었다.

"노인장은 조업을 재개했을 때 함양산에 돌아오셨나?"

"아니. 폐산이라고 산에서 쫓겨나고 끝이었어. 먹고살 길 막막할 때 수령이 거둬주어 그때부터 감척에서 밥을 짓고 있지. 수령이 여기를 점거하고 나서 돌아왔어."

"돌아왔을 때는 습격한 흔적도 시체도 없었다……."

"없었지. 만에 하나 있었더라도 조업을 재개했을 때 치우지 않았을까. 물론 그런 소문은 듣지 못했지만."

당시 광부도 꽤 남아 있다고 노인은 말을 덧붙였다.

"하지만 왕이 지녔던 물건이 이곳에서 나온 짐에 섞여 있었다. 범국에 보낸 짐이야."

"범국인가. 그렇다면 함양산 거지. 그런데 함양산에서 왕을 습격한다 해도 일부러 막장까지 갈까. 남의 눈을 피하려거든 근처 갱도면 충분해. 그 주변에 떨어진 물건이면 치웠을 테고 막장이 아니면 짐에 섞일 리가 없는데."

"막장이 아닌데 짐에 섞이는 건 어떤 경우지?"

리사이가 묻자 노인은 팔짱을 끼고 생각에 잠겼다.

"막장에서 나온 돌은 갱도 바깥으로 싣고 나와 쌓아두지. 거기에 섞여 있던 경우려나."

"누군가 고의로 섞어놓은 게 되지 않나?"

"그리되지."

노인은 대답하고 나서 갑자기 무슨 생각이 났는지 주위를 둘러보았다. 식당 안에는 스무 명 남짓 앉아서 밥을 먹고 있었다. 밥을 먹기에는 조금 이른 시간인 듯하다.

"아, 이봐 자네."

그중 노인을 부른다.

"자네, 산에 돌아왔을 때 이상한 냄새가 난다고 하지 않았어?"

질문을 받은 노령의 남자는 고개를 들더니 끄덕였다.

"났지. 막장 냄새와 불 냄새였어. 우리가 없는 동안에 누가 산을 휘젓고 다녔구나 했지."

"휘젓고 다녔다?"

리사이의 물음에 "고맙네" 하고 손을 든 노인은 고개를 끄덕였다.

"들은 그대로야. 사람이 없는 사이에 누가 산을 판 게야. 그렇지만 조업하던 부분은 아니야. 갱도 형태가 바뀌면 광부는 알 수 있으니까. 어디 깊숙한 곳이려나. 누군가 더는 쓰이지 않는 부분을 판 냄새가 갱도를 따라 감도는 거겠지. 그놈들이 돈이 될 부분을 가지고 가고 헐값인 부분은 바깥 산에 쌓아놨고. 그 안에 섞여 있었다면 범국으로 보내는 짐에 뒤섞였을 수 있겠지."

"그런 일이 가능한가? 폐산하고 나서 수령이 점거하기 전까지면 산에는 사람이 없었잖나?"

"숨어들었겠지. 그런 놈들은 늘 있는 법이지."

정규 채굴도 아니고, 규모가 있는 채굴도 아니라고 노인은 말한다.

"몇 명이서 직접 나를 수 있는 정도만 캐지. 그런 놈들은 더는 사용하지 않는 수혈이나 균열 같은 걸 찾아내 숨어들어 와."

노인은 말하고서 쓴웃음을 지었다.

"우리는 사활이 걸린 문제니까 집요하게 감시했지만 이전에는 산 경비가 상당히 헐렁했어. 대규모로 채굴한다 해도 이 거대한 산으로 보자면 극히 일부지. 게다가 오래된 돌을 찾네, 새로운 광맥을 찾네 하며 소규모로 들어오는 패들이 있었으니까. 수상한 놈이 있는지 감시하는 건 도저히 불가능해. 어느 수혈이나 범위는 뻔하니까 눈을 속이고 산에 숨어들어 작은 돌멩이를 슬쩍하려는 놈들이 나오는 거야. 먹고살 길이 막막한 황민 같은 치들 말이지. 부스러기나 다름없는 돌이라도 팔아 얼마라도 된다면 숨어드는 인간 정도야 있는 법이지. 물론 감찰鑑札(증표)도 없이 손에 넣은 돌이면 떳떳하게 팔지는 못하지만."

돌을 채굴하려면 허가를 받았다는 감찰이 필요하고 사고팔 때 감찰을 확인한다.

"하지만 어느 시대나 뒷거래란 게 있는 법이라서 말이야. 감찰 없는 돌을 매입하는 놈이 있다는 이야기는 있지."

"이야기? 여기도 지금 감찰은 없잖아."

"우리 말이야? 감찰은 당연히 있지. 감척의 감찰이긴 하지만."

노인은 웃었다.

"여기서 캔 돌은 감척에서 나온 것이 되지."

실제로 감척의 산에서는 변변한 돌이 나오지 않지만 서류상으로는 함양산에서 캔 돌도 감척 것으로 친다.

"시끄러운 말은 없지 말아줘. 감척은 고백이란 현성의 소유지만 고백은 화적의 난 때 큰 피해를 보았어. 어쨌든 수입이 필요한데 정작 산은 옥천이 주이고, 동란으로 혼잡할 때 뭐고 뭐고 없는 화적이 옥천의 돌을 휩쓸어 가버렸지. 샘이 있으니 다시 키우면 되지만 상품이 되려면 몇 년이나 걸려. 그때까지 입에 풀칠이라도 하려면 우리가 캔 돌이 필요해."

"그 말은…… 고백의 관아도 아는 일인가."

노인은 대답하지 않고 어깨만 으쓱했다.

"그러니까 우리는 뒷거래에 목맬 필요가 없어. 하지만 돌을 주우면 돌을 돈으로 바꿔줄 업자가 필요하지. 실제로 있겠지. 그러니까 숨어든 놈들이 있었을 게야."

그러나 동란이 한창일 때는 그마저도 불가능했을 것이다. 지령을 받은 화적이 산을 봉쇄한 탓이다. 화적은 함양산에 사람이 접근하지 못하게 하라는 지시를 받았고, 서쪽은 용계, 동쪽은 저강, 그보다 안쪽에는 들어갈 수 없었다. 특히 교소가 소식이 끊

157

8장

긴 전후로는 화적조차 보기 좋게 쫓겨났다.

"함양산 일대가 텅 비어 있었다……."

"하지만 그것도 한때니까. 조업을 재개하기까지는 시간이 좀 있었고, 그때까지는 들어올 수 있었을 게야. 실제로 화적이 언제 철수하고 언제 출입이 가능해졌는지는 모르지만, 몇 명 정도야 숨어들어 돌을 캐는 게 가능하지 않았을까."

자기 말을 확인하듯이 고개를 끄덕였다.

"실제로 있었겠지. 막장의 냄새가 났다는 건 그런 뜻이니까. 밥줄이 끊긴 근방의 놈인지, 아니면 먹고살기 막막해진 황민인지. 누군가 산에 들어가 돌을 캤다."

리사이가 교시와 호토에게 퍼뜩 시선을 돌리니 두 사람도 고개를 끄덕였다.

함양산 깊은 산속에 허리띠가 떨어져 있었다. 그 일대에 돌을 주우러 황민이 들어왔다. 그렇다면 그들은 그곳에서 중상을 입고 움직이지 못하는 교소를 발견하지 않았을까. 그들이 교소를 구했을 가능성은?

리사이 일행은 이튿날 꼬박 하루 동안 내부를 살폈다. 특히 침입자가 판 것으로 보이는 갱도를 찾았으나 이렇다 할 실마리는 얻지 못했다. 예전 습격 현장이 어디인지는 알지 못한다. 교소가 습격받았을 때의 상황 따위 알 길이 없었다.

일단 함양산에는 새로운 단서가 없다. 포기하고 함양산을 출발한 아침, 불어오는 매서운 바람에는 하얀 것이 뒤섞여 있었다.

"눈이다."

9

장

001

다이키의 상처는 결코 가볍지 않았지만 아주 깊지도 않아 분엔과 황의가 정성껏 간호한 덕에 팔을 감싼 채 일상생활을 할 수 있게 되었다.

그동안 다이키는 여러 번 세이라이와 간초, 로산을 만나게 해달라고 했지만 세이라이는 중죄인이니 만날 수 없다고 고집을 피웠고, 간초와 로산은 본인들이 만남을 거절했다며 요청을 들어주지 않았다. 하지만 실제로 본인들의 의사인지는 불분명했다.

"간초 님은 작은 저택에 구금되어 계시다고 들었습니다."

도쿠유를 돕기 위해 분엔이 보낸 의원인 준타쓰潤達가 간초의 소식을 알려주었다.

"만남을 거절하신 게 아니라 처음부터 아무것도 모르시는 것 같사옵니다. 태보께서 돌아오신 것도 아실는지. 아신다면 필히 기뻐하시겠지요."

준타쓰뿐만 아니라 쇼와도 다이키의 시중을 들기 위해 종들을 이끌고 왔다. 고료는 다이키 곁에서 시중들 사람을 불필요하게 늘리고 싶지 않았지만 헤이추와 쇼와만으로는 허드렛일까지 처리할 수 없다. 어차피 종의 신분으로는 다이키 근처에 다가올 일이 없었기에 일단 받아들일 수밖에 없었다. 이로써 다이키의 생활은 한결 나아졌다. 하지만 충분히 지내기에는 아직 부족했고 더욱이 서주후로서의 지위를 회복하는 것도 요원했다.

하루하루 지날수록 추위는 심해졌다. 올해는 어쩐 일인지 첫눈이 늦게 내렸지만 각지에서 눈이 내렸다는 소식이 계속해서 들어왔다. 백성들이 겨울을 넘길 수 있도록 나라에서 한시라도 빨리 지원해야만 한다.

"북방에 눈이 내리기 시작했습니다. 백성에게는 나라의 원조가 필요합니다."

다이키는 게이토우를 불러 호소했지만 게이토우는 어떤 답변도 가져오지 못했다.

"그러면 서주의 정무라도 돌볼 수 있게 해주세요."

다이키는 몇 번이고 게이토우를 통해 조운에게 주의 관리들과 만나게 해달라고 요청했지만 조운은 말을 바꿔가며 요청을 들어주지 않았다.

도쿠유의 이야기에 따르면 지금 서주는 조운이 추천한 시손士遜이 주재의 자리에 앉아 그의 지휘하에 움직이고 있다고 한다. 하지만 시손은 조운의 부하일 뿐, 사실상 주의 정무는 조운이 쥐고 있다고 한다. 다이키는 시손을 불렀지만 아직까지 만나지 못했다. 서주의 주후는 엄연히 다이키다. 아센에게 귀환을 허락받은 이상 다이키가 주후의 자리로 돌아왔다고 생각해도 무방할 것이다. 그렇다면 주재인 시손은 다이키의 부하가 되는 셈이지만 궁으로 불러도 "망극하옵니다"라며 알현을 고사했다.

"어디서 그런 터무니없는 소리를 지껄이는가!"

분개하는 고료에게 게이토우는 몇 번이고 엎드려 조아리며 사죄했다.

"들어오라고 전해주세요. 주후로서의 명령입니다."

다이키도 강하게 말했지만 시손은 역시나 모습을 드러내지 않았다. 시손은 자기가 알현하면 다이키의 존체에 해로울 테고 지금은 다이키가 건강을 회복하는 일이 최우선이므로 신하로서 주인에게 해가 되는 행동은 할 수 없다고 했다. 다이키도 이 말에는 짜증이 났는지 게이토우에게 쏘아붙였다.

"저에게 원한이 있어서 기어코 만나러 오지 않겠다는 건가요?

제가 주후로서 내키지 않는다면 사직을 하겠다고 전해주세요."

이에 당황해 허겁지겁 달려온 시손은 실제로 보니 비굴한 눈매를 가진 추레한 남자였다. 정실에 들어오자마자 몹시 감격스러워하는 큰 목소리로 "태보"를 외치며 달려들어 경망스럽게 고두했다.

"뵙고 싶었사옵니다. 무사히 돌아오시어 한없이 기쁘옵니다!"

시손은 다이키에게 말할 틈도 주지 않고 거침없이 경하의 말들을 쏟아냈다. 그동안 다이키가 없어 얼마나 괴롭고 슬펐는지, 다이키의 신변을 어찌나 걱정했는지, 귀환했다는 소식을 듣고 너무 기뻐 오열했다는 둥 허무맹랑한 말들을 지껄이며 옆에서 지켜보고 있는 고료조차도 질리게 만들었다. 보다 못한 게이토우가 말을 막았다.

"그보다 이제껏 몇 번이고 태보의 부르심을 거역한 일, 사죄할 생각은 없는가?"

매서운 말투로 추궁당하자 시손이 대답했다.

"아아, 기분 상하셨다면 백번 천번 사죄드리옵니다. 모든 것이 태보의 존체를 염려한 일, 소생처럼 볼썽사나운 자가 귀한 눈과 귀를 상하게 해 존귀하신 존체에 해라도 끼칠까 하여 저지른 우행이옵니다."

이마가 바닥에 부딪칠 듯 몇 번이고 조아렸다.

"온 힘 다해 성의를 바치려는 행동이었사오나 미흡한 소생의 얕은 생각이 오해를 일으킨 꼴이 돼, 지금 소생은 스스로의 경박함에 부끄러움을 금치 못하고 있습니다. 고귀하신 태보를 도와 일하는 것은 이 세상에 둘도 없는 명예, 한없는 희열이옵니다. 어리석은 소생이옵니다만 수족이라 여기시어 마음껏 부려주시옵소서."

지나치게 거추장스럽고 천박한 언사에 고료는 쓴웃음을 금치 못했지만 마주 보고 있는 다이키는 표정 하나 변하지 않았다.

"그리 생각하신다면 행동으로 보여주셨으면 합니다."

다이키가 냉랭하게 이야기했다.

"우선 주육관을 만나게 해주시지요. 제가 자리를 비운 육 년간 서주부가 어떻게 운영되어왔는지 알아야겠습니다. 서둘러 자료를 준비하라 전달해주세요."

그게, 하며 시손은 당황한 듯 목소리를 높였다.

"아, 아니, 기다려주십시오. 그게, 물론 태보께서 하명하신 일에 이의가 있겠사옵니까만 귀하신 몸에 비하면 미천한 저희들이 황송하여 어찌 용안을 마주하겠사옵니까. 하문하실 것이 있으시다면 외람되오나 소인이······."

"자료를 준비해서 모여주세요. 명령입니다."

"아무래도 미흡한 자들입니다. 태보께서 고람하실 정도의 자료를 준비하기 위해서는 그에 상응하는 시간이……."

"닷새 드리겠습니다. 자료는 충분하지 않아도 괜찮습니다."

"아뇨, 그게 그러니까……."

시손은 당황한 듯 고개를 저으며 말했다.

"그 정도의 시간으로는…… 무엇보다도 황송하여…… 몹시 매우……."

계획에 차질이 생긴 듯 입속으로 중얼거리다 두 손을 가슴 앞으로 절하듯 모았다.

"무엇보다도 주상의 지시가 없으면……."

시손은 고개를 크게 끄덕이며 말했다.

"저희는 아셴 님으로부터 역할을 일임받은 자들이옵니다. 아셴 님의 지시 없이 제멋대로 행동을 했다가는 꾸중을 듣사옵니다."

말하고 나서 평복하며 몸을 과장스럽게 부르르 떨었다.

"꾸중으로 끝난다면 다행이옵니다만……."

아셴의 뜻을 거역한다면 숙청당할지도 모른다고 은연중에 호소하는 것이다.

"물론 태보께서 명령하시면 이 한목숨 기꺼이 내놓을 각오는 되어 있습니다만……."

시손의 비열한 말에 고료는 구역질이 날 것 같았다. 그 누구도 아센에게 가까이 갈 수 없다. 조운조차 아센에게 직접 무언가를 고할 수 없다고 들었다. 물론 다이키도 할 수 없는 일이다. 애초에 아센 곁에 다가갈 방법이 없다. 그럼에도 불구하고 '아센의 지시'를 운운하면 침묵할 수밖에 없다.

하지만 다이키는 냉철했다. 스윽 일어나며 말했다.

"그 말 받아들이겠습니다. 닷새 후, 육관장과 자리를."

"네?"

평복하고 있던 시손이 놀라 다이키를 올려다보았다.

"만약 아센 님께서 호통을 치신다면 제가 가능한 한 중재하겠다고 약속드리겠습니다."

"아니…… 그게…… 하오나…….."

"기꺼이 목숨을 내놓을 각오가 되어 있다고 한 건 거짓입니까?"

시손은 거듭 부정했다. 일이 꼬여 고개를 내젓는 시손을 다이키가 흘끗 쳐다보고 침실로 발걸음을 돌리려고 한 그때였다.

다이키가 가늘게 소리를 높였다. 걸음을 멈추는가 싶더니 순간 뒤로 크게 몸을 젖히며 힘없이 털썩 그 자리에 주저앉았다.

"태보!"

고료가 뛰쳐나갔다.

"무슨 일이십니까?"

바닥에 손을 댄 다이키는 어깨를 들썩이며 숨을 쉬고 있었다. 얼굴을 들여다보자 무언가에 놀란 듯 눈을 크게 뜨고 바닥 한 부분을 응시하고 있었다.

소리를 듣고 소동을 눈치챘는지 옆방에 있던 도쿠유가 달려 들어왔다. 그와 함께 게이토우도 다이키에게 달려왔다. 저마다 다이키에게 말을 거는 그들의 등 뒤로 시손의 목소리가 들려왔다.

"역시 태보께는 휴식이 필요합니다. 태보의 요양에 방해가 되지 않도록 소생 한동안 삼가도록 하겠습니다. 이만 물러가겠습니다."

시손은 재빨리 말을 쏟아내고 대답을 기다리지도 않은 채 서둘러 정실에서 나갔다. 게이토우가 무슨 말을 하려고 시손에게 갔지만 시손은 순식간에 도망쳤다. 결국 언질 하나 주지 못한 채 놓친 게 분했지만 그보다도 다이키의 상태가 신경 쓰였다. 도쿠유가 다이키를 부축해 침실로 가도록 재촉했지만 다이키는 완곡히 거절했다.

"이제 괜찮습니다."

"하오나."

"현기증이 났을 뿐입니다."

확실히 다이키의 얼굴에 혈색이 돌아오고 있었다.

"……때가 좋지 않았습니다. 시손을 놓치고 말았어요."

"네. 시손에게는 다시금 태보께서 하명하신 내용을 전달하겠습니다. 하오나 무리는 금물입니다. 당분간 요양을 하시는 게 어떠십니까."

게이토우는 공수하며 정중하게 인사를 했다.

게이토우가 반드시 자리를 마련하겠다고 이야기했지만 다이키는 실제로 육관장을 만나게 될 때까지 똑같은 입씨름을 몇 번이고 반복해야만 했다. 사사건건 시손이 '태보의 건강'을 거들먹거리는 것은 어쩔 수 없다고 해야 할까. 다이키의 건강을 걱정한다면 쓸데없는 마음고생시키지 말라고 게이토우가 크게 꾸짖고 나서야 주육관이 모였지만 얼굴을 맞대고 보니 조운의 입김이 닿은 오합지졸이거나 노골적으로 시손에게 아첨하는 무리들뿐이었다. 다이키가 황민을 서둘러 구제하라고 명령해도 그들은 평복하며 "분부 받들겠습니다"라고 대답만 할 뿐 실제로 실행하는 모습은 없다. 진척이 없다고 지적하면 '주상의 지시'를 운운한다. 매번 "총재의 지시가", "주재의 지시가"라는 핑계를 대며 말을 바꿀 뿐 도망치기에 여념이 없다. 속이 타들어가는 듯한 수렁이었다.

귀환을 허락받았지만 어떠한 실질적인 권한도 주어지지 않는다. 간초와 세이라이는 감감무소식에 로산은 만남을 거절한 상태이다. 뿐만 아니라 어느새 병졸이 황포관 주변을 포위해 자유

169
—
9장

롭게 드나들 수 없게 되었다. 게이토우와 분엔만이 바깥을 왕래할 수 있었다. 어찌된 일이냐며 항의해도 다이키의 신변을 안전하게 보장하기 위해서라는 말뿐이다. 다이키를 밖으로 나가게 할 수 없는 것도 경호 체제가 충분하지 않기 때문이라고 한다.

"이래서야 허울 좋은 포로 아닙니까."

고료는 분개해 게이토우에게 항의했지만 원통한 마음을 게이토우에게 토로한들 아무런 의미가 없었다.

게이토우가 다이키와 관련된 모든 일의 권한을 부여받았다고는 하나, 무슨 질문을 해도 그 어디에서도 답변은 듣지 못했고, 무슨 일을 요구해도 "선처하겠다"는 말뿐 진행되는 일은 없었다. 이래서는 예전 상황과 별반 다를 게 없다. 갇혀 있는 감옥의 규모만 커졌을 뿐이다.

안타까우리만큼 사태는 변하지 않았다. 유폐와 다를 바 없는 궁궐에서 자유롭게 나갈 수도 없고 궁궐 안에 교소는 없는 것 같다. 아센은 움직이지도 않고 가까이 다가갈 수도 없다. 유일하게 할 수 있는 일이 서주를 원조하는 일인데, 그조차도 시손이 가로막아 할 수 없다.

다이키의 계획은 아센이 신왕이라는 사실에 아센 세력이 기뻐하며 정사에 적극적인 모습을 보이는 걸 전제로 하고 있다. 고료는 첫 단계에서 보기 좋게 실패했다는 생각이 들었다. 아센뿐만 아니라 조운도 사태를 적극적으로 추진하려고 하지 않는다. 그 이유도 알지 못했고 어떻게 해야 움직일지조차 모르겠다.

—어쩌면…….

고료는 생각했다.

그럴 리 없다고 믿고 싶지만 다이키의 책략이 들통났고, 그 사실을 알고 이렇게 원만하게 구속한 게 아닐까?

다이키는 우울해진 듯 차츰 말수가 적어졌다. 아무 말 없이 하늘을 쳐다보고 있다. 왕궁 위에 드리워진 하늘은 잿빛 구름으로 뒤덮여 있는 날이 늘었다.

—본격적인 겨울이 다가오고 있다.

002

게이토우는 우울했다.

다이키에게 여러 번 질책받았다. 질책받는 건 어쩔 수 없다. 다이키는 주후의 권한으로 백성을 구제하고 싶은 것이다. 결국 어제 홍기에 눈이 내렸다. 아직 쌓일 정도는 아니었지만 점차 화창한 날은 줄어들고 쌓인 눈은 쇠눈이 되어 날이 개어도 녹지 않을 것이다. 백성은 토지에서 식량을 얻을 수 없게 된다. 가난한 대국에서는 나라의 원조가 반드시 필요하다. 그럼에도 다이키는 현재 무엇 하나 하지 못한 채 지내고 있다. 조운도 주재인 시손도 다이키를 피해 다니며 어떤 지시도 받들지 않는다. 일국의 재보에 대한 처우라 볼 수 없었다.

처우에 불만이 있는 것은 당연지사, 그 불만을 터뜨릴 수 있는 사람은 게이토우밖에 없다. 게이토우는 아센이 데리고 있던 막료. 다이키에게 게이토우는 오늘날 대국을 이렇게 만든 아센의, 즉 용서할 수 없는 원수의 부하일 것이다. 게이토우에게 불만을 터뜨리는 거친 말투도, 그를 대하는 냉랭한 태도도 어쩔 수 없다고 생각한다. 하지만 정작 게이토우 본인은 다이키를 무시하기는커녕 오히려 다이키와 같은 마음으로 백성을 구해야 한다고 바라고 있는 만큼, 다이키나 그 측근들이 자신을 적대시한다고 생각하면 괴로웠다.

"아센 님 등극을 추진하지 않으십니까?"

게이토우가 조운에게 물었다. 다이키가 아센을 신왕이라고 지명했으니 아센 등극을 준비하는 것은 당연한 일이다. 그럼에도 진척되는 모습이 전혀 없다. 이에 대해 조운에게 물어도 요령부득이었다.

"정작 아센 님께서 어떠한 지시도 내리시질 않네."

조운은 불평 섞인 대답을 할 뿐이었다.

"아센 님께서는 등극하실 의사가 없으신 겁니까? 아니면 태보께서 신왕이라고 하는 말씀에 의문이라도……."

"모른다. 나에게 물어도 곤란해. 게이토우야말로 어떤가. 아센 님이 직접 태보의 시중을 들라고 명령하셨지? 그 밖에 따로 지시받은 건 없는가?"

조운이 나무라듯 물었지만 대답할 도리가 없었다. 게이토우는 그저 아센의 막료이다. 아니, 그마저도 '예전' 막료라고 해야겠지. 지금은 아센군 자체가 존재하지 않으니까.

과거 아센의 군대에 소속되어 있던 병졸은 각각 지위를 얻어 새로운 군대로 편성되었고 대부분의 막료는 하관부로 편입되었다. 하지만 교소가 사라지고 아센이 조정의 실권을 쥔 초반에는 교소 휘하의 하보쿠가 하관장이었다. 하보쿠에게 역모의 혐의가 제기되어 하보쿠와 그의 측근들이 왕궁에서 도주해 공석이 된 하관장 대사마大司馬 자리에 아센 휘하이면서 군사였던 슈쿠요叔容가 앉게 되었다. 슈쿠요가 이때 게이토우를 소사마小司馬로 추천했지만 아직까지도 전령을 받지 못한 채 세월이 흐르고 말았다. 하관과 군리軍吏는 겸임할 수 없다. 게이토우는 추천을 앞두고 막료 자리에서 물러났다. 소사마로서 상부의 승인도 받았다. 그런데 하루 이틀 안에 내려와야 할 전령 소식이 없었다. 아무도 이유를 알지 못했다. 게이토우는 전령이 내려오길 기다리고 있는 상태였고, 소사마의 자리 또한 여태껏 공석이었다. 초조해진 슈쿠요가 직접 아센에게 부탁하려고 했지만 정작 아센은 만남을 허락하지 않았고, 결국 포기하는 분위기로 방치된 채 무위무관인 상태로 기다릴 수밖에 없었다. 그때, 아센이 게이토우에게 직접 사자를 보내와 다이키가 급작스레 귀환하였으니 그 보좌를 맡으라고 명령한 것이다. 목패가 달려 있는 수綬°를 건네주며, 다이키가 왕궁에 돌아오기 위해 필요한 모든 것을 즉시 채비하라는 명령이 있었지만 그 이후로 아무런 지시도 건네받지 못했다.

─언젠가부터 항상 이런 식이다.

아센은 육침에 틀어박힌 채 나오지 않는다. 모든 일을 조운에게 일임했다고 하지만 결국 모든 일을 도외시하고 있을 뿐이다. 그러니 총재의 권력을 손에 넣은 조운이 제멋대로 굴고 있다.

"어찌 진행되고 있는지 태보께서 하문하셨습니다. 하다못해 주육관만이라도……."

조운이 게이토우의 말을 막았다.

"그러니까 나에게 물어도 곤란하다니까. 애초에 자네는 어떤

● 관직을 나타내는 증표를 다는 끈.

권한으로 나에게 고하고 있는 겐가?"

이 또한 입을 다물고 있을 수밖에 없었다. 태보와 관련된 일을 게이토우에게 일임했다는 통첩은 조운에게 전달됐지만 게이토우는 어떠한 지위도 받지 못했다. 궁중을 편하게 돌아다닐 수 있는 하대부의 수를 건네받았지만 정식으로 하대부의 지위가 주어진 것은 아니었다. 그러니 총재인 조운에게 명령할 수 있을 리 없다.

게이토우는 자리를 뜨는 조운을 원망스럽게 바라볼 수밖에 없는 자신이 분할 따름이었다.

"태보의 호위?"

게이토우와 마주하고 있는 사람이 되물었다. 게이토우는 고개를 끄덕였다.

"지금은 예전 중군 사수가 혼자서 도맡고 있네. 그래서는 몸이 남아나질 않아. 피로가 적지 않게 쌓였을 걸세. 교대할 사람이 필요해. 자네가 부하 몇 명 좀 보내줄 수 없나?"

게이토우가 물어본 상대는 아센의 휘하이자 현재 금군 우군 장군에 임명된 유쇼友尚였다. 게이토우가 군에 들어왔을 때부터 벗이었다.

"예의 바르고 인품이 좋은 부하로."

"간단한 일이긴 하네만." 이제 막 귀가한 유쇼는 여느 때처럼 주변에 대충 의복을 벗어 던지며 말했다. 이 버릇 때문에 유쇼의 거처는 늘 너저분했다.

"태보 본인이 허락할까? 우리는 적일세."

지적을 받은 게이토우는 고개를 푹 숙였다. 맞는 말이다. 하지만.

"이제는 더이상 적이 아닐세. 아센 님이 왕이시니."

"진심으로 받아들이기는 어렵겠지. 중군의 사수…… 누구라고 했지?"

"고료."

"그 암기의 달인인 소? 그럼 뭐 혼자 어떻게든." 유쇼는 말하다가 쓴웃음을 지었다. "……할 수 없겠지. 무리일 거야, 혼자서는."

"자네도 그렇게 생각하지? 꽤나 피곤할 걸세. 실제로 안색이 안 좋을 때가 많아. 의관 두 명도 마찬가지지. 요즘에는 멍하니 있을 때가 있어. 의관으로서 맡은 일만 한다면 두 사람으로도 충분하지만 사실상 경호도 하고 시중도 같이 들고 있는 거나 마찬가지야. 막중한 역할이기도 하고 긴장도 많이 되겠지. 이래서는 조만간 누군가 쓰러져도 이상하지 않아."

널브러진 의복을 정돈하며 게이토우가 말하자 유쇼가 이야기했다.

"하지만 아센 님 휘하에서 골라 데리고 가는 건 무리일세. 간초 님의 휘하는 어떤가? 그럼 납득할 수 있을 텐데."

"그건 조운이 용납하지 않겠지."

"용납하지 않는다고?"

"조운은 태보와 교소의 휘하가 접촉하는 걸 우려하고 있다네. 무슨 일이 일어날지 모른다고 하더군. 예전 주관과 국관도 마찬가지야. 절대로 다가가게 둘 수 없다나. 황의만큼은 예전과 같은 사람이지만 황의는 애초에 교소의 휘하도 아니니 말일세."

"시중드는 자는 없는가?"

"사인과 여어, 그리고 여어가 데려온 종들이 있기는 하네. 조운의 측근이 사인으로 파견되었지. 여어는." 게이토우는 말하던 도중 목소리를 낮췄다. "……아마도 조운의 첩자일 걸세."

자신이 조운이어도 다이키를 밀실에 잡아둔 걸로 만족할 리 없다. 분명 주변에 첩자를 심어둘 것이다. 게이토우는 그 첩자가 쇼와라고 추측하고 있었다. 확실한 이유가 있어서가 아니다. 굳이 말하자면 비록 군리지만 목숨이 걸린 전선에서 긴 세월 보낸 병사의 감이었다.

"확인한 적은 없지만 아마 고료도 눈치챘을 걸세."

내의 하나 걸친 유쇼는 한 계단 높은 방구들에 올라 책상다리로 앉아 흠, 하고 팔짱을 끼었다. 불이 들어오는 듯, 방 안은 따뜻했다.

"그래서는 부족하겠지. 실제로 파견하려면 슈쿠요의 지시도 필요한데."

"슈쿠요 님은 태보의 신변을 정비하는 일에 반대하지 않으실 거야."

"그렇겠지." 유쇼는 고개를 끄덕이고 말했다. "조운은 슈쿠요가 어떻게 한다 쳐도, 자네가 데리고 간다면 상대는 경계할 걸세. 그만큼 부담이 늘 뿐이지. 그만두는 게 좋아."

유쇼는 계속해서 말했다.

"아센 님이 임명하는 것밖에 도리가 없어. 그거라면 받아들이지 않을 수 없겠지. 태보의 부담이 늘어나는 건 마찬가지지만 존체의 안전은 도모할 수 있으니까."

"그게 가능하다면야" 하고 게이토우는 한숨을 쉬었다. 시중을 들라고 명령해놓고 그 뒤로 아무런 소식도 없다. 게이토우 쪽에서 연락을 할 방법도 없다.

"……아센 님은 어찌되신 걸까."

"어찌?"

"태보께서 물으셨어. 어째서 아센 님은 저렇게나 정무에 의욕이 없으시냐고. 옥좌에 대한 집착이 안 보이는데 그렇다면 어째서 들고일어났느냐 하시더군. 자네는 그 이유가 뭐라고 생각하나?"

게이토우가 주변에 구깃구깃 팽개쳐져 있던 온포를 던지자 유쇼가 받아 입으며 말했다.

"확실히 아센 님은 정사에 흥미를 잃으신 것처럼 보이긴 하지……."

"교소를 대신해 대국을 통치할 생각이 아니셨던 건가? 그래서 들고일어나신 게 아니었나?"

"그렇게 해석하는 게 당연할 거야."

게이토우는 한숨을 푹 쉬며 고개를 숙였다.

"나에게는 아센 님이 다 불태우신 것처럼 보이네. 마치 교소 님을 쓰러뜨리는 일 자체가 목적이었던 것처럼."

"그 자체가 목적이라……."

교소를 향한 아센의 경쟁심을 게이토우는 뼈저리게 느끼고 있었다. 아센은 결코 그 감정을 겉으로 드러내지 않았지만 분명히 교소를 의식하고 있었고 교소와의 우열에도 무관심으로 일관하지 못했다.

"그건 어쩔 수 없는 일일세. 우리 휘하는 물론이고 교왕 시대부터 아센 님과 교소 님은 항상 비교되어왔어. 그런데 우열을 다투지 않고 배길 수 있었겠는가? 서로가 쌍벽이라고 불렸어. 그 말은 바꿔 말하자면 조금이라도 삐끗하는 순간에는 한쪽이 상대보다 뒤처진다고 평가받는 꼴이 된다는 걸세."

"하지만 나에게는 아센 님이 그걸 즐기는 것처럼 보였네."

유쇼의 말에 게이토우는 고개를 끄덕였다. 그 둘과 같은 관계를 두고 호적수라 일컫는 것이리라. 게이토우도 몇 번이고 느꼈다. 항상 서로를 의식하며 우열을 다퉜지만 아센은 그 긴장감을 즐기고 있는 것처럼 보였다. 교소가 앞서가면 "과연"이라고 칭찬을 하고, 자신이 앞서갔다고 해서 교소를 깔보는 일도 결코 없었다.

아센과 교소는 각별하게 친한 사이도 아니었다. 하지만 게이토우는 두 사람 사이에 거리가 있다는 의미로 받아들이지 않았다. 적어도 아센은 그저 친해지는 걸 꺼려하는 것처럼 보였다. 상대에게 앙심을 품고 있는 게 아니라 오히려 마음속으로는 호의를 지니고 있지만 굳이 일정 이상 다가가지 않으려는 것이다. 그렇게 함으로써 기분 좋은 긴장감을 유지하려는 것처럼 보였다.

게이토우가 그렇게 설명하자 잡동사니 속에서 술을 꺼내며 유쇼가 고개를 끄덕였다.

"나도 그리 생각했었지. 사실 나도 교소군의 휘하와는 어울리지 말아야겠다고 생각했었다네. 가신이나 기료基寮처럼 괜찮은 녀석도 있다 보니 몇 번 분위기에 취해 같이 한잔하며 어울렸을 땐 꽤나 유쾌했었지. 녀석들과 한판 벌이면 재밌겠다 싶긴 했지만 내가 나서서 부른 적은 없었고 그쪽에서 부른 적도 없었어. 그렇다는 건 상대도 비슷하게 생각하고 있었던 거겠지. 한잔할 텐가?"

대수롭지 않게 내민 그릇 안에 먼지가 뽀얗게 쌓여 있었다.

"청소 정도는 좀 하시게. 하기 싫으면 하관을 부리는 건 어떤가?"

"귀찮네. 사실 난 아셴 님이 들고일어난 게 의외였어. 오히려 반대이지 않을까 싶었거든."

"반대?"

유쇼는 먼지투성이 그릇에 술을 따르며 말했다.

"화가 나긴 하지만, 누가 위이고 아래인지 정해졌다네. 교소 님이 왕이고 아셴 님이 신하야. 그렇게 되면 무리하게 겨룰 필요도 거리를 둘 필요도 없지. 아마 두 분이 죽이 잘 맞지 않을까, 등극을 계기 삼아 친해지지 않을까 하고 생각하고 있었어."

게이토우는 살짝 놀랐다.

"그렇게 생각한 적은 없었는데……."

"그래? 난 교소 님이 등극했다는 소식을 들었을 때, 앞으로 재밌어지겠다고 생각했어. 왠지 아셴 님도 그렇게 생각하시지 않았을까 싶었지."

"그건 너무 건방진 생각 아닌가."

게이토우는 진절머리를 쳤다. 하지만 유쇼의 생각이 반드시 빗나간 이야기도 아닌 것 같았다. 게이토우는 그 소식을 우연히 아센과 있을 때 접했다. "교소였어"라는 말을 들었을 때 게이토우도 심부름꾼 쪽을 보고 있어 그 순간 아센의 표정을 보지 못했지만 곧바로 뒤돌아 아센을 봤을 때에는 떨떠름한 미소를 희미하게 짓고 있었다.

— 역시, 그리되었나.

아센은 떨떠름한 미소를 지으며 말했다. 오히려 게이토우가 원통했다.

— 저는 납득할 수 없습니다.

그렇게 말했었다. 게이토우의 주군은 아센이다. 세간의 평이 어떠하더라도 게이토우는 항상 교소보다 아센이 한 수 위라고 생각했다. 검술만큼은 아쉽게도 교소가 한 수 위임을 인정하지 않을 수 없었지만 검술은 정무와 상관없다. 왕으로 등극한다면 아센이 더 적합하다. 아센이야말로 당연히 신왕이라고 생각했다.

게이토우가 말하자 아센은 큰 소리로 웃었다.

"만약 상황이 반대였다면 교소의 휘하도 그렇게 얘기했겠지."

"그건 그러하겠지만……."

"역성든다는 게 그런 거야."

"역성이 아닙니다." 게이토우는 분개했다. 아센이 아닌 자가 신왕으로 선택되었다는 게 무턱대고 화가 났다. "교소는 불패가 아닙니다."

아셴은 불패의 장군이었다. 교소는 불패가 아니었고, 게다가 교왕을 거역하고 관직에서 물러나는 등, 장군으로서의 됨됨이에 의문을 품을 만한 짓도 많이 했다.

"장군이 되신 것도 아셴 님이 먼저였습니다."

"하지만 교소가 더 젊은 나이에 되었지. 그래."

아셴은 재미있다는 듯 말했다.

"어쩌다 공석이 생겨서 그랬던 겁니다. 무엇보다도 교소 님은 본인의 이익을 위해 승산했습니다. 아셴 님은 정세가 불안한 대국의 치안 유지를 우선시하셔서 승산하지 않으셨습니다. 이 사실만 놓고 보아도 아셴 님이 더 왕에 어울리신다고 봅니다."

교왕이 붕어하고 이윽고 기린기가 걸리고 다이키가 왕을 선택할 준비가 되었다 전해졌을 때 게이토우와 주변 사람들은 아셴에게 승산하라 권유했다. 하지만 아셴은 "지금은 대국에서 눈을 뗄 수 없다" 했고 그러는 동안 교소가 승산하기 위해 휴가를 신청했다. 아셴은 금군 장군이 두 명이나 자리를 비울 수 없다며, 자신은 교소가 불행히도 선택받지 못하고 돌아오고 나서 승산해도 충분하다고 했다.

"저는 그렇게 말씀하시고 대국을 위해 남아 계신 아셴 님이야말로 더없이 귀중한 분이라고 생각합니다."

게이토우가 점점 흥분하자 아센은 재미있다는 듯 웃으며 말했다.

"그 과분한 평가에 뒤처지지 않도록 내 늘 주의하지."

그리고 덧붙였다.

"교소가 먼저 승산하는 건 나도 동의한 일이야."

"네?"

게이토우는 뜻밖의 말에 눈을 크게 떴다.

"황기가 걸린 그날 밤, 녀석이 웬일로 나를 찾아왔더군. 그때 나에게 승산할지 물었어."

"아센 님은 뭐라고 대답하셨습니까?"

"생각에도 없던 일이라 너야말로 어떻게 할지 되물었다. 교소는 승산하겠다고 바로 대답하더군. 그래서 그렇다면 먼저 가도 좋다고 말했어. 장군이 두 명씩이나 자리를 비우면 나랏일에 지장을 주게 되지. 나는 네 녀석이 풀이 죽어 돌아오고 나서 가도 좋다고 했어."

―내가 먼저 앞서게 돼서 후회하게 될지도 몰라.

교소가 웃었다.

―순서는 상관없겠지. 이미 하늘의 뜻은 정해졌어.

"그럴 거라며 피식 웃고 녀석은 돌아갔어. 아무래도 녀석은 같이 승산할 거라 생각했던 모양이야. 녀석은 황해가 익숙했지. 길 안내 정도는 할 수 있다고 여겼나 봐. 장군이 두 명이나 자리를 비우게 되는 셈이지만 나라에는 신왕의 등극이 가장 우선이야. 나인가 녀석인가 평가하는 말들도 성가셔. 우물쭈물하다간 결속이 가장 중요한 이 시기에 조정이 둘로 나뉠 수 있지."

아아, 게이토우는 작게 말했다. 분명 그 시기에는 틈만 나면 관리들이 누가 왕인지 떠들어댔다. 지금부터 왕이 되는 쪽을 지지하면 등극 후에 후대를 받을 가능성이 높다. 당연히 아센이라고 목청 높게 떠들어대던 관리 중에는 교소에 대해 근거 없는 험담을 심하게 늘어놓는 자도 있었다. 조정의 평가와 하늘의 평가는 서로 무관했지만, 사람이 모이면 응당 반대 진영과 대적하는 게 인간이다. 교소에게 붙겠다고 결심한 관리도 분명 비슷했을 것이다. 머지않아 보기 흉한 내분이 일어나 조정이 분열되었을지도 모른다.

"나란히 풀이 죽어 돌아오는 것도 괜찮겠지. 내분거리가 하나 줄어든다고 녀석이 말했어. 그 말에 동의해 먼저 떠나라고 했지. 둘이 나란히 자리를 비우지 않아도 녀석이 출발하면 관리들도 마른침을 삼키며 결과를 기다릴 수밖에 없어. 파벌 다툼이 과열되는 건 막을 수 있겠지. 그렇게 말하자 정말 풀이 죽어 돌아올 것 같다며 웃었어."

"……그랬었습니까."

"하지만 교소가 옳았던 거야. 나도 한 번쯤은 황해에 가보고 싶었는데 여행할 기회를 잃은 거지."

아센은 계속 말했다.

"분하지 않다면 거짓말이겠지만 누구보다도 교소가 적임자다. 교왕은 군을 가벼이 여겨왔지만 교소가 왕이 된다면 너희들의 대우도 조금은 나아지겠지."

네에, 게이토우는 어쩔 수 없이 대답했다.

"그보다도 앞으로가 큰일이다. 조정은 첫 단추가 어렵지. 너희 들도 정신 차리고 움직이도록 해라."

아센은 묵직하게 이야기했다.

"교소는 우리를 믿고 있을 거야."

그 말을 증명하듯 교소는 아센과 아센의 휘하도 중용했다. 소홀하게 여긴다고는 단 한 번도 느낀 적이 없었다. 교소 즉위 소식을 들었을 때에는 게이토우도 크게 동요했지만 그 순간 받았던 충격이 가시자 냉정해졌다. 분명 다른 누군가보다 교소가 옥좌에 앉는 것이 받아들이기 쉬웠다.

그럼에도 게이토우는 왜 아센이 아니었는가 하는 불만이 가슴속에 희미하게 맺혀 있었다. 아센과 교소 둘이 나란히 다이키를 만나 그 자리에서 교소가 선택받은 것이라면 차라리 이해할 수 있다. 먼저 승산한 교소가 선택받은 것이 뒤통수를 맞은 것처럼 개운치 않았다.

"아센 님께 그렇게 말씀드리고 꾸중을 들었던 적이 있었는데……."

게이토우가 말하자 유쇼는 큰 소리로 웃었다.

"그건 네놈이 잘못했네. 체념을 할 줄 몰라도 너무 모르는군."

게이토우가 입을 꾹 다물었다. 하지만 실제로 교소가 등극하고 나서도 조정은 삐걱거렸다. 교소는 너무 성급하다. 개혁을 서두르다 못해 독단으로 처리하는 일이 많아 쫓아가지 못하는 자도 많았다.

"나에게는 교소 님이 이상적인 왕으로 보이지 않았어."

"이상은 사람마다 다르지."

"그럼 자네는 불만이 없었는가?"

게이토우가 쏘아붙이자 유쇼는 착잡한 듯 시선을 피했다.

"불만은 없었네. 나에게는 즐거웠던 시절이었지. 아센 님이 불만을 지니고 계셨다면 또 모르지만, 난 불만을 말할 처지는 아니니 말이야. 물론 아센 님을 조금이라도 업신여기는 상황이 벌어졌다면 용납할 수 없었겠지만 그런 일도 없었다네."

"결과적으로는 아센 님이 교소를 배신했지."

"그래서 그 일은 나에게 뜻밖이었네. 교소 님을 치겠다는 말을 들은 건 교소 님이 문주로 향하기 전이었어. 그때 처음으로 가까운 사수를 모아 속내를 밝히셨지."

"아니." 유쇼는 중얼거렸다. 아센은 군사를 일으키겠다고 언급하지 않았다. 문주에서 이변이 있을 거라고 말했다. 교소 주변에서 이변이 일어날 테지만 일절 신경 쓰지 말라고 했다. 유쇼는 아센이 교소를 치겠다는 말을 에둘러 하고 있다는 걸 깨달았다. 문주에서 무슨 일이 벌어진다. 아마도 함께 가는 누군가에게 교소를 암살하라 명령했을 것이다. 누구인지는 모르지만 모든 일이 아센의 뜻이니 방해하지 말라는 의미였다.

"몹시 놀라기도 했고 뜻밖이었다네. 나는 이제껏 아센 님이 그런 생각을 하실 줄은 상상조차 하지 못했거든. 하지만 아센 님이 결심한 이상 내가 거스를 필요가 있겠는가? 결심만 하신 게 아닐세. 이미 아센 님은 주도면밀하게 준비를 하셨어. 그렇다면 그럴 만한 이유와 승산이 있으셨을 테고 나는 거기에 이의를 제기할 마음은 없었지. 난 아센 님의 휘하이니 말일세."

물론 대역이 큰 죄임은 알고 있다. 엄청난 일을 결심하셨다는 생각도 들었고 그 말로 미루어보건대 자신이 행동하는 자가 아닌 지켜보는 자로서의 역할을 맡게 된 것이 분하기도 했다.

"자네는 교소 님을 치고 오라는 명령을 받고 싶었나?"

게이토우가 놀란 듯 묻자 유쇼는 쓴웃음을 지었다.

"명령을 받고 싶었던 게 아닐세. 실제로 그런 명령을 받았다면 꽤나 고민했겠지. 대역보다 더한 죄는 없어. 아센 님이 큰 죄에 발을 들여놓는 걸 막고 싶었고, 죄를 저지르는 걸 알면서도 명령을 따르기에는 속에서 갈등이 일었을 거야. ……하지만 그렇게나 중대사이니만큼 나 말고 다른 사람에게 명하셨다고 생각하니 섭섭하긴 했다네."

"나는 그 뒤에 교소 님을 배반했다는 소식을 듣고 몸서리가 쳐졌다네. 그저 두려웠거든."

"뭐, 그러했겠지."

게이토우가 소식을 들은 건 모든 일이 끝나고 난 뒤였다. 게이토우와 다른 참모들은 백규궁에서 명식이 일어나 모든 것이 혼란스러워지고 나서야 그 이야기를 들을 수 있었다.

"아센 님의 각오가 무섭기도 했다네. ……그분은 자신의 마음 하나로 모든 걸 결정하고 준비를 해오신 거야. 우리 휘하들조차 모르게."

무슨 일이 있었던 걸까, 게이토우는 생각했다. 결심이 들 정도의 일이 있었던 걸까. 또는 줄곧 가슴에 숨겨왔던 걸까. 예사로운 결심도 예사로운 행동력도 아니다. 처음으로 주인이 두렵다고 생각했다.

"그 기분 이해하네."

유쇼는 고개를 끄덕였다.

게이토우는 두려웠지만 배는 이미 해안을 떠났다. 곧바로 모든 것을 집어삼켰다.

위왕의 치세가 나라를 불행하게 만드는 이유는 누가 봐도 능력이 뒤떨어진 자가 주제를 모르고 옥좌에 앉기 때문이다. 하지만 아센은 능력이 더 뛰어날지언정 뒤처지지는 않는다. 이 사실에 대해서는 주인을 절대적으로 신뢰했다.

"모반 당시에는 일이 잘 진척되었지……."

게이토우가 중얼거리자 유쇼도 울적한 듯 입을 다물었다.

일들이 삐걱거리기 시작한 것은 언제부터였을까. 아센이 모반했다는 사실이 점차 명백해질수록 사태는 매끄럽게 나아가지 못했다. 대역죄이니만큼 나아가지 못하는 것도 당연했다. 교소 휘하는 당연히 아센에게 반항할 것이다. 대의를 중요시하는 자들도 아센을 규탄할 것이다. 그자들을 숙청하는 건 어쩔 수 없는 일, 나라를 아센의 손안에서 본디 있어야 하는 모습으로 되돌리기 위해서는 필요한 일이다.

"몇 번이고 나 자신을 설득했지만 이건 나아가야 할 길이 아닌 것 같은 기분만 들었네. 나에게는 대역죄에 가담할 각오를 다질 시간이 없었어. 내가 죄인 편에 있음에도 대역죄에 휩쓸린 피해자 같은 마음이 들었지……."

게이토우가 입술을 깨물었다. 지금도 그런 마음이다.

그럼에도 아센이 선두에서 게이토우와 휘하들을 고무하고 격려해주었다면 극복할 수 있었을 것이다. 하지만 어느새인가 아센은 왕궁 깊숙한 곳에 틀어박혔다. 조운이 설치고 비열한 관리가 제멋대로 날뛰게 되었다. 얼빠진 눈을 한 꼭두각시 같은 관리도 늘어갔다. 게이토우를 비롯한 휘하들은 아센의 지시를 받을수 없었고 어느새 그의 얼굴을 볼 수도 목소리를 들을 수도 없게되었다.

"어째서 아센 님은 우리들로부터 멀어진 거지? 왜 조운 같은 조무래기를 중용하시고 제멋대로 날뛰는 걸 용서하시는 거지?"

"모르겠네." 유쇼는 작게 말했다.

"나한테는 아센 님이 교소 님을 치고 난 뒤에 빈껍데기가 된 것처럼 보이네."

"나도 마찬가지일세."

이제 대국은 기울고, 바로잡을 수 없을 정도로 황폐해지기 시작했다. 누구의 탓인지 입에 담지는 않았지만 모든 백성이 알고있다.

게이토우도 유쇼도 아센이 정신을 차려줬으면 좋겠다 싶지만, 아센의 주변은 잔챙이들과 꼭두각시들이 단단히 지키고 있어 어느 누구도 자유롭게 접근할 수 없다. 그런 아센에게 의문을 품고 하계로 내려간 자도 있었고, 반론을 펼치다 주벌을 받은 벗도 있었다. 이러한 일들이 아센을 한층 더 틀어박히도록 몰아붙이고 있는 듯한 기분이 든다.

"역시 이 사건은 모반이라고 생각했다네. 묘한 표현이네만."

유쇼는 씁쓸한 미소를 지었다.

"과거에 수없이 많았던 모반에 지나지 않아. 천명이 없는 자가 정당한 왕을 치고 옥좌를 몰래 훔쳤지. 아센 님은 천의를 짓밟은 위왕일세. 그리고 그 죗값을 받고 있지. 그 이상으로 죄의 무게에 짓눌리고 있는 것처럼 보이네……."

게이토우는 눈을 감고 고개를 내저었다.

천명의 유무가 이다지도 무거운 것이었나. 아마도 이것은 과거 수많은 위왕과 위왕에 가담한 자들이 만행을 저지른 최후에 확인해온 일일 것이다.

"하지만 하늘은 아센 님을 왕으로 선택했네."

게이토우는 생각이 그에 다다랐는지 소리를 높이며 말했다.

"아센 님은 틀리지 않았네. 이걸로 잘된 거야."

유쇼는 침울하게 눈을 돌렸다.

"나는 믿지 않아."

"유쇼."

"하늘은 아센 님을 용서하지 않을 걸세."

"그래도…… 하지만……."

할 말을 찾지 못하는 게이토우에게 유쇼가 말했다.

"일이 어떻게 되어가고 있는지도 모르겠고, 고작 장군인 내가 알 필요도 없는 일일세. 내가 아센 님의 휘하라는 건 변하지 않아."

유쇼는 쓸쓸하게 웃었다.

"하지만 지금의 사태는 잘못됐어."

003

곤혹스럽기는 조운도 마찬가지였다.

다이키가 말하는 '신왕 아센'의 진위를 모르겠다. 알지 못한 채 아센과 만나게 할 수는 없다. 위험하다. 여러 사람의 뜻이 이 의견과 일치했지만 정작 아센 본인이 다이키를 불러내는 바람에 수포로 돌아갔다. 그렇다면 사태는 아센의 손에 넘어간 것이다. 그런데 정작 아센은 미동도 없다.

"어째서 아센 님께 아무런 지시도 받지 못하는 건가?"

속을 끓이고 있는 자들의 질문에 조운은 그저 신음할 수밖에 없었다.

아셴은 다이키를 만나 "귀환을 허한다"라고 선언했다. 그 말에 따라 조운과 그의 일파는 다이키를 왕궁으로 맞아들였다. 아셴이나 로산의 태도로 보아 다이키가 재보임은 의심할 여지가 없어 보였고 실제로 조운 자신도 본인을 민나고 보니 어렴풋하게 기억이 났다. 가까이서 마주한 적은 없지만 얼굴을 볼 기회는 있었다. 어떤 얼굴이었는지는 기억을 못 할지라도, 눈앞에서 본다면 알고 있는 얼굴인지 아닌지는 분간할 수 있음을 다시금 느꼈다.

다이키가 돌아왔다. 그건 그걸로 족하다. 다이키는 아셴이 신왕이라고 주장하고 있고 아셴도 그 사실을 납득한 것 같다. 그렇다면 진행되는 일이 있으리라 싶어 대기하고 있었지만 아무 일도 없었다. 마치 모든 이야기가 그 면담에서 끝나버린 것 같았다.

"아셴 님은 무슨 생각을 하고 계신 건지. 언제쯤 등극하시려는 건가."

이러한 의문에 조운은 아무 말도 하지 못하고 입을 다물고 있을 수밖에 없었다. 무엇보다도 전례가 없다. 따라야 할 길이 없기에 조운에게도 움직일 방도가 없었다. 아셴이 지시를 내린다면 따를 뿐이지만 정작 아셴 본인은 이전과 같이 틀어박혀 침묵을 유지하고 있다.

"아셴 님은 기쁘지 않으신 걸까요."

고개를 갸웃거린 건 춘관장 여관리, 대종백 겐슈懸珠였다. 게이토우를 만나고 돌아온 총재부 정전에는 동관장을 제외한 오관장이 모여 있었다.

"릿쇼 님이라면 무언가 알고 계시지 않겠습니까?"

태재인 릿쇼는 본디 직무가 아센을 곁에서 모시는 일이다. 하지만 아센은 스스로 선택한 관리를 주변에 두고 천관의 간섭을 받아들이지 않는다. 아센이 틀어박혀 있는 육침에 들어가는 것조차 허락하지 않는다. 릿쇼는 그 사실을 지적받은 것같이 느껴져 입술을 일그러뜨렸다.

"우리는 아센 님의 기분을 헤아릴 방도가 없다네. 그렇게 말씀하시는 겐슈 님은 어떠신가? 원래 등극에 관한 식전은 겐슈 님의 역할 아닌가?"

빈정거리는 말투에 겐슈 또한 입을 꾹 다물었다. 아센에게 다가갈 수 없는 건 겐슈도 마찬가지였다.

아센은 제사에는 조금의 관심도 보이지 않았다. 옥좌에 있으면서 절기에 맞는 제사도 드리지 않은 채, 제일 중요한 교사郊祀조차 단 한 번도 지낸 적이 없다. 올해도 동지가 다가오고 있다. 올해야말로 제사를 지내야 한다고 겐슈가 몇 번이고 간청해도 대답 한번 들을 수 없었다.

곤란해하며 한탄이라도 하듯이 한숨을 푹 쉰 것은 대사구大司寇

교쇼橋松였다.

"언쟁을 벌인들 방법이 없지 않은가. 어찌되었든 아센 님께서 움직이지 않으신다면 나라는 움직이지 않네. 태보께서 신왕이라고 말씀하신 이상, 등극은 하셔야만 해. 그런데도 정작 아센 님은 움직이시려는 낌새가 없어. ……하지만, 어이하여 그러시는 건가?"

어째서 아센은 움직이지 않는 걸까. 도대체 어째서 집권에 흥미를 보이지 않는 건지 그들에게도 수수께끼였다.

"같은 말을 거듭해 송구스럽지만 애당초 옥좌를 원해서 병사를 이끄신 게 아닌가. 그런데 어째서 아센 님은 모처럼 손에 넣은 옥좌를 방치하시는 겐가."

난들 알겠는가, 조운은 속으로 혼잣말을 했다. 아센이 정무를 방치하는 이유 따위 조운도 알지 못한다. 교소를 시해한 이유조차 조운은 알지 못했다.

애초에 시해는 아센 혼자 결심하고 행동한 일이다. 조운의 눈에는 아센이 시해를 저지를 정도로 불만을 품고 있는 것처럼 보이지 않았다. 오히려 반대였다. 아센은 자연스럽게 교소 진영에 합류한 것처럼 보였다. 그럼에도 아센은 돌연 반기를 들었다. 시해한 이유도 아센이 정사에 흥미를 보이지 않는 이유도 모른다. 하지만 조운은 아센의 무기력을 환영했다. 아센이 국정에 흥미를 보이지 않기에 조운은 사실상 왕으로서 권세를 마음껏 누릴 수 있다.

"어찌되었든 아센 님이 결단을 내리셔야 하네."

조운이 말했다.

"기다릴 수밖에 없어."

"기다리면 결단을 내리실까요?"

겐슈의 말에 조운은 입을 꾹 다물었다. 분명 지금까지 수없이 많은 재가를 요구해왔지만 아센에게서는 만족스러운 대답조차 들을 수 없었다. 이론이 있다면 불가하다고 말은 하지만 그게 아니면 "들었노라"로 끝이었다. '주상은 똑똑히 들으셨다'고, 그저 그뿐이었다.

겐슈는 일동을 바라봤다.

"그보다도 태보에게 지시를 받는 건 어떻습니까?"

헤이추가 게이토우가 만나고 싶어 한다며 알리러 와 고료는 고개를 끄덕였다.

게이토우가 갑작스레 정실로 찾아올 리 없다. 애초에 특별한 용무가 있지 않은 한 게이토우는 그동안 다이키를 찾아오지 않았다. 하지만 이는 다이키를 무시하는 처사는 아닐 거라고 고료는 생각했다. 아센이나 조운은 명백히 다이키의 존재를 무시하고 있다. 그에 비해 게이토우는 항상 배려를 했고, 자신도 항상 대청 옆에 있는 방에 대기하고 있으며 부르면 언제든 달려왔다. 용무가 있어 올 때도 반드시 헤이추를 먼저 보내서 알렸다. 결코 도를 넘지 않았고 허물없는 것처럼 굴지 않았다. 특히 며칠 전, 다이키가 시손을 만났을 때 쓰러진 걸 보고 다이키의 몸 상태는 어떤지 무리하고 있지는 않은지 몹시 신경 쓰고 있음을 알 수 있었다. 고료에게는 원수의 휘하지만 게이토우가 다이키를 진심으로 섬기고 있음을 인정하지 않을 수 없었다.

"모실 터이니 기다려주게."

고료는 거실 안쪽으로 향했다. 북측 후원을 가로질러 멀리 바라보니 높직한 정자에 있는 다이키의 모습이 보였다. 곁에서 도쿠유가 시중들고 있었다.

─춥지는 않으신가.

연못이 중심이 되는 아담한 정원이었다. 크지 않은 연못 안쪽, 정원 북서쪽 한편에는 불룩한 바위산이 있고 그 정상에는 연못으로 흘러 들어가는 물이 솟아 나와 가느다란 폭포를 이루며 흘러내리고 있다. 삼단으로 이루어진 폭포의 두 번째 단 옆에는 작은 정자가 있었다. 바위산 정상 가까이에 있는 그 정자를 다이키는 마음에 들어 했다. 정상에서는 가느다란 폭포 줄기가 떨어지고 작은 용소에서 흘러넘치는 물은 바위 사이를 따라 아래로 떨어지며 물소리를 낸다. 왕궁에도 눈이 내릴지 모르는 이 계절, 아무리 생각해봐도 차디찬 장소다 싶지만 조망이 좋아 마음에 든 걸까. 정자로 올라가면 동쪽으로 이웃하고 있는 나무 많은 정원이 눈앞에 펼쳐진다. 남서쪽을 바라보면 운해에 면한 아름다운 산기슭이 있고, 북쪽을 조망하면 광대한 왕궁의 제일 안쪽까지 보인다.

다이키는 지금 정자에서 도쿠유와 이야기를 하고 있는 듯 했지만 평소에는 아무것도 하지 않고 북쪽을 바라보는 일이 많다. 아침에는 날씨에 개의치 않고 반드시 나가 북녘을 향해 무언가 기도하는 듯 합장을 한다. 며칠 전 몸 상태가 나빠지고 난 뒤 습관처럼 본인은 "몸을 조금이라도 움직여야 해요"라고 말했고, 분엔도 그러기를 권했기 때문에 고료도 굳이 막지 않았다. 서침 북쪽에는 서궁西宮이 펼쳐진다. 그곳에는 천제를 모시는 사당과 노목路木이 있었다. 험난한 겨울이 되지 않도록 기도드리지 않고는 견딜 수 없을 거라며 도쿠유는 의중을 헤아렸지만 고료에게는 약간 달리 보였다. 다이키는 왕궁의 심부를 향해 예배드리는 건 아닐까. 마치 아센에게 무언가를 빌고 있는 것처럼.

사태가 경직되고 궁 안에 권태가 쌓이는 동안, 고료의 가슴속에도 무언가가 쌓였다. 작은 위화감 같은 것이기도 했고 좀더 표현하자면 불신과도 같은 것이었다. 다이키는 말하는 것만큼 아센을 증오하고 있지 않은 걸까. 다이키가 조운과 시손을 불쾌히 여기는 건 틀림없어 보이지만 조운과 시손이 정권을 쥐락펴락하는 모습을 허용하고 있는 아센을 불쾌해하는 것 같지는 않다. 어째서냐며 말은 하고 있지만 비난하는 어조는 아니다. 그것이 고료에게는 도저히 이해가 되지 않았다.

"태보, 게이토우가 찾아왔습니다."

고료가 돌계단으로 올라와 고하자 올라오는 걸 보고 있었는지 채비를 하고 기다린 듯 다이키는 고개를 끄덕였다. 정자에 화로가 있었지만 냉기가 가득했고 곁에 있던 도쿠유도 추운 듯 목을 움츠리고 있었다.

"이제 여기는 춥습니다. 오히려 존체가 상하시지 않겠습니까."

고료가 말했다.

"아래에서는 저도 모르게 숨이 막혀서요."

다이키는 대답하고 미안한 듯 도쿠유를 쳐다봤다.

"곁에 있는 도쿠유에게 미안하기는 하지만요."

"저는 괜찮습니다." 도쿠유는 웃었다. "분명 춥긴 하지만 아래에 있으면 답답한 건 저도 마찬가지입니다. 가로막는 게 없으니 멀리 바라볼 수 있어 시원합니다."

무리도 아닌가 생각하며 고료는 정실로 돌아갔다. 정실에는 게이토우가 단정한 자세로 다이키를 기다리고 있었다.

"총재로부터 전언을 가지고 왔습니다."

게이토우는 다이키에게 무릎을 꿇고 절한 뒤 아뢰었다.

"아센 님의 등극 준비를 해야 합니다. 역시 먼저 아센 님께서 봉산으로 가셔야 하겠지요."

고료는 올 것이 왔다고 생각했다. 겨우 한 걸음 디딘 걸까.

기쁜 반면 의문스러웠다. 사실상 '아센 천조'는 다이키에게 좋지 않은 일은 아닌 걸까. '신왕 아센'이 거짓이라고는 하나 일시적이나마 성립한다면 리사이 일행은 역적이 된다. 그뿐만이 아니라 아센이 천조하면 즉위하기 위해 절차를 밟지 않으면 안 된다. 아마도 봉산에 올라 사당에 참배를 하고 천칙을 받게 될 테지만 아센에게 천칙은 내리지 않는다. 그때, 다이키의 이 속임수는 여지없이 발각되고 말 것이다.

아센 천조는 말하자면 다이키에게는 결코 도달해서는 안 되는 종착지다. 아센 천조를 향해 일이 진행된다면 멈출 수 없다. 매일이 발각될 위기로 향하는 파멸의 과정이 된다. 그전에 교소를 탈환해야 하지만 연금되어 있는 거나 마찬가지인 이 상태로 어떻게 탈환할 수 있을까. 교소를 구하고 싶어도 그를 위한 행동을 무엇 하나 할 수가 없다.

고료는 속으로 신음했다. 다이키가 바라는 백성의 구제는 아센의 마음이 동해야 이루어진다. 하지만 정녕 천조하는 건 곤란하다. 천조를 위한 여정이 시작되어서는 안 된다. 움직이는 건 교소를 구하고 난 뒤여야 한다.

착잡한 심정으로 지켜보는 고료의 눈앞에서 게이토우는 계속 말을 이어갔다.

"뭐니 뭐니 해도 전례가 없는 일이라, 어찌해야 좋을지 총재도 곤란해하고 있사옵니다. 하여 태보의 지시를 받고 싶사옵니다."

그럴 법도 하다고 고료는 생각했다. 고료도 실제로 등극에 관해서는 교소의 경우밖에 모른다. 하지만 교소는 승산자였다. 기린은 왕을 선택할 때까지 세계 중앙에 있는 황해 가운데 봉산에서 지낸다. 황해에 있는 봉산에 올라 기린을 만나 천의를 묻는 일을 승산이라고 한다. 교소는 봉산에 올라 다이키의 선택을 받았다. 그대로 봉산에서 등극하고 백치는 일성을 울었다. 현무를 타고 백규궁으로 들어온 순간 이미 정식 왕이었다.

왕 중에는 승산을 하지 않고 등극한 예도 있다. 기린이 직접 나서서 찾아내 옥좌를 권한다. 그 경우, 왕은 정식으로 등극하기 위해 한 번은 봉산으로 가야 한다. 여기까지는 고료도 알고 있고 이미 알려져 있는 내용이라고 생각했지만, 실제로 어떤 순서로 봉산에 가고 등극하는지까지는 알지 못했다. 설마 황해로 들어가는 건 아닐 것이다. 그렇다면 봉산에 도착하기까지 여정이 너무나도 험난하다. 황해는 요마가 날뛰는 세상 밖의 땅으로, 그런

황해를 횡단하여 봉산에 승산하는 것은 목숨을 거는 일이었다. 왕으로서 천명이 내려진 자에게 그런 위험한 여행을 하게 둘 리가 없다. 자칫하다가는 곁을 따라가는 기린과 함께 목숨을 잃을 수도 있다.

그렇다면 좀더 안전하고 확실한 방법이 있을 테지만 이에 관해 고료도 들은 바가 없었고 아마도 왕궁에 있는 그 누구도 알지 못할 것이다. 다이키에게 물을 수밖에 없다. 하지만 다이키를 믿는다면 아센은 왕이 아니다.

과연 왕이 아닌 아센을 안전하게 봉산으로 데리고 갈 방법이 있을까. 있다면 다이키는 그 방법을 사용할까. 생각하던 찰나에 다이키가 냉랭하게 대답했다.

"그건 불가능합니다."

게이토우는 곤혹스러웠다.

"불가능하다고 하심은 어떤 의미이신지요."

다이키는 저편에서 들려오는 목소리에 귀 기울이듯 가볍게 고개를 기울이며 말했다.

"천명이 바뀌었습니다. 아니, 바뀌려고 하고 있는 것 같습니다. 하지만 이것은 아직 정식이 아닙니다. 형식상 아직 교소 님이 이 나라의 왕입니다. 두 왕이 동시에 존재할 수 없기에 지금 이대로라면 아센 님은 정식으로 등극할 수 없습니다."

"송구하옵니다만 소인은 어떤 말씀이신지 잘 이해가 되지 않사옵니다⋯⋯."

몹시 난감해하는 게이토우에게 다이키가 말했다.

"교소 님은 현재 어디에 계시지요? 만약 왕궁 어딘가에 계신다면 봉산으로 가 양위를 할 필요가 있습니다."

"⋯⋯양위."

게이토우는 놀란 듯 중얼거렸다.

"기다려주십시오. 교소 님께 스스로 자리에서 내려오라고 말씀하시는 건가요? 그런 일을 과연 교소 님이 승낙하시겠습니까."

"하시게 해야 합니다. 그러니 우선 교소 님을 여기로 모셔 와야 합니다."

다이키는 서슴지 않고 말했고 게이토우는 깊게 고두했지만 고료는 터무니없다고 생각했다. 이것은 다이키의 책략의 일환일까. 그렇다면 너무나도 터무니없다. 다이키는 교소를 자신의 곁에, 즉 왕궁에 데려오라고 말하고 있다.

아무래도 교소는 홍기에는 없는 것 같다. 어딘가 감추어두었다면 행방을 알고 있는 아센에게 데리고 와달라고 말하는 편이 빠르다. 하지만 이는 왕이 왕궁으로 돌아오는 것과 같다. 다이키 자신도 아직 교소가 '이 나라의 왕'이라고 말하고 있다. 정당한 왕이 왕궁으로 들어와 기린을 만난다면 그땐 아센이 나설 자리가 없다. 이런 책략이 아센에게 먹힐 리가 없었다.

게이토우가 퇴출하는 모습을 지켜보며 고료는 작은 소리로 다이키에게 말을 걸었다.

"태보, 아무리 그렇다 하더라도……."

뒤이어 말하려는 고료를 다이키가 눈치를 주며 제지했다. 고개를 작게 좌우로 저어 시선을 옆에 있는 침실로 돌렸다. 침실에는 도쿠유와 쇼와가 대기하고 있다. 그들은 다이키의 책략을 모른다. 그 사실을 뜻하려는 걸 눈치챈 고료는 입을 다물었다.

004

"그것 보게. 내가 뭐랬는가!"

게이토우가 총재부로 가져간 다이키의 변을 듣고 조운은 큰 소리를 질렀다.

"역시 간계를 꾸민 게야. 교소가 왕궁으로 와 태보를 만나면 그걸로 아센 님은 끝이 아닌가!"

"하오나, 태보께서 그리 말씀하셨기에……."

무릎을 꿇고 절을 한 채 게이토우가 말했다.

"정녕 교소 님은 어디에 계신 건가요."

게이토우의 질문에 조운은 말문이 막혔다. 교소는 왕궁에 없다. 은연중에 각지를 수소문하고 있지만 조운의 권력이 닿는 범위 안에는 없는 것 같았다. 교소를 봉산에 데리고 가기 위해서는 우선 유폐 장소에서 데리고 돌아와야 하는데, 그러기 위해서는 아센에게 그 장소를 물어 밝혀내야 한다.

"어찌되었든 교소를 왕궁으로 들여보내 태보에게 데리고 가는 건 논외다. 게다가 양위라니 교소가 그 이야기를 받아들일 리가 없어. 그걸 알고도 대국을 벗어나 봉산으로 가자고 하는 건가?"

"그렇게 말씀하시어도……."

"됐다." 조운은 손을 내저으며 게이토우를 물렸다. 인사를 하고 퇴출하는 게이토우를 지켜보고 나서 모여 있던 신하에게 물었다.

"어찌 생각하느냐?"

이 질문에 신하들은 한결같이 "있을 수 없다"라는 대답을 했다. 조운은 고개를 끄덕이고 옆방 쪽으로 시선을 돌렸다. 문을 열어둔 채 병풍을 세워놓았다.

"듣고 있었겠지. 어떤 것 같나?"

조운이 말을 건 상대가 병풍 뒤에서 모습을 드러냈다.

"이상하군."

"역시 태보에게 모종의 음모가 있는 게 아닌가."

상대는 그 말을 듣고 피식 웃었다.

"기린의 음모라?"

"로산."

불쾌해하는 목소리에 로산은 숨을 내뱉었다.

"기린과 계략은 어울리지 않지. 자네는 그렇다고 생각 안 해?"

"아무리 기린이라도 의사가 있지 않은가. 음모도 당연히 있겠지."

"그럴지도 모르지."

"태보는 감정적으로는 아직 교소의 신하일세. 그걸 본인도 숨기지 않아. 그렇다면 어떤 일을 꾸미고 있을 가능성도 있을 수 있겠지. 우리는 태보의 진위를 알 필요가 있어."

"백성을 구제하고 싶겠지."

로산은 시원하게 단언했다. "기린이잖아."

조운은 말문이 막혔다. 자신도 백성을 방치하고 있다는 자각은 하고 있었다. 하지만 그것은 조운의 뜻이 아니라 아센의 뜻이다. 아센의 뜻을 거역하면 조운으로서는 언제 모든 걸 잃을지 알 수 없는 노릇이다.

입을 다물고 있는 조운을 조소하며 로산은 비어 있는 의자에 앉았다.

"기린이 하는 말이 이상하기는 해. 하지만 일리는 있지."

"일리?"

"하늘은 인간이 생각하는 것보다 훨씬 더 교조적으로 움직여. 형식과 절차에 집착하지. 교소 님이 옥좌를 벗어나서 대국은 실질적으로 공위 시대를 맞이했어. 이건 하늘이 봐도 썩 보기 훌륭한 상태는 아니겠지. 그걸 정상으로 되돌리고 싶어 하는 힘이 작용하고 있을 가능성이 있어."

"그게 혁명이라는 건가?"

로산은 고개를 끄덕였다.

"옥좌에 돌아오지 않는 교소 님을 버리고 천명은 그 뜻을 바꾼 거야. 이 자체가 전례 없는 이상 사태이지만 전례가 없는 일에 정상적인 모습을 덧그리려고 하는 건 하늘의 섭리로서 곧잘 있는 일이야. 그렇다면 교소 님께 양위하게 하고 새롭게 천명을 내리려고 하는 건, 하늘이 하는 행동으로서는 납득이 가지."

"교소를 죽이면 되는 일 아닌가?"

조운은 목소리를 낮춰 말했다. 로산이 조운을 째려보며 말했다.

"그렇게 하면 모든 것이 정상으로 되돌아가겠지. 즉 하늘의 섭리가 원래 있어야 할 상태로 움직이기 시작할 거야. 내가 몇 번이나 얘기했지? 섭리를 움직이지 않게 하는 게 중요하다고."

조운은 소름이 돋았다.

로산이 무슨 생각을 하고 있는지 모르겠다. 하지만 분명 로산은 지금 이 상황을 유지하기 위해 조언을 해왔다. 그뿐만이 아니라 사실 조운은 이 제멋대로인 관리가 아셴을 모종의 방법으로 꼬드겨 대역죄를 저지르도록 부추긴 게 아닌가 의심하고 있었다. 명예는 있을지언정 권한이 없는 태사의 자리에 있는 건 본인이 원한 일이었고 로산이 원한다면 아셴은 군말 없이 총재의 직을 로산에게 줄 것이다. 은혜인가 아니면 신임인가. 어느 쪽이건 로산이야말로 아셴에게 제일 가까운 자임이 틀림없다. 게다가 관계는 거의 대등하기까지 하다. 로산은 교소를 배신하고 주인을 바꾼 게 아니다. 조운은 두 사람이 공범 관계라고 의심하고 있었다.

"송구하오나……."

총재보 안사쿠案作가 끼어들었다.

"로산 님께서는 항상 그렇게 말씀하시는데 저는 무엇 하나 이유를 알지 못하겠사옵니다."

로산은 질렸다는 듯 한숨을 쉬었다.

"천명이 바뀌는 방법은 두 가지밖에 없어. 하나는 왕이 죽는 거. 또 다른 하나는 하늘이 왕을 단념하고 지위를 빼앗는 거지. 즉 실도야."

뻔한 일을 묻는다며 조운은 모멸감이 담긴 시선을 안사쿠에게 보냈다.

"양위는 자리를 내려오는 게 중요한가요? 아니면 붕어하시는 게?"

흐음 하고 로산은 무릎 위로 턱을 괴었다.

"흥미로운 데 관심을 두네? 맞아, 그게 긴요한 부분이지."

안사쿠는 표정 없이 가볍게 인사를 했다.

"과거에 양위를 한 왕이 많기는 하지만 봉산으로 가서 양위를 하자마자 목숨이 다 된다고 단정 지을 수 없지. 짧아도 반나절, 길면 며칠 정도 유예가 있어. 그리고 그사이에 천명이 바뀐 전례는 없었지."

"그 말씀은 왕이 양위를 하더라도 목숨이 다할 때까지는 여전히 왕이라는 말씀이십니까?"

"그럴 거야. 지위에서는 내려와도 천명은 아직 그 왕에게 있으니까. 목숨이 끊겨야 천명 또한 소멸되는 게 아닐까?"

"고작 며칠이겠지."

조운이 투덜댔다.

"그 '고작 며칠'이 의미 깊어. 양위를 하게 되면 기린은 남아. 그리고 현재 채왕宋王처럼 왕의 주변에서 다음 왕이 나오는 일도 있어. 왕이 지위에 있는 게 중요하다면 왕이 지위에서 내려온 순간에 다음 왕이 선택되어도 상관없을 거야. 눈앞에 있으니까 말이야. 약간에 불과하지만 시간적인 지연이 있지. 이 지연을 어떻게 해석할지는 고민스러운 부분이긴 해. 애당초 왕이 지위에서 내려오고 나서 목숨을 잃을 때까지의 기간이 일정하지 않은 건 왜일까?"

그게 뭐 어떻다고, 조운은 생각했다. 하늘의 의향을 사람이 알 턱이 없다. 하지만 안사쿠는 말했다.

"하늘이 다음 왕을 선택하기 위해 시간이 필요하다……고 생각한다면 일단 앞뒤는 맞습니다."

"그렇지?"

로산은 만족스러운 듯 웃었다.

"지위에서 내려와도 천명은 아직 왕에게 있어. 그 상태에서 하늘은 새로운 왕을 고르지. 새로운 뜻이 정해지고 천명이 내리면 자리에서 내려온 왕에게는 볼일이 없어. 그러니 목숨을 빼앗아도 상관없지."

로산은 계속해서 말했다.

"실상은 어떤지 몰라. 하지만 실도로 왕이 천명을 잃는다고 생각하면 하늘의 우선순위는 명백해."

"천명이 먼저입니다. 무엇보다도 천명이 우선입니다."

"바로 그거야. 하늘이 왕을 고르지. 선택받은 자에게 천명이 내려. 하지만 왕이 하늘의 뜻을 따르지 않으면 하늘은 천명을 바

백은의 언덕 검은 달

꾸지. 즉 새롭게 왕을 다시 고르는 거야. 천명이 바뀐다. 그때까지 왕이었던 자는 왕이 아니게 되지. 부여받았던 불로불사의 특권은 박탈되고 목숨이 끝나. 왕이 스스로 자리에서 내려온다면 왕은 왕이 아니게 되지만 천명은 아직 그 왕에게 남아 있지. 따라서 하늘은 새로운 왕을 선택해. 천명이 바뀌고 지위를 내려놓은 왕은 왕으로서 역할을 끝내지."

"그렇군요." 안사쿠는 중얼거렸다.

"아직 천명은 교소 님에게 있다. 그러니 교소 님이 왕이시다⋯⋯."

"당연하지."

조운은 말을 툭 던졌다.

"이제 와서 무슨 뻔한 말을. 문제는 그런데 어찌하여 하늘이 뜻을 바꿨느냐야. 정말로 그런 일이 일어날 수 있는지 그 이야기를 하고 있지 않나."

조운이 꾸짖자 "죄송합니다"라며 안사쿠는 정중히 고개를 숙였지만 로산은 질렸다는 듯 말했다.

"지금 그 이야기를 하고 있던 참인데. 잘 들어. 원래라면 교소 님이 왕이야. 여전히 천명은 교소 님에게 있어. 하지만 이 왕은 옥좌에 없지. 정무를 완전히 방치하고 있는 상태야. 하늘이 보기에 바람직하지 못한 일임은 틀림없어. 하지만 하늘이 천명을 바꾸는 건 교소 님에게 잘못이 있어 실도를 했다고 판단했을 때, 또는 스스로 자리에서 내려온 경우뿐이야. 교소 님에게 잘못은 없어. 옥좌에 없는 건 아센이 끌어내렸기 때문이고 교소 님의 의지가 아니니까."

"그래서 실도가 아니니 천명을 바꿀 수 없다는 말씀이신가요?"

안사쿠의 질문에 로산은 고개를 끄덕였다.

"맞아."

"하늘은 교조적으로 움직이고 형식과 절차에 집착한다 말씀하셨지요. 즉 왕이 옥좌에 없는 이 상태도 바람직하지 않지만 실도한 것도 아닌데 천명을 바꾸는 형식은 더욱 바람직하지 않다는 건가요?"

"그런 거지. 여기서 아센이 교소 님을 시해하면 하늘의 입장에서는 형식을 갖춘 것이지. 왕이 죽었으니 다음 왕을 고르면 그만인 일이야. 또는 인질을 잡거나, 협박하거나 농락하거나 갖은 수단을 써서 교소 님이 스스로 옥좌를 방치하게 꾸민다면 그건 그 나름대로 형식에 맞아. 어떤 사정이 있다 한들 왕이 스스로 옥좌를 내던지고 정사를 내버린다면 실도라고 할 수 있으니까. 대국의 현 상황은 그 어느 쪽도 아니야. 어느 쪽도 아니라는 게 중요한 거지."

"그래서 하늘의 섭리가 움직이지 않게 하는 게 중요하다……."

"우리에게는 교소 님의 목숨을 앗아 간다는 선택지는 존재하지 않아. 그걸 하지 않았기 때문에 아셴 천하로 지낼 수 있는 거지."

로산은 거침없이 말했다.

관리들 사이에서도 아셴이 교소를 문주에서 시해하려고 했지만 실패했다고 떠드는 자가 있었다. 하지만 사실상 아셴은 실패하지 않았다. 처음부터 아셴에게는 살해할 마음 따위 없었다.

"그렇다면 왕이 바뀔 방도도 없다. 아셴 님이 신왕이라는 사실은 태보의 기만이라는 이야기가 되지."

조운이 불만스럽게 말했다.

"바로 그 부분이야. 원래라면 지금 이 상태에서 천명이 바뀌는 일은 생각할 수 없어. 하지만 하늘은 확실하게 대국의 현 상황을 바라고 있지 않지. 지금까지는 손을 대지 않고 방치했지만 드디어 바로잡으려고 발 벗고 나선 걸지도 몰라. 그 경우 교소 님에게 잘못이 있지 않은 이상 천명을 바꿀 수 없어. 그렇다면 본인에게 자리에서 내려오라고 할 수밖에 없지. 적어도 다이키가 하는 말을 믿는다면 하늘은 그렇게 판단했다는 소리가 돼."

"아셴 님의 입장은 어떻게 되는 건가요?"

안사쿠가 물었다.

"그다음 천명이 내려질 게 약속된 자, 가 되는 건가? 다이키는 천명이 바뀌었다고 했지만 실도를 했을 때처럼 정말로 천명이 바뀐 건 아닐 거야. 양위하라 할 정도로, 하늘로서는 대국의 옳지 못한 상태를 묵인하는 것 이상으로 잘못 없는 왕에게서 천명을 박탈하는 건 바라는 바가 아닌 게야."

"마치 천제가 어딘가에 실존해 얼굴을 쥐어뜯고 계신 것처럼 말씀하시는군."

조운이 비아냥거렸다.

"있으면 안 되나? 있다면 여태까지 자못 고민스러웠겠지. 하지만 결단을 내린 거야. 이대로 두고 볼 수 없다고. 그때 실도에 빠지지 않은 왕에게서 본인의 손으로 천명을 거둬들이고 싶지는 않은 거지. 그래서 누군가에게 양위하라고 말하고 있는 거야. 지금 대국의 경우를 보자면 그게 가능한 게 누구지?"

"아센 님뿐이십니다."

안사쿠의 대답에 로산은 고개를 끄덕였다.

"그래서 아센을 차기 왕으로 정한 게 아닐까? 말하자면 하늘은 다이키를 가운데에 두고 거래를 하려는 거지. 아센의 권력을 가지고 교소 님이 양위하도록 하면, 그 대신 다음 천명을 내리겠다고."

조운은 신음했다.

"그렇다면 교소가 양위하는 게 절대조건인가?"

"그렇겠지."

로산은 고개를 끄덕였다.

"그 밖에 선택지는 없어. 다른 수단을 써서 교소 님을 제거한다면 하늘은 거리낌 없이 천명을 바꾸겠지. 아마 그때 아센은 거기에 포함되지 않을 거야. 어쨌든 하늘이 얼굴을 쥐어뜯게 만든 장본인이기도 하고. 게다가 아센에게는 그것 말고도 선택받지 못할 이유가 있어."

"이유?"

조운의 질문에 로산은 대답하지 않았다. 안 들린 것처럼 묵살하는 로산을 흘끗 보고 분해하며 말했다.

"어찌되었든 거기까지는 이해하겠네. 그렇다면 아센 님이 교소를 데리고 와야 한다."

"그게 문제지."

로산은 생각에 잠겼다.

"과연 아센이 말을 들을까?"

005

"어째서 이렇게 된 걸까?"

정원을 내다보이는 탁자에 앉으며 쇼와는 한숨 섞인 말을 내뱉었다.

"뭐가 말이지?"

헤이추가 따뜻하게 묻자 쇼와는 입을 다물었다. 단순히 입 밖으로 꺼내보고 싶었던 거겠지. 사실 헤이추도 쇼와가 무슨 말을 하려고 하는지 알고 있었다. 지금 상황은 말도 안 된다. 하나에서 열까지 어그러졌다.

다이키가 아센을 만나 정식으로 귀환을 허락받았다는 소식을 듣고 헤이추는 기뻤다. 대국의 기린이 진정 돌아왔다는 순수한 기쁨과 동시에 지금껏 재보를 지나치게 소홀히 대했던 처우도 드디어 바로잡히리라는 기쁨이었다.

거처는 다시 연조로 돌아오게 되었다. 그거야말로 옳은 일이라고 기뻐하며 와보니 정작 다이키에게 배정된 곳은 작은 궁. 하지만 인중전을 비롯해 재보를 위한 구역인 서침이 일전의 식으로 인해 크게 손상되었으니 어쩔 수 없는 일이라 여겼다. 인중전은 더이상 존재하지 않았고 나아가 더 안쪽에 있던, 재보가 실제로 생활하던 건물들도 거의 남아 있지 않았다. 그나마 남아 있는 건물 중에서는 상태가 좋고 겨도 높아 지내기도 편해 보였다. 황포관을 선택한 게이토우가 다이키를 위해 성심성의껏 신경을 썼다는 사실을 알 수 있었다.

게이토우는 다이키의 신변을 정리하는 일에도 온 힘을 다하고 있었다. 황포관에 들어간 다이키는 도쿠유와 준타쓰 두 명의 시의를 거느리고 있다. 낮에는 도쿠유가, 저녁에는 준타쓰가 교대로 다이키의 곁에서 한시도 떨어지지 않고 돌보고 있었다. 덕분에 헤이추는 다이키를 모시기보다 다이키가 생활하기 위해 필요한 갖가지 것들을 게이토우의 지시를 받아 마련하는 역할을 했다. 다이키를 곁에서 모신다는 의미로 본다면 한발 떨어져 있는 모양새이지만 본래 귀인의 시중을 드는 건 익숙하지도 않았고 이제까지 긴장감이 너무 높았기에 어깨에 있던 짐을 내려놓은 기분이었다. 어스름이 질 무렵에는 방으로 돌아와 쉴 수 있었는데 외롭기는 했지만 감사하기도 했다.

"우리만 전원에서 지내는 것도 이상해."

전원에 있는 뜰에는 밝은 햇살이 내리쬐고 있었다. 햇살이 누창 유리에서 탁자 위로 쏟아지고 있다. 추위가 깊어만 가는 이 시기에 반갑게도 온화하고 따뜻한 날이다. 헤이추는 햇볕에 있으면 긴장이 풀리는 기분이 들었다. 쇼와는 그런 기분이 들지 않는다고 했다. 탁자 앞에 앉아 바느질을 하며 투덜투덜 불평을 늘어놓았다. 이 궁은 다이키의 거처로는 너무 초라하고, 다이키에 대한 처우도 좋지 않다. 얕잡아 보고 있다고 계속해서 투덜댔다. 자신들의 대우조차도 납득할 수 없는 듯하다.

고료, 도쿠유, 준타쓰 세 명만이 정원에서 지내고 헤이추와 쇼와는 전원에 거처를 배정받았다. 게이토우가 상주하는 대청을 자유롭게 드나들 수는 있지만 거리가 생긴 건 부정할 수 없었고 정원에서 지내는 세 명보다 대우를 못 받는 것도 부정할 수 없었다.

"우리는 조정에서 파견된 처지니 말일세."

헤이추는 쇼와를 달랬다. 지금 조정은 다이키에게는 적군의 진영이다. 교소에게서 자리를 빼앗은 아센의 가신, 다이키와 교소의 휘하였던 고료의 입장에서 본다면 원수가 틀림없다. 하필 그 원수의 수괴인 아센이 신왕으로 선택되었으니 현재 조정은 이치로 따지고 본다면 적이 아니었지만 다이키나 고료가 호의적인 마음을 갖지 못하는 것도 무리는 아닐 것이다. 사실 조운을 필두로 하는 지금의 조정은 결코 다이키의 편이 아니다. 작금의 처우가 그 증거다. 명백한 구금은 물론 주후로서의 실권을 건네주지 않는 등 다이키를 경시하며 적대시하고 있다고밖에 보이지 않는다.

"도쿠유도 조정에서 파견된 사람인데."

"황의는 애당초 조정의 파벌과는 관계가 없네. 순수하게 기린의 시의니 말이야."

다이키의 입장에서 본다면 어렸을 적부터 알고 지낸 분엔을 거절할 이유도 없을 것이다. 헤이추나 쇼와와는 사정이 다르다.

"그건 그렇지만……."

다이키 가까이에 있는 것은 명예로운 일이지만 헤이추에게는 무거운 짐이었다. 특히 지금 다이키는 복잡한 처지였고 마음이 무거운 일이 많았다.

"나는 그것보다도 자택에 돌아가고 싶어."

다이키가 연금되어 있는 건 물론이고, 다이키를 모시는 자신들 또한 거의 연금된 것과 마찬가지인 상태였다. 자택으로 돌아가는 것도, 자유롭게 궁을 드나드는 것도 마음대로 할 수 없다. 다이키에게 헤이추와 쇼와는 적진에서 파견된 적이지만 적진에 있는 조운의 입장에서도 헤이추와 쇼와는 아군이 아니다. 마치 대립하는 진영의 일원인 것처럼 취급받고 있다.

"그러니까 우습게 보이는 거야."

쇼와의 거침없는 말투에 헤이추는 쓴웃음을 지었다. 쇼와는 일솜씨가 좋다. 황포관에 오자마자 게이토우에게 흥정을 해 하인들을 모아 궁을 정비하는 데 여념이 없다. 사실상 모시는 일은 도쿠유와 준타쓰가 하고 있지만, 식사를 올리고 물리고, 식단 지시, 의복 준비에 시간을 아껴가며 바삐 움직이고 있다. 때로는 지나치다 싶을 정도로 다이키의 생활에 간섭하고 싶어 했다.

―본디 다이키 곁에 있던 전부공이었기 때문이다.

분야가 전혀 다른 관료였던 헤이추와는 다르다. 헤이추는 다이키의 시중을 들기 위해 무엇이 필요하고 우선시되어야 하는지도 잘 모른다. 잘 모르기 때문에 정신적으로 피곤하다. 요즘 들어 머리가 무겁다. 지끈거리는 두통과 비슷한 불쾌감이 사라지지 않는다.

"……어딘가 비둘기가 있어."

헤이추가 말을 흘리자 쇼와는 바느질을 하던 손을 멈추고 고개를 휙 들었다.

"맞아, 있어."

"한밤중에 갑자기 울지 않나? 깜짝 놀란다네. 덕분에 깊은 잠을 잘 수 없어."

"몸을 움직이지 않아서 그래."

딱 잘라 하는 말에 헤이추는 또다시 쓴웃음을 지었다. 애써 변명하지 않고 뒤에 있는 별당 지붕을 올려다봤다. 건물 어딘가에 비둘기가 둥지를 틀었다. 모습은 보이지 않았지만 우는 소리가 들렸기에 분명하다. 누가 봐도 버려진 궁처럼 보여 음산하다.

—자택으로 돌아가고 싶다.

자택에는 부인과 아이가 있다. 생각해보면 교소가 즉위하고 앞으로 살기 좋은 시대가 올 거라고 기대했기에 맞이한 부인이었고, 궁중의 이목에 기도를 올려 하사받은 아이였다. 힘겹게 하사받은 아들은 이제 막 두 살이 되었고 겨우 걷기 시작했으며 짧은 말을 하기 시작해 한창 귀여울 때였다. 가능하다면 곁에서 지켜보고 싶었다.

지금쯤 무엇하고 있을까.

헤이추는 운해 아래 치조를 생각했다.

보슈쿠를 비롯한 소신들은 조금 전, 갑자기 배치 변경을 명받았다. 상사인 내사사司士는 얼굴을 마주칠 일도 거의 없었다. 이날도 모습조차 보이지 않은 채, 이동을 명하는 서신을 읽어주는 하관의 목소리를 들으며 서주사로 편입하게 되었다. 명령받은 것은 재보의 경호.

어쩐지 보슈쿠도 재보 본인을 경호하는 일은 없겠거니 생각하고 있었다. 여태껏 왕의 경호를 한 번도 하지 못했다. 보슈쿠는 끝끝내 단 한 번도 아센의 모습을 볼 수 없었다.

새로운 상사로 서주 내사사인 후쿠쇼伏勝가 왔다. 후쿠쇼는 보슈쿠에게 황포관의 경비를 맡겼다. 교대로 주변을 경비하기도 하고 관내 경비를 하기도 한다. 단 재보가 기거하는 정원에는 발을 들일 수 없다.

"역시 태보의 경호를 맡지는 못하네요……."

낙담하는 보슈쿠에게 고게쓰는 짓궂게 웃었다.

"뭐, 그런 거지."

고게쓰는 항상 이런 식이었다. 보슈쿠는 아센을 위해, 또는 다이키를 위해 일하고 싶어 하지만 고게쓰는 특별히 열의를 지니고 있지 않았다. 아센의 경호를 맡지 못한 사실에도 특별히 불만을 가지고 있지 않은 듯 항상 더할 나위 없이 남담했다. 그나마 고게쓰는 직무를 제법 잘해내니 나은 편이다. 동료 대부분은 한가함을 핑계 삼아 제멋대로 행동하고 있었다. 개중에는 낮부터 술을 마시고 도박을 일삼는 녀석조차 있었다. 고게쓰와는 같은 소신으로서의 마음가짐을 나누고 싶은데 고게쓰에게는 그럴 마음이 없다. 보슈쿠는 그 점이 외로웠다.

다이키의 경호는 대복 한 사람이 담당하고 있는 듯하다. 단 한 명은 없는 것과 마찬가지다. 너무나도 허술하다는 생각이 들지만 고게쓰에게 말해봐도 "어쩔 수 없는" 일이라고 한다.

"하지만 아무리 그래도 그렇지요."

"건물 안팎은 우리가 지키고 있으니까 문제없어."

"그건 그렇지만요……. 하지만 행차하실 때는요?"

"행차하실 일은 없어."

고게쓰는 씁쓸한 미소를 지었다. 어딘가 보슈쿠를 불쌍히 여기는 분위기였다.

"만에 하나 생긴다면 지시가 내려오겠지."

보슈쿠는 이해할 수 없었다.

"고게쓰는 기쁘지 않나요······?"

보슈쿠는 순찰하러 나가는 고게쓰의 뒷모습을 배웅하면서 작게 말했다. 보슈쿠 뒤로는 후쿠쇼가 서탁 앞에 앉아 있었다. 오늘은 아침부터 문청 옆에 있는 대기소에서 서신을 정리하고 있었다. 내사사는 경호에 중요한 인물이지만 평소에는 무관이 아닌 문관이었다. 무관인 대복과 소신을 지휘하도록 되어 있지만 사실상 사무 담당원으로서 소신들을 지원하고 있다.

"기쁘지 않을 리가 없겠지. 그저 아센 님의 휘하는 뒤숭숭한 게야."

"뒤숭숭하다고요?"

보슈쿠는 고개를 갸웃했지만 후쿠쇼는 그 이상 말하지 않았다. 어딘가 그늘진 쓸쓸한 미소를 지을 뿐이었다.

"보슈쿠는 이제 졸장이 된 참이던가?"

"네" 하고 보슈쿠가 대답했다.

"작년에 막 임명되었습니다."

"그런 것치고는 젊군. 꽤나 실력이 좋은 모양일세."

그런 건 아니라고 보슈쿠는 손을 내저었다. 사실 보슈쿠에게는 특별한 공적이 없었다.

"어디 출신이지?"

"개주입니다."

후쿠쇼는 피식 웃었다.

"본가는 유복하겠군."

"그게…… 그럴지도 모릅니다."

"그렇겠지." 하고 후쿠쇼가 웃었다.

"모로 보나 잘 자란 도련님이야. 군학 출신인가? 어쩌다 군에
는 또."

"이전 주상께서 군 출신이라 들어……."

보슈쿠는 얼굴이 붉어지는 게 느껴졌다. 보슈쿠의 본가는 유
복한 관리 집안이었다. 주위에서는 보슈쿠가 소학에 갈 기대
했지만 보슈쿠는 군학에 진학했다. 때마침 일전의 왕이 등극한
지 얼마 되지 않았을 때라 교소에 대한 동경심이 있었다.

"왜 그러지? 부끄러워할 일이 아니다."

"부끄러워하는 게 아니오라…… 그저 어른스럽지 못하다는 말
을 자주 들어서요."

"병졸이 되는 동기가 다 거기서 거기겠지. 입신양명이나 돈보
다 나아."

후쿠쇼는 재미있다는 듯 계속 말했다.

"적성에 맞았겠지. 그 나이에 졸장이라니 훌륭해. 특기는 뭐
지?"

"딱히 내놓을 만한 특기는 없습니다."

"그 말은 뭐든 다 할 수 있다는 소리인가?"

"당치 않습니다!"

보슈쿠는 점점 얼굴이 붉어지는 걸 느꼈다. 특기라고 할 만한 게 딱히 없다. 다만 특별히 잘 못하는 것도 없었다. 대개의 일을 실수 없이 처리하지만 그 이상도 아니다. 군학에 다닐 때에도 이 것이 보슈쿠의 결점이었다. 군에 들어와서도 이렇다 할 공적은 없다. 실패가 없었을 뿐이다. 운도 좋았다. 군학을 졸업하고 신병으로 군에 들어왔는데 이때 배속된 부대의 장이 유능했다.

병사 다섯 명을 오伍라고 하고 오오五伍인 이십오 명이 일양兩을 이룬다. 일오一伍 중 한 명이 오장伍長으로 뽑히고 또 그 오장 다섯 명 중에서 선택된 한 명이 일양을 통솔하는 양장兩長을 겸임한다. 오장은 일오 중에서 공적이 있는 자, 경험이 오래된 자, 그렇지 않으면 보슈쿠처럼 군학 졸업자가 된다. 군학을 나오면 신병이어도 오장이 된다. 일정 기간을 보내면 자동적으로 양장이 되도록 정해져 있었다. 보슈쿠가 양장에 취임하고 밑에서 밀려 올라가는 형태로 전 양장이 졸장으로 승진했지만 사실 전에 있던 양장이 우수했기에 보슈쿠의 양도 우수하다고 일컬어졌다. 그러한 풍문도 있어 신료津梁가 왕사로 이동할 때 보슈쿠의 양이 신료군에 배속된 것이다.

"이렇다 할 공적도 없는데 왕사의 양장입니다. 명령받은 대로 그저 우왕좌왕하다 보니 작년에 졸장이 되었습니다."

군학 출신자는 특별히 실패하지만 않으면 졸장까지 올라가는 것이 보장되어 있다. 오장, 양장은 병졸 집단의 대표에 지나지 않지만 졸장은 사양四兩을 통솔하는 사관이다. 사양 백 명의 병사 외부에 배치되어 승선도 한다. 보슈쿠는 별달리 공적을 세우지 않고도 관례에 따라 졸장이 되었다.

후쿠쇼는 큰 소리로 웃었다.

"연줄이 좋은 것도 공적에 포함되지. 그 기세 좋은 운으로 공헌하라고."

"네…… 네에."

후쿠쇼는 서글서글하고 매우 마음이 편한 상사였다. 관료는 까다롭다고 생각한 보슈쿠였기에 그런 후쿠쇼가 의외였다.

"내사사께서는 아셴 님 막료 출신이신가요?"

아무리, 후쿠쇼가 웃었다. 서탁 위에 펼친 서신을 가리키며 말했다.

"이 모양 이 꼴이 막료가 될 만큼 유능한 관리로 보이는가?"

어지러운 서탁 위를 보아하니 일을 척척 정리하고 있는 것처럼은 보이지 않았다. 오히려 혼란스럽고 번뇌에 쌓인 듯했다.

대답을 못 하고 있자 후쿠쇼가 말했다.

"나는 아센군 여수였어. 밑에서부터 고생하며 여기까지 왔으니 경험은 있지만 사무 일은 익숙지가 않아. 자네와 바꾸고 싶을 지경이야. 군학 출신인 보슈쿠가 훨씬 잘 알겠지."

네에, 보슈쿠는 속으로 납득했다. 병졸 관리, 비품 관리, 군이라고는 하지만 조직인 이상 서류 작업은 따라다닌다. 졸장까지는 전속 군리도 붙지 않고 사무 일도 스스로 해내야 한다. 사무는 번잡하고 법령 지식도 필요하다. 병졸에서부터 올라왔다면 경험이 있겠지만 잘하고 못하는 것이 있을 것이다.

"말씀만 하신다면 돕겠습니다."

"고맙군."

진지한 마음을 담은 말이 묘하게 이상했다.

"하계에 또 눈이 내릴 것 같군……."

창가에서 운해를 내려다보는 한 사람이 누구에게랄 것도 없이 중얼거렸다. 햇살은 있지만 해 질 무렵이 되면 급격히 추워지기 시작했다. 노대 너머 보이는 운해에 잿빛 구름이 끼어 있다. 구름이 하계를 뒤덮었다는 증거이다. 그는 내려다보고 있던 운해에서 시선을 들어 뒤를 돌아보았다.

"네게 부탁이 있다."

그자의 뒤에는 소녀가 무릎을 꿇고 조아리고 있었다.

"야리, 태보의 곁으로 가주었으면 한다."

야리는 의외의 말에 고개를 들었다.

"태보의 존체를 지킬 사람이 필요해. 조운이 보내는 시관侍官은 신용할 수 없어."

"주공께서 내리시는 명이라면 기쁘게 받아들이겠시옵니다만, 간초가 더 적임이 아닌지요?"

야리가 되물었다.

"아무리 나로서도 간초의 신병까지 어찌할 수는 없어."

주공은 낮은 목소리로 말했다.

"태보의 처우를 돈독히 하라는 말들이 있다. 언제인지는 모르겠지만 가까운 시일 내에 시관이 늘어날 거야. 받아들여야 하는 태보 측은 이를 꺼리고 있지. 당연한 일이다. 조운의 부하인 줄 알면서 받아들이는 꼴이니까."

"거기에 제가?"

"어찌어찌 섞여 들어가게 할 수 있을 것 같아. 나로서는 이게 한계다."

낮은 목소리로 주공은 야리에게 일어나라 재촉했다.

"지금 태보의 곁에는 대복 한 명뿐이야. 고료인가 하는 에이쇼군의 사수이지. 왕궁 밖에서 태보를 우연히 만났고 돌아오시는 길에 함께 왔다. 태보는 고료만큼은 신뢰하시는 것 같은데 경비가 한 명이어서는 고료의 몸이 버티지 못할 거야. 사람을 몇 명 늘려야 하지만 무기를 지니고 곁에서 모시는 역할인 만큼, 태보의 주위는 인선에 고심하고 있지."

"거기에 제가? 어떠한 신분도 없는데요?"

주공은 고개를 끄덕였다.

소녀에게는 공식적인 관위가 없다. 바꿔 말하자면 조운의 권세 범위에도 들어가 있지 않다는 이야기다.

"여러 사람을 끼고, 사병으로 섞여 들어갈 수 있을 것 같다. 가면 아마도 태보의 곁을 떠날 수 없을 거고 승선하게 될 거야. 가 주겠느냐."

"주공의 명이시라면."

야리가 말하자 주공은 고개를 끄덕였다.

"태보 곁에 도착하면 태보의 명을 따르거라. 나에 대해 생각하지 않아도 좋다."

야리는 눈썹을 찌푸렸다.

"그 말씀은 주인을 바꾸라는 말씀이신지요? 태보를 주공으로 섬기라는?"

"그렇다."

"좀 전의 말은 철회하겠습니다. 거절하겠습니다."

주공은 쓴웃음을 지었다.

"나와 태보의 이해관계가 충돌할 일은 없어. 나는 대국을 구하고 싶다. 나라를 구하고 백성을 구하고 그 정점에 있는 옥좌에는 교소 님이 계셨으면 좋겠어. 바라는 바는 같아."

야리는 고개를 갸웃했다.

"태보는 아센을 왕이라고 지명하지 않았습니까?"

"있을 수 없는 일이야. 교소 님이 붕어하시기 전에 다음 왕이 선택될 리가 없고 설령 불행히도 교소 님이 붕어하셨다 해도 아센이 선택될 일은 없어."

"없는 건가요?"

"없다. 정말 왕이라면 진즉에 실도했어야 마땅한 흉적이야. 아센은 왕이 아니고, 태보가 다음 왕이라고 지명한 건 생각이 있으셔서겠지. 아마 태보는 버림받은 백성을 구하고 싶으신 게 아닐까? 그렇다면 바라는 일은 나와 같아."

"그렇다면 주공을 섬기는 일이 바로 태보를 섬기는 일이 되는 게 아닙니까?"

"그렇지."

곤란한 듯 손을 얼굴에 갖다 댄 주인은 다시 쓴웃음을 지었다.

"어느 쪽을 주인이라고 해도 큰 차이는 없지. 태보가 바라는 일이 내가 바라는 일이다. 야리, 부탁한다."

소녀는 끄덕이며 허리 양쪽에 묶은 쌍검 칼자루에 손을 올렸다.

"어느 쪽을 주인으로 부를지는 제가 정하겠습니다. 그걸로 괜찮으시다면."

10
장

■

001

교시 일행이 함양산을 떠날 때 내리기 시작한 눈은 임우로 돌아갈 때까지 닷새간 간헐적으로 내렸다. 그리 많은 양이 아니라 낮 동안 쌓이는 일은 없었지만 아침에 일어나면 산야가 하얀색으로 옅게 물들어 있었다. 길 너머로 임우가 보일 무렵, 무겁고 낮게 드리워진 구름이 걷히고 햇살이 드러났다.

우울한 귀로였다. 그들은 함양산에 머물며 몇 번 더 갱도에 들어가봤지만 아무 단서도 찾지 못했다. 특히 사람이 없던 시기에 채굴을 했음 직한 갱도를 찾아 꽤 깊숙한 곳까지 들어가보았지만 길이 무수하게 갈라져 있는데다가 여기저기 낙반으로 길이 막혀 끝까지 탐색할 수 없었다. 언제 적 낙반인지 판별할 방법조차 없었다.

다만 당시 상황을 가늠해본다면 홀로 함양산을 떠나 왕사의 눈을 피해 세력권을 탈출하기는 어려워 보였다. 탈출을 도와준 황민이 있지 않았을까 싶어 함양산에서 일하는 광부들에게도 물어보았지만 단서를 잡지 못했다. 황민이나 생활이 어려운 백성이 갱도에 숨어 들어간 건 확실한 듯하지만 이는 아센이 대규모 주벌을 내린 뒤의 이야기다. 그전에는 채굴 기간이나 구획이 한정되어 있다고는 해도 조업을 하긴 했었고, 화적들의 습격에 도망치거나 하는 얼빠진 주사이긴 해도 보초를 서고 있었다. 사람이 완전히 없던 것은 난이 일어났던 당시뿐이라고 한다.

리사이에게 이야기를 해준 노인장도 난이 일어났던 당시에 백성이 숨어드는 건 어려웠을 거라 말했다. 만약 황민이 있었다면 교소를 구했을 수도 있다. 하지만 과연 부상을 입은 사람, 더욱이 중상을 입은 사람을 떠안고 함양산을 나와 왕사의 세력권을 빠져나갈 수 있었을지 의문스러웠다.

교소가 함양산에서 암살자에게 습격당했다는 부분까지는 확실한 것 같다. 그렇지 않다면 아센이 시간과 노력을 들여 대대적으로 사람을 내쫓은 일을 설명할 수 없다. 모종의 수단을 써서 교소를 유인해낸 뒤 극비리에 본인 스스로 대열에서 빠져나오도록 수작을 걸었다. 호위가 동행했다고 하지만 검붉은 갑옷을 입은 이 일당은 애초부터 교소를 암살하기 위해 곁에 배치되었을 것이다. 암살자들은 교소를 데리고 산을 올랐고, 일을 완수한 뒤 진영으로 돌아왔다. 표면상 돌아오지 않은 걸로 되어 있지만 눈에 띄는 장비를 숨기고 병졸 무리에 섞여드는 방식을 취했으리라.

산을 내려올 때 교소가 없었기 때문에 틀림없이 습격한 장소에 내버려두고 왔으리라고 교시는 추측했다. 등 뒤에서 베인 허리띠로 보건대 교소는 틀림없이 중상을 입었다. 숨이 붙어 있다는 사실을 알았다면 그 장소에 두고 떠나지 않았을 것이다. 아마도 암살자는 교소를 처리했다고 착각한 것 같다.

문제는 교소가 그 뒤, 어디로 사라졌는가다.

"습격자가 숨통을 끊었다고 착각할 정도로 중상을 입었으니 바로 함양산에서 도망쳤을 리 만무합니다."

교시가 말했다. 애초에 거동이 가능했을까.

호토도 수긍했다.

"얼마간은 정신을 잃으셨겠지요. 녀석들마저도 쓰러진 모습만을 보고 처리했다고 여겼을 리 없습니다. 숨이 붙어 있는지 정도는 확인했을 테고 아직 붙어 있었다면 마지막 일격을 가하지 않았을까요? 그렇다면 정말로 벌레 숨소리 정도로 희미한, 그러니까 거의 가사 상태가 아니었을까요?"

"그랬겠지."

리사이가 낮은 목소리로 대답한다.

"그런 상태에서 스스로 산을 빠져나오는 일이 가능할까요?"

틀린 말은 아니라고 교시는 생각했다. 리사이도 동의하며 말했다.

"교소 님은 몸을 지키기 위한 보물인 보중을 지니고 계셨다. 거의 가사 상태였다고 해도 보중의 신통함으로 숨이 돌아오고 치유되셨을 수도 있지. 하지만 설령 보중의 힘을 빌렸다고 한들 나름대로 시간이 걸렸을 거야. 얼마간 그 자리에 머무르신 건 틀림없겠지. 시간이 흘러 거동이 가능해졌을 때 산을 내려왔다는 이야기일 텐데."

교소가 자력으로 함양산에서 탈출했다면 이런 흐름이었을 것이다.

"그 경우 곧바로 진영으로 돌아가셨겠지요?"

호토의 질문에 리사이가 대답했다.

"꼭 그랬으리라는 보장은 없지. 진영에는 교소 님을 습격한 아센군의 호위가 있어. 아센군이 적이라는 사실을 교소 님은 인지하고 계셨겠지. 하지만 에이쇼도 소겐도 이 사실을 몰라. 그런 상황에서 함부로 군에 접촉하는 건 너무나도 위험해."

"그런가."

교시는 중얼거렸다.

백은의 언덕 검은 달

"모처럼 적이 죽었다고 착각하고 있는 걸 사실은 죽지 않았다고 알리는 꼴이 되는데다가 자칫하다가는 적의 내부로 뛰어드는 꼴이 되지……."

자신이라면 어떻게 했을까 하고 교시는 머리를 굴려보았다. 설령 보중이 있었다 한들 부상을 입은 상태임은 변하지 않는다. 간신히 몸을 움직일 수는 있어도 평소처럼 날렵하게 움직일 수 없다. 애써 산을 내려와 진영으로 돌아갔다고 해도 아센군을 먼저 맞닥뜨린다면 목숨을 잃는 건 뻔한 일이다. 그렇다고 해서 아센군의 눈을 재빨리 피해 당신의 휘하와 접촉할 수 있을 만큼의 체력도 없다. 그렇다면 어찌되었든 몸을 숨기는 일이 우선이라고 생각하지 않을까. 휘하들과 접선하는 일은 어딘가 안전한 장소에서 상처를 치유하고 나서라고.

교시가 자신의 생각을 말하자 호토도 말했다.

"저라도 그리 생각할 것 같습니다. 게다가 혹여 암살자가 다시 돌아오면 위험하니 서둘러 장소를 옮겨야 한다는 생각이 들지 않았을까요?"

교시도 끄덕였다. 암살자가 목숨을 끊지 못했다는 사실은 조만간 드러난다. 백치가 울지 않았기 때문이다. 문주에서 홍기까지 정보를 주고받는 시간이 있다고는 하지만 제일 빠른 청조를 사용한다면 하루 이틀 사이에 교소의 생존 사실이 알려지고 만다. 그렇게 된다면 암살자가 처리하러 다시 돌아온다. 그럼에도 본인은 부상을 당한 상태다.

"기절했었다면 정신을 잃은 동안 얼마만큼의 시간이 흘렀는지 가늠이 안 됩니다. 어찌되었든 산에서 떠나야 한다고 필사적이었겠죠. 저라면……."

군에는 적이 숨어 있으니 진영 쪽으로는 도망칠 수 없다. 사람의 눈에 띈다면 군에 잡혀 돌아갈 가능성이 높기 때문에 다른 사람에게도 들키고 싶지 않을 것이다.

"……산, 일까요."

호토가 말했다. 교시도 그 방법밖에 없다고 생각했다. 함양산을 떠나 우선 산속으로 들어가 몸을 숨긴 뒤 어느 정도 상처가 아물기를 기다린다.

—그러고는?

호토는 스스로도 석연치 않은 듯 고개를 갸웃거렸다.

"상처가 아물 동안 물이나 음식, 약이 필요하지 않았을까요? 사나흘 정도라면 보중의 힘으로 숨을 수 있겠지만 그 정도로 회복되는 상처에 과연 적이 죽었다고 착각했을지 의문입니다. 착각할 수 없을 만큼의 중상이었다면 상처가 치유될 때까지 긴 시간이 필요할 겁니다. 그 긴 시간 동안 산속에서 홀로 계셨다고 보기에는 무리가 있지 않습니까?"

리사이는 고개를 끄덕였다.

"호토가 말한 대로다. 역시 교소 님이 자력으로 탈출했다고 생각하는 건 도저히 무리야. 함양산에 숨어든 황민이 도왔다고 보는 게 자연스럽겠지."

"그렇죠."

교시는 작게 말했다.

함양산에서는 어떠한 흔적도 발견되지 않았다. 교소의 흔적을 찾기 어렵다면 손을 빌려준 누군가를 찾을 수 있지 않을까.

리사이가 말하자 호토가 대답했다.

"그렇다고 한다면 주공을 보호한 건 함양산 근교에 있는 마을의 주민일 가능성이 높아요."

"그렇겠지."

리사이가 수긍했다.

화적이 봉쇄한 구역 바깥쪽에 있으면서 나아가 함양산에서 가까운 마을. 후에 아센이 이 마을들에 주벌을 내려 주민들은 뿔뿔이 흩어졌다. 그중에 부상을 입은 무장을 데리고 있던 자, 무언가를 감추던 낌새가 있던 인물은 없었는가.

하지만 흩어져버리고 만 황민들을 어떻게 찾아야 할까. 어찌할 바를 모른 채 임우로 돌아가자 기이쓰가 기다리고 있었다. 기이쓰는 매일 폐문 시간이 되면 정황을 살피기 위해 오갔다고 한다.

"무사히 함양산에 도착할 것 같다는 소식은 겐추에게 전해 들었습니다."

기뻐하며 결과를 물었지만 리사이는 "단서는 없었다"라고 대답할 수밖에 없었다. 당시 함양산 부근에 살고 있던 주민이 보호하고 있다가 도망쳤을 것이라는 가능성밖에 추측할 수 없었다. 임우 주변에 그런 소문은 없을까.

들은 적 없다고 고개를 갸웃한 기이쓰는 그로부터 이틀 뒤, 남자 두 명을 찾아 데려왔다. 부구원에서 보호하고 있는 황민과 그의 지인이라고 했다.

"이자들이 하는 말이 마음에 걸립니다."

기이쓰가 재촉하자 초라해 보이는 남자 둘이 주뼛주뼛 앞으로 나왔다.

"무엇을 보았는지 이분께 말씀해주시지요."

"그러니까, 무인이고. ……그치?"

한쪽이 말하면 한쪽이 마지못한 듯 끄덕인다. 치켜떠 리사이 일행을 보는 눈이 험상궂다. 이런 정체 모를 자들에게 협력해도 괜찮은가 하는 의심이 드러나 있었다.

"무인이라는 사실은 틀림없는가."

리사이가 물었다.

"무인처럼 보였다고나 할까요. 아니, 갑옷은 안 입고 있었습니

242
—
백은의 언덕 검은 달

다. 기수도 말도 없었고요. 그중에 부상 입은 녀석이 하나 있는 것 같았어요. 그 외에 십 수 명 정도 있었으려나요. 어느 누구 하나 옷차림이 나쁜 녀석이 없었어요. 화적인가 싶어 잠깐 숨어 지켜봤는데 행동거지에 빈틈이 없는데다가 전원이 무기를 지니고 있었습니다."

"그랬지?"라고 다른 한쪽에게 동의를 구한다. 채근받은 남자는 말없이 끄덕였다.

"모두 지친 듯했고 다리를 질질 끌면서 산으로 들어갔습니다."

"어느 쪽으로?"

"저희가 보기로는 저강 동쪽이었습니다. 북쪽에 있는 비탈길을 따라 동쪽으로 올라갔어요. 나무숲 사이로 숨어 들어가는 걸 본 게 답니다."

"그중에 중상을 입은 자가 있었다는 거지?"

"중상까지는 아닙니다. ……그렇지?"

남자는 또다시 동료를 보았다. 동료도 또다시 끄덕였다.

"자기 발로 걷고 있었으니까."

"다리를 질질 끌며 동료의 어깨를 빌리긴 했지만 어찌됐든 스스로 걷고 있었습니다. 땅이 고르지 못한 곳에서는 주변 사람들이 지탱해주었지만요."

스스로 걸었다고 하면 교소가 아닌 걸까.

"그게 언제쯤이지?"

"글쎄요."

두 사람은 고개를 갸웃했다.

분명치는 않지만 두 사람의 증언을 모아보면 보아하니 교소가 사라지고 두 달 정도 지난 후인 듯하다. 그렇다면 일단은 걸을 수 있을 정도는 되었다고 짐작할 수 있을까.

"고맙네. 그 밖에 뭔가 신경 쓰이는 건 없었는가?"

"딱히. ……그치?"

과묵한 다른 한 남자는 또다시 말없이 끄덕였다.

"수고하셨습니다."

기이쓰가 두 사람을 치하했다. "돌아가도 좋습니다"라는 말에 두 사람은 나란히 발걸음을 되돌려 몇 걸음 걸었다. 말이 없던 남자가 뒤돌아보았다.

"짐을 봤어."

"짐?"

"남두南斗에서. 밤늦게 산길을 지나가는 녀석들이 있었지. 주변을 경계하는 듯한 모습으로 큼지막한 짐을 실은 수레를 끌고 갔어."

"이봐, 사실이야?"

동료의 질문에 남자는 끄덕였다. 열심히 끌어낸 말을 종합해

보면 이렇다.

남자는 당시, 심부름으로 임우 동쪽에 있는 남두라는 마을로 가고 있었는데 폐문 시간까지 도착하지 못해 남두 문 앞에서 밤을 지새우게 되었다. 꾸벅꾸벅 졸다가 주변 소리에 눈을 떠보니 한밤중에 여러 사람이 짐수레를 끌고 주변을 날카롭게 경계하며 눈앞에 있는 길을 지나 남두의 남쪽으로 올라갔다고 한다.

"아마도 황민일 거다. 남동쪽으로 가서 기억에 남았지."

거기까지 말하고 남자는 또다시 발걸음을 되돌렸다. 리사이는 그를 불러 멈춰 세우려고 했지만 늦었다.

"그 시절 그런 사람들이 드물지 않았습니다."

기이쓰가 입을 열었다.

"도망치는 건지 짐을 챙겨 함양산 쪽에서 남모르게 나온 황민이 꽤 있었다고 합니다. 다만 그런 자들은 보통 서쪽으로 갑니다. 어디 가기에도 편리하고 백랑 쪽으로 가면 일자리를 얻을 수 있을지도 모르니까요. 그런데 임우의 동쪽에서, 게다가 남동쪽으로 갔다는 건 이해가 되지 않습니다."

"남동……."

임우 동쪽으로 가면 승주로 향하는 두제도가 있다. 가도의 남북 쪽에는 요산에는 미치지 못하지만 역시나 험한 산이 이어진다. 기이쓰가 말하기를 이 산들 사이에도 작은 마을이 여기저기 흩어져 있지만 기본적으로 남동쪽 방향에는 아무것도 없는 것과 매한가지라고 한다. 산은 험하고 넘을 길은 존재하지 않는다. 즉 남동쪽으로 간다 한들 어느 길을 골라도 막다른 곳인 작은 마을이 나와 더이상 갈 곳이 없다.

"그중에 어느 한 곳인 건가?"

기이쓰도 리사이의 이 물음에는 대답할 수 없었다. 리사이는 함양산을 타고 동쪽에서 남쪽으로 뻗어나가는 설산을 올려다보았다.

"가보지. 어찌됐든 실제로 가보지 않는 이상 별수가 없어."

002

교시 일행은 날이 밝기를 기다렸다가 동쪽으로 출발했다. 기이쓰가 기억하기로는 산속에 흩어져 있는 작은 마을은 모두 여섯 곳. 모두 산기슭에 있는 남두라는 마을을 시작점으로 삼는 여러 개의 산길 끝에 있었다. 이틀에 걸쳐 도착한 남두의 도관에 하룻밤 묵기를 요청하며 육 년 전 이 부근에서 수상한 짐을 옮기던 황민을 보지 못했는지 물었다.

"너무 오래전 얘기라 물어보셔도……."

낯빛이 좋지 않은 도사는 곤란하다는 듯 고개를 갸웃했다. 도관에서 얼추 물어보아도 이렇다 할 대답은 듣지 못했다.

다음 날에는 짐을 놓고 남두를 출발했다. 이제부터는 말을 타고 마을을 하나씩 방문해보기로 했다. 첫 번째 마을은 가도에서 가까워서 그런지 몹시 가난해 보이지도 황폐해 보이지도 않았으나 단서 하나 잡지 못했다. 두 번째 마을은 사라졌다. 도대체 무슨 일이 있었던 걸까. 불에 탄 흔적만이 널리 퍼져 예전에 이곳이 마을이었음을 보여줬다. 이 폐허에서 그리 멀지 않은 곳에 세 번째 마을이 있었다. 가파르게 치솟은 산기슭, 깊게 파인 골짜기 안쪽에 오밀조밀 모여 있었다. 은천銀川이라는 마을이었다.

과거에는 이 안쪽에 있는 산에서 은이 채굴되었다고 한다. 그 샘은 진즉에 말라, 마을 사람들은 골짜기 안쪽을 흐르는 강바닥에서 은 조각을 주워 생계를 유지했다고 한다.

이 마을도 해 질 무렵까지는 아직 시간이 남았지만 마을 입구가 닫혀 있었다.

"문주에는 이런 마을이 참 많군……."

리사이가 가볍게 한숨을 쉬었다. 기이쓰는 송구스러워했다.

"가도 변에 있으면서 여행자를 상대로 장사를 하는 남두 같은 마을이라면 몰라도 주민밖에 없을 것 같은 작은 마을은 이게 일반적인 모습이 되었습니다."

교시는 기이쓰를 위로했다.

"염현도 마찬가지였어요. 문은 열려 있었지만 여행자는 반드시 검문을 받았죠."

"문주만의 일도 아니고, 염현만의 일도 아닙니다."

씁쓸한 미소와 함께 말을 꺼낸 건 호토였다.

"지방에 있는 마을은 어디든 마찬가지입니다. 마을 입구를 닫을 만큼 절박하지는 않아도 자기네 마을만 입구를 개방한다면 갈 곳을 잃은 여행자가 쇄도할 테니까요."

그렇죠, 라고 말하며 기이쓰는 마을로 들어가는 거대한 문 한쪽에 작게 나 있는 쪽문을 두드렸다.

잠시 후 안쪽에서 문이 열렸다. 중년 남자가 얼굴을 내밀었다.

"이사를 방문하고 싶습니다만 들어갈 수 있을지요?"

기이쓰가 물었다. 남자는 일행을 훑어보았다. 도복을 입은 남자가 두 명, 아닌 남녀가 한 명씩.

"도사님께서 이사에 볼일이 있으신 건가요. 이사 사람들은 도사님이 오신다는 걸 알고 있습니까?"

"아닙니다. 근처까지 온 김에 들렸습니다. 저희들은 임우에 있는 부구원에서 왔습니다. 뒤에 있는 두 사람은 신농입니다."

남자는 판단 내리기 곤란해 보였다.

"어떤 용건으로……."

"용건이라고 할 것까지는 없지만 감원의 분부를 받아 이 마을 저 마을 돌고 있습니다. 이사에 들러 겨울 준비는 어떤지, 부족한 물품은 없는지 확인하며 다니고 있지요."

부족한 물품이라는 말에 반응을 한 듯, 남자는 간신히 미소를 지었다.

"그러십니까. 수고가 많으십니다."

남자는 그제야 쪽문을 활짝 열었다. 교시 일행은 문을 넘어 마을 안쪽으로 발을 내디뎠다.

"저는 여기서 기다리고 있겠습니다."

마을 입구를 지나자 호토는 남자를 바라보았다.

"겨울에 대비해 단약은 부족하지 않은가? 부족하다면 두고 가지."

남자는 고개를 크게 끄덕이며 말했다.

"그렇지 않아도 슬슬 신농이 오지 않을까 하고 마을 사람들도 이야기하던 참이었습니다. 감사합니다."

남자는 의심스럽게 교시 일행을 쳐다보고 있는 여인에게 말을 걸었다.

"부구원의 도사님이시다. 이사로 안내해주게."

그리고 바로 호토에게 이야기했다.

"지금 마을 사람에게 이야기하고 오겠습니다."

남자는 그렇게 말하고 마을로 달려갔다. 마을 사람들에게 묻는 건 호토에게 맡기고 나머지 일행들은 바로 이사로 향했다. 초로의 여인이 물었다.

"부구원에서 오셨다고요?"

"네, 이번 겨울을 잘 넘길 수 있을지 곳곳에 있는 마을을 돌며 여쭙고 있습니다."

"아이고, 감사합니다."

여인은 손을 모아 깊숙이 인사했다.

"부구원의 조칸 님은 실로 백성에게 신경을 많이 써주십니다."

교시는 내심 미안한 마음이 들어 기이쓰의 얼굴을 슬쩍 보았지만 기이쓰는 온화한 미소를 지은 채 조금도 찔리는 구석이 없어 보였다. 그렇다면 '곳곳에 있는 마을을 돌고 있다'는 이야기는 어떻게 해서든 마을로 들어가기 위한 방편만은 아니라는 걸까.

여인은 앞장서서 안내하며 계속해서 말했다.

"전에도 부구원 분께서 오신 적이 있어요."

"매년 올 수 있다면 좋겠지만 요즘에는 도관도 살림이 어렵다 보니 돌 수 있는 마을이 한정되어 있습니다. 면목 없습니다."

"무슨 말씀을 그렇게 하세요. 정말로 감사드립니다."

그런가 하고 충분히 납득한 교시는 리사이를 쳐다보았다. 리사이도 감명받은 듯 고개를 끄덕였다. 조칸은 이런 식으로 가난한 마을을 지탱하고 있는 건가. 그렇게나 황민을 떠안고 있으니 부구원도 꽤나 힘들 텐데.

안내받으며 지나간 거리는 가난해 보이기는 해도 깨끗하게 정돈되어 있어 그다지 피폐해 보이지는 않았다. 집들도 오래돼 흠집은 많았지만 정성스럽게 수리되어 있었다. 도착한 이사도 마찬가지였다. 칠도 벗겨지고 건물 이곳저곳 흠집이 나 있었지만 수선할 수 있는 곳은 수선했고 깔끔하게 정돈되어 있었다. 부족하게나마 공물이 바쳐져 있었고 향을 피운 흔적도 있었다.

여인의 부름에 모습을 드러낸 여서는 정중하게 머리를 조아렸다. 기이쓰의 질문에 하나하나 답했다. 일단 마을 사람들이 겨울철 굶지 않을 정도로 비축은 마련되어 있다. 하지만 마을 사람들의 몫을 가까스로 채운 수준이다. 여분이 없어 한창 클 시기의 아이나 영양가 있는 음식이 필요한 병자들에게는 부족하다. 재해가 일어나기라도 한다면 거덜 날 가능성이 높다. 그만큼 아슬아슬한 양이었다.

기이쓰는 여서의 한마디 한마디에 고개를 끄덕였다.

"지금은 어디든 힘든 상황이라 최소한의 비축이라도 마련하셨다니 그나마 다행입니다. 병인들을 위한 식자재는 다소나마 있는 편이 좋겠지요. 백가百稼라는 병인식이 있으니 많지는 않지만 가져다드리겠습니다."

"정말 감사드립니다."

"숯은 부족하지 않으신가요?"

"홍자가 있으니 어찌저찌 겨울은 넘길 수 있겠지요. 여차 싶을 때를 대비해 여분의 홍자와 숯을 각각 스무 가마니가량 저장해 놓았습니다."

"참으로 현명하십니다."

기이쓰는 고개를 갸웃했다.

"이려를 닫아놓으셨길래 꽤나 힘드실 줄 알았는데 그 정도는 아닌 듯하여 마음이 놓입니다."

여서는 순간 허를 찔린 것처럼 눈을 깜빡였지만 바로 "아아" 소리를 높여 부끄러운 듯 미소를 지었다.

"이 주변이 좀 치안이 나빠서 말이지요……."

"화적 말씀이십니까?"

여서는 끄덕였다.

"네, 그렇죠."

지켜보고 있던 리사이는 그런 여서의 모습에 왠지 모를 의심이 들었다. 게다가 이사에 들어오고 나서부터 계속 신경 쓰인 점이 있었다. 방 안쪽에 희미하게 남아 있는 독특한 향기. 무기를 손질할 때 바르는 기름 냄새와 비슷했다.

—문을 닫아놓을 정도로 가난해 보이지는 않는다. 치안이 나

쁘다는 여서의 변명은 어딘가 수상쩍다.

"……그런데."

기이쓰가 중요한 이야기를 꺼냈다.

"여서께서는 육 년 전, 이 주변에서 수상한 짐을 옮기는 황민을 보지 못하셨습니까?"

"수상한, 짐요?"

"수레에 큰 짐을 싣고 사람 시선을 꺼리며 이 주변을 지나간 황민 무리가 있었다 합니다만."

"그게 대체 무슨 말씀이신지……."

여서는 표정이 굳었다.

"무슨 물건이라도 찾으시는 건가요?"

기이쓰는 고개를 끄덕였다.

"실은 임우에 있는 사원에서 귀한 불상을 훔쳐 달아난 무리가 있습니다. 이제 와 죄를 물어도 어쩔 방도가 없지만 불상만큼은 되돌려 받고 싶어 찾고 있지요."

"아아."

여서는 누가 봐도 한숨 놓은 듯한 표정을 지었다.

"그것참 큰일이로군요."

"사람 키만 한 불상입니다. 아마도 천으로 감싸여 있었을 겁니다."

"송구스럽지만 기억나는 게 없습니다. 이 주변 길은 보시는 바와 같이 빠져나갈 수 없는 산길만 수두룩하니 어딘가로 가려는 황민이 들르는 일은 거의 없기도 하고요……."

"그런가요."

기이쓰는 가볍게 인사했다. 그 밖에도 두세 마을의 상태를 물어보고 기이쓰는 이만 물러가겠다고 말했다. 손에 들어오는 만큼의 물자는 가져오겠다고 약속하고 이사를 뒤로했다.

"어떻게 생각하시나요?"

이사를 나오자 기이쓰가 리사이에게 작은 소리로 물었다.

"어딘가 태도가 수상했어."

리사이의 말에 교시가 말했다.

"리사이 님, 눈치채셨습니까?"

"냄새 말인가?"

교시는 고개를 끄덕였다. 그렇다면 교시도 눈치를 챘던 것이다. 냄새라는 말에 의아해하는 기이쓰에게 리사이가 말했다.

"이사는 무기를 가지고 있어."

"왜 그런 짓을."

"화적을 경계해서 그랬다고만은 할 수 없겠지, 아마도."

"기이쓰가 불상이라고 말했을 때 확연하게 안심한 듯한 모습이었습죠."

교시가 말하자 리사이가 수긍했다.

"짐에 관해 짐작이 가는 바가 있을지도 모르네. 그렇다고 한다면 그건 불상이 아닌, 즉 내용물을 알고 있는 거겠지."

교시는 주위를 둘러보았다. 인적이 드문 조용한 마을이다.

"여기에 숨어 계신 걸까요……?"

누군가를 숨기고 있는 걸까. 그 누군가를 지키기 위해 무기가 필요한 걸까. 숨기고 있다는 사실을 들키지 않기 위해 동가처럼 외부인을 차단하고 있는 걸까.

"있다고 한다면, 이부일까 이가일까……."

리사이는 중얼거리며 주변을 바라보았다. 본인들을 주목하는 마을 사람들이 없다는 것을 확인하고 아무렇지 않은 듯 이사의 서쪽으로 발걸음을 돌렸다. 대강 그 방향에 이가가 있는 것 같았기 때문이다.

담이 이어지고 그 너머로 중후한 기와지붕이 줄지어 있다. 작게나마 정원에 심긴 것으로 보이는 나무들도 그 틈사이로 보였다. 마을에서 유일하게 저택다운 저택이다. 양식으로 추측건대 이부처럼 보이지는 않는다. 아마도 이가일 것이다.

걸어가보니 기와로 지붕을 이은 대문이 나타났다. 문은 빈틈없이 닫혀 있어 안을 들여다볼 수 없었다.

"닫혀 있네요. 수상하네."

교시가 중얼거릴 때였다.

"무슨 일이신지요?"

수상하게 여기는 목소리가 들렸다. 뒤돌아보니 초로로 보이는 몸집이 작은 남자가 맞은편 집에서 나온 참이었다.

"딱히 볼일이 있는 건 아닙니다만."

기이쓰가 활기차게 대답했다.

"이가의 모습을 보고자 했습니다."

"이가를?"

"예에, 사람이 어느 정도 있고 상태가 어떤지 말이죠. 경우에 따라서는 필요하신 물건도 있지 않을까 해서요."

"도사님이 어째서 이가를 신경 쓰시는 겁니까?"

남자가 거침없이 질문을 했을 때, "무슨 일이시죠" 하는 목소리가 뒤에서 들렸다. 돌아보니 여서가 달려오고 있었다. 기이쓰는 가볍게 인사를 하고 같은 설명을 했다. 여서는 누가 봐도 허둥대는 모습으로 말했다.

"이가는 문을 닫았습니다. 아무래도 유지비가 없어서 말이지요……. 이가에 들어가야 할 아이나 나이 드신 분은 몇몇 집에서 받아들여주었습니다."

"아, 그랬군요."

기이쓰는 웃었다. 그 미소를 작은 남자가 의심스럽게 지켜보고 있다.

여서는 굳은 미소를 지으며 손으로 마을 입구를 가리켰다.

"슬슬 서두르셔야 합니다. 폐문 시간이 다가오고 있습니다."

"아, 그렇죠. 감사합니다."

"하룻밤 묵고 가실 수 있으면 좋겠지만 공교롭게도……."

"이해합니다. 걱정하시지 마십시오."

기이쓰는 집착하지 않고 발걸음을 마을 입구로 돌렸다. 리사이는 한 번 더 이가를 슬쩍 쳐다보고 여전히 의심스러워하는 표정을 짓고 있는 작은 남자와 그 뒤에 있는 민가를 보았다. 조용히 발걸음을 돌려 기이쓰를 따라갔다.

마을 입구에서는 호토가 마을 사람들에게 둘러싸여 담소를 나누고 있었다.

"기다리셨죠. 출발해볼까요."

기이쓰의 말에 끄덕이며 주변 사람들에게 작별 인사를 했다. 서급을 메고 들어왔을 때와 마찬가지로 작은 쪽문을 통해 밖으로 나갔다. 마중 나온 여서가 정중히 인사를 하고 쪽문을 닫았다.

리사이 일행은 아무 말도 없이 문 앞에서 기다리고 있던 말을 타고 산을 내려가기 시작했다. 언덕을 하나 넘고 잡목으로 둘러싸인 산 경사를 우회하자마자 순서대로 말을 세웠다.

"호토, 어땠지?"

"황민에 대한 건 짐작 가는 바가 없답니다. 하지만 뭔가 숨기는 모습이었어요."

분명 이쪽으로 향했다는 이야기를 들었다고 호토가 얘기하자 갑자기 수긍하는 사람이 나왔다.

"모른다고 했으면서 갑자기 다른 곳에 있는 마을 이야기라고 하지 않나. 그 이야기라면 본인도 소문을 들었다고 허둥대며 동의하는 사람도 있었어요. 아무리 봐도 수상했습니다."

"뭔가 알고 있는 게 분명해."

리사이가 말에서 내리고는 땅에 내려놓은 서급에서 일단 검을 꺼내며 말하자 호토가 끄덕였다.

"실상은 생각했던 것보다 부유한 것 같았습니다. 덕분에 저는 좋은 장사가 되었지요."

"이가에 뭔가 숨기고 있는 것 같았죠?"

교시가 말했다.

"문을 닫았다고 여서가 말했지만 굴뚝에서 연기가 피어오르고 있었어요."

서급을 다시 짊어지며 리사이는 고개를 끄덕였다. 희미한 연기가 피어오르는 모습은 리사이도 보았다.

"게다가 그 맞은편 집."

리사이는 회상했다. 보통 단순한 목제 문으로 되어 있는 뒷문에 마치 밖을 살펴보려는 듯 작은 창이 나 있었다.

"명백하게 이가를 망보는 것 같았어."

게다가 이가 앞을 떠날 때 그 창으로 두 얼굴이 엿보고 있었다.

"여러 사람이 돌아가면서 망보는 것 같아."

"아무래도 수상하네……. 어찌할까요? 돌아가볼까요?"

호토의 질문에 리사이는 다시 말에 올라타며 대답했다.

"재정비하고 나중에 다시 오는 편이 좋을지도 모르겠군. 은천에 대한 정보를 모아야만 하네."

"그렇죠"라며 호토가 고개를 끄덕였을 때였다. 오른쪽 비탈길 그늘진 곳에서 수풀을 헤치는 소리가 났다. 그곳에서 복면을 쓴 사람이 여럿 튀어나왔고 손에는 각각 창을 들고 있었다.

"역시."

리사이는 중얼거리며 검을 뺐다. 이런 일이 일어나지 않을까 생각하고 있었다.

"호토는 기이쓰와 뒤로 물러나."

두말할 것도 없이 호토는 기이쓰의 말 고삐를 손에 쥐고 말을 달리기 시작했다. 전방을 막으려고 뛰어나온 남자의 등을 교시가 창으로 찔렀다. 남자는 앞으로 크게 고꾸라졌다.

"은천에서 온 자들인가."

"그게 무슨 소리지?"

우물우물 대답한 목소리에는 누가 봐도 낭패한 기색이 역력했다.

"우린 이 주변을 관리하는 화적이다. 짐을 두고 가줘야겠어."

리사이는 실소했다. 어떤 화적이 자기소개를 그렇게 할까.

"그걸로 정체를 숨길 수 있다고 생각했다면 참으로 어리석군. 아무래도 목숨을 건 싸움에는 익숙지 않은 모양이야."

실제로 리사이를 둘러싼 남자들을 창을 들이밀 뿐 주저하고 있었다. 말에 탄 상대를 어떻게 공격해야 할지 모르는 것 같았다. 창을 쥐고 있어도 창술은 모른다.

"참고로 나는 전장에서 팔 한쪽을 잃었지. 외팔이라고 우습게 보지 마. 네 녀석들과는 경험이 천지 차이거든."

리사이는 왼손에 검을 들고 고삐를 놓은 채 말을 몰며 무리 중 한 명을 향해 방향을 틀었다. 명백하게 그 남자가 주도자로 보였기 때문이다. 나머지 사람들이 몇 번이고 남자에게 시선을 보내고 있었다. 눈치를 보고 있는 것이다.

리사이는 검을 크게 휘두르지 않고 그저 앞으로 쓱 내밀었다. 칼끝이 정확하게 목을 겨누자 남자는 비명을 지르며 기겁했다. 요란하게 그 자리에 나자빠졌다. 리사이는 나자빠진 남자 위를 말로 뛰어넘고 바로 방향을 틀어 옆에 있는 또 다른 한 명에게 검을 겨누었다. 남자는 마구잡이로 창을 휘둘렀지만 리사이는 손쉽게 창끝을 베어내 떨어뜨렸다. 그리고 곧바로 남자의 손에 남아 있던 봉을 쳐올린 뒤 그대로 다음 남자를 향해 말을 타고 돌진했다. 처량한 비명을 지르며 남자가 웅크렸다. 그와 동시에 한 사람 한 사람 소리를 지르며 그 자리에서 도망치기 시작했다. 웅크린 사내가 창을 버리고 도망치려고 하기 전에 말에서 뛰어내린 교시가 창으로 남자의 목을 제압했다. 얼굴이 땅에 처박히는 순간을 놓치지 않고 뒤에서 무릎으로 누른 뒤 팔을 등 뒤로 비틀어 올렸다.

"움직임이 좋군."

리사이의 말에 교시는 부끄러운 듯 쓴웃음을 지었다.

"자, 그럼."

리사이는 사내 가까이 다가와 말에서 내렸다.

"은천은 이가에 뭘 숨기고 있지?"

교시에게 제압당한 채 사내는 고개를 격하게 저었다.

"나는, 나는 특별히……."

리사이는 작게 쓴웃음을 지으며 말했다.

"반민인가?"

입에 짧게 담은 한마디의 효과는 매우 컸다.

"아닙니다, 틀립니다, 아닙니다!"

사내는 비명 섞인 목소리로 외쳤다.

"반역이라니요, 가당치 않습니다!"

"은천을 공격해보면 금방 밝혀지겠지."

"용서해주십시오. 반역하려는 뜻은 없습니다. 이가에는 물자가 있을 뿐입니다. 여분을 저장해두었습니다. 그저 그뿐입니다."

"그렇다면 왜 우리를 공격했지?"

"물자를 노린 일당이라고 생각했습니다. 그게 아니더라도 여분의 물자가 있다는 게 알려지기라도 한다면 언제 습격을 받아도 이상하지 않습니다. 그래서⋯⋯."

"두 가지만 묻지. 육 년 전, 수상한 짐을 지니고 있던 황민을 보지 못했는가?"

"모릅니다. 진짭니다."

"마지막 하나. 비슷한 시기에 중상을 입은 무장을 보지 못했는가?"

"보지 못했습니다."

리사이는 숨을 내뱉고 교시를 쳐다보았다. 교시도 끄덕였다. 이 사내의 말을 곧이곧대로 믿을 수는 없다. 하지만 진실이라고 판단할 방법도 없다.

"알겠다. 이번에는 그 말 그대로 믿어보지."

리사이가 끄덕이자 교시가 사내를 풀어주었다. 사내는 비명을 지르며 산길을 뛰어 되돌아갔다. 그 모습을 바라보고 있자 말발

굽 소리가 들려왔다. 호토와 기이쓰가 돌아오는 소리였다.

003

"무사하십니까."

"걱정할 거 없다."

리사이의 대답에 기이쓰는 안심한 듯 입가를 누그러뜨렸다.

"역시 은천 사람들인가요?"

그런 것 같다고 리사이가 대답하고 경위를 이야기했다.

"물자라고 하는 건 정말일까요?"

나란히 말을 몰아 산길을 내려가며 호토가 물었다.

"글쎄. 은천으로 돌아가 조사하면 확실해지겠지만 물자의 유무를 확인한다고 한들 별수 없으니."

"주공을 몰래 숨겼을 가능성은."

"없겠지."

리사이는 한숨을 쉬었다.

"그분이 계신다는 생각이 들지 않아. 하나를 보면 열을 안다고 그저 조무래기에 지나지 않아."

"그렇죠."

산길에는 이미 해가 저물었다. 벌써 폐문 시간이 지났으니 남두까지 돌아간다 한들 마을로는 들어갈 수 없다. 두 번째 마을이었던 폐허까지 돌아가, 그곳에서 야영을 하기로 했다.

"땔나무를 찾아오죠."

호토가 말을 꺼냈을 때 교시가 손을 들었다.

"불빛이 있습니다."

리사이 일행은 얼굴을 마주 보았다. 은천 여서의 말처럼 정말로 치안이 나빠 보이지는 않지만 결코 안심해도 좋을 상태일 리없다. 상황을 주시하며 말을 몰자 모닥불과 그 주변을 둘러싼 세명의 모습이 보였다. 그들도 경계를 하는 듯 이쪽을 보고 있었다.

"여행자인가?"

상대편에서 말을 걸어왔다. 유달리 마르고 키가 큰 남성이었다.

"그렇습니다."

여느 때처럼 기이쓰가 대답했다.

"도사님이신가. 이런 밤중에 어인 일이신가요."

리사이는 그들에게서 특별히 의심스러운 모습을 찾을 수 없었다. 나이가 많고 야윈 남성과 보통 키의 젊은이, 다만 남은 한 사람이 은근슬쩍 모닥불 곁에서 떨어져 빛이 닿지 않는 곳으로 물러나 있어 신경이 쓰였다.

기이쓰는 주변에 있는 작은 마을을 돌며 겨울을 지낼 준비가 되었는지 확인하고 있다고 대답했다.

"욕심을 내서 다니다 보니 이런 시간이 되어버렸습니다."

"그것참 고생이 많으십니다. 괜찮으시다면 불을 좀 쬐시지요. 오늘 밤은 참니다."

"감사합니다"라고 대답한 순간 모닥불을 지피던 장작이 튀었는지 불꽃이 튀어올랐다. 그 불빛에 기이쓰의 얼굴을 알아봤는지 노인이 거리낌 없는 말투로 인사를 했다.

"아이고, 부구원의 기이쓰 님 아니십니까. 그간 격조했습니다."

"아이고, 슈코習行 님이셨군요."

기이쓰가 웃으며 대답하고 리사이 쪽을 돌아보았다.

"임우의 신농입니다. 걱정하지 않으셔도 됩니다. 슈코와 그의 제자 요타쿠余澤라고 합니다."

듣고 보니 모닥불 근처에 호토와 리사이가 메고 있는 것과 같은 모양의 서급이 두 개 놓여 있었다.

"슈코도 이 부근을 돌고 있던 건가요?"

호토는 밝은 목소리로 말했다.

"네에. 겨울이 되기 전에 이 주변에 있는 작은 마을들을 돌아야겠다 싶었죠."

대답을 들은 호토는 얼굴을 붉적였다.

"죄송스러운 일을 했습니다. 은천에 단약을 납품해버렸어요."

슈코는 호토 쪽을 슬쩍 보고 말했다.

"신농이신가……?"

"단쇼 쪽 사람입니다."

호토는 작은 목소리로 대답했다.

그 순간 신농 두 사람의 얼굴에 바짝 긴장한 기색이 엿보였다.

"그것참 멀리서부터 수고가 많으십니다."

단쇼의 사람이라면 서운관의 짐을 옮기고 있다는 이야기이다. 그 사실을 눈치챘는지 두 사람은 정중히 호토를 향해 고개를 숙였다.

"저 사람은?"

호토는 조금 거리를 둔 남자를 쳐다보았다.

"함께 여행을 하고 있습니다."

"함께?"

"최근에 뒤숭숭한 일이 많다 보니까요. 경호를 부탁했습니다."

사내는 리사이 쪽을 슬쩍 보며 가볍게 인사를 했다. 그리고 외면하려는 듯 근처에 있는 나무뿌리에 자리를 잡았다.

"송구스럽습니다. 사람과 어울리는 걸 꺼려하는 사내이다 보니. 은천에 가셨습니까? 어떻던가요?"

슈코가 물었다.

"약이 꽤나 많이 팔렸습니다. 은천은 유복해 보이더군요."

"네, 그리 보여도 여유가 있나 봅니다."

"이제 은천을 갈 참이셨겠죠? 죄송스럽네요. 약과 돈을 교환하시지요."

가당치 않다며 슈코는 손사래를 쳤지만 호토는 이를 저지했다.

"그럴 수는 없습니다. 여기는 원래 여러분의 지역입니다."

호토가 지갑을 꺼내 슈코의 약과 맞바꾸어 대가를 건넸다.

"죄송합니다. 정말 괜찮으십니까?"

"물론입니다. 그저 기이쓰님과 동행했을 뿐이지 장사를 하러 온 게 아니니까요."

기이쓰가 당황한 듯이 말했다.

"여러분이 오고 계신다는 걸 몰라, 단약이 부족하면 안 되겠다 싶어 그랬습니다."

"그러셨군요."

"그나저나 은천 사람들도 치안이 좋지 않다고 하던데 이 주변이 그렇게나 흉흉한가요?"

"아니요." 슈코는 의아해했다.

"이 주변은 위험하지 않다고 봅니다. 오히려 남두 주변이 위험합니다. 여행자들이 많으면 무법자들이 모이는 법이지요. 이 근방은 지나가는 여행자가 들어올 법한 장소가 아니니까요."

역시 은천 사람들의 핑계인가, 리사이는 속으로 생각하며 나무 그림자에 가만히 웅크리고 앉아 있는 사내 쪽을 몰래 보고 있었다.

"그보다 자, 여러분 모닥불 쪽으로 오십시오. 말에게 물이 필요하겠네요. 요타쿠."

슈코는 젊은 사내 쪽을 보았다. 젊은이는 바로 고개를 끄덕이고 말고삐를 당겨 기슭 아래쪽으로 데려갔다. 네 마리의 말을 한 마리씩 순서대로 왔다 갔다 하는 젊은이의 곁에서 슈코는 장작을 더 넣으며 물을 끓였다. 콧노래를 부르며 차를 준비하고 본인들이 먹다 남은 거라 죄송하다는 말과 함께 만두와 찜닭을 나누어주었다.

"그립군."

리사이의 말에 슈코는 고개를 갸웃했다.

"지금 부른 콧노래 말일세. 용맹한 기사님 싸우다 죽고, 말만 남아 어디로 갈 줄 모르고 울기만 하네."

"아, 이 노래는……."

슈코는 가만히 앉아 있는 남자를 쳐다봤다.

"저 사람이 자주 부릅니다. 가사가 참 고약해서 썩 내키지 않습니다만."

흐음, 리사이는 남자 쪽을 쳐다봤다. 〈전성남戰城南〉이라는 오래된 노래다. 병사가 즐겨 부른다.

리사이는 갑자기 일어나 사내 쪽으로 다가갔다. 슈코가 당황해하며 리사이를 불러 세우려 했지만 리사이는 개의치 않고 가까이 다가가 무릎을 꿇었다.

"자네는 병졸이었나?"

남자는 시선을 흘끗 건네고 이내 고개를 돌렸다.

"어느 군에 있었지?"

대답하지 않고 일어서려는 남자의 팔을 리사이가 잡았다.

"병졸이었지? 어느 군에 소속되어 있었지?"

그만두시라며 슈코가 말하자 남자는 일어서서 뒤돌아 리사이를 정면으로 바라보았다. 나이는 이십 대 후반쯤. 아직 젊지만 무인답게 건장한 체격이었다. 이를 읽어낼 틈도 없이 바로 사내 쪽에서 입을 열었다. 경악한 듯 눈을 동그랗게 뜨고 말없이 리사이를 바라봤다.

"설마, 류 장군 아니신가요?"

겨우 꺼낸 목소리는 갈라져 있었다. 리사이는 대답하지 않고 남자를 다시 보았다. 잘 아는 얼굴은 아니었다. 하지만 어딘가 기억을 자극했다.

"류 장군, 리사이 님?"

사내는 풀썩 주저앉는 것처럼 무릎을 꿇고 그 자리에 넙죽 엎드렸다.

"무사하셔서 다행입니다."

떨리는 목소리로 말하며,

"저는 세이시靜之라고 합니다. 서주사 우군에 있었습니다."

리사이는 놀라며 세이시에게 되물었다.

"가신과 있던, 그래, 봉산에서 만난 그 세이시인가."

리사이는 과거 봉산에 올랐다. 그곳에서 교소를 만났는데 교소의 종자로 있던 자가 간초와 가신이었고 그 가신이 데리고 있던 종자 중 한 명이 세이시였다. 함께 여행을 한 건 아니기에 자주 얼굴을 맞댈 기회는 없었지만 그러고 보니 분명 본 기억이 있었다.

세이시는 힘차게 고개를 들고 고개를 크게 끄덕였다.

"이리 뵙게 되니 반갑습니다. 목소리가 닮았다고 생각하고 있었습니다. 하오나 그 팔은, 어인 일입니까."

아아, 리사이가 쓴웃음을 지었다.

"내가 미흡한 탓에 잃고 말았지."

대답을 하던 참에 당황스러운 듯 슈코가 끼어들었다.

"저어, 아는 사이이신지요?"

"그렇지."

리사이가 대답했다.

"서주사 중군의 장군이시다."

세이시가 대답했다.

놀랐다는 듯 슈코가 리사이를 쳐다봤다.

"그러셨나요. 어찌됐든 두 분 다 불을 쬐는 게 어떠십니까. 여기서는 몸이 차가워집니다."

리사이 일행이 식사를 하는 동안 슈코와 세이시가 그동안의 일을 이야기해주었다. 세이시는 가신의 휘하로 여수였다고 한다. 여수는 오졸 오백 병의 장長이다. 육 년 전 문주에 있던 가신은 군 절반을 이끌고 홍기로 귀환하도록 명받았다. 오사師로 편성된 군은 지휘 계통의 문제로 인해 딱 반으로 나눌 수 없다. 군이 처한 상황도 있어 실제로 어떻게 나눌지는 장군의 판단에 따르며 절반과 같이 정확하지 않은 숫자를 지시받았을 때는 대략적으로 충분하다는 의미였다. 지시를 받은 가신은 이사를 이끌고 홍기로 돌아갔지만 그때 문주에 남겨진 삼사에 세이시가 소속되어 있었다. 세이시의 위에 있던 사수는 쇼하쿠證博라는 자였다. 리사이는 쇼하쿠도 기억하고 있었다. 쾌활하고 정의감 있는 호인이었다.

"쇼하쿠는 지금 어디 있지?"

리사이가 묻자 세이시는 원통한 듯 고개를 가로저었다. 쇼하쿠의 부대는 문주에서 해산되었다. 쇼하쿠는 세이시를 포함해 스무 명 정도를 데리고 달아나 문주 서쪽에서 잠복했지만 이후 아센군이 철위에 주벌을 내렸을 때 철위를 지키기 위해 달려 나갔다가 전투에서 목숨을 잃었다고 한다.

"그랬군……. 참으로 안타까워. 분하군."

쇼하쿠는 가신도 믿음직스러워했던 뛰어난 휘하였다. 실력도 좋고 인망도 두터웠다. 같은 서주사에 소속되어 있어 리사이도 몇 번 친근하게 이야기한 적이 있었는데 그야말로 가신의 휘하다운 붙임성 좋고 명랑한 인물이었다.

"정말로 원통합니다."

세이시는 끄덕였다.

철위로 달려간 수십 명 중 살아남은 자는 세이시가 유일했다.

"부상을 입고 덤불 속에서 꼼짝 못 하고 있던 걸 제가 구했습니다."

슈코가 맞장구를 치며 이야기에 끼어들었다. 여수라면 선인이다. 일개 병졸이라면 당연히 목숨을 잃을 만한 깊은 상처였겠지만 세이시는 견뎌냈다. 일어날 수 있게 될 때까지 반년, 기력이 쇠한 몸이 원래대로 되돌아올 때까지 또 반년. 그후 줄곧 슈코가 숨겨주고 있었다. 수년간 교소 휘하를 잡으려는 수사가 엄격해서 도저히 밖으로 나갈 수 없었다. 근래에 들어와서야 기회를 틈타 오늘처럼 따라나설 수 있게 되었다고 한다.

"헤어진 동료 중 누군가를 만날 수 있기를 바랐습니다."

"용케 버텼다. 슈코, 세이시를 도와준 것에 감사 인사를 하지. 정말로 고맙네."

"아닙니다"라며 슈코는 손사래를 쳤다. 말에 물을 먹이고 돌아온 젊은 제자도 기쁜 듯 슈코와 세이시를 바라보았다.

"하지만." 세이시가 말했다.

"리사이 님이야말로 어찌 문주에 계십니까. 여기는 아센의 앞마당이라 해도 이상하지 않은 곳입니다. 리사이 님께는 위험합니다."

"교소 님을 찾고 있다."

"교소 님을."

세이시는 눈을 크게 떴다.

"그렇다면 교소 님께서는……."

"살아 계신다."

리사이는 그렇게만 말했다. 자세한 사정은 슈코와 그의 제자

가 모르는 편이 좋을 것이다. 중대한 사실을 알게 되는 것만으로
도 무거운 책임을 짊어지게 된다.

잠시 할 말을 잃은 듯 그저 숨을 헐떡이고 있던 세이시는 고개
를 크게 들어 하늘을 올려다보고 숨을 깊게 쉰 뒤 리사이를 똑바
로 쳐다보았다.

"부디 돕게 해주십시오."

"물론이다. 도와준다면 든든하기 그지없어."

리사이는 교소가 사라진 후, 이 주변에서 의심스러운 짐을 옮
기는 황민에 대해 아는 게 없는지 세 명에게 물었다.

"은천에서 육 년 전에……." 슈코가 중얼거리자 슈코의 제자도
입을 열었다.

"그 얘기 아닌가요?"

"그 얘기?"

"저도 이 근처를 본거지로 삼는 엽목사獵木師•에게 들은 소문입
니다." 슈코는 서론을 말하고 목소리를 낮췄다. "옥이에요."

"옥?"

"그것도 그냥 옥이 아닙니다. 완전히 투명한 밝은 비취색의

•   야목(野木)에 나는 새로운 식물을 찾아다니는 부민.

낭간琅玕(경옥의 종류)인데, 갓난아기 정도만 한 게 한 쌍이라던가
요."

리사이는 숨을 삼켰다. 옥 중에서도 낭간은 고급이다. 특히 투
명하기까지 하다면 가치는 이루 말할 수 없다.

"그렇게 거대한 게?"

중얼거리다 함양산에서 어느 노인에게 그런 이야기를 들었던
게 기억이 났다.

육 년 전, 은밀하게 널리 퍼진 소문이라고 한다.

"원래 교왕이 본인의 옥좌를 꾸미기 위해 키우게 했다고 합니
다."

옥천에서는 씨가 되는 옥을 물속에 넣어 광석을 키운다. 그러
니 그저 크게 키울 뿐이라면 세월만 보내면 된다. 문제는 그렇
게 키운 옥의 상태는 옥천의 상태에 좌지우지되기 때문에 세월
이 지나면 지날수록 품질이 제각각 달라진다는 것이었다. 제일
고가로 취급되는 투명한 옥을 키우려면 맨 처음 넣는 씨가 미세
할수록 좋다고 한다. 눈에 보이지 않을 정도로 작은 비취 알맹이
를 옥천에 넣고 천천히 저어 물에 띄운 채 키운다. 하지만 긴 세
월이 흐르는 동안 옥천의 성질이 바뀌기도 한다. 별 탈 없이 투
명하게 자라더라도 상황에 따라 탁해지기도 하고 색이 변하기도
한다. 탁해지면 끝이다. 탁해진 옥은 가치가 급격히 떨어지므로

재빨리 샘에서 꺼내 얇은 껍질처럼 옥을 감싸고 있는 탁해진 부분을 갈고 닦아 없앨 수밖에 없다. 탁한 부분을 제거한 옥을 다시 샘으로 되돌려놓는다 한들 다시 투명해지지 않는다. 상처처럼, 또는 얼룩처럼 없앤 흔적이 남고 만다.

"그렇게라도 깎아낼 수 있다면 양호한 편이지요. 옥천이 미세하게 탁해져도 눈치채지 못하는 경우가 있습니다. 그렇게 미세한 오염은 어느 정도 크게 키우고 난 다음에야 얼룩처럼 떠오르기 때문에 질이 나쁩니다. 얼룩이 돌 안쪽에 있으면 깎아낼 수도 없지요. 그래서 옥을 크게 키우는 일은 일종의 도박과도 같습니다."

일 년 견딜 때마다 가치가 뛰어오르지만 위험도 증가한다.

"완전히 투명한 옥은 그 자체가 기적과도 같아요."

"그런데도 갓난아기만 한 크기인가."

그 정도의 크기가 되려면 수십 년으로는 가당치 않다. 아마도 세대를 거쳐 키웠을 것이다.

"게다가 쌍으로."

"거의 동일한 밝은 비취색에 둘 다 완전히 투명하고 흠집도 없어요. 틀림없는 보물입니다. 키우던 녀석들은 그것을 황음簧蔭이라고 불렀다고 합니다."

하지만 그 옥은 잃어버렸다. 샘에서 꺼낸 황음을 산에서 가지

276

백은의 언덕 검은 달

고 나오기도 전에 대규모 낙반이 덮쳤다고 한다.

"광석을 키우던 샘이 있는 곳도, 샘에서 꺼낸 광석의 행방도 전부 키우고 있던 갱씨의 비밀이었습니다. 대규모 낙반이 일어나 갱씨도 황음도 사라졌지요. 일설에 의하면 동업자에게 습격받은 갱씨가 스스로 갱도를 부수어 묻어버리고 떠났다고 합니다. 산 어딘가에 묻혀 있을 거라며 끊임없이 찾아 헤매는 녀석들이 줄줄이 이어졌다고 하는데 결국 찾아내지 못했다지요."

그렇게 그 낭간 한 쌍은 전설이 되었다. 함양산 어딘가에 황음이라는 보물이 잠들어 있다.

"그런 물건은 그저 전설이라며 실제로는 존재하지 않는다는 소문도 있었습니다. 아니면 낙반에 휩쓸렸을 때 산산조각 났을 거라고도 했어요. 남은 건 부서진 조각뿐이라고요. 하지만 개중에는 온전히 남아 있을 거라고 말하는 녀석들도 있었지요. 황음은 교왕에게 바치기 위해 옮기고 있던 거니 귀중하게 싸여 있었을 거라고 말이지요."

"그걸 발견했다는 건가?"

"혼란 속에서 부스러기를 끄집어내던 황민이 발굴했다는 소문입니다. 사실인지는 모릅니다. 어찌됐든 본 사람이 없으니까요. 적지 않은 사람들이 수상한 표정으로 함양산에서 큰 짐을 옮기는 황민들을 목격한 듯합니다."

"그 황민들이 은천에?"

아뇨, 슈코는 한층 더 목소리를 낮췄다.

"그 황민들은 며칠 지나지 않아 사체로 발견되었습니다. 녀석들이 필사적인 얼굴로 끌고 있던 수레는 비어 있었다고 합니다."

"살해당하고 짐을 빼앗겼다는 이야기인가."

"그렇지 않겠습니까."

"훔친 건 화적인가?"

"그게 말입니다"라고 슈코는 몸을 앞으로 내밀었다.

"처음에는 화적이 훔쳤겠거니 생각했습니다만…… 그 사건 후에 이상하리만치 유복해진 마을이 있었어요."

"설마" 하고 리사이가 중얼거렸다. 슈코는 고개를 끄덕이다 바로 고개를 가로저었다.

"아뇨, 은천이 아닙니다. 그저 개인이 아닌 마을이 유복해졌다는 얘기니 설령 정말로 갈취를 했다면 그건 마을 단위로 실행한 거겠지요."

"그렇겠지."

갓난아기만 한 낭간 한 쌍. 시장에 나온다면 소문이 났겠지만 쪼개어 작게 만든다면 황음이라고 눈치채지 못할 것이다. 그러면 가치가 급격히 떨어지겠지만 황음 정도 되는 광석이라면 가치를 매길 방도가 없다. 거래 따위 할 수 없을 것이다.

"그 마을이 어디지?"

호토의 질문에 슈코는 말없이 발치를 가리켰다. 리사이는 깜짝 놀라 주변을 둘러보았다. 불타 부서진 초석.

"모아놓은 부를 눈앞에서 빼앗겼다고 합니다. 당시에는 여기서 승주로 빠져나갈 수 있었어요. 승주 쪽으로 통하는 임도林道가 있었거든요. 토박이만이 알고 있을 법한 좁고 험한 산길이었는데 목재를 끌어내리기 위한 길이니 짐수레도 지날 수 있었지요. 몇 년 전에 산사태로 없어졌지만요."

"그 길로 문주로 넘어갈 작정이었다……."

"그럴 셈이었겠지요. 화적이 화공을 벌였다는 얘기도 있고, 근처 백성이 저질렀다는 얘기도 있습니다. 실제로는 화적이 선동해서 근처 백성이 움직인 게 아닐까요. 그러니 이 근방에 있는 녀석들은 아무도 입에 담지도 않고, 그 이야기를 캐내려고 하면 목숨이 위험하다고들 합니다."

그런 사정이었군, 리사이는 납득했다.

"……은천인가."

"이 부근에 한 곳 더, 희한하게 부유한 마을이 있습니다. 아마도 두 마을이 공모하지 않았을까요."

리사이는 끄덕였다. 실제로 리사이가 습격을 받았다는 건, 소문이 꽤 사실에 가깝다는 이야기일 것이다.

"정말로 황음이었는지는 모릅니다. 함양산에 황음이 잠들어 있다는 건 유명한 전설이지만 마찬가지로 귀중한 광석을 낙반으로 잃는 일도 드물지 않습니다. 전설이 될 정도의 광석은 아니더라도 한몫 챙길 수 있는 광석이 잠들어 있을 가능성은 높아요. 그것을 발굴했을지도 모릅니다."

리사이는 고개를 끄덕이고는 암담한 기분이 들었다. 갈 곳을 잃고 폐광이나 마찬가지인 갱도에서 돌 부스러기를 주울 수밖에 없었던 황민, 그 황민이 귀중한 광석을 발견했다. 그것을 팔면 가난한 형편에서 벗어날 수 있다. 그리 믿고 필사적으로 운반했지만 폭도들에게 빼앗기고 목숨마저도 잃고 말았나. 빼앗은 이들도 살아남기 위해 필사적이었을 것이다. 하지만 그렇게 끔찍한 짓을 하고 얻은 부를 목전에 두고 그들 또한 습격당했다. 빼앗은 자들 또한 마찬가지로 누군가가 습격하지 않을까 하고 전전긍긍하며 문을 닫고 살아가고 있다. 이것이 오늘날 대국의 모습이다. 이 나라는 이만큼이나 피폐해졌다.

005

리사이 일행이 임우로 돌아온 날부터 눈이 흩날리기 시작했다. 대국은 여실히 무자비한 겨울로 접어들었다. 맑게 갠 아침을 기대할 수 없게 되었다. 연한 회색빛 하늘 아래, 정원에 있는 포석에는 서리가 앉았고 물독 윗부분은 얼었다.

"일어나셨나요."

리사이가 일어나 뜰로 나가니 물독의 얼음을 깨고 있던 요타쿠가 밝은 목소리로 인사했다. 은천에서 그리 멀지 않은 폐허에서 만난 세이시는 슈코의 곁에서 임우로 거처를 옮겨 지내왔다. 그와 함께 온 자가 슈코의 수행 제자였던 젊은이 요타쿠였다. 폐허에서 헤어지려고 했을 때 요타쿠는 신농의 역할을 가벼이 여기는 건 아니지만 지금은 왕을 찾아내는 일이 어떤 일보다 중요하다며 세이시와 함께 가고 싶다고 했다. 검술은 모르지만 허드렛일이라면 할 수 있다며 리사이 일행의 신변을 정돈하는 일이라도 해서 나라를 구하는 데 일조하고 싶다고 했다. 슈코는 "은퇴가 멀어졌군" 하는 한탄과 함께 웃으며 허락했다.

"점점 얼음이 두꺼워지는군."

리사이가 온포를 여미며 말하자 요타쿠는 통에 물을 길어내며 웃었다.

"곧 얼음이나 눈을 녹여 쓰게 될 겁니다."

호오, 리사이는 작게 말했다.

"역시 문주는 춥군."

"리사이 님은 승주 출신이시던가요. 승주도 비슷하지 않나요?"

주방에 물을 옮기는 요타쿠를 따라가며 리사이는 고개를 가로저었다. 리사이의 출신지는 승주 중에서도 남부였고 긴 시간을 보낸 승주의 주도인 영상永霜은 이름이 주는 인상과는 달리 따뜻한 곳이었다. 눈은 많이 내렸지만 삶을 짓누를 정도의 적설량은 아니었고 문주처럼 건조하고 뼈에 사무칠 정도의 추위와는 거리가 멀었다.

리사이의 이야기를 들으며 요타쿠는 척척 불을 피우고 물을 끓이며 말했다.

"문주의 겨울은 정말 추우니까요. 하지만 홍자가 있어 견디기 수월해졌어요."

"그렇군……."

요타쿠가 리사이에게 갓 끓인 물을 내밀었다. 리사이는 칡뿌리를 넣고 끓여 약간 걸쭉하고 감칠맛이 나는 백탕을 마시고는 죽통에도 채워 품 안에 넣고 거처를 나왔다. 여느 때처럼 짧은 거리를 걸어 부구원으로 향했다. 히엔이 부구원에서 기다리고 있다.

언제 오나 기다렸다는 듯 애교를 부리며 달려드는 히엔을 한동안 쓰다듬은 뒤 기방을 청소하고 깔짚을 새로 갈고 물과 먹이를 줬다. 깨끗한 짚으로 온몸을 닦아내며 손질해주었다.

"날지 못하게 해 미안하다."

사과하던 참에 기이쓰가 나타났다. 손길이 부족하다는 듯한 히엔을 뒤로하고 기이쓰를 따라 거처로 돌아가자 교시 일행은 이미 일어나 있었고 아침 식사도 준비되어 있었다. 말을 맞추기라도 했는지 어느 누구도 목소리나 표정에 생기가 없었다. 추위 때문만은 아닌 것 같았다.

리사이 일행의 탐색은 단서도 잡지 못한 채 헛돌고 있었다. 습격당한 교소가 스스로의 힘으로 함양산을 탈출했다고는 볼 수 없다. 교소에게 힘을 빌려준 누군가가 반드시 있을 터였다. 표면적으로는 아무도 없던 함양산이지만 일정 기간 동안 아무도 없었다고 단정 지을 수 없다. 옥을 캐내던 황민처럼, 황민이나 곤궁에 처한 근방의 백성들이 돌멩이라도 주우러 갱도에 들어갔을 것이다. 그렇다면 교소를 구한 이는 그 황민들이 아니었을까.

"하지만 은천 방면으로 간 자들도 결국 목격됐습니다. 흔적이나 목격자도 남기지 않고 도망치는 건 역시 불가능하지 않을까요?"

호토의 말을 부정하기 어려웠다.

"왕사의 탐색이 느슨해질 때까지 산에 머물렀다고는 볼 수 없을까요?"

세이시가 지적했다.

"산에 머문다고?"

리사이는 세이시를 쳐다보았다.

"어떻게?"

"근처에 전란으로 사람이 사라진 마을이 있습니다. 그곳에 숨었다거나."

"전란으로 사람이 없어진 이유는 아센이 주벌을 내렸기 때문이겠지. 그전에도 화적이 일으킨 난 때문에 황민은 생겼어도 사람이 사라질 정도의 영향은 아니었을 거야."

기이쓰도 이에 동의했다. 화적의 난은 주변 마을들에 크나큰 액을 불러일으켰지만 마을 사람들이 전부 없어질 정도로 잔악무도하지 않았다. 아무리 화적이라고 해도 한 마을을 섬멸하기에는 역부족이었던 것이다. 마을 주민을 섬멸하는 것은 아센이라는 강대한 권력이 왕사라는 전투 전문 집단을 조직적으로, 더 나아가 수많은 인원으로 부리게 되면서 가능해졌다. 난이 일어나기 전과 후만큼은 함양산에서 가까운 마을부터 주민이 내쫓긴 것 같지만 그 사람들은 교소가 실종된 후 마을로 돌아왔다.

"저는 오히려 산 그 자체에 가능성이 있지 않을까 싶습니다."

기이쓰의 말에 리사이는 의아해했다.

"산 그 자체?"

"함양산은 요산의 일부입니다. 요산에 광산이 있는 거죠."

요산은 문주 동부 중앙에 위치한다. 네 개의 능운산을 거느리는 거대한 산이었다. 능운산으로 날카로운 산봉우리가 이어지고 사람이 지나다니는 것도 녹록치 않다. 이 요산으로 인해 문주 동부는 남북으로 분단되어 있었다. 임우에서 북쪽 연안 지방으로 나가려면 일단 백랑을 경유할 수밖에 없다. 불편함을 피할 수 없는 산이지만 그와 동시에 남쪽에 함양산을 거느린 것에서도 알 수 있듯이 요산은 옥이 있는 산이기도 했다.

요산 일대 사람이 드나들 수 있는 각처에는 무수한 옥천이 흩어져 있었다. 함양산 주변 이곳저곳에 작은 광산이 있었다. 광산 주변에는 광부가 숙박하는 움막이 세워지고 장소에 따라서는 움막이 여럿 모여 광산 마을을 이루기도 했지만 이러한 광산은 이미 폐광이 되어 있었다.

"요산은 옥으로 되어 있다고 일컫던 시대도 있었다 합니다. 요산 깊숙한 곳일수록 큰 광맥이 있는 게 아니냐며 산 안쪽으로 더욱 깊숙이 광맥을 찾으러 들어갔던 시절도 있었다는데 이렇다 할 광맥은 발견되지 않았지요. 요산에 있는 건 옥천이니까요. 물과 마찬가지로 낮은 곳이 질이 좋습니다."

"호오……."

"겨우 발견한 작은 광산이 몇 개 있었던 것 같은데 얼마 지나지 않아 바닥이 나서 방치되었지요. 함양산 북쪽에 있다는 광산

은 저도 전설로밖에 들은 적이 없습니다. 함양산 서쪽으로 들어
간 산속에 비교적 최근까지 조업했다는 광산도 있었지만 어디든
규모가 미미한데다가 거기도 바닥이 나서 폐광이 되었죠. 하지
만 흔적은 남아 있을 거라 봅니다."

"흔적이라면, 움막이나 마을이 남아 있다고?"

기이쓰가 끄덕였다.

"폐산할 때 일부러 부수거나 하지 않으니까요. 실제로도 화적
의 난으로 주벌이 한창이었을 때까지 황민이나 싸움에 져서 달
아난 화적이 도망쳐 들어갔다는 소문이 있었습니다. 짐을 짊어
지고 산으로 들어가는 것처럼 보이는 백성을 봤다는 자도 있습
니다. 거기에 있던 백성이 교소 님을 구해서 보호하고 있었다고
생각해봄 직하지 않습니까?"

"그렇군."

리사이는 중얼거렸다. 확실히 황민이 몸을 숨기기에는 좋은
곳이다. 교소 실종 당시, 함양산 주변에서 사람을 내쫓았지만 폐
광에 몸을 숨기고 있던 황민은 놓쳤을 가능성이 있다. 장소가 장
소인 만큼 정착하기는 어려웠을지도 모르지만 문주의 혼란이 진
정되기까지 숨어 지내는 정도라면.

리사이 일행은 또다시 눈 속을 헤쳐가며 함양산으로 향했다.
만일을 대비해 허가를 얻기 위해 저강으로 규산을 찾아가니 규

산은 함양산으로 이동했다고 한다.

"얼마간은 저강에 돌아오지 않을 겁니다. 함양산까지 가시겠습니까?"

일전에 안면을 튼 세키히赤比는 규산의 오른팔이라 불리는 인물이었다. 듣자하니 규산이 없는 동안 저강을 책임지고 있다고 한다.

"가보겠네."

리사이의 대답에 마찬가지로 규산의 측근인 쇼큐枠日를 안내역으로 붙여주었다. 전에 왔을 때 리사이 일행을 보살펴준 심약하면서도 쾌활한 초로의 남자이다. 휘날리는 눈가루를 맞으며 이틀이나 걸리는 길을 힘들어하는 모습 없이 함께하며 함양산으로 안내해주었다. 그곳에서 만난 규산은 "참으로 성실하구먼" 하며 웃었다.

"하지만 그 주변에는 아무도 없어. 예전에 분명 광산 마을이 있긴 했지만."

"지금은 이미 아무도 없다는 것쯤은 알고 있네."

규산은 어깨를 으쓱했다.

"뭐, 찾아보지. 배가 고파지면 여기로 돌아오면 돼."

규산은 그렇게 얘기하며 그날 머무를 숙소까지 제공해준데다 다음 날 아침에는 잘 모를 거라며 안내역을 붙여주었다.

전에 함양산에 찾아왔을 때와 마찬가지로 이번에도 안내로 붙여준 사람은 노인이었다. 한쪽 다리가 굽은 노인은 몸이 불편해 보임에도 불구하고 말 다루는 솜씨가 훌륭했다. 몸이 작고 땅딸막한 말은 나이를 꽤나 먹은 듯이 보였지만 노인과 한 몸인 것처럼 기민하게 잘 움직였다.

"능숙하군."

리사이의 말에 자신을 주카쓰仲活라고 소개한 노인이 큰 소리로 웃었다.

"이 녀석이 내 다리일세."

"실례지만 그 다리는."

"낙반에 당했지. 뭐, 목숨이 붙어 있는 것만으로 횡재한 게야."

이야기를 나누며 함양산을 떠났다. 함양산에서 가도로 나가는 길에서 꺾어 서쪽으로 진입한다. 잘 다듬어진 길은 함양산에서 쓰는 자재를 보관하는 장소로 이어지는 듯했다. 폭은 오가는 짐수레가 각각 지나다닐 수 있을 정도였고 길 좌우로 한쪽에는 목재 더미를, 한쪽에는 다 쓴 목재 더미를 모아두는 장소가 마련되어 있었다. 두세 채의 움막이 있었고 짐수레를 세워두는 곳이 있었다. 그저 흙이 쌓여 있기만 한 장소도 있다. 이 길을 지나는 동안 주변 나무들로 점차 길이 좁아졌고 음지에는 하나둘 자그마하게 눈이 쌓여 있었다. 점차 길이 거칠어진다. 나뭇가지가 켜켜

이 무성한 침엽수가 양쪽으로 좁혀 올 즈음 길이 잡초에 침식당해 사라졌다. 주카쓰는 곧바로 덤불 속으로 말을 몰아 안장에서 내려 손도끼를 쥐고 잡초를 잘라냈다. 움직임이 민첩하고 솜씨가 좋았다.

"이게 옛날 길이야."

들여다보니 나무 사이로 틀림없이 길처럼 보이는 풀밭이 뻗어 있었다.

"쓰는 사람이 없다 보니 이 모양일세. 예전에는 누가 밟아서 생긴 길 같은 게 이어져 있어 사람이 지나다니나 보다 싶었는데 지금 모양을 보아하니 꽤 오랜 시간 아무도 지나다니지 않았나 보구만."

설명을 하면서 주카쓰는 말발굽에 걸릴 만한 가지나 마른 덩굴을 계속해서 베어냈다.

"길에서 벗어날 때는 발치를 조심하게. 덤불 속에 수갱垂坑이나 균열이 숨어 있기도 하거든."

마지막 덩굴을 잘라내고 말에 올라탔다. 앞장서서 산을 오르다 덤불이 말을 가로막으면 다시 손도끼를 손에 쥐고 말에서 내린다. 리사이 일행도 거들었지만 꽤 중노동이었다. 세 번이나 말에서 오르내리며 덤불을 헤치다 보니 아무래도 면목이 없었다.

"주카쓰, 여기서부터는 우리가 알아서 가겠네. 충분히 발밑을 주의하면서 가겠어."

"그러겠는가"라며 주카쓰는 앞뒤를 번갈아 보았다.

"뭐, 괜찮네. 함께 가지. 솔직히 길이 이렇게까지 산에 잠식당했을 거라고는 생각지 못했어. 익숙하지 않은 자네들만으로는 아무래도 어려울 걸세."

"그렇게까지 폐를 끼칠 순 없네. 무엇보다도 주카쓰도 따로 일이 있는 게 아닌가?"

"수령이 가능한 한 도와주라 했다네. 거 괜찮으면 함께 가주라고 말했거든."

주카쓰는 씩 웃었다.

"내가 함께 가면 무섭기라도 한가?"

리사이는 웃으며 고개를 가로저었다.

"그런 건 아니네. 규산이 이렇게까지 신경 써주는 게 참 신기하군."

"수령은 자네들한테 고마워하고 있거든."

주카쓰는 가볍게 말에 뛰어올랐다. 말을 몰며 리사이 쪽을 돌아봤다.

"사실을 말하자면 자네들이 돌아가고 주사가 오는 게 아니냐며 떠들썩거리던 녀석들이 있었어. 이렇게 말하는 나도 안 좋은 일이 일어나는 게 아닌가 싶었지. 외지 사람을 깊숙이 받아들이

고서도 아무 일도 일어나지 않을 리가 없다고 말일세."

리사이는 쓴웃음을 지었다. 주사에 고할 리 없다. 리사이 또한 수배자다.

"그런데도 아무 일도 일어나지 않았지. 아무 일도 말이야. 그러기는커녕 임우의 거간꾼과 신농, 부구원에서 감사 인사가 왔어. 술이나 약, 소금 같은 것들이."

임우의 거간꾼이라고 하면 겐추인 걸까. 신농은 아마도 호토가 부탁했을 것이다. 들은 적 없다는 듯 리사이가 호토에게 시선을 던지자 호토는 멋쩍은 듯 웃었다.

"우선 여기 하나 있네."

주카쓰가 소리를 높였다. 한쪽 손을 들어 길을 가리키고 있는 것 같았지만 리사이에게는 그 길이 보이지 않았다.

"내가 마지막으로 봤을 때는 무너진 집의 잔해밖에 없었는데 가보겠나?"

"그게 언제쯤이지?"

"작년 이맘때쯤일세. 집이 무너지고 썩어 식물들로 뒤덮이는 바람에 집의 잔해인지 산인지 분간이 안 되는 모습이었지."

육 년 전에는 어떤 상태였을까. 작은 집 하나라도 남아 있다면 사람이 숨을 수 있었을지도 모른다.

"일단 봐두고 싶군."

"알겠네."

싹싹하게 큰 소리로 대답하며 주카쓰는 말의 고삐를 틀었다. 나무 사이로 풀이 짧게 자라 있는 곳을 누비며 올라가다 교시가 큰 소리로 외쳤다.

"여기에도 길이 있습니다!"

주카쓰는 뒤돌아보며 말했다.

"자네 젊은데도 눈이 밝구먼."

"산은 익숙하거든요."

"그래? 한번 들여다보겠는가? 그쪽에는 아주 오래된 사갱斜坑의 흔적이 있다네."

사갱이 어떠한 건지 흥미로웠다. 교시가 꼭 보고 싶다며 리사이에게는 그저 덤불이 이어진 곳으로밖에 보이지 않는 길을 몇 걸음 나아가자 어린 나무에 뒤덮인 웅덩이가 나왔다.

"보는 대로 너무 오래돼서 이미 묻혔다네."

구석구석 예전에 사갱을 받치고 있었던 것 같은 마름돌로 된 돌담이 보였다.

"얼마나 오래됐을까요."

"글쎄. 우리 집안은 대대로 이 주변 산에 사는 나무꾼인데 말이지. 내 할아버지가 철이 들었을 무렵에는 이미 폐광이었다고 했다네. 옛날에는 사갱이었던 걸 알아볼 정도로 좀더 남아 있긴 했다만. 그마저도 입구뿐이었고 그 안은 진즉에 무너졌지만 말일세. 재작년에 이 주변에 큰비가 내렸거든. 그때 함몰된 건가. 자라난 나무를 보아하니 그즈음인 것 같네."

"그런가…… . 주카쓰는 나무꾼이었군."

"풋내기 시절까지는 그랬지. 세금을 내지 못해서 광부가 됐는데, 바로 낙반 사고를 당해버린 거지."

이후 화적으로 지내왔다고 한다.

"얄궂은 일이지. 화적이 되고 나서 다시 산에서 일하게 되었으니까."

갱도를 유지하기 위해서는 목재가 필요하다. 규산의 밑으로 들어간 뒤 줄곧 사용할 재목을 구하기 위해 산에서 지시를 내리고 있다고 한다.

"처음에는 거부감이 들었지. 화적이 되는 건 잘못된 길로 빠지는 것 같았거든. 하지만 그 시절에는 나한테도 처자식이 있었으니 말일세."

"지금은?"

"삼 년 전에 이 주변에 큰 요마가 나타난 적이 있어. 함양산 서쪽 서최에서 서쪽에 걸쳐 활보하고 있었더랬나. 그때 먹혀버렸지."

목소리는 밝았지만 어딘가 쓸쓸한 표정이었다.

"안타까운 일이……."

"몹쓸 짓을 했다고 생각하네. 내가 때마침 베어낼 나무를 점찍으러 산으로 들어갔거든. 위험하니까 그만두라고 말린 마누라와 자식들이 죽고 내가 살아남았지."

주카쓰는 갑자기 말을 끊었다 다시 이었다.

"사람이란 참 대단하다 싶었어. 긴 세월 같이 살면 마누라는 공기 같은 존재가 되어서 얼굴도 좀처럼 제대로 보지 않지. 머리를 묶어도 분칠을 해도 눈치를 못 챈다네. 이래서는 다른 사람과 뒤바뀌어도 눈치채지 못할 거라고 그러더군. 그런데도…… 마누라가 남긴 손을 본 순간 바로 알 수 있었어."

주카쓰는 눈을 깜빡였다.

"틀림없어, 그 사람 손이라고."

그랬군, 리사이는 작게 말했다. 그 이상의 말을 찾지 못했다. 주카쓰는 떨쳐버리려는 듯 웃음을 흘리며 말했다.

"뭐, 요즘에는 요마를 봤다는 얘기는 듣지 못했으니 걱정하지 않아도 되네."

"규산은 갱도에서 요마를 찾아낸 적이 있다고 했어."

"그랬지. 뭐, 그놈도 반쯤 잠들어 있어서 큰일로 이어지지는 않았네만. 그렇게 위험한 놈처럼 보이지도 않았고. 지금이 기회라며 힘 좋은 녀석들이 잡았는데 역시나 고생깨나 한 것 같더군."

꽤 많은 부상자가 나왔지만 사망했거나 중상을 입은 자는 없었다고 한다. 다행이라고 리사이가 대답한 순간 걸어가던 숲이 끊겼다.

전방에는 한때 숲을 개간한 듯한 광장이 있었다. 드문드문 나무가 자라난 곳에 풀에 뒤덮인 작은 융기가 곳곳에 있었다. 가까이 다가가보니 하나같이 쌓인 흙 아래로 두꺼운 목재나 대나무 파편이 엿보였다. 과거에 있던 건물이 무너지면서 흙으로 돌아가 산의 일부가 되어가고 있었다.

"보는 대로네. 이래서야 살기 힘들겠지."

"그렇겠군."

썩은 목재가 거의 부스러기가 되어 있는 걸 보아하니 건물이 무너진 건 십 년, 이십 년 전 수준이 아닌 듯했다. 그 자리에 뿌리 내린 나무 중에는 목재로 사용해도 될 만한 나무도 있었다.

"저쪽에 사갱터가 있네."

다가가 보았지만 이 사갱터도 거의 묻혀 있었다. 입구가 간신히 남아 있었지만 몇 걸음 가지 못해 뭉개진 것처럼 막혀 있었다.

"사람이 있던 흔적은 없군……. 이 상태로는 여기서 지하로 숨어들 수 없겠지."

리사이의 말에 주카쓰가 수긍했다.

첫 번째 마을은 남아 있지 않았다. 거의 사라져가는 길을 따라 가다 보면 마을이나 취락이 열 개 이상 있다고 하는데 너무 깊이 들어가 숨어 사는 데 별 이득도 없을 것이다. 누군가 살고 있다면 산길 입구와 가까운 주변이 틀림없다.

"안쪽으로 뻗은 길은 물길을 따라 한 바퀴 빙 돌면 요 앞으로 돌아오게 되지."

이번에도 그 갈림길을 교시가 찾아냈다. 동쪽으로 들어가서 골짜기를 내려가니 바로 다음 취락이 있었다. 이곳은 멀리서도 건물이 보였다. 나무로 뒤덮인 골짜기에 십여 채의 건물이 남아 있었다.

힘겹게 가까이 다가가보니 많은 건물이 무너져가고 있었지만 그래도 원형을 유지하고 있었다. 적어도 비바람을 막을 수 있어 보였다. 취락의 골짜기 제일 안쪽에 있는 낭떠러지 아래에서는 사갱이 입을 크게 벌리고 있었다. 눈 덩어리가 떠 있는 작은 시내를 뛰어넘어 건너편으로 갔다. 입구가 오래된 목재로 막혀 있었지만 일부 부서진 흔적이 있었다. 그곳을 통해 안쪽을 보니 굴이 이어져 있었고, 그 끝이 땅바닥을 향해 미끄러져 내려갔다.

발을 내디뎌보았지만 굴 안은 넓고 어두웠다. 막아두었던 판자는 여기저기 부서졌고 그 공간을 통해 빛이 들어오고는 있었지만 눈이 익숙해지기까지는 시간이 걸렸다. 눈이 익숙해지자 누가 봐도 생활했던 흔적이 눈에 들어왔다.

"모닥불 흔적이 있습니다."

세이시가 몸을 굽혔다. 교시와 호토가 그 주변에서 냄비와 솥, 크고 작은 항아리를 발견했다. 그리 멀지 않은 곳에는 폐자재로 보이는 오래된 나무를 사용해 만든 판잣집이 있었다. 입구에는 문이 없었고 천이 드리워져 있었다.

리사이는 천을 걷어 올리고 눈이 어둠에 익숙해지기를 기다렸다. 집 안에는 긁어모은 천이 작은 산을 이루고 있었다.

"여기서 머물렀던 건가……."

천 끝자락을 들어 올린 순간, 때마침 리사이 뒤로 입구에서 들어오는 빛을 가로막고 있던 사람이 움직였다. 순간 여린 빛이 비쳤고 리사이는 검게 바싹 말라버린 사람 손을 발견했다.

─틀림없어. 그 사람 손이라고.

그 손의 주인에게는 손과 이어지는 팔과 몸이 있었다. 어둠 속을 눈으로 더듬어보자 어깨에 이어 푹 꺼진 검은 안와를 드러낸 사람 얼굴이 보였다.

"죽었군."

엇 하고 뒤에서 목소리가 들렸다. 허둥대는 발소리, 곧바로 우당탕 판자가 쪼개지는 소리가 나며 빛이 더 들어왔다. 희미한 빛 속, 리사이는 천에 묻혀 서로 기대고 있는 것처럼 보이는 바싹 마른 시신 세 구를 발견했다. 부부와 아이일까. 그중 한 명은 자 그마했다.

"굶주린 걸까…… . 얼어붙은 걸까…… ."

목소리가 들려오더니 교시가 리사이 곁에 웅크리고 앉아 합장 을 했다.

"외상은 없는 것 같군. 기아거나 추위거나, 둘 다일지도 모르 지."

교시가 끄덕였다. 그 옆에서 주카쓰가 고개를 숙인 채 코를 훌 쩍였다.

"부모 자식이려나. 마지막 순간 다 함께여서 다행이구먼."

리사이는 반사적으로 고개를 끄덕이고 말았다. 그리고 곧바로 끄덕였던 자신이 서글프게 느껴졌다. 굶주림이나 추위로 백성이 죽어 좋을 리 없다. 아이도 있었다. 부부도 이런 장소로 내쫓기 고, 죽음의 문턱까지 내몰리는 일 따위 눈곱만큼도 바라지 않았 을 것이다. 일말의 정의도 없는 상황에서 서로를 꼬옥 껴안은 듯 몸을 기댄 시신을 보니 적어도 함께여서 다행이라는 생각이 드 는 것도 사실이었다.

"일 년 정도 됐으려나요."

침통하지만 냉정한 목소리로 세이시가 말했다. 그렇겠지, 리 사이는 수긍했다.

"짐승한테 훼손되지 않아 다행이야. ……묻어줄까요?"

지금부터 무덤을 파면 밤이 되어서야 함양산에 돌아가게 될 거라고 어림짐작하고 있는데 주카쓰가 강하게 동의했다.

"하다못해 묻어주기라도 합세."

"주카쓰가 그리 말한다면야 그렇게 하지."

리사이 일행은 세 명을 묻어주고, 저녁놀이 물든 가운데 마을을 탐색했다. 거리 곳곳에 사람이 머물던 흔적이 남아 있었다. 모두 규모가 그리 크지 않은 걸 보니 기껏해야 몇 사람 정도였을까. 황민이 이 마을을 이용했다는 점은 확실한 것 같다. 오래된 흔적도 있고 비교적 최근 것도 있었다. 제일 최근에 가까운 것은 죽은 세 명이 남긴 것이었지만 적어도 작년까지는 산발적으로 누군가가 이용했음을 알 수 있었다.

"식량을 조달할 방법은 없어 보이네요. 아마도 외부에서 가져올 수밖에 없었겠습니다. 하지만 자주 이용했다는 건 갱도에 아직 돌이 남아 있던 걸까요."

호토의 물음에 주카쓰가 대답했다.

"그렇겠지. 분명 여기가 가장 새로운 광산일 게야."

가장 새로운, 이 주변의 광산 중에서는 제일 최근까지 조업이 이루어진 곳.

"또 다른 광산이라기보다 함양산 일부가 아니겠는가. 분명히 제대로 된 광산 이름은 없고 무슨 무슨 갱이라고 불렸을 거야. 함양산에서 캐다 남은 돌 부스러기를 다른 장소에서 캤다고 하는 식이지."

그래서 규모는 대단하지 않았지만 그럼에도 함양산이 폐산되기 직전까지 자잘하게 채굴이 이어졌다고 한다. 리사이 일행은 흔적 하나하나를 꼼꼼히 조사했지만 교소와 관련 있어 보이는 물건은 발견하지 못했다. 만약 여기에서 지내고 있던 황민이 그를 구해 보호하고 있었다면 갑옷의 잔해라도 있을 법했지만 억지로라도 연관 지을 수 있는 것은 발견하지 못했다.

리사이 일행은 허탈감에 괴로워하며 늦은 밤 함양산으로 돌아가 다음 날 아침 일찍 또다시 산으로 갔다. 이날도 주카쓰가 안내를 도맡아주었다. 시신 세 구를 발견한 거리 너머에서 한 곳, 분기점에서 반대로 나아간 끝에서 두 곳의 폐광 마을을 발견했다. 어디든 황폐했지만 누군가가 드나든 흔적이 남아 있었다.

난이 있고 한동안 이 폐광 마을들을 누군가가 사용했다는 건 확실하다. 하지만 이는 꽤 예전에 끊겼다. 거리에 있는 건물 대다수가 이미 무너졌고 그렇지 않은 폐광 마을도 오랜 세월 아무도 사용하지 않은 게 분명했다.

"누가 있던 흔적이 없어요. 적어도 요 수년간은 아무도 살지 않았던 것 같습니다."

스산한 풍경을 바라보며 교시는 온포의 깃을 여몄다. 분기점에서 서쪽으로 향한 골짜기 길목에 있는 마을은 원래 꽤 큰 취락이었던 듯 건물이 많았다. 보이는 건물 반이 무너져 있었지만 대부분이 절벽에 접해 있었고 안쪽에는 석실이 있었다. 절벽에 있는 바위를 뚫어 방을 만든 것 같았다. 덮어씌운 듯 지어진 목조 가옥은 차마 눈 뜨고는 볼 수 없는 상태였는데 그 안쪽에 있는 암굴嚴窟은 흠집이 거의 없었고 장소에 따라서는 놀랄 정도로 큰 규모이기도 했다.

암굴 안에는 곳간으로밖에 보이지 않는 곳도 있었지만 거의 다 비어 있었다. 살던 자들의 짐도 거의 보이지 않는 걸 보니 정상적으로 버려져 방치되었음을 알 수 있다. 마을 한구석에는 지하로 내려가는 사갱이 이어져 있었다. 함양산과 비교도 안 되는 규모였지만 그래도 큰 동굴이 지하에 펼쳐져 있었다.

"이 정도라면 꽤 많은 사람이 살 수 있었겠네요."

"충분히 가능했겠지."

리사이는 절벽에 갈라진 틈 안쪽으로 만들어진 연못을 봤다. 갈라진 바위 틈 사이로 맑은 물이 샘솟아 나와 흘러드는 연못은 지금도 투명한 물을 가득 채우고 있었다. 연못은 마름돌로 견고하게 만들어져 상단에는 샘솟은 물을 저장하는 꽤 큰 저수조가 있었고 그곳에서 흘러 떨어지는 물이 배수구로 흘러들어 그 아랫단에 있는 넓고 얕은 연못에 떨어지도록 되어 있었다. 아랫단에 있는 연못에는 곳곳에 돌층계가 설치되어 있었고 씻거나 빨래를 하기 위함인지 발판이 몇 개나 만들어져 있었다. 얇고 높은 균열 사이로 비스듬하게 빛이 내리치고 있다. 이 빛이 투명한 수면에 물비늘을 자아내 어딘지 모르게 장엄하게 보였다.

"잘도 만들었네." 세이시가 저수조를 들여다보며 소리를 높였다. "취수구가 있어요. 마을로 물을 흘려보냈던 거겠죠."

들여다보니 깊은 저수조 안에 구멍 몇 개가 보였다. 위에 있는 연못으로 이어지는 길 아래에 수로를 매설해놓았을 것이다. 그러고 보니 거리 곳곳에 물이 있는 곳이 있고 우물인지 수조인지 분간할 수 없는 네모난 게 놓여 있었다. 그곳으로 물을 흘려보내고 있는 것이리라.

"높낮이를 이용해서 물을 대고 있어. 식수와 생활용수를 확실하게 구분한 듯하군. 취락의 규모로 봐서 꽤 큰 마을이었던 것 같아."

리사이의 말에 주카쓰가 말했다.

"분명 노구灌溝라 불렀던 것 같네. 내가 어렸을 적에는 아직 조업을 하고 있었어. 하지만 사람이 꽤나 줄어서 빈집뿐이었지. 그래서 어딘지 모르게 쓸쓸하다 생각했던 기억이 남아 있네."

옥천은 없고 옥을 채굴하기만 하는 광산이었다고 한다. 질 좋은 옥이 채굴되어 많은 광부가 모였지만 교왕 치세 말기에 점차 바닥이 나 수확이 줄고 그와 동시에 사람이 줄어들었다. 교왕이 붕어하기 전에 폐산했다고 한다.

"이里였나?"

"아닐세. 보는 것처럼 주변 마을보다도 규모는 컸지만 이는 아니었다네."

광산에는 광부가 모인다. 광부들이 숙박을 하기 위해 광산촌이 만들어진다. 여기 노구처럼 규모가 꽤 커지기도 하는데 그것만으로는 이라고 할 수 없다. 이가 성립되기 위해서는 관청이 이부를 설치하고 이목을 심고 이사가 마련되어야 했다. 새로운 이가 만들어지는 기준에는 여러 가지가 있지만 우선 사람이 살고 있다는 실적이 필요하고 그것이 긴 시간 동안 정착되어 향후에도 확실하게 지속되어야만 한다. 그러기 위해서는 광부 이외의 사람들이 사는 게 중요했다. 훗날 광산을 닫아도 사람이 계속 살아갈 수 있을 만큼의 기반이 마련되어 있지 않으면 정식 마을이 될 수 없다.

광부가 모이는 광산촌도 오랜 시간 어느 정도의 규모가 유지되면 광부를 상대로 하는 상인이 모인다. 광부의 가족이나 상인의 가족은 생업을 도와 바지런히 농지를 개간하고자 하는데, 이를 위해 산의 나무를 벌채하고 물을 끌어들이면 그럴싸한 토지가 된다. 이를 노리고 개간하려는 농민이 모이고 이윽고 광산과는 아무 상관 없는 사람들까지 자리를 잡으면 그때 관청이 분서를 설치하고 이것이 관청으로 승격된다. 이 히나가 생기는 일은 거의 없고 마을이 생기는 경우 최소한 족族 단위로 한 번에 늘어난다. 일 족一族은 사 리四里에 해당되며 사 리에는 백 호百戶, 즉 백 가구가 산다. 일 당黨 즉 이십 리二十里가 한 번에 늘어나는 일도 있었다. 반대로 말하자면 그 정도의 규모가 아닌 이상 새로운 행정부가 마련되지 않는다는 이야기이다. 노구는 이里가 아니기에 분서가 설치된 흔적도 없었다. 광산으로서는 관청이 파악하고 있었겠지만, 토지와 백성을 관리하는 호적상에는 존재하지 않는 순수한 광산 마을이다. 그리고 그대로 폐광이 되었고 마을이 송두리째 폐허가 되었다. 황민이 도망쳐 와 숨어 살기에는 더할 나위 없는 조건이지만 지금은 사람 그림자도 보이지 않고 최근까지 사람이 살던 흔적도 없었다.

리사이 일행은 마을을 탐색해보았지만 사람이 있었다고 여겨지는 흔적은 죄다 오래되었고 작았다. 드문드문 누군가가 살았던 적도 있겠지만 그것이 단기간이라 한들 정착한 모습은 없었다. 아마도 황민에게도 이득이 없었을 것이다. 황폐하고도 버림받은 폐허였다.

하루 종일 리사이 일행은 산을 헤맸다. 하지만 사람을 찾아낼 수는 없었다. 산 깊숙이 안쪽으로 들어갈수록 사람이 있던 흔적도 찾을 수가 없었다. 포기하고 주카쓰에게 감사를 표하고 헤어진 뒤 리사이 일행은 산을 내려왔다.

006

휘익 하는 바람 소리를 내며 문이 열렸다. 그와 동시에 불어든 냉기에 목을 움츠리며 소녀는 서둘러 문을 닫으러 갔다. 바람에 흔들리는 문을 잡아 꼭 닫고 끈을 못에 걸었다. 그럼에도 바람이 불 때마다 문이 덜컹거리며 찬 공기와 바람을 휘감은 눈이 집 안으로 들어왔다.

바로 며칠 전까지는 바람을 조금이라도 막기 위해 문 앞에 이중으로 천을 걸어두었는데 지금은 떼어두었다. 그 천이 언니의 몸을 감싸고 있었다.

소녀는 어떻게 해서든 끈을 묶어 조금이라도 바람이 들이치는 걸 막으려다 결국에는 찬 공기에 손끝 감각이 얼얼해져서 그만두었다. 자신이 참으면 그만이라고 생각하며 좁은 움막 안쪽 섶을 쌓아 만든 잠자리를 돌아보았다.

"미안. 추워?"

소녀가 말을 걸며 잠자리로 다가갔지만 언니는 대답을 하지 않았다. 천을 있는 대로 휘감은 채 잠들어 있다. 새하얗게 질린 얼굴의 작게 벌린 입에서 헐떡거리는 숨이 새어 나오고 있었다. 얇은 가슴은 바쁘게 헐떡이고 있다.

소녀는 잠자리 옆에 주저앉아 화로에 홍자 열매 세 개를 넣었다. 언니의 발치에 둔 불이 조금이라도 언니를 따뜻하게 해주면 좋을 텐데.

언니가 쓰러진 건 바로 며칠 전 아버지와 함께 연못에 공물을 흘려보내러 갔던 날이었다. 드물게도 아버지가 노을이 지기 전에 돌아와 소녀와 함께 눈 속을 걸어갔다. 소녀는 얼마 되지 않는 나무의 열매와 작은 천을 넣은 함을 들고 걸었다. 언니가 항아리에서 호두와 밤, 잣밤나무 열매를 한 손으로 꺼내주었는데, 열매 때문에 항아리 안에서 덜그럭덜그럭 소리가 났다.

아버지는 시든 나뭇가지를 발견할 때마다 잘라내 등에 짊어진 바구니에 대충 집어넣었다. 덕분에 연못까지 가는 시간이 꽤 걸렸다. 도착했을 때는 주변이 새까매져 소녀는 가지고 있던 등에 불을 붙였다. 미덥지 못한 빛을 받으며 항아리는 흘러간다. 그 어두운 구멍을 향해. 그 모습을 마지막까지 지켜보던 아버지가 미처 짊어지지 못한 나뭇가지를 품에 안고 집으로 돌아가자 언니는 쓰러졌고 오빠는 금방이라도 울어버릴 듯한 표정을 지었다.

요즘 들어 왠지 언니 몸이 뜨거운 것 같았다. 언니에게 착 달라붙어 잠드는 소녀는 이 사실을 알고는 있었다. 하지만 집에 돌아와 만져본 언니의 몸은 예상을 넘어 깜짝 놀랄 정도로 뜨거웠다. 언니는 부르튼 입술로 괴로운 듯이 숨을 쉬고 있었다. 허둥대며 움막의 천을 있는 대로 끌어다 모아 언니를 감쌌다. 오늘 해 온 나뭇가지를 태워 움막을 데웠다. 떨고 있던 언니는 겨우 땀을 흘렸다.

아버지가 큰 소리로 울기 시작한 건 땀을 닦으려고 언니의 옷을 풀었을 때였다. 옷을 푼 소녀조차도 놀랐다. 언니의 가슴은 어느샌가 갈비뼈가 보일 정도로 뼈와 가죽밖에 남아 있지 않았다.

"너…… 밥을 먹지 않았던 거냐!"

아버지는 그렇게 외쳤다. 그제야 소녀와 오빠는 언니가 장난스러운 표정으로 꺼내준 음식이 사실은 언니 몫의 식량이었음을 알게 되었다.

언니는 아무 말 없이 자신의 몫을 줄여 소녀와 오빠와 아버지에게 나누어주고 있었다. 그러고 보니 소녀는 눈이 내린 이후, 언니가 밥을 먹는 모습을 거의 보지 못했다. 입에 넣어도 조금뿐이었다. 소녀와 가족들이 먹고 있는 동안 장작을 더 넣거나 물을 더 챙기거나 바쁘게 움직이고 있었다. 바빠서 먹을 틈이 없는 것처럼 보였지만 실상은 이렇게 야윌 때까지 참고 있던 것이었다. 몸 상태도 분명 며칠 전부터 좋지 않았을 것이다. 아무렇지 않은 얼굴로 강에서 물을 길어 오고, 땔감을 주워 와 불을 피워 가족들의 식사를 준비하고 집을 정돈하며 나무껍질을 벗겼다.

다음 날, 음식과 약을 가져오겠다며 아버지가 집을 나섰다. 그러고는 집에 돌아오지 않고 있다. 언니에게 영양가 있는 음식을 먹이기 위해. 가능하다면 단약을 가지고, 더 바랄 수 있다면 의사나 도사를 데리고 오기 위해 늘 하던 일 외에도 더 할 수 있는 일을 찾았을 것이다. 또는 오빠가 다쳤을 때처럼 늘 써주는 고용주에게 애원해 며칠 동안 묵으며 일을 하는지도 모른다.

가난한 사람이 많아서 일당을 쳐주는 일자리는 경쟁이 심하다. 겨우 찾아낸 일자리도 받을 수 있는 돈은 미미하다. 돈이 나오면 그나마 다행이다. 이전에 하루 동안 개간하는 일을 도와 밥공기 다섯 그릇 정도 되는 조를 받아 온 적이 있다.

ㅡ그래도 일자리가 있어 그나마 다행이다.

아버지는 애처롭게 웃었다. 근처 길거리에는 집도 일자리도 없는 사람들이 많다. 이런 움막이라도 지낼 수 있는 장소가 있고, 가족이 함께 있을 수 있고, 조 다섯 그릇의 보수라도 일자리를 구할 수 있어 다행이라고 했다. 조 다섯 그릇은 다른 잡곡과

구황작물을 섞어 한 집안의 오 일 치 식사가 되어주었다.

……하지만 그마저도 언니는 먹지 않았던 거야.

소녀는 언니의 손을 꼭 잡았다. 이거밖에 없느냐고 투정했었
다. 배고파서 잠을 못 자겠다고. 언니가 식사를 참았던 건 자신
이 그렇게 제멋대로 굴어서가 아닐까.

"이제 제멋대로 굴지 않을게."

그러니까 제발요. 소녀는 양손에 힘을 주었다.

—하느님, 언니를 데려가지 마세요.

기도를 했을 때, 숨이 넘어가는 작은 목소리가 들렸다. 소녀
가 황급히 고개를 들어 언니의 얼굴을 들여다보니 언니가 고통
스럽게 숨을 쉬고 있었다. 무언가를 내뱉으려는 듯이 벌린 입 안
쪽에서 가늘고 갈라진 피리 소리 같은 게 들린다. 소녀는 언니를
부르며 몇 번 몸을 흔들다가 서둘러 움막을 뛰쳐나왔다. 움막 옆
에서 장작을 패고 있던 오빠를 부르러 갔다. 안색이 바뀐 오빠가
움막으로 달려 돌아와 잠자리로 뛰어 들어갔을 때는 언니가 이
미 조용해지고 난 뒤였다.

무언가를 외치는 듯이 입은 벌린 채였고, 살짝 뜬 눈은 빛을
잃은 채 그저 허공을 바라보고 있었다.

얼어버릴 듯한 저녁 바람에 눈이 섞여 흩날리기 시작했다. 소

년은 한 아름 정도 되는 돌 표면을 손으로 털었다. 얼어버린 돌 표면에서 눈가루가 떨어진다.

　—주공, 춥지 않으세요?

소년은 쌀쌀맞은 돌의 얼굴을 바라보았다. 이 돌 아래에는 그의 주인이 잠들어 있다.

여름에 몸이 나빠져 누웠다 일어났다 하는 생활이 계속되고 있었다. 하지만 주인은 괜찮다고 했다. 그랬는데.

육 년 전에 입은 큰 상처 때문에 몸을 심하게 상한 탓이라고 마을의 어른이 말했다. 그리고 결국 기력을 다 썼다고.

그는 묘 앞에 소도小刀를 바쳤다. 병상에 있을 때 소도를 손질하는 법을 가르쳐주었다. 겨우 그럴싸하게 손질할 수 있게 되었을 때 주인은 그에게 단도 한 자루를 주었다. 주인의 소도는 그가 이제껏 사용했던 둔한 칼들과는 만듦새가 달랐다. 손질하는 것도 다른 물건인 것처럼 어려웠다. 그것을 꼼꼼하게 설명해주었다. "너무 어렵다"며 투덜대는 그에게 "금방 익숙해질 거"라며 피식 웃었다. 그리고 그것이 그와 주인이 나눈 마지막 대화가 되었다.

　—그럭저럭 손질했어요.

마을에 있는 병졸 조무래기들에게 배워 해냈다. 이 정도라면 묘 앞에 가지고 가도 부끄럽지 않을 거라고 어젯밤 간신히 인정받았다.

　잘 다듬을 수 있게 되면 검술을 가르쳐주겠다고 약속했는데. 그러면 열심히 연습해서 언젠가 주인이 그의 아버지를 지켜준 것처럼 그가 주인을 지킬 것이었다. 주인을 위해 싸우고, 언젠가는 홍기에 있는 악독한 짐승을 쓰러뜨릴 작정이었는데.

　그랬는데 그는 지키지 못했다.

　거짓말쟁이라고 하고 싶지 않다. 주인은 거짓말을 할 생각이 없었을 테니까.

　—하지만.

　"함께 궁성을 되찾자고 그랬으면서……."

　그의 속삭임은 얼어붙은 바람에 휘날려 갔다. 돌 표면에는 눈가루가 엉겨 붙어 있다.

11
장

001

홍기의 거리가 하얗게 물들었다. 어제 하루 종일 내린 눈이 능운산 기슭에 펼쳐진 거리를 완전히 하얗게 뒤덮었다. 왕궁에서는 그 모습을 일부밖에 볼 수 없다. 운해 아래로 눈구름이 낮게 드리워져 있어 이따금 구름 사이로 저 먼 곳이 언뜻 보이기만 하고, 운해는 거의 온종일 탁한 회색빛을 띠고 있었다. 구름이 흘러가는 모습을 보아하니 당분간은 간헐적으로 눈이 내릴 것 같다. 끝내 홍기에도 본격적인 겨울이 다가오려 하고 있다.

그럼에도 다이키는 여전히 구속과 다를 바 없는 나날들을 보내고 있다. 백성을 위해 무엇 하나 하지 못하고 있다. 다이키가 울적해하는 날들이 늘었다. 처음부터 고료에게 다이키는 말 걸

기 어려운 주인이긴 했지만 요즘 들어 타인을 꺼려하는 기색이
다. 매일 아침마다 정자로 가는 산책은 쉬지 않았지만 나날이 심
해지는 추위 속에도 정자에 머무는 시간은 점점 길어졌다.

"어찌되신 건지."

고료는 작은 목소리로 중얼거렸다. 바로 앞에서 약을 문지르
고 있는 도쿠유에게 충분히 들렸을 법했지만 별다른 반응이 없
다. 고료는 속으로 의아해했다. 요즘 들어 도쿠유의 상태가 이상
하다. 마음이 늘 다른 곳에 가 있는 듯하다.

"도쿠유, 무슨 일이 있는가?"

고료가 말을 걸자 도쿠유는 정신을 차린 듯 고개를 들어 눈을
깜박였다.

"……네? 부르셨나요?"

"기분이 좋지 않아 보이는데 신경 쓰이는 일이라도 있는 건
가?"

"아뇨."

도쿠유는 평소와 같은 표정으로 대답했다. 그래, 고료는 미심
쩍은 듯 중얼거리며 문밖을 쳐다봤다.

"헤이추가 오질 않는군."

"그러고 보니 오늘은 모습이 보이질 않네요."

헤이추도 요새 상태가 이상했다. 도쿠유와 마찬가지로 어딘가

정신이 나간 모습이다. 피로가 쌓인 것 같아 게이토우와 의논해 어제 하루 자택으로 돌아가 쉬라고 했는데 오늘 오후가 다 되도록 아직까지 모습을 보이지 않고 있다. 몸져누운 게 아니라면 좋을 텐데.

어떤 일을 해내고 난 뒤의 피곤함이라면 모르겠지만 아무 일도 해내지 못한 채 쌓인 피로는 괴롭다. 황포관은 침울하고 무료한 분위기로 뒤덮여 있었다. 내버려진 불우한 모습을 비웃기라도 하는 것처럼 비둘기가 울고 있다. 비둘기가 어딘가에 둥지를 튼 모양이다. 한밤중에 갑자기 들려오는 비둘기 소리는 묘하게 불안을 자극한다. 마치 불길한 일의 전조 같았다.

맞다, 고료도 지쳤을 것이다. 고료는 밤중에 힘이 쭉 빠지는 기분이 들 때가 있었다. 그동안의 일을 생각하면 당연했다. 성과 없는 싸움. 적은 눈앞에 보이지 않았고 의미 있는 성과를 거두지도 못한 채 그저 계속 긴장만 하고 있었다.

고료는 요즘 들어 이따금 자신이 폐허에서 지내는 듯한 기분이 들었다. 실제로는 수많은 관리가 생활하며 지내고 있다고 머리로는 이해하고 있지만 황포관에서는 그 모습을 일절 찾아볼 수 없다. 다이키는 침울한 듯 입을 다물고 있고, 도쿠유는 모습이 피폐하고 해가 진 뒤 다이키의 시중을 들고 있는 준타쓰는 밤낮이 뒤바뀐 생활이 이어진 탓에 안색이 창백하다. 하루 종일 왔

다 갔다 하며 성가시게 다이키를 돌보고 싶어 하던 쇼와도 요즘
에는 간섭을 하는 일이 줄어들었다. 헤이추는 그 이상으로 모습
을 보이는 일이 줄었다. 게이토우도 진척되는 일이 없는 탓에 침
묵할 수밖에 없어서 그런지 말수도 줄어들고 늘 우울해 보였다.
하인들은 말없이 그림자처럼 나타났다 일을 처리하고 물러갈 뿐
이다. 이 사람들이 고료가 만나는 사람 전부다.

요전까지만 해도 바깥소식을 전해주던 분엔도 요새는 도통 보
이질 않는다. 다이키는 물론이고 도쿠유와 준타쓰도 분엔에게
무슨 일이라도 생겼나 싶어 걱정하고 있다.

—폐허 속 감옥이다.

그게 아니라면 고료 일행이 폐허에 둥지를 튼 망령이 된 걸까.

"아무 일도 일어나질 않습니다. 좀 이상하지 않으십니까?"

하관장 슈쿠요가 강한 어조로 말했다. 춘관장 겐슈가 동의하
며 말했다.

"태보께서 양위를 받아야 한다고 말씀하시지 않았습니까. 교
소는 어디에 있는 거죠?"

조운은 속으로 내가 알겠느냐며 투덜거렸다.

"총재께서 주상께 양위를 받으셔야 한다고 아뢰긴 하셨나요?"

겐슈의 질책에 조운은 겐슈를 노려보았다.

"그게 무슨 뜻이지?"

노여움을 담아 말하자 겐슈는 당황한 듯 입을 막았다.

"저 그게, 혹시 총재께 깊은 뜻이 있어 덮어두고 계신 걸까 싶어⋯⋯."

겐슈는 우물거리며 덧붙였다. "태보를 의심하시는 것 같았고⋯⋯."

"그럴 리 없다."

조운은 못마땅한 듯 말했지만 요 얼마간 덮어둔 것은 사실이었다. 로산은 다이키의 말을 받아들였지만 조운은 납득할 수 없었다. 교소가 양위할 리 없고, 백규궁으로 돌아와 다이키를 만나는 일이 벌어져서는 안 된다. 하지만 여러 관리가 어떻게 되었느냐며 나날이 강하게 압력을 더해가고 있다. 사태를 수습하지 못하는 조운을 비판하는 분위기가 흐르기 시작했다. 겐슈가 생각했던 것처럼 조운이 자신의 권력을 지키기 위해 일부러 아센에게 정보를 주지 않는다는 의혹도 있었다. 이대로는 조운도 책임을 피할 수 없다며 그러기 전에 아센의 의견을 묻는 게 좋다고 안사쿠가 설득했다. 어쩔 수 없이 아센에게 다이키의 주장을 전달해 의중을 파악하려고 했지만, 조운이 아센에게 보낸 심부름꾼은 속을 태울 정도로 기다리게 하다 "들었노라"라는 답변만 가지고 돌아왔다.

"또 같은 말."

쯧, 조운은 혀를 찼다. 결국에는 늘 이 모양이다.

사실 조운도 아센이 무슨 생각을 하는지 모른다. 다이키는 아센이 신왕이라고 말했다. 아센은 다이키에게 상처 입힌 일로 일단 납득한 것 같다. 하지만 그렇다고 해서 등극할 준비를 지시하는 것도 아니었다. 늘 그렇듯 왕궁 깊숙한 곳에 틀어박힌 채 아무런 소식도 없다. 다이키가 신왕이라고 말한 사실에 납득하고 모든 게 끝난 것처럼.

조운은 여러 차례 곁에서 시중드는 천관을 통해 등극할 준비를 해야 한다고 재촉했지만 아무런 대답도 없었다. "양위를 받아야한다"라는 다이키의 말은 조정은 물론이고 아센의 입장을 뒤흔드는 중대한 일인데 이 일에도 감감무소식이다. 그 와중에 돌아온 대답이 "들었노라"였다. 아센이 늘 하는 답변이다. 잘 들었노라. 짧디짧은 그 말뿐. 조운도 아센의 의중을 파악할 수 없었다.

과감하게 후궁으로 가 따져 묻고 싶었지만 총재라고는 해도 육침에 들어갈 수 있는 권한은 없다. 울분을 풀 길 없어 답답해할 때 하관이 들어왔다.

"무슨 일이냐?"

하관장 슈쿠요가 물어보며 가까이 오라 손짓을 하자 무릎 꿇고 있던 하관이 일어나 슈쿠요 옆으로 다가와 귓속말했다. 슈쿠요가 험악한 표정을 지었다.

"어디지?"

하관은 작은 목소리로 대답했지만 귀를 기울이고 있던 조운에게도 '위주'라는 단어는 들렸다.

"위주…… 모반인가!"

위주는 교소의 출신지였다. 위주에는 교소를 따르는 자들이 많아 아센이 조정을 세우고 난 뒤에도 빈번하게 반역을 꾀했다.

"이번에도 위주인가. 이번에는 어딘가?"

"요새 들어 겨우 얌전해졌다고 생각했건만."

"역시 위주는 위험해. 대대적으로 한번 손을 보는 게 좋겠네."

떠들썩한 와중에 슈쿠요는 조운을 쳐다봤다.

"어찌할까요?"

"이제껏 해온 것처럼 할 수밖에 없지. 어차피 주상께서는 들었노라는 답변만 하실 거야."

예전부터 그랬다. 분명 처음에는 아센이 길을 텄지만 언젠가부터 아센은 길 위에 수레를 굴릴 의욕을 보이지 않았다. 그 이후로 어떤 보고를 해도 '들었노라'라는 답변뿐이었다. 그래서 어쩔 수 없이 조운이 전례를 따라 대처하고 있었다. 이번에도 그럴 수밖에 없다.

"정녕 그걸로 괜찮겠는가?"

지관장 가샤쿠帕錫가 이론을 제기했다.

"영문은 모르겠으나 아센 님이 신왕이라는 이야기지 않소. 태보께서 증명하셨지. 그렇다면 전례가 있다고는 하나 전처럼 처리해서는 아니 되지 않는가."

조운은 미간을 찌푸리며 가샤쿠를 쳐다봤다.

"대국이 너무 어지러워지면 아센 님께 내려진 천명이 떠나지 않겠는가? 실도로 말일세."

"그도…… 그렇겠군."

가샤쿠는 위기감을 호소했다.

"어찌되었든 지나친 주벌만큼은 멈출 필요가 있지 않겠소?"

"멈춰서 어찌할 거지? 백성의 불만을 잠재울 수 있겠는가?"

대부분의 백성은 '가왕' 아센을 믿지 않는다. 위왕이라는 사실을 어렴풋이 알고 있는 것이다. 아센은 반란이 일어나면 아무런 상관 없는 백성도 마을과 함께 송두리째 섬멸하는 수법으로 백성이 서로를 감시하게 만들어 반란을 잠재웠다. 하지만 그로 인해 백성의 불만이 쌓였다. 언제 어느 때라도 반란이 일어나지 않으리란 법은 없다. 설령 작은 반란일지언정 이를 계기로 도처에서 난이 연이어 일어난다면 어떤 수를 써도 제압할 수 없다.

가샤쿠가 말했다.

"하루라도 빨리 즉위하셔야 하지 않겠는가. 즉위하시면 각지에서 일어나는 역모가 확실히 그칠 테지."

002

조운은 총재부를 나와 작은 눈송이가 섞인 찬 바람을 맞으며
서쪽으로 향했다. 과거에 인증전이었던 곳, 그 너머로. 황포관을
찾아가 대청에서 게이토우를 큰 목소리로 불러 몸채로 갔다. 다
이키 앞에서 무릎 꿇어야 한다는 사실에 조운은 화가 치밀었다.

아센은 조운에게 지위를 주었으니 무릎을 꿇을 수 있다. 그렇
지도 않은 상대에게 머리를 조아리는 것은 긍지에 흠이 가는 일
이다. 하지만 어쩔 수 없다.

안으로 들어가자마자 예법에 따라 엎드려 고두하고 무릎으로
걸어 나아갔다. 다시금 고두하고 입을 열었다.

"반드시 여쭤보고 싶은 게 있사옵니다. 양위를 꼭 받아야만 하
는지요."

다이키는 표정 없이 대답했다.

"그렇게 생각합니다."

"생각한다고 말씀하시는 것은."

"천계는 하늘의 목소리가 아닙니다. 양위를 하게 하라는 목소

리가 어딘가에서 들려오는 게 아닙니다. 그저 반드시 양위를 해야 한다고 느낍니다. 그것만큼은 양보할 수 없는 기분입니다."

얼토당토않은 말이라고 조운은 운을 뗐지만 다이키가 가로막았다.

"양위를 하신다는 건 교소 님께서 승하하신다는 이야기입니다. 예전 같으면 제 몸이 찢겨나가는 것보다 괴로운 일이었습니다. ……하지만 이제는 그저 딱한 일로밖에 느껴지지 않습니다."

다이키는 슬픈 듯 이야기하고 조운을 쳐다봤다.

"대국을 구하기 위해서는 교소 님이 자리에서 내려오셔야 합니다. 자리를 내려놓으면 교소 님의 목숨은 다하겠지만 백성을 위해서라면 어쩔 수 없는 일입니다. 교소 님은 나라와 백성의 안위를 걱정하셨습니다. 본인의 희생이 백성을 구한다는 사실을 아신다면 받아들여주시겠죠. 저는 그럴 거라 믿습니다."

고료는 입을 다문 채 기다리면서 발끝이 무언가에 삼켜지는 듯한 기분이 들었다.

다이키의 말이 사실이 아닐까.

백성을 위해 때때로 기린은 모순된 말을 한다. 자비로운 생물이라고들 하지만 이따금 깜짝 놀랄 정도로 무자비한 행동을 할 때가 있었다. 적어도 고료는 교왕 치세 말기에 교왕과 그를 선택한 기린의 모습에서 이 사실에 대해 알게 되었다. 기린에게는 백성이 최우선이고 왕은 어디까지나 백성에게 봉사하는 자에 지나지 않는다. 그리하여 백성과 왕의 손익이 충돌할 때 믿기 힘들 정도로 왕에게 매정한 언동을 취하기도 한다.

자비의 생물이라는 기린이 이렇게나 비정한 말을 입에 담았다는 놀라움과 정체를 알 수 없는 것과 대치하고 있는 듯한 두려움.

……그와 같은 감각이다.

비슷한 감정을 느꼈는지 조운도 겁먹은 표정을 지으며 그 자리에 엎드려 조아렸다.

"알겠사옵니다……."

"하지만 아센 님이 결단을 내리지 않으시니 여러분들도 곤란하시지요. 끈기 있게 계속해서 아뢸 수밖에 없겠지만 하다못해 아센 님이 신왕이라는 사실을 공표하면 어떨까요? 기린이 아센 님을 신왕으로 지목했다. 가까운 시일 내에 즉위한다고 말이지요."

"공표."

"그리하면 세간도 조금은 진정되지 않을까요? 가능하면 공표와 동시에 백성도 구제하는 겁니다. 그러면 세간이 한층 더 안정되겠지요."

"그건 그러하옵지만."

"적어도 서주부터만이라도 해보지 않겠습니까? 언제쯤 주후의 권한을 제게 돌려주실 거죠?"

"돌려드리고 뭐고." 조운은 머리를 조아렸다. "태보께서는 여전히 서주후이십니다."

"당연한 말입니다." 다이키는 가차 없이 말했다.

"아센 님도 귀환을 허락한다 말씀하셨습니다. 이 말씀은 서주후로서의 지위도 포함해 하신 말씀이라고 생각하는데 어찌 생각하시나요?"

"물론입니다."

"그에 비해 서주는 제 지시를 따를 마음이 없어 보이더군요. 이건 시손의 방자함인가요? 아니면 당신의 지시인가요?"

고료는 내심 놀랐다. 이렇게 질문하면 조운의 대답은 뻔하다.

"제가 감히 그런 지시를 어찌. 시손은 시손 나름대로 생각하는 바가 있겠지요. 결코 태보를 무시하려는 것이 아니라 태보의 존체를 염려해서일 겁니다."

"제가 명령한 일을 따르지 않습니다. 시손의 생각이라는 게 그 이유라도 되는 겁니까? 다시 한번 묻겠습니다. 시손이 명령에 따르지 않는 것은 당신의 지시입니까?"

"천부당만부당하옵니다."

"그럼 시손의 오만인 거군요? 파면할 이유가 된다고 봅니다만."

달리 대답할 말이 없을 것이다. 조운은 바닥에 이마를 문지르는 듯한 자세로 "네"라고 대답했다.

"시손을 파면하고 게이토우를 주재로 임명하겠습니다."

"그것은⋯⋯."

조운은 고개를 들어 다이키를 올려다보았지만 기세에 눌린 듯 입을 다물었다.

"주재를 임면하는 건 주후의 권한일 텐데요. 그게 아니라면 총재의 승인이라도 필요했나요?"

조운은 아니라고 대답할 수밖에 없었다. 실제로 주후가 주재를 임면하는 데는 왕의 승인도 총재의 승인도 필요 없다.

"유감스럽게도 주관은 제 명령을 따르지 않습니다. 총재의 권한으로 그리 일러주시지요."

"알겠사옵니다."

조운은 머리를 조아렸다. 고료가 있는 자리에서도 조운의 목덜미에 땀이 흐르는 모습이 보였다.

조운은 허겁지겁 황포관을 뒤로했다. 저도 모르게 다리가 희미하게 떨렸다.

조운의 기억 속 다이키는 어린아이였다. 또 다른 기린이었던 교왕 시절의 다이키 또한 유순한 인품을 지녔다. 그래서 조운은 이번 다이키도 전과 비슷하게 무시하거나 방치하더라도 우는 소리밖에 할 수 없을 것이라고 생각했다.

—이런 기린이 있을 수 있는가.

시손은 조운의 측근이다. 그렇기 때문에 주재에 임명했다. 분명 조운은 다이키가 어떤 말을 하더라도 대충 얼버무리면 된다고 말했다. 그래서 다이키가 화가 난다 한들 아무것도 할 수 없을 것이라고 생각했다.

그런데 감쪽같이 당했다. 조운은 동의할 수밖에 없도록 내몰린 듯한 기분이 들었다.

—정말로 기린이 맞는가.

또다시 의혹이 고개를 들었다. 정말로 저것은 '기린'인가?

하지만 아센이 기린임을 인정한 이상 조운이 이론을 제기하는 건 있을 수 없는 일이다.

조운은 총재부로 돌아와 안사쿠를 불렀다. 시손을 파면하고 게이토우를 주재에 임명한다고 고하고 안사쿠에게 크게 화풀이를 했다.

"어디 시건방진 짓을, 제멋대로."

"하오나."

안사쿠가 타이르듯 말했다.

"분명 주재 임면권은 주후에게 있습니다. 태보께서 그리하겠다 말씀하신다면 막을 방도는 없다고 봅니다."

"나도 알고 있어!"

조운은 멍청이 같은 놈이라며 거칠게 말하고 뒤이어 아센이 신왕이라는 사실을 공표하라고 명령했다.

"그렇군요. 그렇게 한다면 반민도 진정할지 모릅니다."

"백성을 구하라고 말하시더군. 마치 우리가 고의로 백성을 내팽개치고 있다는 듯이 말이야."

내팽개친 게 아니라며 조운은 이를 갈았다. 조운이 내팽개친 게 아니라 아센이 내팽개친 것이다. 방치하는 것은 아센의 방침이었다. 조운은 방침에 따랐을 뿐이다. 아센이 모든 멍석을 깔았고 조운은 멍석 위를 충실하게 걸어왔을 뿐이다.

그런 아센이 왕이 된다. 조운은 이 사실을 결코 긍정적으로 받아들일 수 없었다. 분명 이대로라면 모처럼 아센에게 내려온 천의가 사라질 가능성이 있다.

"그래……. 그 가능성이 있지."

조운은 혼잣말했다. 아센이 천명을 잃고 실도하여 아센과 다이키가 쓰러진다면 다음 왕을 세울 때까지 사실상 조운의 천하가 되는 것이 아닌가? 왕이 없을 때에는 관례로 총재가 가왕이 된다. 그렇게 조운은 명실 공히 대국의 '왕'이 된다.

조운이 슬며시 웃으려는데 가까이서 작은 목소리가 들렸다.

안사쿠였다.

"실도라도 하신다면 신왕이 등극할 때까지 십수 년의 시간 동안 이 왕조는 필시 끝날 겁니다."

가슴이 철렁했다. 신왕이 오르면 조운은 권세를 잃을 것이다.

안사쿠의 지적은 지당했다. 가왕은 어차피 일시적인 왕, 얽매일 가치도 없다. 안정된 왕조에서 오랫동안 총재 자리에 있는 편이 훨씬 가치 있다. 설령 왕조가 단명으로 끝난다 하더라도 본인은 대국을 구하기 위해 노력했지만 아센이 이를 뿌리쳤다며 자기 보신을 할 수 있다면 다음 시대의 왕에게도 공적을 주장하며 살아남을 수 있다.

조운은 고개를 끄덕였다.

"역시 아센 님께서 즉위를 서두르셔야 해."

—아센은 무슨 일이 있어도 옥좌에 앉아야만 한다.

003

"제가…… 주재라는 말씀이십니까?"

게이토우의 물음에 조운은 몹시 불쾌한 듯 고개를 끄덕였다.

"태보께서 직접 지명하셨다. 모쪼록 태보께 감사드리고 성실히 수행하도록."

"물론입니다."

게이토우는 엎드려 조아리며 크게 기뻐했다. 그와 동시에 매우 곤란해하기도 했다. 다이키에게 게이토우는 아센의 휘하, 즉 원수다. 고료를 만날 때마다 본의 아니게 통감하고 있다. 게이토우는 자신에게 아무리 멸시하는 시선을 보내더라도, 차갑게 말하더라도 원망할 수 없다. 아센이 교소에게서 옥좌를 빼앗았다는 꼼짝할 수 없는 사실 때문이다.

꿈을 꾸고 있는 듯한 기분에 빠져 황포관으로 향했다. 다이키를 알현하겠다 요청하고 허락받아 몸채로 갔다.

큰 방에 있는 의자에 앉아 불편하게 한 손으로 서면을 펼쳐놓고 있던 다이키 앞으로 가 엎드렸다.

"총재에게 주재로 임명하셨다는 말씀을 전해 들었습니다."

게이토우가 입을 연 순간 고료가 다이키를 나무라는 듯 바라봤다. 그 시선을 눈치챘는지 혹은 눈치챘지만 모른 척하기로 마음먹었는지 다이키는 고료에게 시선도 주지 않고 게이토우를 상대했다.

"잘 부탁드립니다."

"분에 넘치는 영광입니다만, 정녕 저로 괜찮으시옵니까?"

"게이토우가 성심성의껏 보필하고 있는 건 알고 있습니다. 나

라와 백성의 일로 마음 아파하는 것 또한 알고 있지요. 백성을 구제해 이 겨울을 넘길 수 있게 도와줘야 합니다. 힘을 보태주세요."

"기꺼이……!"

게이토우는 엎드렸다. 다이키가 자신의 행동을 지켜보고 있었다는 사실이 기뻤다.

"주육관 편성은 게이토우에게 맡기겠습니다. 필요하다면 조운과의 교섭은 제가 하겠으니 말씀해주세요. 공교롭게도 저는 정사에 관해 잘 모릅니다. 게이토우 본인의 일이라도 필요한 것이 있다면 이야기해주세요."

"네."

게이토우는 머리를 조아리며 대답하고 고개를 들었다.

"그럼…… 한 가지 청을 드려도 되겠사옵니까?"

"무엇이죠?"

"태보의 곁에 경호를 붙이게 해주십시오. 고료 님 혼자서는 몸이 남아나질 않습니다."

다이키가 곤란하다는 듯이 고료를 쳐다봤다.

"아닙니다. 괜찮습니다."

고료가 대답했다.

"괜찮을 리가 없습니다. 태보의 주변에는 사람이 너무 없습니다. 헤이추도 몸 상태가 좋지 않아 보이고, 도쿠유도 안색이 나쁩니다. 고료 님도 정신을 가다듬고 계신 듯하오나 피로가 많이 쌓이신 걸로 보입니다. 궁성 내부이니 대단한 위험은 없다고는 하지만 언제 무슨 일이 일어날지 모릅니다. 태보 주변에 사람을 더 붙이는 것이라도 허락해주십시오."

다이키는 잠시 동안 고개를 갸웃하고 있다 입을 열었다.

"맞는 말입니다. 확실히 저는 고료와 주변 사람들에게 지나치게 부담을 지운 듯합니다."

게이토우는 안도의 한숨을 쉬었다. 납득하셨는가.

"인선은요?"

"우선 고료 님께 외사사射士를 부탁드리고 싶습니다. 거기에 대복과 소신을 몇 명 붙여드리고자 합니다. 태보께서 불편하실 수 있으니 붙일 사람은 가능한 한 아센 님의 휘하와는 상관없는 자로, 또는 간초 님의 휘하에서 찾으려고 합니다."

"간초는…… 안 되나요?"

"저도 간초 님께서 도와주신다면 더할 나위 없습니다. 간초 님을 모셔 오도록 노력은 하겠사오나 시간이 걸릴지도 모릅니다."

"그렇겠죠."

다이키는 한숨을 쉬었다. 아센은 다이키와 간초가 만나는 것을 무엇보다 경계할 것이다. 실제로 아센이 꺼려할지는 제쳐두고서라도 조운은 틀림없이 아센이 싫어할 거라고 확신에 차 판단할 것이기 때문에 그가 찬성하리라는 생각이 들지 않았다.

"인선이 쉽지 않을 텐데, 따로 생각이 있는 건가요?"

"실은 교대할 사람이라도 필요하지 않을까 싶어 알아보던 참이었습니다. 간초 님의 휘하인 산토라는 자가 있사옵니다만."

"기억합니다. 예전에 교소 님의 사수였던 산토 맞지요?"

"네. 산토 님은 지금 힌켄 님의 부하로 계십니다만 산토 님의 휘하라면 빌릴 수 있을 것 같습니다. 산토 님의 휘하라면 태보께서도 조금이나마 마음이 편하시지 않을까요."

"힌켄이 허락할까요?"

"걱정하지 마십시오. 여쭈어보니 제일 좋은 방안인 것 같다며 허락해주셨습니다."

"어찌 생각하세요?"

다이키가 고료에게 물었다.

"힌켄 님은 착실하신 분이었던 걸로 기억합니다. 기억하기로는 줄곧 아센 휘하에 계셨던 게 아니라 교왕 시절에는 다른 장군의 휘하로 계셨다 들었습니다."

고료의 말에 게이토우가 고개를 끄덕였다.

"그 장군께서는 본인을 잘 드러내시지는 않았지만 성실하셨습니다. 교왕 치세 말기에 서주에 요마가 나와 큰 소동이 벌어진

적이 있사옵니다만, 그 요마를 토벌할 때 목숨을 잃고 말았지요. 그때 장군의 사수였던 분이 힌켄 님이었습니다."

처음부터 아센이 데리고 있던 부하가 아니다. 그 때문에 다른 휘하에 비해 다소 대우가 박했지만 그래서 산토를 맡게 됐을 것이다.

"힌켄 님도 비슷한 인물이라 사료됩니다."

고료가 말을 거들었다. 사소한 일이지만 게이토우는 조금 안심할 수 있었다.

"알겠습니다."

"인선은 산토 님이 맡아주실 겁니다. 그리고 궁에 사병에 몇몇 있사옵니다만 그중 가이하쿠 님의 오른팔이었던 자가 데리고 있던 사병을 빌려주신다고 합니다."

"사병 말씀이신가요?"

게이토우는 고개를 끄덕였다. 예전에 교소의 휘하였던 자들은 대부분이 관직에서 쫓겨났다. 궁성에서 내쫓긴 자도 많다. 중요한 관리 중 하보쿠와 가에이는 교소와 친밀했던 만큼 역모를 의심받아 결국 도주하기에 이르렀다. 센카쿠는 도망치지 못하고 처형당했다. 에이추와 가이하쿠만은 예외였는데, 에이추는 식으로 인해 부상을 입어 목숨을 잃었고 가이하쿠는 식으로 행방불명되었기 때문이다. 에이추의 측근들은 살아남았지만 이들은 조운이 적대시해 대부분 궁에 남아 있지 않았다. 자신의 권세에 방해가 될 따름이니 당연한 처사였다. 가이하쿠의 측근들은 배척당하지는 않았지만 괄시받아 대부분이 궁을 떠났다. 최측근인 천관 소재小宰였던 가케이嘉馨만이 남았지만 관위를 박탈당하고 지위도 직무도 공중에 뜬 상태이다. 얼마 전까지의 게이토우와 마찬가지로 지시를 기다리라고만 한 채 그대로 방치되었다. 무위 무관의 처지라 시종도 주어지지 않았다.

"그래서 본인이 직접 시종을 고용했습니다. 말씀드려보니 워낙 소수 인원이라 빼낼 수 있는 인원이 한정되어 있어 죄송스럽다며 세 명을 빌려주신다 했습니다. 한 명은 무관, 두 명은 문관입니다."

"소재……. 기억이 나는 것 같습니다. 차라리 소재 본인의 도움을 받을 수는 없을까요?"

"무위 무관으로서는 아까운 분이라고 생각했사옵니다. 주천관장으로는 어떠십니까?"

다이키는 수긍하며 의향을 묻는 듯 고료를 쳐다봤다.

"가케이 님이라면 문제없을 것 같습니다."

고료는 다이키를 바라보며 고개를 끄떡이고 뒤이어 말했다.

"다만, 제가 외사사가 되는 일에는 동의할 수 없습니다."

다이키는 고개를 갸웃했다.

"주 태위太衛가 태보의 경호를 통괄합니다. 그 밑에 있으면서 공적인 자리에서 경호를 통솔하는 것이 외사사, 사적인 자리에서 경호를 통솔하는 것이 내사사內士입니다. 이들은 모두 문관이며 본디 무관이 아닙니다. 무관인 저에게는 적합한 자리가 아닌데다가, 그렇다고 통솔할 문관이 없으면 곤란합니다."

아아, 다이키는 생각이 난 듯 입을 열었다.

"예전에 단스이가 저를 경호해주었습니다. 그러고 보니 단스이는 대복이었고 그 위에 문관이 있었지요. 다만 직함은 외사사였던 것 같습니다. 내사사라는 직위를 가진 사람은 없었던 것 같습니다. 대복도 단스이뿐이었고요. 그래서 고료가 얼마나 부담을 지고 있는지에 생각이 미치지 못했습니다만……"

다이키는 도중 고개를 갸웃했다.

"단스이 밑으로 소신이 있었는데, 건물을 멀리서 에워싸 지키거나 불침번을 서기만 하고 거의 얼굴을 마주칠 일은 없었어요."

"그걸로 충분하도록 교소 님이 체제를 정비하셨던 겁니다. 분명 지금은 다릅니다. 저는 대복으로 충분한데다가 대복이 한 명더 있다면 힘이 된다는 점은 인정합니다. 궁 경호도 필요합니다. 지금도 소신이 지키고 있습니다만 소신의 풍기가 어지럽습니다. 쇄신할 필요는 있습니다."

고료는 말을 하며 시선을 게이토우에게 돌렸다. 게이토우는

수긍했다. 시손이 파견한―조운이 파견한―소신들은 품행이
좋지 않았다. 몇몇은 성실했지만 대부분은 모습도 변변히 보이
지 않는다. 눈길이 닿지 않는 곳에서 빈둥빈둥 시간을 죽이고 있
는 듯한데, 이러한 상황은 개선할 필요가 있다.

"저도 눈에 거슬렸습니다. 즉시 체제를 재정비하겠습니다."

게이토우는 이렇게 말하고 똑바로 고료를 쳐다봤다.

"태보를 업신여기는 건 용서할 수 없습니다."

004

"게이토우 님께서 주재로?"

고게쓰가 보슈쿠에게 되묻고 크게 한숨을 쉬었다.

"잘됐군."

보슈쿠는 고개를 갸웃했다.

"고게쓰 님은 게이토우 님을 아십니까?"

"아센 님의 휘하는 전부 알고 있지. 유능한 막료들이니까."

장군은 자신의 군을 위해 군부를 가진다. 군부에 소속된 관리
가 군리였다. 군리 중 지위가 높은 자를 막료라고 한다.

"막료 중에서도 다섯 손가락 안에 들지. 막료의 장인 군사軍司

였던 슈쿠요가 하관장에 취임할 때 그를 사마보 아니면 소사마에 앉히고 싶어 했다는데 영문도 모른 채 줄곧 무위 무관인 채로 방치되어 있었지. 안타깝다는 말들은 있었지만."

"어떤 실수라도 저질렀었나요?"

아니, 고게쓰는 고개를 가로저었다.

"실수를 저질렀다는 이야기는 들은 적이 없군. 처음에는 모두 이상하다 싶다고만 했지."

"처음에만요?"

"이제는 이상하다고 생각하는 사람은 없지. 이 조정에서 가끔 있는 일이니."

고게쓰는 씁쓸한 미소를 지었다.

"능력이 출중해도 지위를 얻지 못하는 자, 지위나 직분이 있어도 아무 일도 받지 못하는 자, 곳곳에 다양하게도 내버려져 있어. 백성들도 말이야."

"네에."

어떤 반응을 보여야 할지 곤란해하는 보슈쿠를 두고 고게쓰는 대기소를 나왔다. 뼛속까지 스며드는 차디찬 바람이 불고 있다. 할 일이 없다 보니 시간을 때우려고 추위에 몸을 웅크린 채 주변을 순찰하는 일밖에 할 일이 없다. 창을 메고 황포관을 나서자 바로 앞 공지에 후쿠쇼가 있었다. 목재를 쌓아 올린 곳에 앉아 하늘을 올려다보고 있다. 하얀 한숨이 너울거렸다.

"뭐가 보이기라도 합니까?"

"보이지 않아."

후쿠쇼는 대답하고 뒤돌아 고게쓰를 봤다. "순찰 도는 건가? 열심이로군."

"달리 할 일이 없어서요. ……게이토우 님이 주재가 되셨다더군요."

"그렇다더군. 그분도 이제야 빛을 보는 모양이야."

"정말로 잘 풀렸습니다."

"고게쓰도 일 좀 해야 할 거다."

"제가요?"

후쿠쇼는 고개를 끄덕이며 자기 옆을 가리켰다. 고게쓰는 조심스럽게 옆에 앉았다. 목재는 얼음처럼 차가웠다.

"고게쓰가 데리고 있는 병졸 중에서 쓸 만한 녀석이 얼마나 있지?"

원래 고게쓰는 후쿠쇼와 마찬가지로 아센군의 여수였다.

"졸장 두 명은 실력도 좋고 사람 됨됨이도 괜찮습니다. 양장 중에서도 한 명 괜찮은 녀석이 있고요. 소신을 보강하시려는 겁니까?"

후쿠쇼는 고개를 끄덕였다.

"게이토우 님이 주재가 되어 겨우 태보의 주변을 정비할 수 있을 것 같다. 이대로는 숫자가 부족하니 보강하라는 이야기야."

"외사사는요?"

귀인 경호는 공적인 경호와 사적인 경호로 나뉜다. 외출을 하거나 대외적인 예전 등, 공적으로 모습을 드러낼 때 경호를 담당하는 것이 주州에서는 외사사의 일이었다. 내사사는 이와 반대이다. 사적인 장소에서 경호를 담당한다.

"외사사는 없다. 내사사 일인 체제야."

사람이 부족할 때 공과 사의 경호를 함께하는 경우가 있다. 내사사가 도맡는 경우가 있는가 하면 외사사가 도맡는 경우도 있었다. 공적인 경호를 맡는 외사사에게는 실력이나 사람 됨됨이뿐만 아니라 용모와 체격 또한 요구된다. 이에 외사사가 내사사위에 있는 경우도 있었다. 둘 다 경호 총책임자인 태위의 부하니 동급이라고는 하지만 외사사를 더 높게 쳐주는 분위기라 경비를 하나로 합치는 경우에는 외사사로 통합하는 경우가 많다. 하지만 이번에는 외사사가 없다. 애당초 재보가 밖에 나온다는 전제가 깔려 있지 않다. 보슈쿠는 깨닫지 못한 것 같았지만 이는 허울 좋은 유폐인 것이다.

"대복은?"

"대복은 지금과 마찬가지로 고료 님이 맡으신다. 한 명 추가 되긴 하지만 직접 소신 일에 관여하시지는 않아. 소신은 전부 내 직속이지."

즉 사실상, 앞으로도 재보는 고료 혼자서만 경호한다는 이야기다. 귀인의 경호는 꽤나 섬세한 일이다. 특히 사적인 공간을 경비할 때에는, 상황과 상대에 따라 배려가 필요하기 때문에 변칙적으로 운용되기 일쑤였다. 사람이 적으면 내사사와 외사사에 무관도 추가해 경호를 하는 경우가 있고, 소신 없이 대복 혼자 하는 경우도 있다. 주변에 경호가 많이 붙어 있어야 안심하는 귀인도 있는 반면, 신용할 수 있는 단 한 명만 있으면 충분하다며 다른 사람은 없어도 된다고 하는 귀인도 있다. 그러므로 대복 혼자서 태보의 호위를 맡는 건 상관없다. 눈썹을 찌푸릴 정도로 이례적인 일은 아니지만 이렇게 되면 고게쓰가 나설 자리가 없어진다.

"어쩔 수 없다고 생각하지만…… 씁쓸하긴 합니다. 저희들은 신뢰받지 못하고 있군요."

"당연하지."

후쿠쇼는 딱 잘라 말했다. "태보와 그 주변 사람들이 우리를 경계하는 건 어쩔 수 없는 일이야. 우리는 아센군에 있었으니."

고게쓰는 고개를 끄덕였다. 아센이 재보를 공격했다. 그리고 이 상황이 벌어졌다.

"적이라고 여기는 건 당연해. 하지만 태보 존체의 안전은 곧 대국에서 최우선시될 사항이야. 설령 태보가 우리를 신용하지 못하시더라도 우리는 목숨을 걸고서라도 태보를 지켜야만 해. 태보에게는 적이 많아. 조운 일파만 있는 게 아니다."

후쿠쇼는 올곧은 눈으로 바라보며 말했고 고게쓰는 고개를 끄덕였다.

안타깝지만 아센도 적이라고 생각해야 한다. 지금은 아니다. 정식으로 즉위할 때까지는, 아니 즉위하고 나서도 재보와 대립할 가능성은 충분히 있다. 슬프지만 이것이 대국의 현실이다.

"……네."

하지만 고게쓰는 재보를 지키게 된다. 그런 역할이기도 하고, 왕보다도 재보의 안전이 먼저라고 생각한다.

의도를 헤아렸는지, 안심한 듯 후쿠쇼는 표정을 누그러뜨렸다. 고게쓰의 어깨에 손을 올렸다.

"어려운 입장이겠지만, 이 상황에서도 포기하지 않고 제 소임을 다하는 사람을 원해. 짐작 가는 사람이 있으면 추천해주게."

기센은 아센이 즉위한다는 소식을 듣고 기뻤다.

다이키가 아센을 새로운 왕으로 선택했다. 그렇다면 아센은 정당한 왕이 되는 것이다. 그 소식을 듣고 진심으로 기뻤지만 이상하리만큼 오늘까지 아무런 일도 일어나지 않았다. 아센은 여전히 왕궁 깊숙한 곳에 틀어박힌 채, 밖에 나오지도 않고 기센과 다른 휘하들에게 어떤 지시를 내리지도 않는다. 새로운 시대가 온다며 기뻐 가슴 부풀었던 기센은 왠지 모르게 배신당한 기분이 들어 서글펐다. 하지만, 드디어.

"근 시일 내에 공표를 한다고 합니다. 아센 님이 즉위하신다고."

위왕이라고 불렸다. 아센이 교소를 옥좌에서 밀어낸 것은 사실이었다. 하지만 하늘은 이 사실을 책망하지 않고 아센을 새로운 왕으로 선택했다. 이제 더이상 위왕이라고 괄시받지 않아도 된다.

너무나도 기쁜 나머지 누구에게라도 말을 하지 않고서는 배길 수 없어 떠들었지만 순간 정신을 차리고 고개를 들고 보니 착잡한 듯 시선을 피하는 산토의 옆모습이 눈에 들어왔다.

"미안하네, 결례를 범했군."

"아닐세."

속삭이듯 대답한 산토는 여전히 시선을 피하고 있었다.

산토는 교소의 휘하다. 더 정확하게 말하자면 교소의 형이라고도 할 수 있는 간초의 휘하였다. 간초가 장군직에서 해임되고 지위를 박탈당한 뒤 칩거해 산토는 기센의 주공인 힌켄의 군대에 배치되었다. 산토에게는 굴욕스러운 이동이었을 것이다. 애초에 교소가 문주에서 소식이 끊겼을 때 교소와 동행했던 자들이 힌켄 일행이었다. 힌켄도 기센도 교소의 모습이 보이지 않아 기겁해 필사적으로 찾아봤지만 교소의 행방은 묘연할 뿐 알 수 없었다. 당시에는 화적의 습격을 받았을 거라고들 추측했고, 기센도 그럴 것이라고 생각했다. 설령 그렇다면 유해라도 찾아 홍기로 돌려보내드리고 싶었기에 무엇 하나 단서도 찾지 못한 상태로 홍기로 귀환하는 게 너무나도 분했다. 게다가 교소는 철위라는 마을을 지키기 위해 문주로 갔다. 그 시절 철위는 안전이 확보된 상태가 아니었기에 교소를 위해서라도 철위를 끝까지 지켜내고 싶다고 힌켄도 기센도 바랐다. 하지만 하명이 내려온 이상 돌아가야만 했기에 비창한 심정으로 홍기에 돌아갔다.

하지만 홍기에서는 기겁할 만할 사태가 기다리고 있었다. 어느 날 힌켄을 비롯한 아센군의 사수들은 아센의 부름을 받았다. 힌켄은 창백해진 안색으로 돌아왔다.

"아센 님이 주상에게 반역했다."

힌켄이 하얗게 질린 얼굴로 이야기했을 때의 충격을 잊지 못한다. 말도 안 되는 일이 벌어졌다 생각했다. 그리고 충격이 지나간 뒤 모든 것을 받아들였다.

아센이 그 길을 선택한 이상 그럴 만한 이유가 있었을 것이다.

미리 알려주지 않은 건 유감이었지만 아센이 선택한 길이니 믿고 따른다. 기센은 처음부터 아센이야말로 왕에 적합하다고 생각했다. 하늘이 잘못 든 길을 아센 스스로가 바로잡았다고 생각했다.

하지만 교소 휘하인 산토 입장에서 본다면 아센의 행동은 찬탈에 지나지 않는다. 특히 힌켄은 교소의 실종과 관련되어 있던 만큼 산토가 적대시해도 당연했다. 하지만 힌켄의 군대에 배치된 산토는 그런 기색을 보이지 않았다. 경위가 어찌되었든 이제는 일국의 대사니 이럴 때일수록 한 몸 바쳐야 한다며 힌켄을 예의 있게 대했다. 오히려 힌켄이 미안해하는 모습에 산토는 힌켄이 교소에게 하물며 자신에게 미안해하지 않아도 된다며, 힌켄의 인품을 높이 평가해 부하가 된 기센에게도 마음을 크게 썼다. 기센은 아센의 휘하기도 하며 힌켄의 휘하기도 하니 산토의 이런 태도가 기뻤다. 찬탈에 가담했다는 부담을 짊어지고 있었기에 산토의 태도에 구원받은 부분도 있다.

반복해서 사과하는 것도 면목이 없어 기센은 산토에게서 물러갔다. 관저를 나왔을 때 때마침 힌켄을 마주쳤다.

"무슨 일인가?"

기센이 동요한 걸 눈치챘는지 힌켄이 묻자 기센은 사정을 설명했다.

"산토 님은 괴로우시겠지요……"

기센은 고개를 숙였다.

"못할 짓을 했습니다. ……제가 너무 기쁜 나머지 그만."

"언제 즉위하실지 아직 확실치 않은 것 같다만."

"네." 기센이 고개를 끄덕였다. "하지만 조만간 하신다고 하니까요. 즉위식이 열리겠지요? 기대됩니다."

"그렇지." 힌켄은 중얼거렸다.

"정녕 괜찮은 걸까?"

"괜찮은 걸까라니요?"

기센이 묻자 힌켄은 쓴웃음을 지으며 고개를 저었다.

"내 말투가 좀 그랬나. 아무래도 찬탈을 저지른 아센 님이 왕이 되어도 괜찮을까 싶어서 말이다."

"그건." 기센은 우물거리며 말했다.

"하오나, 정말로 그저 찬탈이었다면 왕으로 선택받으실 리가 없지 않겠습니까?"

기센이 말하자 힌켄은 의아하다는 듯 되돌아봤다.

"그러니까 제 말은…… 아센 님이 교소 님을 친 것은 죄가 아닐 수도 있지 않을까요?"

"무슨 그런."

"하지만…… 그래요, 우리에게는 그렇게 보이지 않았어도 그 시절 교소 님이 이미 실도했다고 한다면요?"

힌켄이 깜짝 놀란 듯 눈을 동그랗게 떴다.

"교소 님의 행동이 지나치게 독선적이라는 말이 있었습니다. 그것 말고도 우리들이 모르는 무언가가 있었을지 모릅니다. 태보도 아직 눈에 보일 정도로 몸 상태가 나빠진 건 아니지만, 하늘이 교소 님을 단념했을 수 있지 않겠습니까?"

기센은 말하면서 자신이 하는 말이야말로 진실이 아닐까 하는 기분이 들었다.

"그러니 아센 님이 교소 님을 친 것을 하늘은 죄로 안 보지 않겠습니까? 그래서 이번에야말로 아센 님이 왕으로 선택된 겁니다."

힌켄은 미간을 찌푸리며 생각에 잠겼다.

"그래, 그 가능성도 없지는 않지……."

해 질 무렵, 게이토우는 또 다른 대복을 데리고 고료에게 왔다.

"야리라고 합니다."

고료는 소개받은 인물을 보고 놀랐다. 아직 어린 소녀로밖에 보이지 않았기 때문이다. 무인처럼은 보였지만 나이는 다이키와 그렇게 차이 나 보이지 않았다. 조금 더 나이가 많을지도 모르지만 거의 같다고 해도 무방해 보였다. 게다가 듣자 하니, 이제껏 승선조차도 하지 않았다고 한다. 무위 무관인 사병에 지나지 않았지만 가케이의 추천으로 대복으로 발탁되었다.

　—이대로 정말 괜찮을까.

　고료는 불안했지만 동작을 지켜보는 동안 납득했다. 이 소녀는 범상치 않다.

　"잘 부탁드립니다."

　다이키의 공손한 인사에는 가벼운 묵례로 대답했다. 말주변이 좋아 보이지는 않았지만 눈은 매우 흥미로운 듯 반짝이고 있다.

　"잘 부탁한다."

　소녀는 인사를 한 고료를 아주 흥미롭게 바라보았다. 바로 고개를 갸웃하며 말했다.

　"꽤나 피곤해 보입니다."

　"그럴지도 모르지."

　고료는 쓴웃음을 지었다.

　"바로 쉬시겠어요? 아니면 잠시 저를 검분하시겠어요?"

　건방지게 들릴 수 있었지만 야리의 어조가 명랑해 기분 나쁘지는 않았다.

　"밤 불침번을 야리에게 맡기지. 오늘은 함께 불침번을 서면서 태보의 신변에 대해 설명하겠다."

쇼와는 황포관을 나와 서둘러 치조로 가고 있었다.

서둘러 헤이추의 상태를 살펴보고 와달라는 게이토우의 명령
이었다. 다이키가 심히 걱정하고 있다고 했다.

—어째서 내가 이런 잔심부름 따위 같은 일을.

너무나도 귀찮은 나머지 하녀를 시킬까 했지만 생각을 고쳐먹
었다. 한동안 릿쇼에게 보고하지 못했다. 몰래 천관부로 가기 좋
은 기회였다.

처음에는 보고를 재촉하던 릿쇼였지만 언제부터인가 뜸해졌
다. 눈치 있는 쇼와가 때에 맞춰 릿쇼를 찾아갔지만 점차 열의가
시들해지고 있다. 듣자하니 릿쇼는 다이키의 움직임에 흥미를
잃었다고 한다.

간자 흉내는 긴장된다. 특히 최근에는 피로가 심했다. 릿쇼가
열의를 잃어 한편으로는 고마웠지만 동시에 불만도 조금 있었
다. 중요한 책무를 맡아 고양되었던 기분이 사그라들고 있다.

착잡한 마음을 안고 천관부를 찾아가니 정작 오늘은 릿쇼가
코빼기도 보이지 않았다. 모쪼록 눈을 떼지 말라고, 특히 다이키
와 게이토우, 고료 사이의 대화에 귀를 기울이라고 시관이 강하
게 명령했지만, 정작 시관 본인이 그 결과에 흥미가 있는지 의심
스러웠다. 지시만큼은 부지런히 했지만 그저 무언가를 명령하는
일 자체를 즐기는 것처럼 보이기도 한다.

답답한 기분으로 천관부를 나와 다시 치조로 향했다. 피로가 쌓여서 그런지 발걸음이 무겁다. 맥없이 노문을 넘어 내려가 운해 밑으로 나왔다. 운해 아래는 천상과 비교할 수 없을 정도로 추웠다. 바늘로 찌르는 듯한 추위 속, 길을 물어물어 헤이추의 집으로 향했다. 헤이추의 저택은 쇼와의 저택보다 컸다. 지금은 여어인 쇼와와 동격인 사인이니 같은 지위지만, 본래 헤이추는 사성司聲 상사上士였다. 그 당시 저택을 그대로 사용하고 있을 뿐인지도 모르지만 마냥 유쾌하지는 않다. 쇼와는 전부공에서 파면당했을 때 저택을 빼앗겨 이후로 저택이 없다. 지금은 여어의 지위를 얻었다지만 어디서 뭐가 통과되지 못하고 있는 건지 자택까지는 받지 못했다.

게이토우가 주재가 되어 주육관이 정비되면 쇼와의 처우도 바뀔지 모른다. 다이키의 시중을 총괄하는 사사侍史 정도가 될 수 있지 않을까 생각했지만, 그렇게 되면 헤이추가 그보다 위인 내소신內小臣이 될 것이다. 그것도 썩 달갑지 않았다.

─눈치도 없는 사내인데.

일이라면 쇼와가 몇 배는 더 하고 있다. 헤이추보다 훨씬 도움이 될 텐데도 고료에게는 그게 보이지 않는 것 같다. 헤이추를 더 중요하게 취급한다.

불만을 담아 닫힌 대문을 거세게 두드렸다. 안쪽에서 바로 대답이 들려왔고 시관으로 보이는 여인이 얼굴을 내밀었다. 감정이 보이지 않는 눈으로 쇼와를 바라봤다.

"누구신지요?"

억양 없는 목소리에는 귀찮음이 역력했다. 쇼와는 일부러 공손하게 인사했다.

"여어인 쇼와라고 합니다. 헤이추 님께서 몸이 편찮으시다 하여 태보께서 직접 상태를 살펴보라 지시하셨습니다."

미소를 지으며 정중히 물었다. 마주 보는 여인은 불손한 태도로 대답했다.

"편찮으신 게 아닙니다. 주공께서는 직무가 바뀌었습니다만, 듣지 못하셨는지요?"

"네?" 쇼와는 목소리가 올라갔다.

"직무가요?"

여인은 은밀하게 고개를 끄덕였다.

"주공은 보형保衡이 되셨습니다."

쇼와는 입이 벌어졌다. 보형이라 하면 하대부, 즉 예전에 헤이추가 담당했던 사성의 상사다. 이게 대체 어떻게 된 일인 걸까.

"헤이추 님은 지금……."

"직무를 보고 계십니다."

그러니 돌아가라고 말하는 듯했다. 쇼와는 인사를 하고 물러날 수밖에 없었다. 가슴속에 꺼림칙한 마음을 안은 채 왔던 길을 되돌아갔다. 여인이 문을 닫을 때 건물 어딘가에서 비둘기가 우는 소리가 들렸다.

12
장

■

001

교시 일행이 함양산에서 돌아오니 임우는 온통 눈으로 덮여 있었다.

그렇게 많이 쌓이지는 않았지만 쌓였던 눈이 차가운 바람에 얼어붙은 상태로 또다시 눈이 내려 주변 일대를 하얗게 덮어버리고 말았다. 임우 교외를 흐르는 강의 얕은 물가가 얼기 시작했다. 농지는 얼어붙은 눈 밑으로 사라졌고, 구릉지에서 방목하던 가축의 모습도 보이지 않는다. 문주는 동면에 들어가려고 하고 있다.

하늘에 구름이 낮고 무겁게 드리워져 있었다. 이따금 제 할 일을 떠올렸다는 듯 하얀 눈을 휘날렸지만 쌓일 만큼 내리지는 않았다. 대신 메마르고 차가운 바람이 불고 있었다. 어느 날은 나무가 크게 휠 정도로 강한 바람이 산에서 불어왔다. 뼛속까지 사무칠 정도로 추운 것이 바로 문주의 겨울이었다. 구름이 얕거나 짙은 날이 있을지언정 푸른빛 맑은 하늘은 거의 볼 수 없었다.

옴산한 하늘 아래 마을 이곳저곳에 하얀 무덤이 만들어져 있었다. 교시 일행이 임우에서 돌아온 다음 날 아침, 처소 근처 길에도 그런 무덤이 생겼다. 떠들썩한 소리가 들려 밖을 보니 걷어낸 눈 속에서 얼어붙은 황민의 시체가 발견된 참이었다.

"할배로군." 우울한 목소리가 들렸다. "아이를 품고 있어. ……손자려나."

"설마 어젯밤 들렸던 소리가?" 한 여성이 한층 더 침울한 목소리로 말했다. "어젯밤에 대문을 두드리는 소리가 들린 것 같아서 누구냐고 물어봤는데 대답이 없길래……."

"밖을 보지는 않은 게야?"

"어떻게 봐. 도둑이면 어쩌려고."

"강도도 늘었다고 하니. 하긴 어쩔 수 없지." 모여든 사람들이 제각각 한숨을 쉬었다. 사람들이 고개를 숙여 내려다보던 시체는 거적이 덮인 채 얼마간 방치되었지만 어느 순간 사라졌다. 아마도 연락을 받은 관리가 옮겼을 것이다.

"여러분이 함양산에 가 계셨을 동안에도 비슷한 일이 있었어요."

요타쿠가 식탁에 따뜻한 물을 내오며 말했다.

"중년 남성이었다던데요."

이 주변은 상황이 좋지 않아 사람이 없는 건물도 많다. 그런 건물에 추위를 피하려는 황민이 자리를 잡는데 안타깝게도 상태가 좋은 건물은 경쟁이 붙는다. 힘이 없는 자는 겨우 발견한 거처를 빼앗기고 갈 곳을 잃게 되어 결국 얼어 죽는다.

"서로 도우면서 지낼 수는 없는 거겠지요……."

요타쿠가 아궁이에 불을 지피며 쓸쓸하게 말을 흘렸다. 교시 일행이 거처로 삼은 민가는 안채에만 불이 들어왔다. 게다가 오래돼서 그런지 불이 그다지 잘 들어오지 않아 교시를 포함한 다른 사람들은 아궁이가 있는 주방에 모이기 일쑤였다. 구멍투성이에 추위가 매서운 건물이었지만 주방만큼은 요타쿠가 계속해서 불을 피워 따뜻했다.

"황민이라고 묶어 말하긴 하지만, 한 명 한 명 따지고 보면 서로 남남이니까."

세이시가 한숨 섞인 목소리로 말했다.

"누군지도 모르는 녀석과 같은 건물에서 지낼 수는 없겠지. 무슨 일을 당할지도 모르고, 실제로도 도둑이나 강도가 많기도 하고."

"황민에게서 빼앗는다 해도 대단치도 않은 금액일 텐데."

"그럼에도 있고 없고는 차이가 크니까. 황민을 노린 강도도 많아. 황민은 관아의 보호 대상이 아니니까."

황민이 받은 피해는 가볍게 여기고, 범인 찾기는 뒷전이다. 거기에 빌붙는 비열한이 있다. 의분을 토로하며 관청이나 타인을 질책하는 건 쉽지만, 교시조차도 한밤중에 누군가가 대문을 두드린다면 우선 경계할 것이다. 특히 이곳에는 리사이가 있으니 문을 두드린 자가 추위에 떨고 있는 황민이어도 쉬이 안으로 들여보낼 수 없다.

그로부터 이틀 후, 노인과 손자를 무시한 꼴이 된 여인은 실제로 강도가 쳐들어와 목숨을 잃었다. 인과응보라고 말하는 사람도 있었지만 호토는 "노인 일도 있었으니 결국 대문을 열어주고 말았겠지요"라며 애도했다. 죽은 노인과 손자 일이 마음에 걸려 늦은 밤 찾아온 사람을 모른 척할 수 없었을 것이다. 또는 슬쩍 틈을 노리고 있던 어떤 이웃이 저지른 범행일지도 모른다.

—왕이 있다면. 하다못해 관청이 제 노릇을 해준다면.

이럴 때 너무나도 분했다.

매일 찾아와주는 기이쓰가 가져오는 소문도 비슷한 내용이었다. 어디 어디서 죽은 사람이 발견되었다거나 어디 어디서 사건이 일어났다는 소식뿐 밝은 소식은 하나도 없다. 그런 와중에 기이쓰가 조금 다른 소식을 모아 왔다. 여인이 죽은 다음 날의 일이었다.

"신경 쓰이는 이야기를 들었습니다. 감찰 없는 돌을 사들인다는 상점이 임우에 있다고 합니다."

기이쓰는 주방에 들어오자 외투에 쌓인 눈을 털어내며 말했다. 또다시 눈이 내리기 시작했다고 한다.

"줄곧 뒤에서 감찰 없는 돌을 대량으로 사들이고 있었던 것 같습니다. 돌을 가져가면 내역도 묻지 않고 산다더군요."

"어디지?"

"소문의 장소는 마을 반대쪽입니다. 하지만 본포는 백랑에 있는 것 같아요."

백랑은 이곳 문주의 주도였다. 함양산을 끼고 요산 서쪽에 있다. 능운산인 백랑산 기슭에 있는데 서쪽으로 뻗은 백랑산의 깊은 산줄기는 마주로 이어진다.

"백랑에 유명한 거상이 있는데 그곳의 여주인 이름이 후 호요赴葆蔞라고 합니다. 백랑에 있는 후가赴家 하면 문주는 물론이고 대국 전국에 이름이 알려져 있을 정도로 유명한 거상 집안입니다. 옥을 팔아 출세해 점차 장사를 넓혔다더군요. 특히 교왕 시절에는 왕에게 특권을 얻어 부를 쌓았답니다."

젊은 시절 남편을 잃은 호요는 그후, 여자 홀몸으로 부를 쌓았다. 자식은 아들 둘에 딸이 하나. 세 명의 자식이 성인이 되자 대부분의 실무는 자식들에게 넘기고 본인은 백랑 근교에서 은거하고 있다고 한다. 하지만 은거는 명분일 뿐 소문에 의하면 지금도 사실상 실권은 호요가 쥐고 있다고 한다.

"후가의 전포는 백랑뿐만 아니라 내국 선국에 뻗어 있습니다만 특히 앞마당격인 문주에는 셀 수 없을 정도로 많습니다. 대부분이 옥광석을 매입해 가공업자에게 판매하는 전포인데 본인도 가공업자를 데리고 있어 가공한 옥을 파는 전포도 있지요. 전국에 있는 큰 도시에는 부자들을 대상으로 한 전포도 가지고 있습니다."

리사이는 고개를 끄덕였다.

"분명 홍기에도 있던 것 같아. 그 후가가 감찰 없는 돌을 사들이고 있다고?"

"당연히 후가의 전포에서 그런 거래가 이루어지는 건 아닙니다. 그저 후가가 남몰래 가지고 있는 가게에서 감찰 없는 돌을 사들이고 있는 듯합니다. 표면상으로는 후가와 아무런 관련 없는 것처럼 되어 있지만, 아마도 후가가 배후일 거라고 그러더군요."

지금은 문을 닫았지만 얼마 전까지만 해도 임우에도 그런 노점이 있었다고 한다. 상점이 늘어선 거리 뒤편에 은밀하게 열린 작은 가게였다고 한다.

"그 가게 근처에 살던 노인이 이 이야기를 저에게 알려주었는데, 낮에는 가게 사람을 볼 수 없었다고 그러더군요."

업종은 옥을 매매하는 중개업이었다고 하나 그 실체는 분명하지 않았다. 가게는 늘 닫혀 있었다. 밖에 있는 널문은 대부분 빈틈없이 닫혀 있었지만 한쪽만이 출입을 하기 위해서인지 열려 있었다.

"널문 안쪽으로 매우 좁은 공간이 있고 벽에는 작은 창구가 있었다고 합니다. 가게가 열려 있는 것 같지도 않은데 짐을 짊어진 가난해 보이는 사람들이 그곳으로 들어간다더군요. 열려 있는 한쪽 널문으로 들어가 창구를 두드리면 창구가 열린다고 합니다. 그때 짐을 건네고 금전을 주고받는 것 같습니다."

짐을 가져오는 자들은 밤낮을 가리지 않고 종종 보였는데 정작 중요한 주인과 종업원은 보이지 않았다. 수상쩍게 생각하고 있던 노인은 어느 날 밤, 그것도 꽤 늦은 시각에 가게에서 나오는 사람을 목격했다.

"그 사람이 바로 임우에 있는 후가의 전포 사람이었다고 합니다."

"후가의 상점에서 왔다 갔다 하고 있었다는 이야기인가?"

"꼭 그렇다고 할 수만은 없는 것 같습니다. 말씀해주신 어르신께서는 후가의 상점을 드나드는 장인인데 전포에서 옥을 받아

다듬은 뒤 품삯을 받는다고 합니다. 그때 여러 번 본 적이 있으시다고. 분명 작년까지 후가의 전포에서 일했을 거라고 말씀하셨어요."

근처에서 봤을 때는 후가를 그만두고 독립했나 싶었는데 다른 날 후가의 전포에서 짐을 옮기고 있는 모습을 마주쳤다고 한다.

"하청 일이라도 하고 있는 건가 싶어 별생각 없이 말을 걸었다고 하십니다. 실은 가게 근처에서 살고 있다는 얘기를 하니 이틀 뒤에 가게를 닫아버렸다고 하더군요."

"심히 수상하군."

네, 기이쓰가 고개를 끄덕이며 말했다.

"어르신도 수상하다 생각하셔서 가게를 내준 거간꾼에게 물었더니 거간꾼도 어디서 뭐 하는 사람인지는 잘 몰랐다고 합니다. 거기서 장사를 한 지는 두 달 정도 되었다고요. 가게를 빌릴 당시에는 반년만 빌리고 싶다고 했답니다. 듣자하니 반년마다 이곳저곳 자리를 옮겨 다니는 듯합니다."

"그렇군……."

황민으로부터 감찰 없는 돌을 사들여 후가의 전포에 납품하고 있을 것이다. 눈에 띄지 않는 곳에 가게를 열고 의심치 않도록 반년마다 가게를 옮긴다. 드나들던 황민에게는 가게를 옮길 때 다음 장소를 알려두면 손님이 끊길 일이 없다.

"지금도 임우 어딘가에 있을 텐데 정확한 장소를 모릅니다. 마찬가지로 임우에서부터 백랑 일대에 비슷한 가게가 여러 곳 있을 거라 사료됩니다."

"가게 위치를 안다면 근처에서 잠복하고 있다 드나드는 황민을 붙잡을 수 있고, 교소 님에 관한 이야기도 물을 수 있겠지만 쉽지 않겠군. 그렇다면 본포에 가볼 수밖에 없나……."

리사이의 말에 기이쓰가 고개를 끄덕였다.

"후가의 본가는 백랑에 있던가?"

"그렇기는 합니다만, 실권은 호요 님이 쥐고 있는 듯합니다. 아문관牙門觀이라는 별장에 은퇴한 호요 님이 머물고 있다고 합니다.

"도관인가?"

아니요, 기이쓰는 고개를 좌우로 저었다.

"본디 도관이었다는데, 공위 시절에 법통이 끊겼다고 합니다."

아문관은 어떤 종파에도 소속되지 않은 독립된 도관이었다. 점술이 뛰어난 여교주가 이목을 받아 자그마한 당으로 시작해 대도관을 짓기에 이르렀는데 교주가 죽자 후계자 경쟁으로 끊임없이 분쟁이 일어나 결국 흔적도 없이 사라졌다고 한다. 주인 없는 거대한 도관만이 남겨져 화적의 난이 일어난 뒤 호요가 사들였다.

"이름은 정식으로 바뀠다고 하지만 지금도 대개 아문관이라고 부릅니다."

원래 옥광에서 나는 옥은 허가를 받지 못하면 채굴할 수도 판매할 수도 없다. 황민이 주은 돌은 뒷문으로 거래하지 않으면 돈으로 바꿀 수 없다. 황민은 여행을 떠나서라도 가져오려고 할 것이다. 교소의 모습이 사라진 당시, 함양산에서 돌을 주웠던 황민도 그 가게를 이용했을 가능성이 높다. 관계자라면 돌을 가지고 온 황민의 동향을 알고 있을 것이다.

"가보고는 싶다만……."

하지만 백랑은 어느 지역보다도 빨리 아센에게 순종했다. 제일 빨리 병이 들었다고 일컬었다. 사실 문주후는 교소가 임명했다. 교소의 휘하는 아니었지만 교소와도 친밀하고 인망이 두터운 인물이었다. 위인이라 여겼기에 문제 많은 문주후에 임명했지만 바로 그 문주후가 제일 먼저 아센에게 붙었다. 백랑은 말하자면 아센의 손바닥이나 다름없다. 가까이 가는 것은 위험하다고 말하지 않을 수 없다.

"리사이 님은 가까이 가시지 않는 편이 좋지 않겠습니까. 제가 다녀오지요."

세이시가 말했다. 리사이는 고개를 끄덕이려다 말고 호토를 쳐다봤다.

"호토는 어떻게 생각하지? 내가 가는 게 위험하다고 생각하나?"

호토는 고개를 갸웃했다.

"글쎄요……."

호토가 운을 뗐을 때 아궁이에 장작을 넣고 있던 요타쿠가 대화에 끼어들었다.

"백랑이나 주변 거리가 특별히 경비가 삼엄하거나 그러진 않아요."

"그런가? 요타쿠는 신농이니 여기저기 돌아다녔지?"

"행수는 오로지 임우 주변만 돌아다녔습니다만. 그래도 임우의 신농사에는 이 주변 정보가 전부 들어옵니다."

요타쿠의 말에 따르면 백랑 주변에 경비가 강화됐던 적은 난이 일어나기 전과 후뿐이었다고 한다. 난이 일어나기 직전에는 화적을 대비해 경비를 강화했지만 난이 일어났을 때에는 어째서인지 느슨해졌다고 한다.

"그 뒤로 얼마간은 유난히 엄격했던 신원 조사도 하지 않았다고 합니다. 주벌이 한창이었을 적에 일시적으로 경비가 삼엄해졌지만 점차 느슨해져서 지금은 신원 확인도 거의 하지 않는다고 합니다. 다만 리사이 님의 경우는……."

아센이 장악한 관청에는 리사이가 교소를 시해한 범인으로 알려져 있다.

"벌써 육 년이 지났어. 실제로 임우에서도 검문은 하지 않지만……."

과거 주벌이 내려진 직후 문주에 갔을 때, 큰 도시는 도저히 발을 들일 수 있는 상황이 아니었다. 하지만 그 당시 경비가 삼엄했던 임우도 지금은 수배인에게 관심이 거의 없는 것 같다. 리사이가 한쪽 팔을 잃은 것도 혐의를 피하는 데 도움이 되었을 것이다.

"하지만 규산은 눈치챘죠?"

세이시가 초조한 듯 말했다.

"수배는 당연히 내려졌을 테고, 이제 와 리사이 님이 대역 사건을 저질렀다고 믿는 백성은 없을 테지만 그래도 역시 조심하시는 편이."

"임우 주변에 교소 님의 흔적이 없는 이상 언젠가는 탐색 범위를 동서로 넓히지 않으면 안 돼. 백랑은 위험하지만 사람이 모여드는 도시이기도 하지. 즉 정보가 모이는 장소야. 경우에 따라서는 거점을 백랑으로 옮겨야 할 수도 있어. 언제까지고 피할 수는 없지."

"그거야…… 맞는 말씀입니다만."

"한번 가보고, 어느 정도 위험한지 확인해두고 싶군."

세이시는 잠시 동안 생각에 잠겨 있다 이내 고개를 끄덕였다.

002

아문관이 백랑 거리 한복판에 있는 게 아니라 교외에 있어 그나마 다행이었다. 리사이 일행은 우선 임우로 떠났다. 요타쿠에게 거처를 맡기고 이번에는 기이쓰도 함께 가기로 했다. 호요를 만나기 위해서는 부구원의 이름이 필요했다.

임우에서 백랑까지는 말을 타고 여드레는 걸린다. 이튿날 리사이 일행은 가교에 도착했고 또 사흘째 날 낮에는 교소가 사라졌다는 주변을 지나갔다. 세이시가 당시 교소가 대열에서 벗어난 장소라고 일컫는 위치를 가르쳐주었다. 세이시도 당시 문주에 있던 게 아니어서 전해 들은 이야기이었지만 가도에서 용계로 빠져나가는 산길에서 그리 멀지 않은 냇가에 있는 다리 옆이었다.

─분명 여기에서 함양산으로 갔을 것이다.

호위로 알려진 아셴 휘하의 병사들과 함께 용계 방면으로 산길을 올라갔고 병사들만이 그 길을 되돌아왔다.

이것이 모든 일의 시작이었다고 생각하니 견딜 수 없었다.

지금 그 길은 하얗게 얼어붙어 적막이 흐르고 있다. 우뚝 솟아 있는 벼랑 사이로 난 좁은 산길에는 지나다니는 사람이 없어 얼어붙은 눈길에 사람 발자국 하나 없었다.

다음 날 해 질 무렵, 철위 방면의 가도가 나오는 분기점에 다다랐다. 황량한 풍경이 주변에 펼쳐져 있었다. 바람이 어젯밤 사이에 쌓인 눈을 휘감아 주변을 뿌옇게 만들고 있다. 이곳에서부터 철위까지가 아센의 주벌이 가장 가혹했던 지역이었다. 특히 철위 주변은 더이상 사람이 살 수 없는 땅이 되었다. 대부분의 마을은 폐허가 되었고 이목 또한 시들었다. 이목이 없는 마을에는 사람이 정착하지 않는다. 행정상으로도 폐허로 분류되어, 어떠한 지원도 받을 수 없다. 가도에 인접한 마을만은 건물을 수리해 나름대로 재건해놨지만 경작할 사람을 잃은 황폐한 농지는 몹시 삭막했다.

임우를 떠난 지 엿새가 되자 리사이 일행의 긴장감도 팽팽해졌다. 저 멀리 눈이 쌓인 능운산이 희미하게 보였다. 백랑이 있는 백랑산이었다. 보통 산이 보일 정도까지 가까이 가면 방비가 강화된다. 길목에 있는 사사師士도 많아지는 게 보통이지만 이곳 문주에서는 그다지 많아진 것처럼 보이지 않았다. 마을에 들어갈 때 신분 검사도 거의 하지 않았고 단속도 심하게 하는 것 같지 않았다. 실제로 마을에 있는 거리는 다른 도시와 별반 다를 바 없이 엉망이었다. 나라의 손길이 충분히 미치지 않은 모습이었고 황민도 많았다. 사람들은 바람이 피해 가는 그늘에서 불을 피우고, 그 불을 에워싸듯 옹기종기 모여 거적 한 장을 다 같이 뒤집어쓰고 있었다.

"방치된 건가……. 이렇게 가까운 곳마저도?"

리사이가 답답해하자 세이시가 고개를 끄덕였다.

"소문으로는 들었습니다만 정말로 소문이 틀리지 않았나 보군요."

세이시조차도 백랑에는 가까이 가지 않으려고 했다. 별다른 경비는 없다는 소식을 들은 적이 있었지만 그럴 리가 없다고 생각했다. 함께 여행을 했던 신농 슈코는 임우 주변을 중심으로 장사를 하고 있었으니 백랑에 관해서는 잘 몰랐다. 신농을 통해 풍기가 문란해졌다는 소문도 들어 당연히 나름대로 단속을 하고 있을 줄 알았다.

"잘 생각해보면 백랑의 경비가 삼엄하면 감찰 없는 옥을 매입할 수 있을 리가 없어요. 뒷장사가 가능했던 것 자체가 풍기가 어지러워졌다는 증거일지도 모르겠네요."

그래도 검문받을 일이 생기지 않도록 조심하며 리사이 일행은 백랑으로 다가갔다. 어디서 누구의 눈에도 띄지 않으리라 장담할 수는 없지만 다행인지 불행인지 문주는 혹한기에 접어들려

하고 있었다. 여행자라면 누구나 비슷한 외투를 껴입었고 방한모를 눈까지 푹 내려 썼다. 코끝까지 목도리를 올려 감은 자들도 많았다. 이래서는 얼굴을 확인할 수 없을 것이다. 그래도 백랑인지라 정권 검사는 하는 것 같았는데 리사이는 다이키와 함께 각각 경국과 농가에서 가명으로 된 정권을 발행받았기에 문제없다. 게다가 아문관은 백랑 외곽에 있었다.

"교왕의 사치로 쌓아 올린 부인가……."

리사이는 작은 목소리로 중얼거리고 그 위용을 올려다봤다. 목도리 틈새로 새하얀 호흡이 비어져 나와 눈썹을 얼렸다.

백랑 마을은 백랑산 기슭에 펼쳐져 있었고, 일그러진 모양의 곽벽 바깥쪽, 뾰족하게 솟은 봉우리를 끼고 있는 골짜기에 나무 정원이 있었다. 골짜기 입구를 막고 있는 것처럼 거대한 문루가 우뚝 서 있는 게 보인다. 높은 담벼락이 좌우로 에워싸고 있어 안을 들여다볼 수 없었다. 광대한 정원은 골짜기를 따라 이어져 있다고 한다. 골짜기 안쪽 민둥한 부분에 흩어져 있는 누각이 멀리서 간신히 보였다.

리사이는 고개를 끄덕였다. 확실히 정원이라고 부르기는 어려웠다. 골짜기를 따라 크고 작은 법당을 배치한 사원 또는 도관으로밖에 보이지 않았다.

"호요는 거의 일 년 내내 아문관에서 지낸다고 합니다. 건축에

탐닉해 이곳에 곤륜의 현포를 짓겠다고 큰소리를 쳤다더군요."

"자기가 서왕모라도 된다는 소린가."

리사이는 입을 연 순간 한기를 느꼈다. 리사이는 딱 한 번, 서왕모를 알현한 적이 있다. 사람들에게 자녀를 하사하기에 위대한 어머니로서 숭배받는 서왕모였지만 실체는 표정 하나 없는 차디찬 얼음과 같은 여신이었다.

—이곳의 서왕모는 어떠할까.

기이쓰가 부구원의 이름으로 면회를 요청했다. 문루에 붙어 있는 건물로 가서 안내를 부탁한 리사이 일행은 오랜 시간 기다린 끝에 정문에 있는 훨씬 더 큰 누각으로 안내받았다. 석조로 된 독특한 형태의 누각은 산골짜기 풍경을 바라보지 못하게 막고 있었다. 마치 거대한 가림벽 같았다.

"처음부터 있던 건물인가."

리사이가 작은 목소리로 말하자 기이쓰가 고개를 갸웃했다.

"저도 처음 와봐서요……. 도관의 건물로는 보이지 않네요."

리사이도 동의했다. 도관에는 도관에, 사원에는 사원에 그리고 관아에는 관아에 걸맞은 양식이 있다. 이 누각은 어디에도 해당되지 않았다. 양옆으로 두 개의 날개가 펼쳐져 있고 천장이 높은 삼 층짜리 건물이었다. 지붕은 조립한 것처럼 거대하고 각진 건물 위에 얹혀 있었다. 가운데 큰 지붕과 건물 양쪽 날개 부분의 겹지붕은 망루처럼 보였다. 낮은 지붕이 망루를 서로 이었다. 외벽은 두툼하게 돌로 쌓여 있었고 화려한 색의 꽃과 새가 벽 한 가득 새겨져 있었다. 외벽에 세워진 붉은 돌기둥은 지주인 것 같았다. 지주에는 푸른 용이 휘감겼고, 거대한 문에는 용과 구름과 연기가 그려진 현란한 색의 경첩이 장식되어 있었다.

허세라는 단어가 떠올랐다. 벽에도 지붕에도 문에도. 창문에 있는 쇠창살마저도 허세가 심한 장식으로 채워져 있었다.

문루와 정면에 있는 누각 사이에 정원이 있었는데 양옆으로 자그마한 정당이 있었다. 리사이 일행은 눈이 깨끗하게 쓸린 정원을 가로질러 정당으로 향했다. 리사이는 세이시와 호토를 정당에 남겨두고 도복으로 몸을 감싼 교시와 기이쓰를 데리고 누각으로 들어갔다. 종으로 보이는 곱게 꾸민 여인으로부터 안내받은 내부는 바깥과 큰 차이가 없었다. 벽과 기둥을 뒤덮은 꽃 장식, 곳곳에 놓여 있는 항아리와 조각, 옥을 도려내 만든 병풍, 어디를 보아도 부를 과시하려는 화려한 장식들이었다. 따뜻하고 화려한 넓은 공간을 지나고도 끝이 아닌 듯 커다란 문이 앞에 놓여 있었다. 조각을 내고 금박과 귀한 돌로 장식한 문을 통과했다. 문을 지나자 하얀 돌바닥과 금색과 주홍색으로 꾸며진 하얀 석벽으로 된 대청이 나타났다. 정면으로 보이는 벽에는 유리가 끼워진 가늘고 긴 문이 늘어져 있었는데, 그 문 너머로 나무와 거대한 기석을 채워놓은 뜰이 보였다.

그 창문을 등지고 앉아 있는 것이 호요일 것이다. 호요는 쉰살 정도 된 피부가 하얗고 통통해 인자한 어머니 같은 인상의 여자였는데, 사치스러운 의상과 보석, 그리고 무엇보다도 방심할 수 없는 눈매가 그 인상을 배신했다.

"부구원 분께서 무슨 일이시지?"

따스한 대청에서 화려한 장의자에 느긋하게 앉아 있는 호요가 부드럽게 미소 지으며 물었다. 기이쓰는 소개장을 꺼내 건네며 정중하게 공수일례를 했다.

"만나주셔서 감사합니다."

기이쓰는 격식에 따라 자기소개를 하고 리사이와 교시를 손님이라고 소개하며 무난하고 의례적인 인사를 나누었다. 중요하지 않은 대화를 한차례 나눈 뒤 호요가 본론을 물었다.

"그래서 어인 일로?"

기이쓰가 표정을 가다듬었다.

"실은 옆에 계신 손님께서 사람을 찾고 있습니다. 호요 님께서 황민에게 옥을 사들이고 계시다 들었습니다."

"설마요."

호요는 옥으로 만든 부채를 입가에 가져다 대며 웃었다.

"옥을 채굴하려면 관허가 필요하답니다. 가련한 황민들에게 관허가 내려질 리 없죠."

"아아, 송구하옵니다. 옥을 사들이시는 것을 특별히 탓하려는 게 아닙니다. 황민도 목숨을 유지할 수단은 있어야겠지요. 만약 호요 님께서 황민을 돕고 계시는 거라면 오히려 부구원에서 감사의 인사를 하지 않으면 안 됩니다."

"참으로 아량이 넓기도 하여라."

호요는 붉은 입술을 비죽거리며 미소 지었다.

"하지만 저희는 관허가 없는 돌은 받지 않는답니다. 아무래도 왕궁과 주성에도 돌을 납품하고 있다 보니 설령 자선을 베푸는 일이라고 해도 법을 어길 수는 없어서 말이지요."

"그러하십니까."

너무나도 속이 훤히 들여다보이는 말이었지만 기이쓰는 짧게 대답하고 뒤이어 말했다.

"좀 전에 말씀드렸다시피 저희는 사람을 찾고 있습니다. 그 사람의 행방을 아는 사람이 돌멩이를 주워 모으던 황민 중에 있지 않을까 추측하고 있습니다. 하지만 아무래도 황민이다 보니 어디로 가야 만날 수 있는지 잘 모르겠습니다. 부디 황민에 대해 잘 아는 사람을 소개받고 싶습니다."

"그렇다면 저를 찾아오신 건 헛걸음이시겠습니다. 오히려 부구원 분께서 황민의 동태에 대해 더 자세히 알고 계시지 않으니까?"

리사이는 호요가 명백히 비꼬며 말하고 있다고 느꼈다. 부구원이 황민을 보호하고 있다는 사실을 알고 있다. 그걸 알고서 본인들이 데리고 있는 황민에게 물으면 될 것을 그렇게 하지 않는 것은 다른 목적이 있는 게 아니냐며 돌려 말하고 있었다.

호요는 억지웃음을 지으며 말했다.

"저는 은거한 몸입니다. 낙이라고는 이 정원뿐이지요. 바깥세상이 어떻게 돌아가는지 잘 모릅니다."

"몹시 훌륭한 정원입니다."

"이제 반 정도 꾸몄으려나요. 다 만들어지면 꼭 한번 오셔서 구경하셔요."

호요의 태도는 말과 달리 기이쓰를 얕잡아보는 모습이었다. 리사이가 무심결에 입을 열었다.

"자금이 꽤나 들었겠소."

"그거야 뭐."

"후가가 문주 제일의 거상이라고 하던가요. 교왕이 필시 중용했겠지요."

교왕의 사치에 가담함으로써 대국이 기우는 일에도 가담했다.

호요는 노골적으로 모멸에 찬 표정을 지으며 웃었다.

"교왕께서 참으로 많이 감싸주셨지요."

호요는 넉살 좋게 대답했다.

"저희 물건을 어찌나 맘에 들어 해주시던지. 주상을 위해 준비했다고 말씀드리면 물건도 보지 않고 사주실 정도였으니까요."

"재미도 좀 보셨겠군."

"그런 당연한 말씀을. 좌우간 저희가 매긴 가격대로 사셨으니까요. 그거참 대단히 감사한 단골손님이셨죠."

호요는 태연하게 서슴없이 말했다.

"저희 같은 사람이 감히 건방지게 정의를 주장하며 거부한다한들, 결국에는 하찮은 관리가 하찮은 상인에게 넘겨줄 뿐입니다. 어차피 여기저기 뿌려질 재산이라면 제 손에 떨어지는 게 조금이라도 더 나은 곳에 쓰이지 않을까요?"

"더 나은 곳, 말인가."

리사이는 대답하고 휘황찬란하다고밖에 형언할 수 없는 대청을 둘러보았다.

"생활이 어려운 백성이 고생해서 주워 모은 돌멩이를 싼값에 사들여 더 나은 곳에 사용하면 그만이라는 소리로군."

호요는 씨익 미소를 지으며 긴 의자에 기대어 부채를 입가에 댄 채 얕잡아 보듯 눈을 가늘게 떴다.

"무엇이 더 나은지 아닌지는 내가 결정해."

목소리의 분위기가 바뀌었다. 리사이는 대꾸하지 않았다. 사리사욕 말고는 보이는 게 없는 자에게는 무슨 말을 해도 무의미했다.

"돌멩이는 틀림없이 사들였지. 지금도 사들이고 있어. 그거야말로 자선 아닌가?"

호요는 뻔뻔스러운 미소를 지었다.

"다른 옥천에서 좋은 물건이 들어오니 황민이 주워 온 돌멩이 따위 아무짝에도 쓸모없지만, 그 인간들도 먹고는 살아야지."

물론, 호요는 말을 덧붙였다.

"이익이야 좀 봤지. 싸게 사서 비싸게 파는 게 상인의 기본자세니까. 돌을 판 인간들은 가격을 후려쳤다고 뒤에서 구시렁거리겠지만 우리가 부르는 가격에 불만이 있으면 다른 전포에 가져가면 그만이야. 투덜거리면서도 우리한테 온다는 건 그걸로 충분하다는 거 아니겠어?"

"달리 방도가 없어서 그런 건 아닌가?"

"그럴지도 모르지."

호요는 소리 높여 웃었다.

"뭐, 출처를 묻지 않고 사들이는 전포는 그다지 없으니까. 그렇다고 해서 법을 어겼다느니 하는 말은 하지 말아줬으면 해. 나는 그저 출처를 묻지 않았을 뿐이야. 돌을 가져왔으니 허가야 받았겠지. 허가가 없으면 돌을 채굴하거나 주울 수도 없을 테니까.

이러니저러니 추궁해서 우리가 의심하고 있다고 생각하면 장사
에 지장이 생기거든."

본인들의 방식 그 자체로는 위법이 아니고 타인에게서 책망받
을 이유도 없다고 호요는 말했다. 돌멩이를 팔러 오는 황민은 호
요에게 손님이다. 쓸데없는 말을 묻지 않고 그저 돈을 지불할 뿐
이다.

"괜히 말을 섞었다가 수상한 출처에 대해 쓸데없는 얘기까지
듣게 될지도 몰라. 그러니 전포 직원은 거의 얼굴도 마주치지 않
고 그저 거래만 하는 거지. 내가 그렇게 하라고 했어. 그러니까
황민에 관한 소문 따위 귀에 들어올 리도 없고 하물며 얼굴이나
이름도 알 리가 없지."

호요는 부러 과장되게 한숨을 푹 쉬었다.

"……그것참 헛걸음을 하시게 돼서 안타깝군요."

빙긋 웃으며 호요는 손짓을 했다. 대청 구석에 있던 종에게 말
했다.

"손님께서 돌아가신다고 한다."

곧바로 종이 다가왔고 그와 동시에 뒤에 있는 문에서도 종복
이 여러 명 나타났다. 종들에게 내쫓기듯 리사이 일행은 대청에
서도 건물에서도 밀려 나왔다. 기다리고 있던 세이시와 호토와
합류하자마자 종들은 은근하게 건방진 태도로 리사이 일행을 얼

어붙은 문 밖으로 쫓아냈다.

"거참."

기이쓰는 실소를 하며 고개를 내저었다. 호토의 어땠냐는 질문에 교시도 마찬가지로 실소를 하며 대답했다.

"여걸이라고 하나요. 가공할 만한 분이셨습니다." 우선 전포의 정황을 살펴보는 게 우선이다. 원래부터 백랑에 들릴 예정이었다. 교시와 호토만이라도 마을로 들어가 전포를 살펴보기로 했다. 백랑으로 향하는 눈길을 걸으며 리사이가 말했다.

"얻은 건 없지만, 호요가 정말로 아무것도 모르는지 의심스럽군."

"뭔가 감추기라도 하고 있다는 말씀이신가요?"

세이시가 벼르며 말했지만 리사이는 고개를 저었다.

"우리가 알고 싶은 사실을 숨기고 있는지 어떤지는 몰라. 숨기는 일은 많아 보였지만. 뒤가 구린 일이 있겠지."

"그게 다일까요."

교시가 입을 열었다. 의아해하며 뒤돌아본 리사이에게 이야기했다.

"저는 줄곧 주변을 지켜보고 있었는데 그 별장은 어딘지 모르게 이상합니다."

"이상하다고?"

"창문 너머로 뜰이 보였습니다. 나무나 돌 때문에 풍경이 보이지 않았지만 사이사이로 정원의 모습이 슬쩍 보였어요. 저 멀리로 건물이 하나 보였고 그곳을 드나드는 사람들이 보였는데 죄다 인부 아니면 직공처럼 보였습니다."

"축조중이지 않았나?"

"그렇다고 해도 이상합니다. 그렇게나 화려한 별장인데요. 하인들도 그럴싸한 의복을 두르는 것도 당연할 겁니다. 실제로도 안내하던 하인은 꽤나 훌륭한 옷차림이었고요. 하지만 그런 하인이 있는 건 문루와 특이한 본관뿐인 것 같습니다. 나머지는 축조중인지 아닌지 모를 건물로 직공으로 보이는 자들이 드나들 뿐이었습니다. 마치 그건 숙소 같았어요."

"숙소……."

리사이가 생각에 잠기자 세이시가 입을 열었다.

"그러고 보니 저도 마음에 걸리는 게 있었습니다. 문루 정면에 본관이 있는 것도 이상하고 그 본관이 돌로 만들어진 것도 특이했어요. 그렇게 덩치가 큰 건물이 정원을 완벽하게 감시하는 장벽처럼 되어 있었어요."

"그래 보였지."

"그뿐만이 아닙니다. 정당에서 기다리는 동안 주변을 좀 봤는데 문루에서 본관까지 펼쳐져 있는 전원은 밀폐된 공간처럼 되어 있었습니다. 아무래도 넓기도 하고 형태가 복잡하게 생겨서 한 번 보고 정확하게 알 수는 없지만 그 전원은 본관과 연결되는 복도로 완전히 둘러싸여 있어요."

세이시가 계속해서 말했다.

"본관 문은 청동으로 만들어진 것 같았습니다. 조각을 낸 곳에 금박을 붙여놔 화려하게 보이긴 했는데, 청동으로 된 문이라니 좀 수상합니다. 전원에 뚫려 있던 창문도 죄다 높은 곳에 있었고 금이나 은, 조각을 내서 장식을 했다고는 하지만 하나같이 전부 견고한 쇠창살이 끼워져 있었습니다. 쇠창살이 없는 창문은 다 작았고요."

"분명 그랬어……."

"이상하리만큼 견고해 보이는 본관과 복도가 마치 성과 같았습니다. 전원 그 자체로 옹성이었어요. 옹성은 대개 외벽 바깥쪽으로 튀어나와 있는데 이건 안으로 파여 있을 뿐이었어요."

"문루에서 밀려오는 적이 전원에 다다르면 사방에서 공격을 할 수 있는 건가?"

세이시가 고개를 끄덕였다.

"그렇게 생각한다면 쇠창살이 없는 작은 창은 1층과 2층 사이에 공간이 있다면 화살을 쏘기 위한 성가퀴에 해당하겠네요."

리사이는 뒤돌아 누각을 바라봤다.

아문관은 공격에 대비하고 있는 걸까?

리사이 일행은 큰길까지 돌아와 그날의 일정을 바꿔 아문관으로 가는 길을 감시했다. 눈 속을 헤쳐 아문관과 가까운 산봉우리를 하나 올랐다. 각도가 맞지 않아 아문관 전체를 내다볼 수는 없었지만 눈이 뒤덮인 골짜기 사이로 화려한 정원이 보였고 틀림없이 크고 작은 건물들이 늘어져 있었다. 리사이 일행이 있는 곳에서는 건물에 드나드는 사람들의 복장까지는 분별할 수 없다.

아문관을 출입하는 사람은 많지 않은 듯했다. 사람이 거의 지나다니지 않았지만 짐수레 세 대가 줄줄이 들어가는 건 목격했다. 실려 있는 짐은 건물을 짓거나 정원을 조성하기 위한 자재로는 보이지 않았다. 하나같이 꼼꼼하게 쌓인 나무 상자로 무게가 꽤 나가는 것 같았다. 옥의 소재가 되는 돌멩이인가 싶었지만 그에 비해 숯으로 보이는 대량의 짐도 운반되었다. 이를 본 교시가 말했다.

"화로가 있는 게 아닐까요?"

"방고래가 아닐까요?"

바닥 밑으로 연기를 흐르게 해 방을 따뜻하게 하는 설비다. 호요를 만난 대청은 겉옷을 입지 않아도 될 정도로 따뜻했다. 호요 정도의 재력이라면 건물 전체에 같은 설비를 했다 해도 이상하지 않았다.

"아닐 것 같아요. 저쪽에 굴뚝 보이시죠? 저만한 크기에 저 정도 높이입니다. 저런 건 화로에 필요 없어요. 저 정도 높이가 필요한 건 꽤나 높은 온도가 필요할 때뿐입니다."

"꽤 높은 온도라."

리사이의 질문에 교시는 고개를 끄덕였다.

"예를 들면 금속을 녹이는 일 같은 거요. 쇠붙이를 제련하는 거 아닐까요?"

설마, 리사이가 중얼거렸다.

광산과 광석을 취급하는 건 지관의 직권 테두리 안에 있었다. 광산 자체는 지관 중 수인燧人의 직관 안에 있었고 캐낸 광석을 유통하는 건 지관 중 사시司市의 직권에 포함됐다. 하지만 제련된 금속은 통화가 될 수도 있고 무기가 될 수도 있다. 시장 원리에 맡길 수만은 없으니 천관이 이것을 관리했다. 지관과 천관은 서로 전혀 다른 계통의 일인지라 두 일을 겸업할 수는 없다. 옥을 취급하는 업자가 광석을 취급할 수는 있어도 제련은 할 수 없다. 그럼에도 호요는 제련을 하고 있다. 즉 완벽한 위법행위다.

"그렇군. 뒤가 구릴 만도 하군."

아문관은 바깥을 삼엄하게 경계했다. 상당히 많은 부를 축적해서 그런가 싶었지만 아마도 그 이유 때문만은 아닌 듯하다. 법에 위반되는 제련을 하고 있기 때문이다.

"하지만, 바로 백랑 앞에서?"

기가 차다는 듯 호토가 말했다.

"바로 코앞이라고요."

"간사한 관리가 뒤를 봐주고 있겠지. 어쩌면 서로 한통속일지도 몰라. 그런 관리가 있다고 하면 꽤나 지위가 높은 인물이겠지."

썩은 관리는 어제오늘 일이 아니다. 지난 육 년간, 사욕을 탐하는 관리는 제 권력을 남용해왔다.

그후, 리사이와 세이시는 기이쓰를 데리고 백랑 바로 앞에 있는 거리에 잡은 여인숙으로 돌아왔다. 교시와 기이쓰는 백랑 안쪽으로 들어갔다. 두 사람은 백랑에 있는 숙소를 잡아 다음 날 만약을 위해 호요의 전포를 살펴봤지만 거리 중심에 있는 전포에 황민이 접근하는 모습은 전혀 보이지 않았다고 한다. 역시 감찰 없는 돌을 매입하는 건 따로 전문으로 다루는 가게가 맡고 있을 것이다.

"정작 중요한 가게가 어디에 얼마만큼 있는지는 모르겠지만⋯⋯."

리사이는 여인숙을 나오며 중얼거렸다.

"소문대로라면 황민이 드나들어도 동태를 알아내는 건 불가능할지도 모르겠군."

"그렇네요."

리사이의 말에 대답한 세이시가 목소리를 낮추며 말했다.

"역시, 있습니다."

속삭이는 말을 듣고 리사이는 티가 나지 않게 주변으로 시선을 돌렸다. 근처 전포 옆 골목 입구에서 리사이 쪽을 살펴보는 듯한 사내가 두 명, 추운 듯이 몸을 움츠리며 서 있었다.

이 사내들의 존재를 눈치챈 건, 아문관을 내려다봤던 산에서 내려왔을 때였다. 산에서 내려오다가 산길 옆 풀숲에서 기다리고 있었다는 듯 몸을 숨기고 있던 두 사람의 존재를 알아챘다. 리사이와 세이시는 눈길을 주고받으며 눈치채지 못한 것처럼 행동했다. 두 사람은 여인숙까지 뒤를 좇아왔다. 처음에는 리사이의 정체가 들통이 났나 싶었지만 보아하니 그런 것 같지는 않았다. 사사처럼 보이지 않았다. 사내들의 미행은 허술했다. 아무리 호의적으로 바라봐도 풋내기였다.

"아문관……에서 보냈으려나요."

세이시의 말에 리사이는 동의했다. 그렇게밖에 생각할 수 없다. 아문관이 리사이 일행의 동향을 살펴보기 위해 부하를 보냈을 것이다.

"꽤나 뒤가 구린 일이 있나 보군."

사사가 아니라면 신경을 쓸 필요가 없다. 오히려 아문관이 무엇을 경계하고 있고 어디까지 할 속셈인지 확인하고 싶었다. 그래서 일부러 눈치채지 못한 척 행동하고 있다. 여인숙 가까이에 숨어 있던 두 사람 중 한 명은 어제와 다른 사람이었다. 그런 걸로 보아 상대방은 꽤 긴 기간 동안 감시하려는 걸지도 모른다.

사내들은 리사이 일행이 임우로 돌아갈 때까지 사람을 바꿔가며 미행했다. 임우로 돌아오고 나서는 하루 종일 감시당하지는 않았지만 거처 주변에서 거처를 감시하는 사내들을 목격할 때가 있었다.

003

—이번에도 아무런 단서도 찾지 못했다.

리사이 일행은 찬바람을 견뎌내며 풀이 죽은 채 백랑에서 돌아왔다. 거리마다 호요의 가게가 없는지 들리는 소문은 없는지 신경을 곤두세웠지만 아무런 수확도 얻을 수 없었다. 성과 없는 여정에 피로만이 쌓여갈 뿐이었다. 아무리 거부해도 차디찬 바람이 몸에 스며들었다.

함양산, 은천, 근처에 있는 폐허가 된 마을, 그리고 백랑. 리사이 일행이 찾으러 가는 곳마다 헛걸음으로 끝나고 있다. 손에 넣은 것이라고는 대국의 안타까운 현실뿐이었다. 황폐함이 불러낸 화적, 화적이 점거하도록 놓아두고 있는 현실, 그리고 그 화적에게도 힘든 삶이 있다는 것. 위험을 감내하고서라도 돌을 줍는 황민들, 겨우 손에 넣은 돌은 살해당하고 빼앗겨버린다. 빼앗은 자도 재산을 노린 자에게 공격받는 게 대국의 현실이다. 도망칠 장소도 없어 폐허에 숨어 들어갔다 굶어 죽는 자가 있는 반면 이러한 황민을 먹잇감으로 불법 거래를 하며 부를 쌓은 자도 있다.

여행중 지나친 마을들은 하나같이 확연히 메말라 있었다. 전쟁의 흔적과 모여드는 황민들, 눈이 쌓인 공지를 메우는 무덤. 불법이 버젓이 자행되어 부정부패에 백성이 곪고 있다. 그런데도 이 모든 것을 바로잡으려고 하지 않는다.

—정당한 왕이 없다.

그런 괴로운 와중에도 백성의 삶은 계속되고 있다. 사람들은 하루하루를 살아가며 각자의 삶을 필사적으로 지켜내고 있다. 그러한 모습에 잔인하게도 어두운 그림자가 슬며시 다가오고 있었다.

리사이는 이런저런 생각을 하며 임우로 돌아왔다. 오랜만에 만난 히엔을 꼼꼼히 보살펴주고 은신처로 돌아가자 손님이 기다리고 있었다.

"마음에 걸리는 일이 있어서 말이죠."

기다리고 있던 사람은 바로 나이 든 신농 슈코였다.

"마음에 걸리는 일?"

리사이가 묻는 동시에 뒤에 있던 문이 열리며 기이쓰의 쉰 목소리가 들렸다.

"이거 이기 슈코 씨 아닌가! 오랜만이네."

"세이시 님." 슈코는 주름진 얼굴로 미소를 지었다.

"잘 지내셨는가?"

"덕분에 잘 지냈지. 슈코도 건강해 보이니 다행일세."

웃으며 끄덕이던 슈코는 의아해하는 리사이의 시선을 느꼈다.

"세이시 님이 계시다니 마침 잘됐군요. 전에 제가 마음에 걸린다던 마을을 기억하십니까?"

"마을?"

세이시는 기억을 더듬는 듯 미간을 찌푸리며 허공을 노려봤다.

"고백과 가까웠던 작은 마을…… 노안老安이었던가?"

세이시는 계속해서 미간을 찌푸리다가 겨우 무언가 생각난 듯 소리를 높였다.

"부상자라도 있는 게 아니냐 했던 마을인가?"

슈코가 크게 고개를 끄덕였다. 리사이는 "부상자"라고 입으로 작게 되뇌었다.

"함양산 남동쪽, 저강에서 산 쪽으로 들어가면 고백이라는 현

성이 있습니다. 육 년 전에 있던 문주의 난의 발단이 된 마을이
지요."

"화적이 고백을 점거한 게 시작이었던가."

세이시도 끄덕였다.

"고백 근처에 있는 산에 형문이라는 옥천이 있습니다. 형문에
있던 화적이 난을 일으키고 고백을 덮쳐 현성을 점거한 게 발단
이었지요. 애초에 형문에 있던 화적들이 방약 무도한 짓을 많이
저질렀고 고백을 포함한 주변의 마을들은 그들의 횡포에 울상이
었습니다. 그 주변에는 평지가 거의 없어서 제대로 된 넓이의 농
지를 찾아볼 수 없어요. 원래부터 풍족하지 못한 곳이지요. 옥천
이 있어도 화적이 점거하고 있으니 득을 보기는 어려웠습니다.
그럼에도 식량이 부족하면 주변 마을로 쳐들어가 공짜나 다름없
는 가격으로 빼앗아 가지요."

"이게 고백이 휩쓸린 소동이었고."

슈코는 계속해서 이야기했다.

"소동에 휘말려 피해를 입고, 그후에는 주벌로 인해 엉망이 되
었습니다. 괴멸에 가까울 정도로 피해를 입은 마을도 있는 반면,
황민이 밀려들어오는 바람에 마을의 기능을 상실한 곳도 있습니
다. 그 와중에 비교적 피해가 적었던 마을이 노안입니다."

"분명 고백 근처 산에 있었지. 좁은 농지가 고지대 바위산 기

숲에 층층이 있던 곳이었어."

"그 마을이 어쨌다는 거지?"

리사이가 물었다.

"산 위에 있던 가난한 마을이니 형문에 있던 화적들도 그렇게 자주 갈취하지는 않았답니다. 오가기 힘든 지형 탓에 그 뒤에 일어난 소동에서도 비교적 별 탈 없이 넘어갈 수 있었던 마을입니다. 피해를 입은 주변 마을에 황민이 많이 생기긴 했는데 변변치 못한 고지대이다 보니 그들이 들이닥치는 일도 없었지요. 그렇다고 해서 전혀 없었던 건 아닙니다. 소수의 황민이 몸을 의지하고 있다는데 마을은 황민을 거부하고 있지 않습니다. 원래 주민도 적었고 문주의 난으로 인구도 줄어들었으니 황민이 와주는 게 일손도 늘어 고마운 일인 거지요."

"황민 중에 부상자가 있다는 건가?"

서두르지 말아달라며 슈코가 손을 들었다.

"조금만 기다려주시지요. 황민은 있지만 주민과도 잘 지내고 있습니다. 전란으로 입은 피해가 적지는 않지만 처음부터 그랬던 것처럼 여전히 불편하고 가난한 마을입니다. 전란 때 화재로 집을 잃은 황민이 있어서 그런지 난이 끝난 뒤에는 상처에 바르는 약이나 보양에 필요한 약의 수요가 많았습니다. 난이 일어나기 전과 비교하면 다소간 늘었지요. 어떤 사정인지 아니 저도 부지런히 드나들었는데 아무래도 난이 일어나고 시간이 이만큼 흐르다 보니 상처에 바르는 약이나 보양에 필요한 약도 점점 필요 없게 되더군요. 어느 마을이건 비슷하게 해열제나 복통약 같은 상비약을 필요로 합니다. 이런 약들이 일정량 필요합니다. 저희도 미리 그 사실을 고려해서 짐을 꾸려 갑니다. 인구가 어느 정도인지 알면 무엇이 얼마만큼 필요한지 대략 짐작이 됩니다. 긴 세월 동안 신농을 하다 보면 그 정도는 파악이 되기도 하고 오랫동안 다니다 보면 자연스레 익히게 됩니다. 특이한 질병을 앓고 있는 사람이 있으면 어느 게 필요한지 알지요."

리사이는 아무 말 없이 고개를 끄덕이며 이야기를 재촉했다.

"그런데 이상하게도 노안은 그 숫자가 맞지 않습니다. 눈에 보이는 사람 수와 마을의 규모에 비해 필요한 약의 수가 맞지 않아요. 아무래도 그 마을에는 눈에 보이는 것보다 많은 사람이 살고 있는 것 같습니다. ……흔치 않은 일은 아닙니다. 문주에서는 오히려 마을 규모와는 상관없이 일어나는 일이지요. 황민을 받아들이다 보니 인구는 늘었지만 세금 문제로 관청에 사실을 감추는 일이 있습니다. 아니면 대놓고는 못 할 장사가 뿌리내리고 있어 곤란한 경우도 있지요. 화적과 같은 범죄자가 여럿 정착한 마을, 또는 위법한 장사를 하기 위해 호적이 없는 부민이나 황민을 모으고 있는 마을 같은 곳에서는 종종 있는 일입니다."

"흥미로운 이야기로군⋯⋯."

"이런 경우 마을의 규모와 약의 개수가 맞지 않습니다. 다만 그럴 때에도 눈에 보이는 사람은 나름대로 많습니다. 실제로 그 마을에 살고 있지만 관청의 호적에 올라가 있지 않은 거지요. 그래서 규모와 약의 개수가 맞지 않습니다."

"눈에 보이는 사람도 적은데 맞지 않는 경우는?"

"수배자 또는 협객, 그도 아니라면 반민을 생각할 수 있습니다. 거기에 있다는 걸 들켜서는 안 되는 주민이 있으면 마을 규모와 눈에 보이는 사람의 수가 얼추 맞아도 약의 개수가 희한하게 더 많습니다. 노안이 그랬지요."

"⋯⋯반민."

"이 역시 문주에서는 드문 일이 아닙니다. 특히 고백 일대에서는 문주의 난이 있고 난 뒤 왕사의 병사들을 몰래 숨겨주던 때가 있었습니다. 고백은 골치 아팠던 화적을 왕사가 처리해줘서 왕사에 대한 동정심이 많습니다. 특히 금군 중군에게 크게 감사하는 자가 많지요."

"중군⋯⋯. 에이쇼의 군대인가?"

슈코는 끄덕였다.

"제일 먼저 달려와 도와준 군대였으니까요. 게다가 중군이 잘 대해줬다고 말하는 자도 많습니다. 그 탓에 난이 있고 난 뒤에 왕사의 병사를 숨겨주던 마을이 많았고 그로 인해 주벌을 받은 마을도 있는 반면 병사 스스로가 마을에 폐가 될까 싶어 떠났다는 곳도 있었습니다. 하지만 노안은 주벌을 받지 않았지요. 아마도 누군가를 숨겨주고 있긴 하지만 지금까지도 발각되지 않은 것 같습니다."

"왕사의 병사인가?"

"모르겠습니다. 저처럼 정기적으로 마을을 방문하는 신농은 다음 방문 때 필요한 물품을 의뢰받기도 합니다. 그중에는 숫돌과 기름 등 무기 손질에 쓸 법한 물건이 있었습니다. 병사인지 아닌지는 몰라도 무인이긴 한 것 같습니다. 하지만 많지 않습니다. 기껏해야 몇 명 정도겠죠."

슈코의 이야기를 세이시가 뒤이었다.

"이 이야기를 듣고 몇 번 함께 간 적이 있습니다. 혹시 왕사의 생존자일지도 모른다는 생각에 마을을 한 바퀴 돌아봤습니다. 숨어 있는 사람이 저를 알아볼지도 모르니까요. 하지만 아무 일도 없었습니다. 주민들을 떠봤지만 별 반응이 없었어요."

유감스러웠다며 슈코는 착잡한 웃음을 지었다.

"설령 누군가가 마을에 숨어 있다고 해도 대부분 병사가 아니라 주벌의 대상이 되었던 마을의 주민입니다. 또 다른 주벌에 몸을 떨며 숨어 있는 거죠. 마을 사람들도 선심과 호신 차원에서

이 사실을 숨기고 있습니다. 저는 노안이 이러한 사정일 거라고 생각했어요. 다만 노안은 상처용 약의 수요가 많았어요. 중상을 입은 부상자가 있는 게 아닐까 싶었습니다."

"중상을 입은……."

리사이는 살짝 몸을 앞으로 내밀었다.

"소비되는 약을 보아하니 꽤나 깊은 상처를 입은 자가 있었던 것 같습니다. 주민에게 물어봐도 그런 일은 없다며 시치미를 떼니 숨어 있는 누군가가 바로 그 중상자임이 틀림없을 겁니다. 게다가 약은 그 개수가 늘거나 줄기는 해도 요 육 년 동안 수요는 끊이지 않았습니다. 아직 다 아물지 않은 겁니다. 그런데……."

슈코는 목소리를 낮췄다.

"바로 며칠 전에 노안을 방문했는데 상처용 약을 전보다 적게 사더군요. 보양용 약이나 보약도 전보다 양이 줄었습니다. 필요가 없어진 것 같았어요. 그뿐만 아니라 근 시일 내에 근처를 지날 일이 있으면 검이나 창 다섯 자루를 융통해줄 수 없느냐며 부탁을 하더군요."

"검이나 창."

리사이의 표정이 굳었다. 교시도 심장이 크게 뛰는 게 느껴졌다. 큰 상처를 입은 사람. 줄곧 약이 필요했지만 이제는 필요 없어졌다. 그 대신 검 또는 창을 원하고 있다…….

"가보지."

"기다려주세요."

세이시가 막았다.

"마을 사람들은 매우 신중하게 그 사람을 숨겨주고 있습니다. 자칫 잘못했다가는 위험을 느껴 행방을 감출 가능성이 있습니다. 슈코에게 검을 가져가게 하시죠. 저는 예전에도 몇 번 슈코의 제자로 동행한 적이 있으니 제가 함께 가겠습니다."

"부탁하네."

리사이가 수긍했다. 그리고 뒤돌아 슈코를 보았다.

"검이나 창이라면 뭐든 괜찮은 건가?"

"잘 베이는 걸로 부탁한다고 했습니다. 동기銅器를 구하기 어렵다면 잘 베이는 걸로 부탁한다며. 쇠로 된 무기라면 얼마가 들어도 괜찮다고 했습니다."

드디어 수상하다 싶은 단서를 잡았다 생각한 교시는 주먹을 쥐었다. 그 정도의 재력이 근처 한촌에 있을 리가 없다. 게다가 단순히 호신용이라면 동기가 필요할 리가 없다. 화적이나 협객은 아닐 것이다. 적어도 병사일 것이다. 앞뒤 사정을 생각해보면 왕사의 잔당…… 또는.

육 년 전에 큰 부상을 입었다. 이제껏 상처를 치료하고 있었다.

답을 찾아 방황하던 시선이 호토와 마주쳤다. 호토도 이해가 되었다는 듯 고개를 크게 끄덕였다.

가능성은 있다.

004

리사이는 곧바로 적당한 검을 구했고, 그로부터 이틀 후 세이시와 슈코가 검을 가지고 흩날리는 눈을 맞으며 노안으로 떠났다. 노안까지는 말을 타고 이틀 정도 걸린다고 한다. 다시 돌아올 때까지의 시간이 길게 느껴진다. 눈보라가 휘몰아치기라도 하면 기다리는 시간은 더욱 길어질 것이다. 이럴 때 기수를 사용하면 좋겠지만 사람 눈에 띄니 쓰지 못하는 게 안타까웠다.

세이시와 슈코가 떠나고 사흘 뒤 안절부절못하며 기다리고 있던 참에 오랜만에 기이쓰가 찾아왔다. 요 며칠 동안 날씨가 나쁘지 않았다. 대신 몸이 저릴 만큼 춥기는 했지만 여행자의 발걸음을 막을 정도로 눈이 내리지는 않았다. 이날 역시 약하기는 해도 엷은 햇살이 비추어 추위가 누그러졌다. 그러한 가운데 찾아온 기이쓰는 당황한 기색이 역력했다.

"무슨 일이라도 있는가?"

리사이가 물어도 시선을 피할 뿐 대답하지 않는다. 어떤 말을 할지 열심히 생각하는 모습이었다.

"기이쓰, 무슨 일인가?"

"실은 그게……." 입을 열다가 말았다.

"그…… 뭐라고 말을 해야 할지……. 실은 오늘 조칸 님께서 꾸짖으셨습니다."

기이쓰는 고개를 들어 의아해하고 있는 리사이를 쳐다봤다. 어딘가 궁지에 몰린 듯한 표정이었다.

"리사이 님, 노하지 마시고 알려주십시오. ……태보께서 지금 어디에 계십니까?"

노골적인 질문에 리사이는 어찌 대답해야 할지 갈피를 잡지 못했다. 모른다고 대답할 수 있을 리가 없다. 리사이가 대답을 하지 못하자 기이쓰가 입을 열었다.

"리사이 님이 오실 때 수운관에 계신 엔초 님으로부터 서신을 하나 받았습니다. 그 서신에는 태보께서도 같이 계신다고 씌어 있었습니다. 하지만 실제로는……."

"그것은……."

더이상 말을 잇지 못하는 리사이 대신 교시가 말을 거들었다.

"처음에는 같이 오실 예정이었습니다. 하지만 문주가 생각했던 것보다 검문이 까다로운 상태였죠. 그래서 저희와 함께하시는 건 위험하다고 판단했습니다. 자세한 사정은 말할 수 없지만 안전한 장소에 머무르시도록 했습니다. 만에 하나 무슨 일이 일어나기라도 하면 안 되니까요."

안심한 듯 리사이가 고개를 끄덕였다. 하지만 기이쓰는 납득하지 못한 모습이었다.

"교시가 하는 말이 사실입니까, 리사이 님."

"그래……."

"정말로 태보께서 리사이 님과 함께 계셨다는 말씀이시죠?"

교시는 가슴이 철렁했다. 기이쓰는 리사이가 다이키의 이름을 사칭했다고 말하고 싶은 걸까. 리사이도 기이쓰의 말에 불쾌해졌는지 인상을 찌푸렸다.

"그게 무슨 의미이지?"

"죄송합니다"라며 기이쓰는 고개를 푹 숙였다.

"저는 리사이 님도 교시와 호토도 믿습니다. 거짓말을 하실 분이 아니니 의심도 한 적도 없고 굳이 태보께서 함께 계시지 않는 이유를 여쭤볼 생각도 하지 않았습니다. 하지만 조칸 님께서 어째서 제대로 확인하지 않느냐며 꾸짖으셨습니다."

"조칸께서 의심하고 계신 건가."

"아니요, 그런 건 아닙니다."

기이쓰는 당황해하며 대답하고는 어깨를 축 늘어뜨렸다.

"아뇨……. 어떻게 말씀을 드리면 좋을지……."

양손을 만지작거리며 한동안 말문을 열지 못한 기이쓰는 결심한 듯 고개를 들었다.

"리사이 님. ……사실은 서주에 있는 도관에서 다급히 소식이 하나 들어왔습니다. ……너무나도 황당무계한 소식이긴 하오나……."

"황당무계?"

고개를 끄덕인 기이쓰가 말했다.

"아센이 왕으로 선택되어 가까운 시일 내에 즉위를 한다고 합니다."

리사이는 눈을 크게 떴다.

"그런 말도 안 되는……."

리사이가 소리쳤다.

"그럴 리가 없다!"

교시도 호토와 시선을 주고받았다. 호토도 놀란 표정이었다.

"가왕이 옥좌에 앉는 일은 과거에도 몇 번 있었습니다. 공식적으로 왕이라고는 했지만 결국 정식으로 즉위는 하지 않았어요. 그와 비슷한 이야기 아닙니까?"

호토의 말에 교시도 동의했다. 아센 즉위는 과거에도 몇 번이나 나왔던 이야기다. 실제로 정당한 왕이 자리에서 물러나게 되면 가왕이 들어선다. 즉위식 같은 의식을 치를지 말지는 가왕의 방침에 따라 바뀌지만 공식으로 자리에 앉게 되었다는 사실은 공표된다. 하지만 아센의 경우에는 근 시일 내에 한다는 소문만이 무성할 뿐 실제로 공식적인 통보는 없었다. 예전에는 왜 그런지 이해가 되지 않았지만 지금은 그 이유를 알 수 있었다. 교소가 붕어하지 않았기 때문에 가왕을 왕으로서 공공연하게 받아들일 방법이 없는 것이다.

어쨌든 국가가 공식으로 무언가를 하기 위해서는 포고를 해야 하고, 포고를 하기 위해서는 어명과 옥새가 필요했다. 어명은 대필은 할 수 있어도 옥새는 왕만이 사용할 수 있다. 정당한 왕만이 날인할 수 있다고 했다. 정당한 왕이 붕어하면 옥새에서 인발은 사라진다. 따라서 공위의 시대에는 옥새를 사용할 수 없다. 옥새 대신 말성을 운 백치의 다리를 사용한다. 죽은 백치에게서 베어낸 다리는 점차 황금으로 변해 옥새를 대신한다고 교시는 들은 적이 있다. 하지만 대국의 백치는 울지 않았다. 즉 백치 다리는 존재하지 않고 애초에 옥새에서 인발이 사라지지 않았다. 아센은 옥새를 사용할 수 없다. 즉, 아센은 공식적으로 어떠한 포고도 내릴 수 없는 것이다. 때문에 지금까지 정식으로 가왕으로서 취임할 수 없었다.

하지만 기이쓰는 고개를 가로저었다.

"가왕이 아닙니다. 신왕이라고 합니다. 태보께서 아센을 신왕으로 선택하셔서 근 시일 내에 공식적으로 등극하신다고 합니다. 리사이 님, 뭔가 착오가 있는 거겠지요……?"

"당연하네. 태보께서 홍기에 계실 리도 없고 아센을 신왕으로 선택하실 리가 없어. 애초에 대국의 왕은 교소 님이시다. 새로운 왕이 오를 리가 없어."

리사이는 단언했다. 교시도 동의했다. 틀림없이 아센의 술책이다. 아센은 이번에는 무슨 생각으로 교활한 행동을 저지르려는 걸까. 그러다 문득 섬뜩한 의혹이 뇌리를 스쳤다.

교소가 어디에 있는지 모른다. 하지만 어딘가에서 무사히 있기만 하다면 신왕이 오를 리가 없다. 하지만 만약……?

같은 생각이 들었는지 호토가 당황스러운 목소리를 냈다.

"리사이 님, 설마 교소 님께 무슨 일이라도……."

리사이는 깜짝 놀라 안색이 바뀌었다.

"설마…… 그럴 리가……."

만약 백치가 죽었다면. 백규궁을 좌지우지하는 아센은 백치의 다리를 손에 넣을 수 있다. 하늘의 선택을 받았을 리 없으니 '신왕'이라고 하는 말은 아센의 허언이겠지만 어찌되었든 정식으로 옥좌에 앉을 수는 있다. 교시가 골똘히 생각하고 있자 호토가 굳은 얼굴로 말했다.

"곧바로 신농에게 확인해보죠. 정말로 그런 소문이 있는지는 확인할 수 있을 겁니다."

말을 꺼내기도 전에 리사이가 일어섰다.

"홍기로 가겠다."

"리사이 님."

교시는 놀라 목소리를 높였다.

"위험합니다."

"하지만 사실을 확인해야만 해."

"반드시 가셔야겠다면 제가 가겠습니다. 리사이 님은 안 됩니다. 너무 위험합니다."

"히엔이 있다. 내가 더 빠르네."

"안 됩니다. 보내드릴 수 없습니다."

"잠시만요."

어찌할 바를 몰라 하며 기이쓰가 말했다.

"홍기에 관한 소식은 석림관파 도관이 잘 압니다."

"석림관?"

"천삼도 도관입니다."

"백치를 보호하고 있다던……?"

네, 기이쓰가 고개를 끄덕이며 말했다.

"임우에 본산이 있습니다. 그래서 임우에서부터 백랑에 이르는 일대에 석림관 계열의 사당이 특히 많습니다. 다만 여러 사정이 있어 저희 쪽에서 직접 석림관에 물어보기는 어렵지만 리사이 님과 여러분이라면 혹시나 될지도 모릅니다."

교시와 호토가 고개를 갸웃거렸다.

"부끄러운 얘기지만 서운관과 도관과 석림관 사이에 불화가 있어서요."

"석림관은 임우 어디에 있지?"

"북동쪽 산 위에 있습니다. 다만 석림관은 온전히 수행하기 위한 장소라 허가를 받은 신도가 아니면 참배할 수 없습니다. 하지만 임우에 석림관이 관리하는 절이 여럿 있습니다. 그쪽을 찾아가시면 될 것 같습니다."

"가보지."

리사이는 대답하고 호토를 바라봤다.

"호토는 신농 쪽을 부탁하네."

005

"서운관이 주벌을 받은 게 시작이었습니다."

기이쓰는 길을 걸어가며 작은 목소리로 불화가 생긴 경위를 설명해주었다. 찾아갈 만한 석림관파 사당이 거처에서 조금 떨어진 도관 사원이 모인 곳에 있다고 한다.

"강주에 있는 도관 사원이 함께 아셴을 규탄하고자 했을 때, 소문을 들은 석림관은 이를 말렸다고 합니다. 그들은 위험하다고 했습니다. 하지만 당시에는 그저 아셴에게 공공연하게 묻는 뿐인데 왜 위험한지 이해받지 못했지요."

"그것도 그렇겠죠."

교시가 수긍했다.

교시와 같은 당사자 본인들이 미세한 위험조차도 느끼지 못했기 때문이다.

"그럼에도 불구하고 석림관의 주좌主座─수장을 주좌라고 합니다만─모쿠유沐雨 님께서 직접 서운관으로 심부름꾼을 보내 제지하셨습니다. 하지만 서운관에서는 당연히 이 충고를 받아들이지 않았습니다. 결과적으로 보면요……."

기이쓰는 교시를 배려하는 듯 말을 흐렸다.

"그런 충고를 받았는지도 몰랐습니다. 소문도 나지 않았던 걸 보니 위에 계신 분들도 중대한 일이라고 생각하지 않으셨나 봅니다. 저라도 그 당시였다면 별 희한한 소리를 다 하는 사람이 있다고 생각했겠지요."

교시는 기이쓰의 조언에 오랜만에 도복을 벗었다. 호토에게 포삼과 온포를 빌려 입었지만 도복보다 따뜻하기는 해도 괜스레 어색했다.

"다들 나라와의 관계가 나빠질지도 모른다는 생각은 했었지만 위험하다는 생각이 들 정도로 피해를 입을 거라고는 아무도 상상조차 하지 못했습니다."

"당연히 그랬겠지요. 그러니 더욱이 서운관에서 비극이 일어난 뒤 문주 쪽 도관에서는 어떻게 석림관은 위험에 처할 걸 알았느냐고들 했습니다."

본디 석림관은 홍기의 사정을 자세히 알았다. 천삼도 자체가 교왕의 보호 아래 시작된 종파였기 때문이다. 후에 교왕과 거리를 두긴 했지만 비호를 받았던 역사가 길기도 했고 게다가 석림관의 시초는 다른 도관을 비평하면서 시작되었다. 기본적으로 도관은 단약처럼 대표되는 기술이나 주술을 지녀 백성에게 적극적으로 베풀고, 백성은 이에 감사하는 마음으로 도관에 참배를 하고 보시를 한다. 말하자면 백성의 곁에서 함께하며 발전해온 게 도관이었지만, 석림관의 경우 그들의 목적은 도사가 교의를 갈고닦는 일에 있었고 그렇게 때문에 무엇보다도 수행을 중요시해야 한다고 설법했다.

"틀린 주장은 아닌 것 같지만……."

하지만 몰지각한 석림관 도사가 툭하면 다른 종파에게 "돈벌이 하려고 백성들에게 아첨한다"며 손가락질을 해대 석림관은 다른 종파로부터 반발을 사는 일이 많았다. 다른 종파에서는 백성에게 베푸는 것이야말로 도관의 본질인데 이를 소홀히 하고 자기 수행에만 얽매이는 석림관은 도교가 아니라고 선언하는 자도 있었다.

"워낙 이런 불화가 있었으니 수행을 우선시하는 석림관이 홍기의 사정에 가장 밝다는 사실을 납득하지 못하겠다는 소리도 많았습니다. 다른 종파가 백성에게 아첨한다면 석림관은 권력에 아첨하고 있는 꼴이라는 소리까지 나올 지경이었지요."

"애초에 교왕의 보호를 받으며 시작되었으니 그런 소리가 나오는 것도 어쩔 수 없는 일이겠죠……."

하아 하고 기이쓰는 어깨를 축 늘어뜨렸다.

"하여간 그런 불화가 있는데도 석림관은 서운관이 규탄하려는 걸 막으려고 했으니 주벌을 받고 난 뒤에 갖가지 소문이 퍼지고 말았습니다."

"그 말은, 석림관이 아센과 내통하고 있다는 이야기인가?"

"그렇습니다."

남겨진 자들은 다른 종파에서는 큰 희생을 치른 만큼 털끝 하나 피해 입지 않은 석림관과 도관에 대해 정곡을 찌르는 견해를 자주 밝히기도 했다. 석림관은 교왕의 왕조와 유착하고 있었으니 아센과도 내통하고 있던 게 아니냐는 소문이 꾸준하게 돌았다.

"지금 하는 얘기는 교왕의 뒤를 그분께서 잇고, 나아가 그 뒤를 아센이 이은 탓에 생긴 무분별한 억측에 지나지 않다고 봅니다만."

"아아, 교왕의 뒤를 이은 교소 님이 반 교왕파일 거고 그렇게 되면 아센이 친 교왕파일 거라는 이야기 말인가요?"

"네네. 교왕에게 보호를 받고 있던 석림관이 아센에게서도 틀림없이 남몰래 보호받고 있을 거라고 하는 자도 있는가 하면, 수운관이 받은 주벌은 석림관이 사주한 게 아니냐고 의심하는 자마저 나왔습니다."

"실상은 어떠했지?"

리사이가 묻자 기이쓰는 양손을 내저었다.

"말도 안 되는 이야기죠. 석림관이 아센과 내통했다니 있을 수 없는 일입니다. 교왕의 보호를 받았던 것도 오래전 이야기고 지금 주좌이신 모쿠유 님과는 아무 상관도 없는 일입니다. 모쿠유 님은 신앙심이 깊으시고 대단히 훌륭하신 분이기도 하고요."

하지만 서로의 진영에서 몰지각한 자들이 분별없는 소리를 해대는 바람에 지금 다른 종파와 석림관은 완전히 연을 끊었다고 한다.

"조칸 님께서도 몹시 속상해하고 계십니다만 섣불리 다가갔다가 엉뚱한 오해가 불거져 또 다른 분쟁의 씨앗이 되지 않으리라는 보장이 없습니다. 아마 상대편도 똑같이 생각하고 있겠지요. 서로 접촉하지 말라고 하고 있습니다."

"도관도 여러 사정이 있군……."

리사이의 말에 기이쓰는 슬며시 쓴웃음을 지었다.

"결국은 사람이 모인 집단이니까요. 하지만 석림관이 중앙의 사정에 대해 자세히 알고 있는 것은 분명합니다. 교왕 시절에 맺은 인맥이 아직까지 남아 있어서 그러겠지요. 서운관이나 부구원의 이름을 꺼내지 않는다면 문제가 되지 않으리라 봅니다."

기이쓰는 말을 다 마치고 걸음을 멈추었다. 저 멀리 문이 열려 있는 작은 사당이 보였다.

"저는 여기서 기다리고 있겠습니다."

사당은 결코 규모가 크지 않았다. 신위를 모신 사당을 중심으로 그에 딸린 건물이 정원 주변을 두르고 있었다. 다만 신자는 많은 듯 참배하는 사람이 많았고 그들이 올린 진향의 연기로 하얗게 눈이 쌓인 정원이 뿌옇게 흐려져 있었다.

교시와 리사이는 문 앞에 탁자를 펴놓은 노파에게서 선향을 산 뒤 곧바로 가운데 안쪽에 있는 사당으로 가 향을 올리며 인사를 했다. 보아하니 이 사당은 저승에서 사람의 죄를 재단하는 십왕十王을 모시는 것 같았다. 사당에 진열된 신위를 보며 리사이가 작은 목소리로 말했다.

"여기 이 많은 사람이 모두 석림관 신도인가?"

교시는 미소를 지었다.

"꼭 그렇다고만은 할 수 없겠지요."

사람들은 자기 자신을 위해 기도를 한다. 기도의 내용에 따라 신을 선택한다. 신과 인간의 인연을 이어주는 장소를 제공하는 것도 도관의 중요한 사명 중에 하나다. 서운관 계통의 사당이라면 여기에 반드시 약방을 두었을 텐데 아무래도 이곳에 그런 시설은 없는 것 같다.

"승주나 서주에서는 석림관에 대해 들은 적이 없었지······."

"강주에도 석림관파 절은 거의 없었던 것 같습니다. 문주와 마주 사이에 많이 있던 도관이었습죠."

"도관은 어디든 대부분 비슷하다고 생각했어."

"잘못된 생각은 아닙니다."

대국에서는 역사로 보나 시설과 도사 수로 보나 도관은 곧 서운관을 의미했다. 서운관과 계열을 같이하는 도관도 교리에 따라 종파가 나뉘기는 하지만 근간은 같다고 해도 무방하다. 하지만 서운관이 전부는 아니다. 서운관과 사상이 다른 도관이 많이 생겼고, 그렇게 생겼다가 사라지는 도관 중에는 나름대로의 역사와 규모를 얻은 예도 적지 않았다.

참배하는 사람들의 모습에 특별한 점은 없다. 경건한 모습으로 열심히 기도드리는 자도 있는가 하면 구경이라도 하러 온 사람인 양 소란스러운 자들도 있었다. 참배하는 자들 사이로 하얀 도복을 입은 사람들이 드문드문 보였다. 서운관에서는 하얀 도복을 입지 않지만 석림관에서는 하얀 도복을 입는 듯하다. 그중에 한두 사람 갈색 도복을 입은 도사가 있었는데 다른 도사들에 비해 지위가 높아 보였다.

교시는 하얀 도복을 입은 도사에게 말을 걸었다.

"실례합니다. 여기서 홍기에 대한 소식을 여쭤볼 수 있다고 들었습니다만."

의아스러운 듯 발걸음을 세운 중년의 도사가 물었다.

"홍기의 소식? 무엇을 알고 싶으십니까?"

교시는 살짝 입술을 핥았다.

"신왕이 등극하신다는 소문이 사실인가요?"

쉿, 도사는 손가락을 세우며 주위를 둘러보았다.

"어디서 들으셨습니까?"

작은 목소리로 말하며 사당 한쪽 구석을 가리켰다.

"그런 소문을 마을에서 언뜻 들었습니다."

"그저 소문입니다. 그러니 큰 소리로 말씀을 하지 않는 게 좋으실 겁니다."

백은의 언덕 검은 달

"그럼 그다지 신빙성 없는 이야기인 건가요?"

도사는 험악한 표정을 지었다.

"어차피 소문이오니……."

이야기를 나누던 도중 굵은 목소리가 끼어들었다.

"사실인가?"

뒤돌아보자 남자 한 명이 놀란 듯 교시 일행을 쳐다보고 있었다.

"지금 신왕이 등극하신다는 이야기를 하고 있지 않았나?"

"아닙니다, 떠도는 소문입니다."

도사는 대답했지만 남자는 무슨 일이냐며 등 뒤에서 들리는 목소리 쪽으로 돌아보았다. 일행으로 보이는 남녀 여러 명에게 말했다.

"새로운 왕이 오르신다는군."

깜짝 놀라는 목소리와 함께 함성이 터졌다.

"정말? 정당한 왕이 오르시는 거야?"

목소리에 힘이 들어간 여자에게 다른 남자가 말했다.

"그건 좀 이상한 얘기 아닌가. 왕이라면 지금도 있지 않소."

"가왕도 소문이었잖아요. 역시 그랬던 거야. 드디어 정당한 왕이 오르시는 거야."

"위왕이다."

리사이가 못마땅한 말투로 불쑥 말했다.

"신왕이 오를 리가 없다. 정당한 왕은 이미 계신다."

리사이의 어조가 너무 강했던 탓인지 주변에 있던 사람들은 머쓱해졌다.

"정당한 왕? 그건 누구를 말하는 거지?"

"정당한 왕이 계신다면 어째서 옥좌에 계시지 않는 건가."

"몇 년 전에 등극하신 분이라면 돌아가셨다고 하지 않았나?"

"가교에서 전사하시지 않았어?"

"그러고 보니 한때 시신을 찾겠다고 한바탕 소동이 일어난 적이 있었지."

리사이는 무언가 더 말하려고 했지만 교시가 손을 뻗어 제지하자 입을 꼭 다물며 고개를 끄덕였다.

"드디어 신왕이 오르신다면 만만세지. 이제 겨우 다시 안정된 생활을 할 수 있겠어."

"이번 왕께서는 좀 오래 자리에 계셔준다면 좋겠네요."

"내 말이. 요새 대국은 정말 왕 복이 없어."

큰 소리로 떠드는 이야기가 들렸는지 "무슨 일이야", "왕이 뭐 어쨌다고?"라고 저마다 목소리를 내며 사람들이 몰려들기 시작했다.

"신왕이? 정말로?"

"사실인가요, 도사님?"

"다들 진정하세요."

소란스러워하는 사람들 사이로 깊은 목소리가 들렸다. 목소리가 들린 곳을 보니 갈색 도복을 입은 젊은 도사가 다가오고 있었다.

"어인 소동이지요?"

저마다 소문의 진위를 묻는 사람들에게 도사가 말했다.

"그 이야기가 사실이라면 머지않아 관청에서 공표를 하겠지요. 이사에도 왕기가 오를 겁니다. 그때까지 기다리심이 어떠십니까."

"하오나……."

"왕의 거취는 나라의 중대사입니다. 섣불리 입에 담을 이야기가 아닙니다. 경솔한 절망도 경망스러운 환희도 백성의 평정심을 좀먹습니다. 소문이란 본디 정체 모를 요괴와도 같은 것. 현혹되지 않고 침착한 마음으로 하늘의 가호가 있길 기도드리시지요."

기가 죽은 듯 모였던 사람들은 풀이 죽어 흩어졌다.

"제가 경솔한 말을 꺼내 시끄럽게 했습니다. 죄송합니다."

교시가 고개를 숙이자 도사가 말했다.

"이곳은 기도드리는 곳입니다. 항간의 소문거리를 들고 오지 않아주셨으면 합니다."

"하지만 듣고 모른 체할 수 없는 소문이라."

리사이가 낮은 목소리로 말하자 도사는 고개를 살짝 갸웃했다.

"어디서 들으셨지요?"

"마을에서."

"아직 마을에 떠돌 만한 소문은 아니라고 알고 있습니다만."

"그렇다면 소문의 존재 자체는 알고 계신다는 거군."

하얀 도복을 입은 도사가 큰 소리를 냈다.

"그런 소문은 여기서 꺼내지 말라고 바로 좀 전에 소도梳道 님
께서 말씀하시지 않았는가."

"괜찮다."

소도라 불린 젊은 도사는 손을 내저었다. 그리고 가보라며 채
근했다. 하얀 도복의 도사가 부루퉁한 표정으로 자리를 떠나자
소도가 말했다.

"이쪽으로 오시지요."

소도는 교시 일행을 사당 바깥으로 안내했다. 얼음처럼 변해
버린 눈을 밟으며 정원 한쪽 사람이 없는 장소로 안내해 이야기
를 나눴다.

"소문이 있는 건 사실이옵니다만 아직 마을에서 쉬이 들을 수
있는 소문은 아닙니다. 관청이나 도관, 어디서 들으셨는지?"

백은의 언덕 검은 달

함구하는 리사이를 슬쩍 보고 교시가 대답했다.

"죄송합니다. 사실 저는 어느 도관의 신세를 지고 있는 몸입니다."

소도는 무언가를 묻는 것처럼 교시를 다시 보았다.

"폐를 끼칠 수는 없사오니 도관의 이름은 묻지 않아주셨으면 합니다. 문주에서는 묻기만 했을 뿐인데도 지장이 생긴 적이 있다고 들었습니다."

"그렇군." 소도는 중얼거리며 대답했다.

"부정은 못 하겠군요."

"소문이 있다는 것은 사실인 거지요?"

소도는 고개를 끄덕였다.

"태보가 지금 있는 가왕을 신왕으로 지명했다는 소문은 있습니다. 그래서 가까운 시일 내에 즉위를 선언할 거라고."

"태보가 어디에 계신지 몰랐던 게 아니었나요?"

"홍기로 돌아오셨답니다."

"그럴 리가 없어."

리사이가 강하게 부정했다.

"어째서 그럴 리가 없다고 말씀하시는지 여쭤도 되는지요?"

"애초에 태보를 해하려고 한 끝에 결국 궁궐에서 내쫓은 게 아센이기 때문이지."

"주인어른……."

교시는 작은 목소리로 리사이를 나무랐지만 리사이는 멈추지 않았다.

"사실일세. 자신을 해하려고 한 적이 있는 왕궁에 태보가 돌아 갈 리가 없다. 만에 하나 아센이 태보를 붙잡았다면 눈앞에 있는 태보를 아센이 가만히 둘 리가 없어. 그리고 태보에게도 아센은 자신을 공격하고 주상을 시해해 옥좌를 빼앗으려 한 원수지. 그 런 자를 신왕으로 선택할 리가 만무해."

소도는 의아해했다.

"하지만 왕을 고르는 것은 하늘이시지요?"

깜짝 놀란 듯 리사이는 숨을 들이켰다.

"태보에게 아무리 미운 상대라 할지라도 하늘이 왕으로 선택 한다면 태보에게는 이의가 없는 게 아닌가요?"

리사이는 대답하지 못했다. 그것이 진실이기에 대답할 수가 없었다. 다이키가 아센을 선택하는 일 따위 받아들일 수 없다는 뜻이 노골적으로 얼굴에 드러날 정도로 동요했다. 하지만 하늘 은 리사이의 기분 따위 개의치 않는다는 사실을 받아들이지 못 할 정도로 감정에 치우칠 수는 없는 듯했다.

"게다가 태보는 오랜 시간 행방이 묘연하셨습니다. 돌아가셨 다는 소문까지 있었지요. 귀공께서 좀 전에 하신 말씀이라면 어

딘가에 태보가 계신 게 자명한 듯한데 태보의 소재에 대해 아시
는 겁니까?"

"모르오. 알 리가 없지."

리사이는 말을 흐렸다.

"……하지만 새로운 왕이 오를 리가 없네. 대국에는 아직 정당
한 왕이 계셔."

"옳으신 말씀입니다."

소도는 고개를 끄덕였다.

"하지만 만약 그 정당한 왕께서 붕어하신다면?"

"붕어하셨다는 건가?"

리사이는 낮은 소리로 물었다. 소도는 고개를 옆으로 저었다.

"그와 같은 소문은 듣지 못했습니다. 다행인지 불행인지."

"주상이 붕어하시지 않은 게 불행인가?"

"그럴지도 모르지요. 불쾌하셨다면 죄송합니다. 하지만 백성
에게는 왕이 필요합니다. 있는지 없는지도 모르는, 백성을 위해
아무것도 하지 못하는 왕이 아니라 실제로 옥좌에 앉아 백성을
위해 정사를 펼치시는 왕이요."

리사이는 아무 말 없이 소도를 바라봤다.

"분명…… 맞는 말이긴 하지……."

"주인어른."

교시의 목소리에 리사이는 고개를 끄덕였다.

"알고 있네. 우리가 절망한 것 이상으로 대국의 상태는 나쁘지. 설령 아센이더라도 신왕이 즉위한다면 지금 겪고 있는 곤궁에서는 벗어날 수 있을지도 몰라. 백성이 그렇게 생각하는 건 어쩔 수 없는 노릇이지."

감정을 억누르는 듯이 말하며 리사이는 소도에게 고개를 살짝 숙였다.

"소란을 피워 미안하오."

"아닙니다."

소도는 가볍게 인사했다.

"도움이 되지 못해 송구스럽습니다."

"돌아가지." 리사이는 낮은 목소리로 말하고 발걸음을 옮기기 시작했다. 인사를 하고 뒤따르던 교시의 등 뒤로 소도가 말했다.

"모든 것은 아직 소문에 지나지 않습니다. 부디 낙심하시지 않길 바랍니다."

가슴이 철렁한 교시는 뒤돌아 소도를 쳐다봤다. 소도는 교시 일행이 교소 측 사람이라는 사실을 눈치챘을지도 몰랐다. 표정에서 의도를 읽으려는 교시에게 고개를 끄덕인 소도는 사당으로 발걸음을 돌렸다.

과연 눈치챘을까. 생각에 잠겨 바라보는 교시의 시선 끝에서 소도의 갈색 도복이 인파 사이로 사라졌다. 그 너머로 하얀 얼굴이 보여 교시는 고개를 살짝 갸웃했다. 슬쩍 보인 여자의 얼굴을 교시는 어디선가 본 적이 있는 듯했다.

"자제하지 못해 미안하네."

리사이의 말에 교시는 깜짝 놀라 뒤돌아 리사이를 봤다.

"아닙니다. 당연히 당황스러우셨을 겁니다. 저도 눈앞이 캄캄합니다."

리사이는 고개를 끄덕이면서 아무 말 없이 걸으며 사당에서 나왔다. 인상을 쓰며 걸어오는 리사이 일행을 멀리서 기이쓰가 기다리고 있었다.

"어떠셨나요?"

리사이는 무언가를 생각하는 모습이었다. 대신 교시가 대답했다.

"소문은 실제로 있는 것 같습니다만 아직 진위는 밝혀진 것 같지 않았습니다. 석림관도 확증은 잡지 못한 거겠지요."

"그랬나요." 기이쓰는 중얼거리며 가볍게 이마를 눌렀다.

"어쩌면 저희가 너무 늦은 걸까요……."

교시는 대답할 수 없었다. 확정된 것은 아니다, 그렇다고 생각하면서도 마음 어딘가에서 교소는 죽었다고 받아들이려고 하고 있었다. 그렇지 않다면 이 긴 시간 동안 교소가 침묵하고 있을 이유를 모르겠다. 필시 침묵할 수밖에 없을 만한 상황이었겠지.

습격받아 입은 중상으로 다시 일어나지 못했거나 숨어 지내기 위해 생사를 넘나들 정도로 아슬아슬한 생활을 강요받고 있었는지도.

"태보가 궁궐에 있을 리가 없어."

리사이가 입을 열었다. 거처를 향해 걸어가며 고개를 숙인 채 새하얀 한숨과 함께 낮은 목소리로 하소연을 했다.

"아센이 태보를 붙잡았더라도 살려둘 리가 없어."

"그렇죠."

"무슨 일이 일어난 건가……."

각자 수심에 잠긴 채 석양이 진 거리를 아무 말 없이 걸어 거처로 돌아왔다. 날이 저물며 거리도 함께 으슬으슬 추워지기 시작했다. 거처에 켜진 불빛이 주는 따스함에 한숨을 돌렸다. 호토가 돌아온 걸까.

문을 넘어 들어가니 거실에 호토뿐만 아니라 놀랍게도 세이시도 있었다. 세이시는 봉당에 앉아 의자에 얼굴을 묻고 엎드려 있었다. 호토가 괴로운 표정으로 그의 등에 손을 갖다 댔고 요타쿠가 그런 두 사람을 초연히 지켜보고 있었다.

그래, 교시는 생각했다. 세이시도 호토에게서 소문을 들은 것이다. 소문이 사실이라면 교소의 죽음은 확정된다. 필시 절망적인 기분이 들었을 것이다.

"리사이 님······."

호토의 어조와 표정으로 신농들 사이에서도 소문이 돌고 있다
는 걸 알 수 있었다.

"사실인가?"

리사이가 묻자 호토는 곤란하다는 듯 세이시와 리사이를 번갈
아 봤다.

"그저 소문만 있다며, 그뿐이었습니다만······."

호토가 대답하자 세이시가 고개를 들었다. 얼굴이 괴로움으로
일그러져 있었다.

"노안에 무장이 있었습니다. 중상을 입은 무장입니다. 약은 그
분을 위한 것이었죠, 하지만 더이상 필요 없어졌습니다. ······돌
아가셨습니다."

가슴이 철렁한 리사이는 몸이 굳었다.

세이시는 신음하듯 말을 잘랐다.

"그게, 리사이 님. 실은······ 주상이시라고."

006

사흘 전.

세이시는 슈코와 함께 노안으로 향했다. 세이시도 예전에 몇 번 가본 적이 있다. 춥디추운 산에 있다. 슈코는 빌린 말에 올라타기는 했지만 승마는 능숙하지 않다. 게다가 눈도 쌓여 있다. 말을 재촉하면 슈코가 뒤처지니 세이시는 천천히, 하지만 가능한 한 빨리 길을 서둘렀다.

호토가 모아준 짐을 말에 싣고 임우를 떠나 가도 북쪽으로 쭉 향했다. 저강을 바로 앞에 두고 산을 오르는 샛길로 진입했다. 첫 번째 나오는 비탈길을 다 오르자 고백이 보였다. 고백에서 잠시 쉬었다 곧바로 산 안쪽으로 헤쳐 나아갔다.

고백 주변에는 농지가 펼쳐져 있었고 잡목으로 뒤덮인 산이 농지를 휘감고 있었다. 그 산도 올라가면 올라갈수록 나무가 줄어들었고 바위와 관목만이 자리를 메운 채 그 위로 덮인 눈과 얼음이 황량한 풍경을 자아냈다. 이윽고 바위밖에 없는 쓸쓸한 작은 산봉우리 위로 오래된 곽벽이 나타났다. 곽벽 주변은 바로 코앞까지 좁은 농지들로 둘러싸여 있었다. 험준한 산 표면 위로 층층이 개간한 자그마한 농지들은 계절로 인해 눈에 묻혀 설원으로 변해 있었다. 논두렁을 덮은 수두룩한 홍자도 눈옷을 입고 있다. 삭막하기만 한 풍경이었다. 얼어붙을 듯한 바람이 새하얀 비탈로 치솟았다.

폐문 시각이 거의 다 되어 세이시는 슈코와 함께 마을로 들어

갔다. 마을에 있는 큰길도 역시나 눈으로 뒤덮여 있다. 마을 중
앙과 각각의 집으로 들어가는 길에만 간신히 검은 돌바닥이 슬
쩍 보였다. 규모가 가장 작은, 즉 스물다섯 가구가 사는 정도의
오붓한 마을이었다. 요즘 문주에서 이렇게 작은 마을은 사람 수
가 적은 곳이 많지만 이 마을은 규모에 비해 다소 인적이 많아
보였다. 농한기로 접어들어서일지도 모른다. 대체로 겨울에는
마을의 인구가 늘어나는 법이다.

슈코는 마을로 들어가자마자 문 앞 대기소에서 안면이 있는
주민을 알아보고는 말을 걸었다.

"슈코로구만. 무슨 일인가? 바로 얼마 전에 오지 않았는가?"

중년의 남자는 의아스러워했다. 세이시가 알기로는 노안의 주
민들은 대개 외부인을 꺼린다. 이미 많은 외부인을 보살피고 있
으면서도 심부로는 못 들어오게 하겠다는 분위기를 풍겼다. 그
리고 반드시 관찰하는 듯한 시선으로 여행자를 훔쳐본다. 감시
하는 것처럼 결코 여행자에게서 시선을 놓치지 않으려고 한다.

"보큐茂休 님이 부탁하신 물건을 생각보다 빨리 구해서 말이
야. 전달해드리러 왔다네."

그런가, 남자의 얼굴에 희색이 돌았다. 즉, 남자도 슈코가 어
떤 물건을 부탁받았는지 알고 있는 것이다. 세이시는 생각했다.
그렇다는 건 무기가 필요하다는 바람은 의뢰자만의 것이 아니

다. 아마도 마을 사람들 대부분이 알고 있는 일인 것이다.

남자는 종종걸음 치며 이사로 갔다. 세이시와 슈코는 말을 이끌며 그 뒤를 쫓았다. 걷고 있는 그들을 집에서, 가게 처마 밑에서 주민들이 쳐다보고 있다. 스쳐 지나가는 사람들이 빤히 쳐다보는 것은 아니지만 먼 곳에서 혹은 건물 안에서 감시하는 것처럼 시선을 쏟아붓는다.

—노안은 무엇인가 숨기고 있다.

세이시는 마을의 모습을 보고 전에도 같은 생각을 했다. 부자연스럽게 약이 소비되는 상황과 아무 상관이 없을 리가 없다고. 남자의 뒤를 쫓아 이사로 향했다. 남자는 이사로 헐레벌떡 들어갔고, 남자를 대신해 나이가 더 많은 남자가 서둘러 나왔다. 이재보里宰輔인 보큐였다. 노안의 이재는 지난봄에 목숨을 잃었고 아직 새로운 이재가 정해지지 않았다. 그 공백을 메우고 있는 사람이 보큐라고 한다.

"구했는가?"

"이걸로 보큐 님의 바람이 이루어질지는 모르겠소만."

"안으로 옮겨줄 수 있겠는가?"

세이시와 슈코는 말에서 짐을 내리고 보따리를 한 개씩 들어 이사로 들어갔다. 정면에 있는 안뜰에는 하얀 나무가, 거실에 해당되는 실내에는 남녀가 한 사람씩 있었다. 둘 다 병졸처럼 보이는 풍채를 지녔다. 병졸에게는 병졸만의 독특한 분위기가 있다. 세이시는 동료라 느꼈고 상대방 또한 그렇게 느낀 듯했다. 정체를 탐색하려는 듯 세이시의 얼굴을 빤히 쳐다봤다.

"보큐 님, 그분들은 누구시죠?"

여자가 입을 열었다. 세이시는 여자를 본 기억이 없다. 남자도 마찬가지다. 적어도 세이시가 알고 지낸 범위 내에는 없었던 것 같다.

"슈코 님의 제자일세. 그랬지?"

보큐는 슈코에게 물었다. 슈코가 대답했다.

"정확하게는 제자는 아닙니다만 제가 돌보고 있습죠. 이 근방처럼 흉흉한 곳을 오고 갈 때에 같이 동행하고 있습니다."

"일전에는 뵙지 못했네만."

"저강보다 남쪽은 안전하다고 들어서요. 그런데 돌아가는 길에 화적이 쫓아와 무서웠지 뭡니까."

"쫓아왔다고?"

"뒤를 미행당했습니다. 정말로 저를 쫓아온 건지 무슨 적의라도 있었는지는 모르겠습니다. 그런 일을 맞닥뜨리면 뒤숭숭합니다요. 수명이 줄었습니다."

"요새 그 녀석들 먹고살기 어려워 보였으니, 뭐. 산적 흉내를 내기도 하는 것 같네. 그나마 고백 기슭 부근까지는 나타나지 않았던 것 같은데 드디어 그 정도로 곤란해진 건가."

"정말 그런 거라면 성가시게 됐습니다. 저희는 물건과 돈을 모두 지니고 있으니 무섭습니다."

"신농이라는 걸 안다면 서투른 짓은 하지 않겠지."

실제로는 어떨지 모르겠다는 불안한 어조였다. 신농은 벽지 주민에게는 의료 생명선이다. 화적이라고 해도 약은 필요하다. 그래서 어떤 무뢰한이더라도 신농을 건들지 않는다. 일단 신농이 위협을 느끼면 그 주변은 의료 공백 지대가 될지도 모르기 때문이다. 그뿐만이 아니라 신농에게는 든든한 동맹이 있어 몸을 지키기 위한 사병도 몇몇 거느리고 있다. 신농과 대적해서 좋을 일이 하나도 없다. 그 대신 신농도 장사로 알게 된 정보를 관청에 흘리는 일은 하지 않는다. 어지간히 위험한 수배자라면 몰라도 그렇지 않은 이상 다소 법을 어기더라도 모른 척하기도 하고 못 들은 척하기도 한다.

"어찌됐든 무사하니 다행일세. 물건을 좀 봐도 되겠는가?"

"보시지요." 슈코가 말하자 남자와 여자가 짐을 풀었다. 짐 속에는 검 다섯 자루가 있었고 그중에는 원했던 동기도 있었다.

"구해준 자의 말에 따르면 그다지 좋은 물건은 아니라고 했습니다만."

남자와 여자는 고개를 끄덕였다.

"동기는 썩 훌륭한 물건은 아니로군. 하지만 틀림없는 동기일세. 나머지는 괜찮군."

세이시는 꽤 좋은 눈매를 가지고 있다고 생각했다. 동기인지 아닌지 바로 판별하기는 어렵다. 병졸이 아니면 무리일 것이다. 역시 잔존한 병졸이 틀림없다. 왕사의 일원 또는 주사의 일원일까.

주시받고 있다는 사실을 떠올린 듯 남자와 여자는 갑자기 입을 다물었다. 세이시를 슬며시 보고 아무렇지 않은 듯 얼굴을 돌렸다.

"그걸로 괜찮으신지요?"

"괜찮은 것 같네." 보큐가 대답하고 슈코에게 가격을 물었다. 슈코가 대답하자 지불하겠다며 이부로 안내했다. 슈코는 세이시에게 기다려달라며 말하고 보큐를 따라갔다. 거실에는 세이시와 남자와 여자만이 남겨졌다. 남자와 여자는 아무 말 없이 흘끗 흘끗 세이시를 쳐다봤지만 결국에는 침묵을 견딜 수 없었는지 남자가 입을 열었다.

"자네는 신농에게 고용된 건가?"

세이시는 속으로 미소 지었다. 남자가 참을성이 없는 성질인 것 같다. 병졸로서는 실격이다. 실제로 부하를 꾸짖는 듯한 시선으로 여자가 남자를 쳐다봤다.

"고용된 건 아니오. 은혜를 입었으니 도와드리고 있는 것이지."

"은혜?"

"큰 부상을 입어 거의 죽어가는 걸 구해주셨지. 그리고 나서도 의식주를 슈코에게 의지하고 있네. 그래서 가능한 한 도움을 드려 은혜를 갚으려고 하고 있지."

"병졸 출신인가?"

여자가 물었다. 세이시는 고개를 끄덕였다.

"자네들과 마찬가지지."

"우리는……."

남자는 당황한 듯 말하려 했지만 여자가 제지했다.

"됐어. 마찬가지인 것 같군. 어디 소속이었는지 물어도 될까."

"그건 서로 아직은 밝히지 못할 일 아닌가."

세이시가 대답하고 여자를 향해 돌아섰다.

"이름은 묻지 않겠네. 소속도 묻지 않겠어. ……다만 한 가지만 알려주게. 약은 더이상 필요 없는 건가?"

여자는 시선을 내렸다.

"……필요 없네."

"그 말은, 다 나았다고 받아들여도 되는 건가? 전에도 슈코와 함께 왔을 때 심한 부상을 입은 사람이 있는 것 같았어. 마을에서 볼 수 없고, 마을 사람들이 그런 사람은 없다고 우기는 누군가 말이야."

여자는 희미한 쓴웃음을 지으며 고개를 저었다.

"그렇게나 전부터 눈여겨보고 있었던 건가."

"눈여겨본 게 아니야. 그저 신경이 쓰였을 뿐이지. 다 나았는가?"

여자는 세이시를 슬프게 바라봤다.

"아니. ……죽었네."

세이시는 누군가에게 맞은 듯한 기분이 들었다.

"그 사람이 어떤 사람이었는지 가르쳐줄 수 있는가?"

"어째서 알려고 하는 거지?"

"아는 사람일지도 모르네."

여자와 남자는 시선을 주고받았다.

"줄곧 찾고 있는 사람이 있어. 그분일지도 몰라. 가르쳐주지 않겠나?"

여자는 무언가 결심한 듯 고개를 끄덕이며 거실 한구석을 쳐다봤다.

"저쪽에 유품이 있네."

여자의 시선 끝, 거실 한구석에는 작은 받침대가 놓여 있었고, 그 위에 천을 덮은 나무 상자가 올려져 있었다. 그 앞에는 아직 푸릇한 나뭇가지와 향이 올려져 있다.

여자는 눈빛으로 재촉하며 받침으로 다가갔다. 조심스러운 손놀림으로 천을 들어 올려 나무 상자의 뚜껑을 열었다. 안에는 천이 깔려 있었고 천 위로 잘려나간 소도와 갑옷 조각, 깨진 옥패 조각이 올려져 있었다.

저도 모르게 다리가 떨렸다. 세이시는 숨을 죽이고 물건을 살펴봤다. 세이시가 교소에 대해 자세히 알 리 없다. 하지만 마냥 손에 닿지 않는 분도 아니었다. 오히려 한때는 곁에서 모시고 있었다고 해도 좋을 정도의 관계였다. 세이시는 주인이었던 가신과 함께 승산하는 교소의 곁을 따르며 봉산에 올랐기 때문이다.

실제로 교소와 함께 갔던 사람은 가신과 장군 간초였고 세이시는 가신의 종자에 지나지 않았다. 그래도 황해를 넘는 동안 취식을 같이한 셈이다. 신분이 다르고 사이에 가신이 있었지만 황해를 넘는 시간 동안 소수 인원으로 여정을 함께하면 어느 정도 친분이 쌓이기 마련이다. 교소가 등극을 하고 나서는 정말로 손이 닿지 않는 구름 위의 존재가 되어버렸지만 그럼에도 어쩌다 얼굴이라도 마주치면 친근하게 말을 걸어주었다.

그러한 세이시에게 상자 속에 담겨 있는 것들은 어느 하나 본 적 없는 물품이었다. 다만 고가의 물품인 건 확실했다. 특히 소도와 옥패는 절대 일개 병사의 물품일 리 없었다. 꽤나 고귀하신 분이 소지했던 것 같다. 그에 비해 갑옷 조각은 그다지 고가의 물품은 아니었다. 하지만 틀림없이 금군에서 사용하던 것이었다.

실망을 해야 할지 희망을 품어도 될지 세이시는 판단을 내릴
수 없었다.

"이 물품을 소지하셨던 분은 이곳으로 도망쳐 왔었는가?"

"아니."

여자가 대답했다.

근처 산 길가에 쓰러져 있던 것을 이 마을 나무꾼이 데려왔다
고 한다. 교소가 사라지고 보름 정도 지난 뒤의 일이었다고 한
다. 칼에 베인 듯한 상처가 여러 군데 있었고 산야를 돌아다니며
입은 듯한 깊은 상처가 수없이 많아 살아 있는 게 신기할 정도였
지만 겨우 목숨은 연명했다고 한다.

"거의 음식도 먹지 못했는지 상태가 말이 아니었어. 오랫동안
의식이 돌아오지 않았고, 의식이 돌아오고 나서도 몽롱한 상태
였지. 말을 할 수 있는 상태가 아니었네."

"다만." 여자는 말을 하다 잠시 동안 무언가에 괴로워하는
듯했다.

"임우 주변에서 무인의 행방을 찾는다는 무리가 있다는 소문
을 들었지."

"소문?"

"자세한 내용은 모르겠으나 부상을 입은 무인을 보지 못했느

냐며 집요하게 캐고 다니는 무리가 있다고 말이야."

소문이 돌고 있었다니, 세이시는 후회했다. 리사이는 너무 오랫동안 임우에 머물렀던 걸지도 모른다.

"그게 당신들이지?"

여자의 물음에 세이시는 조금 망설이다 결국 긍정했다.

"그럴 거야. 달리 찾고 있는 자가 있다는 소문은 들은 적이 없어. 하지만 집요하다니, 그건 의도한 바가 아니네. 열심히 찾았다는 게 더 맞는 표현이지."

여자는 부상자에 관한 정보를 숨기고 싶어 한다. 말해야 하는 상대가 아닌 이상 알리고 싶지 않은 것이다. 그리고 세이시 또한 자신의 정체나 찾고 있는 상대에 관한 정보가 알려지는 건 사양이다. 하지만 여자는 세이시가 '말해야 하는' 상대가 아닌지 의심하고 있고, 세이시는 자신의 정체를 밝혀도 되는 상대인지 의심하고 있다. 세이시와 여자는 매우 조심스럽게 멀리 돌아서 한 걸음씩 다가가고 있었다.

"거기에 있는 물품을 본 적이 있는가?"

여자가 물었다. 아니, 세이시가 대답했다.

"본 적은 없지만 이것들이 주인의 물건이 아니라고는 장담하지 못하겠군."

세이시는 주인이라고 말해보았다.

"조각은 갑옷인 것 같군. 금군에서 사용하던 것처럼 보이네. 하지만 주공께서는 자신의 갑옷을 따로 가지고 계셨네. 그 갑옷이 아닌 건 확실하네."

"의복은 다 찢겨서 절반이 떨어져나간 상태였고 남아 있는 천도 피와 진흙으로 범벅이 된 채 굳어버린 상태였지만 고가의 물건이라는 걸 알아볼 수 있었지. 그 갑옷 조각은 피와 진흙으로 딱딱해진 천 틈에서 나온 것일세."

여자가 반걸음 다가왔다. 그래서 세이시도 반걸음 나아갔다.

"이 조각만으로는 어느 군의 어느 부대의 것인지 모르네. 하지만 금군에서 지급한 물품인 건 확실하네."

"허리띠와 끈도 차고 계셨어. 그리고 그 소도가 남겨져 있었지. 하지만 일반적으로 검을 차고 다닐 때에는 가죽 띠를 사용하지. 검과 함께 소도를 매달아. 요즘 같은 시대에 허리띠와 끈을 사용하는 병사는 본 적이 없네."

세이시는 괴로워했다.

"……차고 계셨네."

서서히 시야가 어두워지고 침식되는 것 같았다.

교소는 시대와 걸맞지 않게 허리띠와 끈을 착용했다. 세이시가 황해에 같이 갔을 때에는 평범한 띠를 착용하고 있었다. 하지만 등극하고 나서부터는 허리띠와 끈을 찼다. 세이시도 본 적이 있고 가신들도 그렇게 얘기했었다.

"다만, 소도가 어떤 물건이었는지는 모르네. 검이라면 모르겠네만."

교소가 아끼던 검은 보면 알 수 있다. 하지만 교소가 어떤 소도를 썼는지는, 한번 보면 알아볼 정도로 특징이 있는 검인지 까지는 알지 못한다.

"옥패는? 본 적이 있는가?"

상당한 고가의 낭간으로 보였지만 이 또한 세이시는 본 적이 없었다. 애당초 교소가 싸움터에 나갈 때 옥패를 지니고 다니는 습관이 있는지 없는지조차도 모른다. 적어도 황해에 갔을 때에는 지니고 있지 않았고 궁에서도 예복을 입을 만한 격식 있는 자리를 제외하고는 옥패는 차지 않았던 것 같다. 다만 언제 어디서 옥패 소리를 들은 듯한 기억이 있다. 꽤나 좋은 돌이라서 그런지 달그랑 하고 몹시 훌륭하고 청아한 소리가 났다. 그 소리에 뒤를 돌아봤을 때 교소가 서 있었다. 틀림없이 교소에게서 들린 소리였냐고 묻는다면 할 말이 없다. 그 장소에 있던 것은 교소만이 아니었다.

하지만 이 옥패가 상당한 물건임은 틀림없다. 신분이 꽤 높은 것은 분명했고 소도가 상당히 잘 만들어진 동기라는 것으로 추측해보자면 분명 무인이었을 것이다.

"갑옷 조각만 봐서는 소도와 옥패와 어울리지 않지만 무언가 사정이 있어 금군에서 지급하는 갑옷을 입었거나 또는 상처를 입고 도망칠 때 때마침 눈에 들어온 갑옷을 입고, 그 갑옷조차도 잃어버렸다고 볼 수도 있지."

"시신에서 갑옷을 벗겼다고 얘기했었네."

여자는 좀더 깊이 파고들 결심을 굳힌 듯 가볍게 입술을 적셨다.

"쫓기다 내몰린 상태였어. 산야를 도망쳐 헤매다 힘이 다 빠졌지. 그때 구한 거지만 너무나도 상처가 심했어……. 그럼에도 목숨은 붙어 있었으니 아마도 선적에 오른 분이었을 거야. 그렇지 않았다면 도저히 살아남을 수 없는 상태였지."

다리가 떨려 무릎의 힘이 풀렸다. 몸이 살짝 휘청거려 근처에 있던 기둥을 붙잡았다.

"어떤 외모셨지?"

"머리카락은 흰색이고 눈은 붉은색이었어."

세이시는 기둥에 기댄 채 그 자리에 풀썩 주저앉았다.

"……그럴 리가."

이곳까지. 이렇게 바로 코앞까지 왔었는데. 그뿐만이 아니라 세이시는 상처를 입은 누군가가 있다는 것까지 알고 있었다.

"바로 앞에 있었는데……!"

리사이에게 어떻게 전해야 할까. 바로 코앞에 있었는데 어리석게도 깊게 파고들지 못한 탓에 만나지를 못했다는 이야기를 무슨 낯짝으로 보고하면 좋다는 말인가.

─주상이 살아 계시리라고는 생각도 하지 못했습니다. 실랑이라도 나면 귀찮아질까 싶어 깊게 파고들지 않았습니다. 그러고 나서 주상께서 돌아가셨습니다. 이제 모든 게 끝이 났습니다.

세이시의 잘못이다. 리사이에게, 백성에게 어찌 사죄해야 할까. 차라리 여기서 자신의 목을 내리치고 싶었다.

"역시 주상을 찾고 계셨던 건가."

여자의 목소리가 들렸다. 위로라도 하는 듯 등에 손을 올렸다.

"제때에 오지 못했네. 나는…… 어찌해야 하는가."

이 비난을 어떻게 짊어져야 하는가. 바닥에 엎드려 괴로워할 수밖에 없는 세이시에게 달려오는 자가 있었다.

"세이시 님, 설마."

세이시는 손을 내민 슈코를 올려다보고 견디지 못한 채 그의 무릎에 기댔다.

"슈코, 날 죽여주게……!"

"세이시 님."

"자네에게는 그럴 권리가 있네. 모든 백성은 나의 사지를 찢어 죽일 자격이 있네."

"너무 자신을 탓하지 마십시오."

보큐가 세이시 곁에 등불을 두었다.

"신왕이 오른다는 소문을 들었습니다. 모든 일은 이미 지나간 일. 새로운 시대가 밝아오는 겁니다."

세이시는 이끌려 온 방에서 의자에 앉은 채 꼼짝도 할 수 없었다. 이가의 어느 방, 방 안으로 진한 노을빛이 드리워지고 차디찬 공기가 흐르고 있다. 슈코가 위로하려는 듯 아무 말 없이 세이시 옆에 의자를 놓고 앉아서 기다리고 있었다. 결코 서두르지 말라고 하듯 의자 팔걸이에 놓인 세이시의 손을 차분하게 다독이고 있다.

"세이시 님이 마지막으로 오신 게 언제였나요."

"여름 끝 무렵."

"그럼 그때 그분과 만났더라도 앞날은 바꾸지 못했을 겁니다."

세이시는 답할 수 없었다.

"목숨이 붙어 있는 것만으로도 기적과 같은 상황이었습니다. 저희도 살아날 줄은 생각지도 못했어요."

보큐는 힘없이 흔들리는 등불 옆에서 차를 우렸다.

"의식이 돌아올 때까지 시간이 꽤나 걸렸습니다. 의식이 돌아오고 나서도 제대로 된 말을 할 수 있게 될 때까지 한 달가량 걸렸으려나요. 그제야 겨우 어째서 그런 곳에 쓰러져 있었는지 물어볼 수 있었습니다. 적에게 쫓겼다고만 말씀하셨어요. 줄곧 도망쳤지만 바로 앞까지 쫓아왔다고요."

숨어 지내왔다고 했지만 언제 어떤 사람이 숨겨주고 있었는지는 말하지 않았다. 그곳이 기습을 당해 이 산 저 산 전전하며 도망치고 있었다고 한다.

"지난 이야기를 하실 때에도 본인이 누구인지 말씀하시지 않았습니다. 신분이나 이름을 여쭈어보아도 대답할 마음은 없다고 하셨지요. 이름이 필요하다면 마음대로 부르라고 하셨습니다. 저희가 모르는 편이 좋다고 생각하셨겠지요. 저희를 위해 그렇게 말씀하시는 거라고 이해했기에 저희도 더 추궁하지는 않았습니다. 그저 그렇게까지 말씀하는 이상 꽤나 높으신 분이라고 짐작했고 나중에 가서는 주상이 아니실까 하고……."

보큐는 탁자 위에 찻잔을 놓으며 세이시에게 권했다.

"특히 눈동자 색이 특이하셔서 주상이 아니실까 하고 세이카菁華가 말했습니다."

보큐는 여자 병사를 쳐다봤다.

"주상이 아닐까라고 말하는 겁니다. 정말로 주상이시라면 옥체의 안전을 위해 특단의 주의가 필요합니다. 그래서 저희가 여쭤봤지요."

"그래서 인정하셨는가?"

"아니요. 처음에는 아니라고 말씀하셨습니다. 하지만 만약 주상을 숨기고 있다면 저희에게 피해가 생길 거라 생각하셔서 무슨 일이 있더라도 한사코 아니라고 말씀하시는 거라는 건 알고 있었지요."

막무가내로 이름을 입에 담지 않는 그 무장은 위독한 상황을 넘기고 나서는 한시라도 빨리 상처를 회복해 마을을 떠나야 한다고 골똘히 생각하는 것처럼 보였다. 그럴 필요 없다고, 어떤 희생을 치르더라도 반드시 마을에서 숨겨드릴 거라고 보큐가 몇 번이고 말했고, 이에 마음이 움직였는지 그는 점차 부정하지 않게 되었다. 다만 "주상"이라고 부르면 돌아봤지만 단 한 번도 긍정한 적은 없다고 한다.

"그랬군……."

상처의 상태는 좋지 않았다. 선적에 올라 있어 그런지 치유는 됐지만 조금이라도 좋아지는 것 같으면 목검이나 검을 쥐고 휘두르려고 했다. 농사일을 하러 산을 걸었고 무턱대고 체력을 단련하려고 조급하게 굴다 쓰러졌다.

"상처가 벌어지니 쉬시라고 애원해도 멈추지 않으셨습니다. 누군가가 백성을 구하지 않으면 안 된다고, 때문에 홍기로 가야만 한다고 말씀하시면서."

상처가 벌어지면 억지로 상처를 막았다. 얼마간은 무리하지 않았지만 상처가 아물기 시작하면 또다시 스스로에게 가혹한 행동을 한다.

"하지만 애초부터 무리를 할 정도의 상태가 되지 못했습니다."

아마도 왕좌를 탈환해야 한다는 사명감으로 살아남은 것일 거라고 보큐가 말했다. 몸을 좀 쉬라고 타일러도 다시 검을 쥘 수 있도록 훈련을 그만두지 않았다고 한다.

"지난여름에 결국 쓰러지시고 말았습니다. 처음에는 고뿔인가 싶었지만 실은 오장육부까지 곪아 더이상 손쓸 방도가 없었습니다. 약을 드려도 효과가 있는 약도 더이상 없고……. 그래도 그분은 포기하지 않으셨습니다. 병상에서도 여러 일을 지시하셨지요……."

하지만 가을이 끝나갈 무렵 한계에 다다랐다.

"마지막까지 대국의 앞날을 걱정하셨습니다."

마지막으로 숨을 거두기 전에 "하다못해 태보를"이라고 속삭인 채 영면에 빠졌다.

아마도 그 순간 자신의 삶을 포기했을 것이다. 자신은 떠나니 하다못해 이 나라에는 태보가 필요하다고, 그런 의미였을 거라고 한다.

"유언이다 보니 어떻게 해서라도 태보를 찾아 전해드리고 싶었습니다만 뜬구름 같은 일이다 보니 저희로서는 찾아낼 실마리조차 찾을 수 없었습니다."

말을 마치고 보큐는 깊은 한숨을 쉬었다.

"이 마을에는 숨어 있는 병사가 몇 명 있습니다. 세이시 님과 만난 두 사람도 포함되지요. 둘 다 문주 정벌 때 반민 은닉 혐의로 도망쳐 왔습니다."

"문주사인가."

네, 보큐가 고개를 끄덕였다. 한 사람은 벌이 내려진 마을에서 주민을 도망치게 하려고 했다. 또 한 사람은 죽임을 당할 뻔한 일가를 구하기 위해 파견된 왕사를 공격해 쫓기는 신세가 되었다고 한다.

"두 사람이 태보를 찾으러 가겠다고 하더군요. 어디서부터 손을 대야 할지는 모르겠지만 이런 산속에 틀어박혀 있어도 태보를 찾지 못하는 건 분명합니다. 그래서 홍기로 가면 단서라도 찾을 수 있지 않겠느냐며 세 사람을 데리고 여행을 떠날 참이었습니다."

그 때문에 무기가 필요했다. 하지만…… 보큐는 입을 다물었다.

"어찌되었든 알리지 않으면 안 되니 억지로 문을 열게 해 서둘러 돌아왔습니다."

세이시의 보고에 리사이도 교시도 말을 잃었다.

"가보고 싶네."

"가서 어찌하시려고요."

리사이가 입을 열자 누군가가 매섭게 말했다. 뜻밖에도 기이쓰였다.

"가셔서 마을 사람들을 추궁한들 별수 없습니다. 주상께서는 돌아가셨습니다. 그리고 새로운 왕의 시대가 왔어요."

"아직 결정된 게 아니라고 했지 않은가."

기이쓰는 고개를 가로저으며 말했다.

"이미 알고 계신 게 아니었나요?"

처음에 교시는 기이쓰가 무슨 말을 하려고 하는지 몰랐다. 리사이도 마찬가지인 듯 의아하게 기이쓰를 바라봤다.

"여러분, 처음부터 시대가 바뀌었다는 걸 알고 계시지 않았나요? 하지만 여러분께서는 전 왕의 휘하시죠. 아센의 등극을 받아들이실 수 없을 겁니다. 그래서 아센을 쳐야 한다고……."

"말도 안 되는군."

"어째서죠? 아센을 치려고 하지 않으셨습니까? 사실이 아니었습니까?"

"그건." 리사이는 말문이 막혔다.

교소를 찾는 것이 목적이었다. 이를 달성하면 당연히 리사이 일행은 아센을 옥좌에서 끌어내리려고 했다. 교소에게서 빼앗은 자리다, 교소가 다시 되찾는 것은 당연하다.

"하지만 의미가 다르네. 나는 주상께서 살아 계신다고……."

"정말입니까?"

기이쓰는 지친 듯한 미소를 지었다.

"아센이 새로운 왕으로 오릅니다. 태보는 그 사실을 아신 게 아닙니까? 그래서 한사코 교소 님에게 집착하는 여러분과 헤어지신 게 아닌가요?"

리사이는 절규했다.

"그래서 태보는 여러분과 같이 계시지 않았던 거군요."

"아니야…… 그건."

리사이는 부정했지만 더이상 말이 나오지 않았다. 부정할 근거가 어디에도 없었다.

다이키는 아무 말도 하지 않고 갑자기 모습을 감췄다. 리사이는 다이키가 사라진 이유를 알지 못하고 무슨 생각으로 어디로 사라졌는지도 모른다. 연락하겠다고 교시에게 말을 남겼지만 이제껏 단 한 번도 연락이 온 적이 없다. 연락할 기회가 없었던 걸까 아니면 처음부터 교시를 구슬리기 위해 그렇게 말했을 뿐인 걸까.

—어째서 다이키는 돌연 모습을 감췄을까.

리사이는 희미하게 오싹한 기분이 들었다. 다이키가 모습을 감춘 건 동가에서 나온 지 열흘이 지난 뒤였다. 강주 정장에 있을 때 일어난 일이다. 서리가 내리는 시기였고, 노안에서 무장이 죽었다는 것도 그즈음이었다고 했다. 설마 다이키는 그 사실을 알아차린 것일까. "하늘이 명했다"라는 말은 그런 의미였던 것일까?

'왕은 죽었다. 다음 왕을 선택하라'라는 의미.

그럴 리가 없다며 리사이는 괴로워했다. 설령 그랬다 하더라도 다이키는 그 사실을 리사이에게 알렸을 것이다. 숨길 이유도 없고 말하지 못할 관계도 아닐 테니. 무엇보다도 다이키에게는 뿔이 없다. 설령 교소가 죽었다 하더라도 과연 그 사실을 알아차릴 수 있을까.

리사이는 서둘러 말을 노안으로 몰며 침울한 모습으로 생각에 잠겼다.

—하지만 이렇게 생각하면 다이키가 모습을 감춘 이유가 설명이 된다.

다이키가 리사이와 함께 있던 것은 함께 교소를 구하려는 의지가 있었기 때문이다. 교소를 구해 대국을 구하려고 했다. 하지만 교소가 더이상 왕이 아니라고 한다면 교소를 구하는 일은 의미가 없다. 나아가 소문대로 아센이 신왕이라면 리사이 일행과 더이상 함께 행동할 수 없다.

"……아센이? 그런 말도 안 되는……."

리사이는 저도 모르게 혼잣말이 나왔다.

—있을 수 없는 일이다. 대국이 이 꼴을 보라. 이렇게 황폐해진 원인을 제공한 아센이 절대 다음 왕이 될 리가 없다.

스스로를 타일러봐도 불안은 가시질 않는다. 멀리 보이기 시작한 노안의 경치가 음울한 기분에 한층 더 박차를 가했다. 차디찬 산골짜기, 이렇다 할 녹지조차 없는 불모의 작은 산봉우리 위에 회색빛 곽벽이 둘러싸여 있었다. 가파른 산의 표면에는 층층이 개간한 좁은 농지들이 계절 때문에 텅 빈 설원으로 변모해 있었다. 쌓인 눈은 추운 바람과 함께 휘몰아쳐 눈보라처럼 여행자를 덮친다.

세이시는 리사이를 선두로 하여 마을로 들어가 곧바로 얼굴을 아는 주민을 붙잡고 말을 걸었다. 주민은 이사로 달려갔고 그 뒤를 쫓아 이사로 가자 나이 든 남자가 건물에서 달려 나왔다.

"이재보를 맡고 있는 보큐입니다."

"세이시 님, 이분이……?"

보큐는 리사이를 쳐다보았다. 세이시가 고개를 끄덕였다.

"이름은 밝힐 수 없네. 주상을 가까이에서 모시던 사람이라고 만 해두지. 황폐해진 대국에서 줄곧 주상을 찾아왔네."

보큐는 리사이에게 인사를 하고 고개를 푹 숙였다.

"……한 걸음, 늦으셨사옵니다……."

"주상이었다는 게 틀림없는 사실인가?"

리사이의 질문을 받은 보큐는 일행에게 이사 안쪽으로 들어오라 했다. 세이시가 봤다고 하는 유품 앞으로 이끌었다.

리사이는 어깨에 힘을 주고 그 물품들을 보았다. 리사이도 모두 본 적 없는 물품이었다. 갑옷 조각이 금군의 것이라는 점은 틀림없다.

"리사이 님?"

리사이는 고개를 가로저었다.

"본 적이 없네……."

리사이는 다시금 보큐를 바라보았다.

"주상이라고 본인이 말씀하셨는가?"

"네. ……아뇨, 확실하게 그렇다고 말씀하시지는 않았습니다만."

리사이는 고개를 숙였다.

"무덤을 보고 싶네."

"안내해드리겠습니다."

보큐는 건물 안쪽에 대고 말했다. 곧바로 들어온 노파가 리사이 일행을 안내한다.

무덤은 마을 밖 설산을 올라 좀더 높은 장소에 있었다. 거대한 바위가 노대처럼 비죽 나와 있는 보잘것없는 하얀 평지. 그곳에 소박하게 무덤이 만들어져 있었고 돌이 여기저기 놓여 있었다. 무덤 앞에는 열두세 살가량 된 소년이 손을 모으고 있었다. 리사이 일행이 다가온 것을 눈치챈 소년이 뒤를 돌아보고 엉거주춤 일어났다.

"아이구, 오늘도 와 있던 게냐?"

노파는 소년을 리사이 일행에게 소개하려고 했다.

"이자는……"

"가이세이回生."

소년은 노파의 말을 막았다. 노파는 질색한 듯 고개를 가로저었다.

"난 가이세이야."

"저곳에 계신 분에게 받은 이름이라고 하더군요."

노파는 미소를 지었다.

"마지막에는 이 녀석이 줄곧 보살펴드렸답니다."

노파는 가볍게 인사를 하고 산을 내려갔다.

"보살펴드렸다고?"

가이세이는 고개를 끄덕였다.

"상태가 어떠셨지?"

리사이가 묻자 가이세이가 턱을 훅 들어 올렸다.

"네놈들은 뭐 하는 녀석이야?"

"우린……."

세이시가 대답했다.

"그분을 찾고 있었어."

"찾고 있었다고……?"

리사이가 끄덕였다.

"찾고 있었지만 제때 오지 못한 것 같아……."

세이시는 무덤 앞에 무릎을 꿇었다.

"몇 번이고 노안에 왔었다고. 그때 만났더라면."

부상자가 있다는 건 알고 있었다. 마을 사람이 꺼려했기에 깊게 추궁하지는 않았다. 억지로라도 캐물었어야 한다며 세이시는 억울한 듯 땅을 내리쳤다.

"그랬으면 더 빨리 죽었을 거야."

가이세이는 낮게 말했다.

세이시가 고개를 들었고 리사이도 의아해하며 소년의 얼굴을 바라봤다.

"상태가 좋지 않았던 거지……?"

"여름이 끝나갈 무렵에 고뿔에 걸렸는데 그게 좀 오래갔어. 그치만 나았었어. 죽을 정도는 아니었다고."

리사이는 소년의 옆으로 다가갔다.

"꽤 부싱이 심했다고……."

"상처는 있었어. 자꾸 무리를 하려고 하니까 조금도 낫질 않았어. 그치만 그 정도로 죽을 만한 상처는 아니었어. 전에는 더 심한 상태였지만 내가 보살피고 나서부터는 꽤 좋아졌다고. 주공께서도 괜찮다고 말했었어."

소년의 얼굴에 분노가 드러났다.

"하지만, 그렇다면 왜……?"

소년은 분노에 찬 시선을 아래에 있는 마을 쪽으로 돌렸다.

"찾고 있다고 얘기해서 그래, 분명."

"찾고 있다고?"

"얼핏 들은 얘기라 자세히는 잘 몰라. 하지만 주공을 찾고 있는 사람이 있는 것 같다는 얘기가 마을에 퍼진 적이 있어."

리사이와 일행들이 서로 얼굴을 마주했다.

"임우 주변을 근거지로 삼아서 여기저기 찾아다닌다는 사람이 있다고. ……그거 너희들 얘기였구나."

리사이는 괴로워했다.

"소문이…… 났던 건가?"

소년은 고개를 끄덕였다.

"어른들은 그 말을 듣고 어떻게 하면 좋겠냐며 당황했어. 주공에 관한 사실을 알게 된다면 큰일이 난다면서."

소년은 주먹을 쥐고 눈가를 닦았다.

"그리고 얼마 지나지 않아서야, 주공이 상태가 나빠진 게."

리사이는 한 손으로 소년의 어깨를 움켜쥐었다.

"지금 너 무슨 말을 하는지 알고 있는 거야……?"

"알고 있어."

가이세이는 분노로 떨리는 목소리로 말했다.

"나, 알고 있다고. 주공한테 말하지 않고 음식에 뭔가를 섞었어. 그게 뭐냐고 물어봤는데 약이라고 그랬어. 주공한테 말하면 돈이 꽤 드니까 필요 없다고 말하실 거니 비밀이라고 그랬다고."

가이세이는 눈물을 뚝뚝 흘렸다.

"내가 바보였어. 그런 말을 믿었다니. 그때 내가 독인지 아닌지 먹어봤어야 했어. 그랬으면 주공께서 죽지 않았을 거야."

"가이세이."

"너희들도 바보야. 어째서 빨리 오지 않은 거야. 이제 와봤자 늦었다고. 주공은 이제 이 세상에 없다고."

가이세이, 리사이는 소년의 어깨를 흔들었다.

"이분이 누군지 알고 있었어……?"

"알아."

가이세이는 리사이의 손을 뿌리치고 강한 눈빛으로 쳐다봤다.

"내 은인이고, 단 한 분뿐인 주군이야."

그렇게 말하자마자 몸을 돌려 언덕을 뛰어 내려갔다.

"리사이 님."

세이시의 목소리에 리사이는 그저 고개를 끄덕이며 마을 쪽으로 사라지는 소년을 바라봤다.

"지금 이야기가 사실일까요."

"잘 모르겠어."

소문이 나돌았다고 했다. 아마도 사실일 것이다. 리사이는 오랜 기간 동안 같은 장소에서 너무 움직였는지도 모른다. 이야기를 듣고 마을 사람들이 당황스러워하는 건 이해가 된다. 찾고 있는 자들이 어떤 세력인지 그들은 모르기 때문이다.

"아센이 잔당 사냥이라도 하려는 줄 알았나……."

"반대일지도 모릅니다."

호토가 말했다.

"주상을 찾는 세력이 있다고."

"그렇다면 당황할 필요가 없겠지."

"꼭 그렇다고만은 할 수 없습니다. 마을 사람이 주상을 숨기고 있던 것은 앞날을 내다봤을 때 마을에 이익이 될 수 있다고 생각해서였는지도 모릅니다. 전설의 황음 같은 겁니다. 귀중한 보물을 이 땅에서 잃어버렸다. 그것을 손에 넣는다면 어떠한 바람이더라도 이룰 수 있다."

이윽고 교소가 일어선다. 또는 교소를 받드는 세력이 일어나 아센을 쓰러뜨린다면 교소를 도운 노안은 대국의 영웅이 된다.

"하지만 아직 명백하게 때가 무르익지 않았습니다."

"……황음처럼 그걸 가지고 있다 빼앗길지도 모른다."

리사이가 작게 말하자 호토가 수긍했다.

"반민이 들고일어나 아센과 전투를 벌입니다. 또는 봉기라도 했다면 몰라도 지금 단계에서 주상의 휘하에게 행방이 알려져 그들이 모인다면 주상이 살아 계신다는 사실이 아센 쪽에 노출될 가능성이 높아집니다. 그렇게 되면 노안은 끝입니다."

노안은 지금까지 주벌을 피해왔다. 하지만 이번에야말로 공격받을지도 모른다.

리사이는 얼굴을 감싸고 깊은 한숨을 쉬었다.

"리사이 님……."

"알고 있어. 만에 하나 가이세이의 이야기가 사실이라고 해도 노안 사람들에게는 어쩔 수 없는 선택인 거야."

리사이는 아직 교소가 죽었다는 걸 믿지 않는다. 믿지 못하고 있다. 그렇기 때문에 노안이 저지른 죄도 어딘가 멀게 느껴진다.

그뿐만이 아니라 그러한 일이 일어나도 이상하지 않을 정도로 궁지에 내몰린 대국의 현실을 알고 있다. 교소에 병졸, 노안은 선의로서 그들을 숨기고 있던 것일까. 적어도 아센에 대한 반의를 지니고 있어서 그랬던 것은 아닐 것이다. 노안은 병사를 모아둔 것 같지 않았다. 아센을 거스르고 들고일어날 리는 없고, 그런 일을 벌일 수 있는 규모의 마을도 아니다. 그렇다면 교소와 병졸을 숨겨도 당분간 득이 될 만한 일은 아무것도 없는 것이다.

—정말로 이곳에 잠들어 계신 겁니까.

해가 저문 길을 리사이 일행은 터벅터벅 걸으며 산기슭에 올랐다. 어느 마을에도 폐문 시간에 맞춰 갈 수 없다. 노안에 묵을 수 있는 여관이 딱 하나 있는 것 같았지만 묵고 싶지 않았다. 아무리 춥더라도, 설령 눈 내리는 길을 밤새도록 걷게 되더라도 조금이라도 무덤에서 멀어지고 싶다.

그 마음 하나로 말을 달리다 도중에 쉬기 위해 안장에서 내렸다. 눈이 쌓인 얕은 골짜기에는 얼어버릴 듯한 차가운 물이 흐르고 있었다. 말은 물을 마시고 있다. 콧바람이 수증기처럼 하얗다.

"세이시가 만났다던 병졸 두 사람은 모습이 보이지 않더군."

"그런 것 같습니다. 노안에서 어제 여행을 떠났다고 했습니다만 정말인지는 잘 모르겠습니다."

"세이시는 의심하고 있는 건가?"

질문을 받은 세이시는 고개를 내저었다.

"솔직히 말씀드리자면 무엇을 믿어야 할지 모르겠습니다. 하얀 머리에 붉은 눈이라면 주상인 듯하지만, 같은 용모를 지닌 사람이 한 명뿐이냐고 묻는다면 다른 사람은 모른다고 대답할 수밖에 없습니다. 들은 적은 없지만 주상 외에도 있을지도 모릅니다. 가능성을 부정할 수는 없습니다."

"그렇지……."

"믿고 싶은 것과 믿을 수 있는 것이 뒤섞여 혼란스럽습니다."

그렇겠지, 리사이는 중얼거리며 잠시 동안 한가로이 물을 마시는 말을 바라보았다.

"우리는 지금 한 가지 결의를 다져야만 해……."

"결의, 말씀이십니까?"

세이시가 물었다. 리사이는 고개를 끄덕였다.

"만약 아센이 정말로 왕이라면 세이시는 어찌할 거지? 교시는? 호토는?"

리사이의 시선을 받은 세 사람은 의아해했다.

"아센이 대국의 정당한 왕이라고 한다면? 아센은 우리에게는 원수이지만 새로운 왕을 쓰러뜨리면 나라가 기울고 말아. 애초에 왕을 거역하는 일은 죄야. 그런데도 계속해서 아센을 증오할 것인가?"

세 명은 모두 입을 다물었다.

"아니면 용서하고 새로운 시대를 섬길 것인가?"

리사이는 차가운 바람이 부는 곳으로 시선을 던졌다.

"만약 교소 님이 돌아가셨다면 나는 어떻게 해야 할까……?"

교시는 대답할 수 없었다. 정녕 아센이 왕이라면 아센은 대국에 필요한 인간이다. 하지만 교시는 아센의 잔인함에 많은 것을 잃었다. 주벌을 받아 불타오르는 도관에서 죽어간 동료들. 교시와 같은 도사들을 지키기 위해 스스로 잡혀 처형된 노사, 그리고 시대가 주는 굶주림을 견뎌가며 많은 희생을 치러온 염현의 사람들. 인내의 시대 속에서 죽어간 사람들. 모든 것이 아센이 저지른 짓이다. 그 희생을 교시는 잊을 수 있을 리 없었고 용서할 수도 없었다.

아센을 따르지 않을 것이다. 아센을 존경하며 경배하는 일 따위 할 수 없다. 옥좌에 군림한다면 그 옥좌의 발치로 달려가 규탄하고 싶다. 하지만 아센을 칠 수 있을까? 대국을 위해 절대적으로 필요한, 지금이야말로 그 무엇보다도 필요한 왕을 과연 '불필요'하다고 말할 수 있을까?

스스로에게는 불필요하다고 딱 잘라 말할 수 있다. 당사자에게도 공언할 수 있다. 하지만 나라와 백성에게는?

　리사이 일행이 산에서 내려와 문이 닫힌 고백 앞을 지나쳤을 즈음, 노안의 문에 있는 쪽문이 열렸다.

　어둠 속, 살짝 열린 문 사이로 머리를 내밀고 좌우를 둘러본 사람이 쓰윽 몰래 나온다. 가이세이였다.

　가이세이는 집에 있던 옷을 있는 대로 모아 몸에 두르고 있었다. 그 모습으로 주변을 둘러보았다.

　─짐승도 요마의 모습도 보이지 않는다.

　밤길은 무섭다. 하지만 주공을 찾아온 사람들은 마을에 머물지 않고 떠나갔다. 적어도 어른들이 말하는 정도로 위험하지 않다는 증거일 것이다.

　─제때에 맞추지 못했다.

　그 사람들은 제때에 맞추지 못했다. 가이세이도 아무것도 할 수 없었다.

　분해하며 무덤을 내려다보는 어른들에게 모멸감을 느꼈다. 너무 늦었던 것이다. 이제야 찾아온들 되돌릴 수 없다.

　─그런 어른들처럼 되지 않을 거야.

　그러므로 가이세이는 움직인다.

　─턱없는 짓이야.

—
12장

주공이 쓴웃음 지으며 말하는 목소리가 들리는 것 같다. 그리고 노랫소리가.

—성 남쪽에서 싸우고 성채 북쪽에서 죽었네

벌판에서 죽어 나뒹구니 이제 까마귀에게 먹히는 일만 남았네.

(3권에 계속)

백은의 언덕 검은 달 2권 — 십이국기 9

1판 1쇄 2023년 2월 15일
1판 4쇄 2024년 10월 11일
–

지은이 오노 후유미 ◎ **일러스트** 야마다 아키히로 ◎ **옮긴이** 추지나 이진
책임편집 지혜림 ◎ **편집** 임지호 ◎ **외주교정** 김정현 ◎ **아트디렉팅** 이혜경 ◎ **조판** 이보람
저작권 박지영 형소진 최은진 오서영
마케팅 정민호 서지화 한민아 이민경 왕지경 정경주 김수인 김혜원 김하연 김예진
브랜딩 함유지 함근아 박민재 김희숙 이송이 박다솔 조다현 정승민 배진성
제작 강신은 김동욱 이순호 ◎ **제작처** 영신사
펴낸곳 (주)문학동네 ◎ **펴낸이** 김소영 ◎ **출판등록** 1993년 10월 22일 제2003-000045호

주소 10881 경기도 파주시 회동길 210
문의 031-955-2637(편집) ◎ 031-955-2696(마케팅) ◎ 031-955-8855(팩스)
전자우편 elixir@munhak.com ◎ **홈페이지** www.elmys.co.kr
인스타그램 @elixir_mystery ◎ **X(트위터)** @elixir_mystery

ISBN 978-89-546-9063-8(04830) ◎ **SET** 978-89-546-2614-9(04830)
–
엘릭시르는 출판그룹 문학동네의 장르문학 브랜드입니다.

잘못된 책은 구입하신 서점에서 교환해드립니다.
기타 교환 문의 031-955-2661, 3580